『ブッデンブローク家の人々』

――『悲劇の誕生』のパロディとして

別府陽子

鳥影社

目次

『ブッデンブローク家の人々』――『悲劇の誕生』のパロディとして

序

トーマス・マン Thomas Mann（一八七五―一九五五）は、北ドイツのハンザ都市リューベックを本拠地に穀物の輸出入を行うマン商会を経営する家に生まれた。しかしトーマス・マンが十六歳のとき社主の父親が敗血症で亡くなり、百年余りの伝統を誇る商会は遺言に従って解散し、倉庫や船舶などの財産もすべて清算された。このときトーマスは高校生、四歳年上の兄で後に作家になるハインリヒ Heinrich Mann（一八七一―一九五〇）はベルリンのフィッシャー書店で働く見習い店員であった。

本書で考察する『ブッデンブローク家の人々』は、このような生家の繁栄と衰退をもとにして、トーマス・マンが二十二歳の時に執筆を開始した自伝的長編小説である。完成は二十五歳一九〇〇年八月で、一九〇一年十月にフィッシャー社から出版した。この作品は一般に十九世紀におけるドイツの市民階級の繁栄と没落が描かれた作品と見なされており、一九二九年に受賞したノーベル文学賞の対象作品でもある。

物語は、創業者の父親から穀物商会を受け継いだ老ヨーハンが、成功の証に市内に購入した宏壮な邸の披露宴の場面で始まる。老ヨーハンは、実際的で開明的な人物で、ナポレオン戦争のさなかに四頭立ての馬車を駆って南ドイツにまで穀物を買い付けに行くような大胆さを持ち合わせた商人である。

老ヨーハンの息子の領事ジャンは内省的な性質で、信仰篤いプロテスタントである。天然痘に罹患する、大きな酒樽の下敷きになりかかる、冷たい海に落ちるなど、三度瀕死の体験をしながらも生き続けることができたことを神の恵みと信じて、神の愛に応えるために勤勉に働き、商会の利益を増す。

その息子のトーマスは物語の主人公といえる重要な人物である。トーマスの本来の性質は文学を愛する芸術家的なものであるが、商人として文学への愛着を抑制しながら、創造性と、祖父や父を見習って身につけた商人の実際性を活かして活躍し、市参事会員に選出されて一族の名誉を高める。しかし息子のハノーは、ひ弱で音楽にしか関心がなく、後継者に向いていないために、父親のトーマスが亡くなると遺言に従って商会は百年余りの歴史を閉じる。そしてその二年後、ハノーも十五歳でチフスに罹って死ぬ。

こうした一族の繁栄と没落の過程は、年代のずれはあるが、トーマス・マンの生家が経営していたマン商会の繁栄と衰退に対応している。マン商会は一七九〇年に創業し、一八九一年に解散しており、ブッデンブローク商会が一七七四年に創業して一八七五年に解散する。主人公の三代目トーマス・ブッデンブロークはトーマス・マンの父親がモデルといわれており、その妻ゲルダは主としてマンの母親のユーリアがモデルといわれている。

本書はこれらのことを前提にして、さらに『ブッデンブローク家の人々』が、トーマス・マンが若い頃から影響を受け続けた哲学者フリードリヒ・ニーチェ Friedrich Nietzsche（一八四四―一九〇〇）の初の著作『悲劇の誕生』のパロディと見なしうることを論ずるものである。

トーマス・マンはパロディを多く創作した作家であるが、『ブッデンブローク家の人々』そのものがパロディ作品といわれたことはない。これまで、ハンス・ヴィスリングがリヒャルト・ヴァーグナーの『ニーベルングの指環』のジークムントとジークリンデ兄妹とその息子ジークフリートに代表されるヴェルズング族とブッデンブローク一族の対応関係を論じているが、『ブッデンブローク家の人々』をパロディと見なしてはいない。

エーリッヒ・ヘラーは一九五九年に『反語的ドイツ人』*Der ironische Deutsche*（一九五九）でマンのイロニーを考察する中で、トーニ・ブッデンブロークを「生のパロディ」と論じている。トーニはトーマスの妹で物語の最初から最後まで登場する準主役ともいえる人物で、二度離婚し、一人娘は夫が詐欺罪で有罪になって離婚するなどの苦難を経験する。しかしそういった不運にもかかわらず、活力を失わず、不愉快なことはすべて口に出して発散するが、その際に常に言葉が的外れで滑稽になる。それゆえヘラーはこのようなトーニを、ショーペンハウアーのいう「意志」であり、理性を伴わない本能としての「生のパロディ」であるという。

コープマンは『ブッデンブローク家の人々』の至るところにユーモアがあり、トーニとクリスティアンは自己パロディといえるほど自分を滑稽化していると論じ、そこには批判的パロディがあるというが、やはり作品全体をパロディと論ずることはない[1]。ベレンドゾーンも作品全体のトーンがパロディ的であるというが、具体的に例を示すとか、パロディ化された部分を示すわけではない[2]。しかし、これまで『ブッデンブローク家の人々』全体がギリシア悲劇に関係づけられたことはないが、ディットマンとシュタインヴァントは、いつも皮肉をいう親戚の三姉妹をギリシア悲劇の合唱団のカリカチュアであるという。このように先行研究で『ブッデンブローク家の人々』は部分的にパロディ性があるといわれ、また、ギリシア悲劇の合唱団に関係づけられてもいるのである。

トーマス・マンは、『非政治的人間の考察』の「内省」を次のように締めくくっている。

『ブッデンブローク家の人々』以来の進歩、進歩的な方向での進歩は明らかだった。結局のところ、パロディ以上に何が「知的」だろうか？　大戦前すでに、ドイツの教養小説、発展小説という偉大なドイツ的自叙伝を、詐欺師の回想録としてパロディ化する段階に達していた者は、ドイツの精神の主知主義的解体作業に参加していることになるのだ……[3]。

ここで語られている詐欺師の回想録とは、一九一〇年に執筆が開始された『詐欺師フェーリクス・クルルの告白』（以降『クルル』とする）である。[4] マンは一九〇九年頃にこの作品の執筆を開始してすぐに中断し、『ファウストゥス博士』の完成後、最晩年になって執筆を再開するが、未完成に終わる。この作品は、実在の詐欺師マノレスクの告白本を元にして、ゲーテの『詩と真実』をパロディ化したものである。引用したマンの言葉の曖昧さが原因のひとつと思われるが、これまでマンのパロディの試みは『クルル』から始まるといわれてきた。しかしマンは、『クルル』については、「ドイツ精神の主知主義的解体作業に参加していることになる」といい、その前に「『ブッデンブローク家の人々』以来の進歩」と記している。何が進歩しているのかというと、この文中で語られていることであればパロディが進歩しているということになる。それゆえ、マンのパロディ創作は『ブッデンブローク家の人々』から始まるとマン自身が語っていると解釈すべきであろう。

パロディは、ギリシア語のパロディア παρῳδία を語源とする、古代ギリシアの時代から存在する表現技法である。パロディは文学に限らず、さまざまな芸術の分野に用いられており、定義もさまざまであるが、本書では『ブッデンブローク家の人々』と『悲劇の誕生』を扱うことから、パロディを言語芸術に限定して考察する。パロディは手本を変えて創作する翻案、アダプテーションのひとつである。翻案には批判や茶化しを伴うパロディと、戯曲から散文というように異なる形式への書き換えであるトラヴェスティー、そして寄せ集めのパスティーシュなどがある。しかしこれらはどれも確定的な定義がない。マン自身が自己の創作手法をパロディと述べていることや、トーマス・マンのパロディ研究論集『トーマス・マン文学とパロディー』ではパロディを、トラヴェスティーを含むものとして用いていることから、[5] 本書でもトラヴェスティーを含めて、パロディという用語を用いる。

パロディを考察するにあたり、まず定義から考えたい。『マイヤー百科事典』にはパロディが次のように定義されている。
風刺的、批判的あるいは論争的な観点から、パロディの読者に知られていることを前提とする既存の作品を、特徴的な形式手段を維持したまま、しかし逆のことを意図して模倣した文学作品。模倣によって生ずる、形式と表現しようとする事柄の分裂から得られる刺激と滑稽さは、その際にパロディ化されたものとパロディとの落差が大きければ大きいほど効果的である。[6]

この定義では、パロディの手本が読者に知られていることが前提になっている。そして手本と逆のことを意図して模倣することで、手本とパロディの間に落差が生じ、それが読者に刺激と滑稽さを与えるという。しかし本書で論じた『ブッデンブローク家の人々』と『悲劇の誕生』の関係は、両作品ともよく知られているが、読者は両作品の間にパロディ関係があるとは思わず、刺激も滑稽さも生まれない。従って本書のテーマは、この定義に当てはまらない。

次に『ドイツ文学史百科事典』にあるゲルバーの定義を見てみよう。この定義はどのようなパロディにも当てはまるものとされており、手本が知られていることも前提ではない。

ゲルバーにとってパロディとは、オリジナルに固有の内容、本質あるいは印象というものにおいて、何かあるやり方で、オリジナルの言葉を用いるか、少なくとも触れようとすることであり、それによって、言葉にオリジナルよりもさらに広範でさらに深い意味を結びつける、あるいは、冗談めかして、嘲笑しながらその重みを破壊する、あるいはまた、単に優れた人々が語った優れた言葉に注意を喚起することを通して、共感や増幅作用を自らの表現に与える。[7]

ゲルバーの定義は、模倣の方法を、手本というオリジナルの言葉を用いるか、触れるだけでもよいとする。そしてその効果は、一、オリジナルよりも重みをもつ、二、オリジナルの重みを破壊する、三、共感や増幅作用を与える、というものであり、一般に考えられているパロディの嘲笑やおかしみという作用に限定していない。それゆえこの定義ならば、マイヤーの定義の、読者に知られている、刺激と滑稽さがある、という条件にしばられない。

上述のふたつは広い意味での文学作品のパロディの定義であるが、クヴェレ会編の『トーマス・マン文学とパロディー』は、マンが『ワイマルのロッテ』でゲーテに語らせている言葉を元にして、マンのパロディを定義している。ゲーテは『若きウェルテルの悩み』がブームになり、数多くの模倣作品が生まれたことから、パロディを嫌悪するようになった。しかし、そのゲーテも古い民間の説話であるファウスト伝説をもとにして『ファウスト』を創作している。マンはそのようなゲーテに、心の中でパロディへの愛を語らせる。

パロディ……。わたしは、パロディに思いをめぐらすのが一番好きだ。[…]パロディとは、敬虔な気持ちで破壊すること、微笑みながら別れを告げることだ……。保存しながら継承することだが、それは早くも冷やかしになり、侮辱になっている。愛するもの、神聖なもの、古いもの、高い模範を、ある段階に立って内容を伴いながら繰り返すのだが、その内容は高い模範にパロディの印を与えて、そうして作り出された作品を、エウリピデス以後の喜劇のような、後期の、すでに嘲笑を含む解体の産物に近づけるのだ……。[8]

この言葉を元にして片山良展は次のようにパロディを定義している。

一、手本あるいは特定の文学的遺産の、二、模倣ないし反復であり、それには、三、内容と形式のずれにもとづく、四、遊びの要素とおかしみの効果が付随する。[9]

この定義に照らし合わせるならば、本書でパロディの手本とみなす『悲劇の誕生』は特定の文学的遺産といえるものであり、『ブッデンブローク家の人々』と『悲劇の誕生』の間には、本文で示すが、内容と形式のずれもある。遊びの要素とおかしみの効果は、マン自身が執筆中にしばしば家族の前で朗読して喝采を博し、面白がらせることができたと述べており、[10]ヘラーもトーニを「陽気で滑稽な生のパロディ」と論じていることから、『ブッデンブローク家の人々』にも備わっているといえる。つまり本書のテーマは片山の定義、従ってトーマス・マンのパロディの定義に反しないのである。

『パロディの理論』を著したハッチオンは、構造主義の立場にありながら、クリステヴァに始まる間テクスト性の理論に基づく文学研究とは一線を画し、間テクスト性というテクスト重視の文学理論は作者の役割を抑圧していると批判して、パロディのテクストは作者の立場を扱うことを求めていると主張する。[11]パロディは作者が意図的に手本を元にして風刺や茶化しを表現するのであるから、ハッチオンが主張するように、パロディ研究においては、作者の立場、作者の意図を考えることは重要である。これに基づき、次に『ブッデンブローク家の人々』執筆前のマンのパロディ創作への動機を、一、リューベック市民と市民階級への批判、二、ニーチェの「強く美しい生」批判、そして三、知的芸術家の創作における不毛の問題の三つの観点から考える。

一．リューベック市民と市民階級への批判

マンの書簡やエッセイから、『ブッデンブローク家の人々』執筆前、一八九七年頃のマンには、ふたつの批判的な対象があったことが明らかになっている。ひとつは父親の死後不快な気持ちにさせられたリューベックの市民階級の人々であり、もうひとつはニーチェの生の賛美の思想と、それを崇拝する人々である。

メンデルスゾーンによれば、父親の死後、遺族となった子どもたちに後見人、遺言の執行人兼遺産管理人が定められて、母親と子供たちは彼らに管理されるわずらわしさに耐え難い思いをした。遺産も『ブッデンブローク家の人々』に描かれているように、遺産管理人のテスドルプが売り急がなければ、損害は小さく済み、遺族の経済状態はもっと良かっただろうといわれている。[12]

マンは友人のグラウトフに次のような手紙を書いている。

父の遺産はリューベックの尊敬に値する、そしてあらゆる点で素晴らしいクラフト・テスドルプ氏に「管理されている」――つまり、この紳士（この紳士について、ぼくは自分の小説のなかで巧く復讐してやろうと思っている）の愚かさのために父の遺産はだめになってしまったのだ。テスドルプ氏が母に四半期ごとに利息を送ってきて、そこから母がぼくたちに取り分をくれる。しかし元本はいかなることがあろうと一ペニヒたりとも使ってはいけないとテスドルプはいう。普通の目をした人間には、遺言状にそのような文は読み取れないのに。［…］ついでにいえば、テスドルプは全体の二パーセントを取っているのだ。[13]

この手紙にあるように、マンは実際作品にテスドルプをモデルにして、トーマスの友人でハノーの後見人になるキステンマーカーを凡庸な人物に描いている。この手紙を書いた一八九八年当時、マン兄弟は月額二〇〇マルクの利息を受け取っており、生活に困ることはなかったが[14]、財産を自分で管理することは認められなかったのである。また作品第十一部第二章で牧師が、ブッデンブローク一家を朽ち果てた一族だからハノーのことは諦めなくてはならないというが、これはマン自身が実際に経験したことである[15]。兄ハインリヒはリューベックを離れていたが、マンは高校卒業まで下宿生活をしており、芸術にうつつを抜かして穀物商会を解散に追いやった息子とみなされて、市民から冷遇されたであろうことは想像に難くない。以上のようなさまざまな体験からマンは、リューベック市民に批判的な感情を抱くようになったということが考えられるのである。

二．ニーチェの「強く美しい生」批判

ニーチェが発狂した一八九〇年にマンは十五歳であり、高校時代にすでに哲学に関心のあったマンも「ニーチェ熱」の影響を受けたと思われる。ヒレブラントによれば、一九〇〇年頃の若き作家たちは、皆、二十歳前後でニーチェの著作を読んだ。そしてニーチェの「天才」、「本能」、「英雄」という言葉や、ヴァーグナーとの交流と離反、孤独に思索する姿などすべてに心を惹きつけられて、彼らの個性的でありたいという欲求が刺激された。しかし、ニーチェの思想を理解したのはごく少数にすぎず、多くはニーチェの文体や独特の表現を受容して模倣したという[16]。ヒレブラントはこのように論じて、ニーチェの影響を受けた作家や詩人の二〇九点もの作品を紹介している。

マンは二十歳の頃のニーチェ受容について次のように述べている。

疑いなくニーチェの「生」のロマン主義に源を発するこの唯美主義は、私がものを書き始めた頃に大流行であったが、私は、これとほんのわずかでも関わりを持ったことは、四十歳の頃にないのと同様に、二十歳の頃にも一度もない。もっともこれは、ニーチェが私を「煩わせた」というのではない。当時「生」は確信し、思い切り放埒に、官能に溺れていた。生は、濃厚な金色に塗り上げられたルネサンス様式の天井画や太った女たちに熱中していた。生は、「強く美しい生」とか、「強く残忍な本能を持った人間のみが、偉大な作品を創造しうるのだ！」というような内容の文言などをしつこく私の耳に語りかけた。［…］確かに普通なら軽蔑することにあまりふさわしくない年頃に、私は自分の周囲を取り巻くルネサンス＝ニーチェ主義を軽蔑していた。それは、子供っぽく誤解してニーチェに追随しているように思えた。[17]

同様のことをマンは『非政治的人間の考察』の他の章や、三つの自伝エッセイに書いている。ニーチェ熱が盛んだったころ、多くの作家がニーチェの思想を唯美主義的に解釈して、自己の作品に表現していたのである。そのような作家たちを見て、マンが自分のニーチェ解釈を表現してみようと思うのは自然なことであり、唯美主義的ニーチェ解釈に対する批判がマンのパロディ創作の動機になったと考えることができるのである。

三．知的芸術家の創作における不毛の問題

マンは、『非政治的人間の考察』においては、パロディは主知主義的な解体作業といい、『幼子のうた』に関連して「その可能性をもはや信じていない芸術精神への愛が生み出すものがパロディである[18]」と述べている。主知

主義とは感性よりも知性を強く働かせる立場であり、マンは晩年の作品『ファウストゥス博士』の主人公の作曲家レーヴァーキューンによって、知的芸術家の創作の不毛の問題を表現している。芸術作品は過去の作品を何らかの形で受け継いでいるが、知的芸術家は知性によって、継承されたものが作品の実質や構造に含まれていることに気づくと、作品に使い古された陳腐なものがあると感じて、飽き飽きして疲れてしまう。そうして知的芸術家は先人と異なる手法を模索するが、芸術の「形式から生命が消え失せているために、形式と戯れることで遊びに活気を与える」[19]しかなく、パロディを創作することになるのである。

第一章で述べるが、マンは『ブッデンブローク家の人々』執筆以前に友人のグラウトフに宛てた手紙に、「次は変わったものを書く」と書いている。この言葉は、マンが従来の手法や形式を用いて創作することに満足しない知的芸術家であることを示している。『ブッデンブローク家の人々』執筆時のトーマス・マンにも知的芸術家の不毛の問題が生じており、それがマンをパロディ創作に向かわせたと考えることができる。

ここで本書全体の見通しを持っていただくために、あらかじめ本書で論ずる『ブッデンブローク家の人々』と『悲劇の誕生』の基本的なパロディ関係を、簡単に説明しておきたい。

『悲劇の誕生』でニーチェは、アポロン的なものとディオニュソス的なものを自然の芸術衝動といい、優れた芸術はこのふたつの芸術衝動を具えているという。太陽神アポロンは秩序と調和を象徴する神であり、酒の神ディオニュソスは生成と破壊という矛盾した衝動に苦しむ神である。そしてアポロン的なものはショーペンハウアーのいう「表象」にあたり、ディオニュソス的なものは「意志」に該当する。

ニーチェは、古代ギリシア悲劇は、ふたつの衝動が四段階にわたる対立と抗争を繰り返して、五段階目に奇跡的に結ばれて誕生した。しかし三大悲劇詩人の最後の詩人、エウリピデスがディオニュソス的なもののないギリシア悲劇を創作したために、悲劇は早期に衰えた、悲劇詩人自身が悲劇を駄目にしたので、悲劇は自殺したと論ずる。

この物語性のある古代ギリシア悲劇の誕生と没落の過程をもとにして、様々な問題に悩み苦しむトーマス・ブッデンブロークにディオニュソス的なものが、美しい妻のゲルダにアポロン的なものが、そしてふたりが結婚して五年目に生まれるひとり息子のハノーにギリシア悲劇がパロディ化されている。ハノーは音楽にしか関心のない少年で、父の死の二年後にチフスに罹り、生きる意欲を見せないまま死んでゆく。それゆえニーチェがいうギリシア悲劇の自殺に重ねることができるのである。

またギリシア悲劇は合唱団から生まれたといわれているが、ニーチェは悲劇の合唱団をサチュロスの合唱団であるという。サチュロスは上半身が人間で下半身が山羊の永遠に変わらない自然の精霊であり、『ブッデンブローク家の人々』の女たちも皆、いつまでも若々しく変わらず、牧場の柵の中の家畜のように、家庭という狭い視野の中で生きている。これらのことと作品中の表現を合わせると、女たちはサチュロスの合唱団のパロディであり、トーニは合唱団のリーダーのパロディといえる。

古代ギリシアの壺絵などのサチュロスは、露骨に生殖器が描かれており、性的放縦で卑猥さが特徴である。『悲劇の誕生』でも、サチュロスの「性的に旺盛な繁殖力」[20]がギリシア人を驚嘆させたと記されている。しかしマンが子どもの頃に暗記するほど読んだという、母親が女学校時代に使用した神話の教科書には[21]、サチュロスはシーレーノスと比較した外見的特徴が記述されているだけで、性的なことは全く書かれていない[22]。教科書巻末のイラストのサチュロスも、裸体であるが、小さな角のはえた陽気な若者に見える（次ページの図を参照）。おそらく著者のネッセルトは女学生向けの教科書という性質上、性的な要素を意図的に取り除いたのであろう。『ブッデンブローク家の人々』を執筆した頃のマンが、サチュロスの性的放縦という特性を知らないはずはないが、子

バッカス（ディオニュソス）と従者たちの行列
（ネッセルト著『高等女学校と教養ある女性のためのギリシア・ローマ神話』）

サチュロス
（ネッセルト著『高等女学校と教養ある女性のためのギリシア・ローマ神話』）

古代ギリシアの壺絵のサチュロス（ネッセルトの教科書の図像の元となったと思われる図像）Websters International Dictionary of the English Language Second Edition. Tokyo 1995, S. 2221.

どもの頃の読書体験で、マンの心に健康で明るく楽しげなサチュロスが強く印象づけられていた可能性が十分に考えられる。それゆえ、女たちがサチュロスの合唱団のパロディであるとしても、眉をひそめる必要はないのである。本文でも述べるが、マンは『トーニオ・クレーガー』に、ニーチェがいう「金髪の野獣」の野獣性を取り除いて、金髪のハンスとインゲを描いている。同様に卑猥さを取り除いたサチュロスを、生の象徴として女たちに表現しているのである。

尚、本書ではショーペンハウアーの思想の説明などが重複しているが、文脈上必要と思われるので、そのままにしておく。また、雑誌に掲載された論文は、各章の末尾に掲載誌を記した。

※本書の注の省略記号の正式なタイトルは全て三四三―三四四ページに記す。

1 Koopmann, Helmut: *Die Entwicklung des Intellektualen Romans bei Thomas Mann*. Bonn 1962, S. 44.
2 Berendsohn, Walter A. *Thomas Mann. Künstler und Kämpfer in bewegter Zeit*. Lübeck 1965, S. 33, 36, 38.
3 GKFA 13. 1, S. 111.
4 TMHb 2015, S. 79.
5 片山良展「トーマス・マン文学とパロディー―序論」、片山良展、義則孝夫編『トーマス・マンとパロディー』、クヴェレ会、一九七六年(=片山良展)、六ページ。
6 *Meyers Enzyklopädisches Lexikon* Bd. 18. Mannheim, Wien, Zürich 1981, S. 244.

7 *Reallexkon der deutschen Literaturgeschichte*. Bd. 3. Berlin 1977, S. 12ff.
8 GKFA 9. 1, S. 352.
9 片山良展、七ページ。
10 GW III, S. 139.
11 Vgl. Hutcheon, Linda: *A theory of parody. The teachings of twentieth–century art forms*. University of Illinois Press, Urbana and Chicago 1985, S. 87f.
12 Vgl. Mendelssohn, Peter de: *Der Zauberer Thomas Mann. Das Leben des deutschen Schriftstellers*. Fankfurt a. M. 1975, S. 135.
13 BrOG, S. 103; GKFA 21, S. 101.
14 菊盛英夫『評伝トーマス・マン』、筑摩書房、一九七七年、一一六ページ。
15 Vgl. GKFA 1. 2, S. 409.
16 Vgl. Hillebrand, Bruno: *Frühe Nietzsche–Rezeption in Deutschland*. In: *Nietzsche und die deutsche Literatur* Bd. 1. *Texte zur Nietzsche–Rezeption 1873-1963*. Hillebrand, Bruno (Hg.), Tübingen 1978, S. 2ff.
17 GKFA 13. 1, S. 586ff.
18 Br 1961, S. 187.
19 GKFA 10. 1, S. 353.
20 KSA I, 58.
21 Vgl. GW XIII, S. 130f.
22 Vgl. Nösselt, Friedrich: *Lehrbuch der griechischen und römischen Mytholcgie für höhere Töchterschulen und die Gebildeten des weiblichen Geschlechts*. Leipzig 1865 (=*Nösselt*), S. 137. 「シーレーノスに似て人間の身体と動物の顔をもち、小さな角と

腹毛、山羊の髭、しっぽなどがある。しかしシーレーノスより若く、禿げ頭ではなく、決して太った不細工な姿ではない。シーレーノスのように山羊の足を持つことはあまりない。大抵は手にパンの笛をもち、髪はキヅタや葡萄の葉で飾られて、おそらく山羊、或いは若い鹿、豹の毛皮を着けている。」

第一章　『ブッデンブローク家の人々』の成立

トーマス・マンは兄のハインリヒとイタリア滞在中に、ふたりでリューベックの市民たちを嘲笑する小説を書くことを計画していた。しかし、この計画は実現せず、マンは一八九七年五月に出版社から長編小説執筆を勧められて準備し、十月に『ブッデンブローク家の人々』を書き始めた。この長編はそれ以前に構想していた中編程度のハノーが主人公の小説が元になっていることが、マンの言葉から明らかになっている。ここではハノーの小説の構想と『ブッデンブローク家の人々』との関係を考察する。

一．ハノーの小説

トーマス・マンは、少なくとも五つのエッセイで『ブッデンブローク家の人々』が本来はハノーを主人公とする小説として構想していたと述べている。

①『精神的生の形式としてのリューベック』（一九二六）

「二五〇ページ以上にはならないものを十五章に分けるという草案を作りました［…］私はもともと感受性の強い愚図のハノーの話にだけ、それから、せいぜいトーマス・ブッデンブロークの話に興味を持っていたのに、ただ本筋以前の話として扱えると思っていたすべてのことが、非常に独立的な、非常に固有の権利を持った姿を取りました。[1]」

② 『わたしの仕事の進め方』（一九二五）

「『ブッデンブローク家の人々』は二五〇ページの小説として考えていた。[2]」

③ 『自分のこと』（一九四〇）

「二〇〇から二五〇ページまでの小説を計画していた。ところがしだいに、作品には作品の意志があり、その意志が私の意図をはるかに超えて、ドイツの市民性を伝える二巻の長編にまで発展しそうだということがしだいにわかってきました。[3]」

④ 『「ブッデンブローク家の人々」のレコード版の序文のために』（一九四〇）

「平均的な分量の、スカンジナヴィアの手本にならった商人の物語が心に浮かんでいました。[4]」

⑤ 『「ブッデンブローク家」の人々からの一章のために』（一九四九）

「よく覚えているのですが、元々念頭にあったのは、繊細な最後の子ハノーの姿と経験だけでした。つまり、ここに印刷された章の内容を形成するもの、みずみずしい思い出、詩人の内的想念から導き出されることだけでした。[5]」

このように『ブッデンブローク家の人々』は、本来は二〇〇から二五〇ページほどのハノーの物語として構想されていた。しかし一九〇一年十月に千部出版されたときには、上下二巻（上巻は第一部から第六部、下巻は第七部から第十一部）合わせて六〇〇ページ以上の長編になっていた。長編になった理由は、『自分のこと』に書かれているように、「作品自体の意志」によって長編になったという。

トーマス・マンが同じことを繰り返し語っているのは、書いたことを忘れているというよりも、繰り返しの多さから、読者に注意を喚起することが目的であると思われる。マンが繰り返し語っているのは、ハノーの小説ということだけではない。マンが二十歳の頃に他の人と異なるニーチェ解釈をしており、ニーチェ熱に感染していた人々によるニーチェの生の賛美に反撥していたことや、トーマス・ブッデンブロークのショーペンハウアー体験なども同様である。同じことを繰り返し語ることで読者の注意を喚起しているとしたら、マンは何を訴えようとしたのだろうか。

『ブッデンブローク家の人々』の手書き原稿は弁護士に預けられていたが、一九四五年にミュンヘンの空襲で焼失した。残された自筆の資料は、執筆メモやメモ帳だけであり、そのうちの執筆メモはGKFA全集に、資料として八五番まで番号を付けて紹介されている。この執筆メモには、ブッデンブローク家の系図、十四章に分けられた物語の構想、年表があり、人物名の一部が現作品とは異なっていることから、この執筆メモは構想の最初期のものと推定されている。その初期の系図のメモには、「ヨーハン（早期に死ぬ）」Johann (stirbt früh)[6] と書かれており、それに次ぐ早い時期の資料とされている一四章の章立てのメモでも、最後の第十四章が「小さいヨーハンの死 Der kleine Johann stirbt.」となっている。[7] そして年表にも「小さいヨーハンは十六歳で死ぬ」Der kleine Johann stirbt mit 16J[8] と書かれている。つまり、ハノーが十六歳で死ぬことは構想の最初期に決まり、変更もされていないのである。

二．少年の小説　Knaben Novelle

ヘルベルト・レーナートは資料をもとにして、マンが述べている「ハノーの物語」Hanno-Novelle について、次のように検討している。

①『ブッデンブローク家の人々』に関するメモ帳の記述はクリスティアンのメモで始まり、ハノー、老ブッデンブロークと続いており、ハノーを主人公とするにはふさわしくない。

②十四章の計画は、（『精神的生の形式としてのリューベック』では十五章とある）最終的な作品『ブッデンブローク家の人々』に比べると、家族の物語にしては少ない。しかし最後の章はハノーの死になっている。

③メモ帳の記述は、ハノーを主人公とする筋書きに重点が置かれておらず、ハノーの十四章の物語の計画にはハノーの学校の章がない。

④残された資料は、トーマス・ブッデンブロークに重点が置かれた構想を示している。

レーナートはこのようにマン自身の言葉であるハノーの物語の構想の存在を疑問視しているのである。しかし、初期のメモにある第十四章目の言葉「Der kleine Johann stirbt.」と、最初期の家系図の「Johann (stirbt früh)」という言葉から、ハノーの死で終わる計画があったのは事実であり、「ハノーの物語」は検討段階のものだったと論じている。[9]

レーナートのように実証的な研究は確かに重要である。しかし次々節で述べるように、残されたメモ帳は部分的に破り取られたものがあることや、執筆時期の一年分のメモ帳がないなど、資料として完全ではないので、残された資料のみを元にして結論を出すことはできないのではないだろうか。

ハンス・ヴィスリングは、一八九五年にマンが友人のグラウトフへの手紙に書いた次のような父と息子たちの没落の構図を、『ブッデンブローク家の人々』の社主になる、あるいはなるはずの人物像に関係していると考えている。

父は実業家で、実際的だが芸術を好み、ビジネスとは別の関心を持っていた。長男（ハインリヒ）はすでに詩人で、しかしまた「作家」でもあり、非常に知的な才能があり、評論、哲学、政治に精通している。続く次男（私）は、ただの芸術家で、ただの詩人、ただの気分屋で、知的でなく、社会的には役立ずである。最後に三番目の年が離れて生まれた息子に、明確に語ることが最も困難な芸術が与えられる、その芸術は知性とは縁遠く、神経と感覚以外の何もふさわしくない、知力など不必要な芸術―音楽―であるが、そうであるとしても何の驚くことがあろう？　それは退化 Degeneration と呼ばれている。だが、ぼくはそれをとんでもなく素敵なことだと思っている。――どのようなことを排除したとしても、成長するときに多様な印象や影響を受ける一番下の息子が実業家になることはまずないだろう。[10]

この文章は、マン自身の兄弟、つまり兄のハインリヒと自分と弟のミヒャエルを指していると思われるが、ブッデンブローク家の最後の子どもであるハノーが音楽の才能に恵まれていることから、ヴィスリングは、この文章が『ブッデンブローク家の人々』の四世代の人物像、つまり最後の子どもハノーに影響していると考えている。トーマス・マンが『ブッデンブローク家の人々』を書き始めたのは一八九七年十月であるが、きっかけはその年の五月にフィッシャーから長編小説の執筆を勧める手紙を受け取ったことにある。マンは八月にリューベックに住む叔父に資料となる様々な事情を問い合わせているが、同じ頃グラウトフへの手紙に、フィッシャーから長編執筆の勧めがあり、テーマを発見した、「その小説は『下降』Abwärtz とでも呼べる」[11]と書いている。これらのことから、ヴィスリングが述べているように、マンが芸術的に洗練されてゆくことを『ブッデンブローク家の人々』の没落の原因として構想していたのは確かであり、ハノーの物語という構想は、芸術的才能のある主人公ハノーが早期に死ぬという筋書きであったことが推測できるのである。

三．ハノーという芸術家の小説

「ハノーの小説」に関連して、亡命中のトーマス・マンと親交があったカリフォルニア大学ドイツ文学科教授のハンス・M・ヴォルフは、マンから直接聞いた話として、『ブッデンブローク家の人々』を「基本的には自伝的作品、芸術家の小説になるはずであった[12]」といい、次のように述べている。

ハノーは芸術家であり、ハノーの運命を詳細に描く物語は、芸術へと向かう主人公の生涯を描く芸術家小説になるはずだった。そのような小説を書くことがマンの当初の計画だったが、この計画を『ブッデンブローク家の人々』の枠の中で実行するのは不可能だった。というのも、ハノーの先代たちのお金と市民的名声をめぐって格闘するテーマは芸術家の問題と無関係であるのに、単なる導入に用いるにはあまりにも詳しく扱われすぎたからである。そのために非常に繊細なハノーを、苦しみの多い短い生涯に描いた後で、突然死なせて小説をあっさりと終わらせる以外にマンに選択の余地はなかったのである、――作家のプライベートな話だが――本筋に至るまでに、ハノーの成長を描く幾つもの章を書き終えていたのだが、ハノーが単なる脇役になることになり――若き作者自身が驚いたことに――作者の叙述の仕方と全体にわたる誠実で細密な描写のために、『ブッデンブローク家の人々』は十九世紀の自然主義的な家族小説になってしまったのである。そのためにトーマス・マンは小説が出版されたときにはすでに時代遅れと感じており、のちに『ブッデンブローク家の人々』が非常に高い評価を得て彼の最高の作品といわれると、不愉快に感じたのである。[13]

ヴォルフが指摘するように、数字で金銭と業績が明確に示される実際的な商人の世界は、数字で示すことのできない芸術の世界とは異なる。それはニーチェが『悲劇の誕生』のなかで、自己の課題と述べている、「科学を芸術家の観点で見て、芸術を生の観点で見る」という言葉に含まれるソクラテスの合理主義とギリシア悲劇の関係の問題でもある。ヴォルフが指摘しているのは、合理主義的思考と、芸術という目に見えない形而上学的要素を含むものとの関係を結びつけることの困難さであるが、そこに実際的であると同時に夢想的でもあるトーマス・ブッデンブロークの苦悩の原因がある。そしてそれは、マンの問題意識であると同時に、『悲劇の誕生』でニーチェのいう科学と芸術の問題でもある。さらにヴォルフは、マンがハノーのために書いた幾つかの章は、『トーニオ・クレーガー』に用いられたと述べており、「少年のトーニオとハノーは、一方が文学者で他方が音楽家であるにもかかわらず、その性格において全く区別できない」。例えば、『トーニオ・クレーガー』のダンスの場面はハノーにふさわしいと述べている。[14] ハノーとトーニオの類似性はコープマンも論じており、[15] ダンスの場面は確かにヴォルフのいう通り、ハノーにふさわしい。しかしこれらのヴォルフの論述に対し、同じアメリカ合衆国の研究者レーナートは自著の文末注解で、ヴォルフが書いている芸術家の小説という構想は、トーマス・マンの個人的な話に基づくもので、誤解であろうと記している。[16]

先行研究の多くは、ハノーが芸術家の素質はあるが早世するので芸術家とはいえないと論じている。ヴィスリングは、マンのグラウトフへの手紙にある父と息子世代の変化に関する記述を基にして、ハノーは音楽の世界の人間であるが、作品を創作するにはあまりに虚弱で、創作する力を持っていないと論じている。[17] コープマンによればハノーはデカダンスの典型というよりもむしろ芸術家の虚弱な原型で、世紀末の文学にしばしば見られたナルシス的な人物である。[18] フリーツェンは、ハノーの生への無能力は、芸術家の才能を開花させる素質を論じることを阻害している。身体的虚弱が、業績を成し遂げる能力に限界を設けているという。[19] ハノーは身体的虚弱のために素質はあっても芸術家とはいえないと見なされているのである。

しかし『ブッデンブローク家の人々』のハノーがチフスで死ぬ場面は、チフスの症状が百科事典からの引用になっており、ハノーという個人名は「精神」（八三二）という言葉に置き換えられて一般化されている。マンの思考方法は、ある問題に対立項を立てて弁証法的に考えて結論に至るというもので、「生と精神」の関係を、しばしば「精神＝芸術家」、「生＝市民」としている。従って「精神」に置き換えられたハノーは芸術家として描かれていると解釈することが可能であり、「ハノーの小説」は、ヴォルフがいうように芸術家小説になるはずであったと考えることができるのである。

四．メモ帳その他

トーマス・マンが若い頃使用していたメモ帳の一部が残されている。その使用状況は左の表のとおりである。メモ帳の使用状況を見ると『ブッデンブローク家の人々』のためのメモ帳は、第一から第三まであるが、執筆を開始した一八九六年から一八九七年にかけてのメモ帳がなく、一八九七年の第二メモは途中から破り取られており、重要な時期のものが存在しないことがわかる。[20] 存在しないことや破り取られていることの理由は不明であり、一八九六年のメモ帳が存在したかどうかも不明であるが、ひとつの可能性として、マンが何らかの理由で残そうとしなかったということも考えられる。

無名時代のマンが『ブッデンブローク家の人々』執筆に至る状況を知るための重要な資料は、これらのメモ帳、メモ以外に、前節で一部引用した、リューベック時代の友人オットー・グラウトフに宛てた書簡集がある。それによればマンは一八九六年九月に『ブッデンブローク家の人々』の習作ともいわれている『小男フリーデマン氏』を完成させ、一八九七年四月頃に『ヴァルター・ヴァイラー』*Walter Weiler* という残されていない短編を『道化師』に書き換えた。そしてグラウトフへの手紙に、同年一八九七年四月に『小男フリーデマン氏』から「秘密の形式と仮面」を見つけることができたと記して、「次には何かとても変わったものを書くつもりだ」と書いている。その後マンは一八九七年五月に、『小男フリーデマン氏』の短編集を出版したS・フィッシャーか

〔メモ帳の使用状況〕

第一メモ	一八九四年―一八九五年	ニーチェ、ブールジェの著作の抜き書きなど。『悲劇の誕生』などの入手メモ。
	一八九六年	メモ帳なし。
第二メモ	一八九七年七月―一八九八年四月	クリスティアンのメモで始まる。「一八九七年トーマス・マン」という記入。後ろの二六枚が破り取られている。
第三メモ	一八九八年一月―一八九九年一月	『ブッデンブローク家の人々』、『衣装戸棚』のメモなど。
第四メモ	一九〇一年	『ブッデンブローク家の人々』出版の年。
第五メモ	一九〇一年	『ブッデンブローク家の人々』に関する記述はない。
第六メモ	一九〇一年―一九〇六年？	一九〇一年に使用開始の住所録。一九〇六年かそれ以降も使用された。
第七メモ	一九〇一年―一九一〇年	『ブッデンブローク家の人々』に関する記述はない。

ら長編小説を執筆するよう勧める手紙を受け取り、故郷の叔父や母親にリューベックのさまざまなことを問い合わせて、一八九七年十月に『ブッデンブローク家の人々』の執筆を開始した。

これらのグラウトフに書いた手紙に、メモ帳の使用状況を照らし合わせると、一八九六年から一八九七年の春にかけての、「変わったものを書く」と記した時期のメモがなく、一八九七年のメモ帳の執筆を開始した時期と思われる部分も破り取られて残されていないのである。それゆえ、「変わったもの」は「ハノーの小説」という可能性があるのだが、「ハノーの小説」が『ブッデンブローク家の人々』に変わる時期のことは、資料不足ということもあり、明らかになっていないのである。

五. グラウトフへの書評の依頼

トーマス・マンの高校時代の友人オットー・グラウトフ Otto Grautoff（一八七一―一九三七）は、フランス芸術史の専門家でベルリンのレッシング単科大学の教授になった人物で、マンが『ブッデンブローク家の人々』で世に出る頃まで最も親しくしていた。マンより一歳年下で、高校時代の交友誌『春の嵐』*Frühlingssturm*（一八九三）のメンバーである。父親は書籍商であったが、倒産して自殺しており、マンの父親がその半年後に亡くなって商会が解散したことから、境遇が似ていたということもあって特別に親しくなったと思われる。

グラウトフは高校卒業後しばらくしてマン同様にミュンヘンに移住し、作家活動をしながら、一九〇〇年から雑誌『ユーゲント』*Jugend* と『ミュンヘン新報』*Münchener Neuesten Nachrichten* の編集委員をしていた。マンは『ブッデンブローク家の人々』の第二部をグラウトフに献呈していることや、様々なことを書き送っている手紙の内容から、若い頃のマンにとってグラウトフは最も心を許すことのできた友人といってよいだろう。それゆえグラウトフ宛の書簡は、ヴァジェが「若いトーマス・マンの心理学的、知的、文学的な発展の最も親密な証拠として、疑いなく価値があるといわれてよい[21]」というほど資料的価値の高いものである[22]。

一九〇一年十月に『ブッデンブローク家の人々』が出版された。その翌月の十一月二十六日にマンはグラウトフに書評を依頼し、書いて欲しいことを具体的に手紙で知らせている。GKFA全集の注釈版によると、グラウトフは『ブッデンブローク家の人々』の書評を二本書いており、マンの要請をそれぞれに書き分けている。一本は『ミュンヘン新報』の一九〇一年十二月二十四日版で、もう一本は『ドイツ文化のためのハンブルク週報』*Der Lotse Hamburgische Wochenschrift Für Deutsche Kultur* の一九〇二年一月四日版である。マンのグラウトフに書評を依頼する手紙は、『ブッデンブローク家の人々』出版直後で書評も出ていない時期のものであるから、既出の書評への反論などではなく、マン自身がこの作品に表現しようとしたことが書かれていると思われ、それだけに作品解釈にとって非常に重要である。

> さらにヒントを二、三『ブッデンブローク家の人々』について。『ローツェ』*Lootse* でも『ノイエステン』でも、お願いだ、本のドイツ性を強調してほしい[23]。少なくとも第二巻目に（こっちのほうがおそらく全体としてより重要だろう）強く表現されているふたつの純正なドイツ的要素として音楽と哲学を挙げてほしい。著者には師となる人物、もしもそのようなことを問題にしなくてはならないとすればだが、確かにドイツにはいないだろう。本のある部分はディッケンズ、他の部分は偉大なロシア人たちの名が挙げられる。しかし全体の特徴（精神的、社会的な）としては、テーマについて言うならば、生粋のドイツ性、つまり、一家の数世代にわたる父親たちと息子たち（ハノーの市参事会員に対する）の関係。（もしできるなら）結末に希望がなく憂鬱であることを少し非難してほしい。ある種のニヒリズムの傾向がしばしば作者に感じられる。しかし積極的な強みといえる

のは作者のフモールである。――見かけ上分量が多いことは、まあ、まったく意味がないというわけではない。『小劇場』と五秒の抒情詩の時代に、そのような作品を構想して結末まで導くのは、少なくとも、並々ならぬ芸術家のエネルギーのしるしである。叙事的調子を定着させるのに作家は成功している。ライトモティーフの大きな叙事的効果。世代の変遷にみられる、広汎な言葉による反覆の効果であるヴァーグナー的なもの。強い戯曲的な要素と叙事的な要素。会話。これで十分だ！　先延ばししないで、しっかりやってくれよ。[24]

ここに書かれていることが『ブッデンブローク家の人々』の作者が特に注目してほしがっている事柄なのである。また、父と息子の関係とは、すでに述べたグラウトフに宛てた手紙に書いている、世代ごとに洗練されて最後の子が芸術に向かうという考え方を示している可能性がある。ニヒリズム的であるがフモールもあること、ヴァーグナーのようなライトモティーフと叙事詩の要素、すなわち戯曲的で会話があることなども検討に値する事柄であるが、ここではGKFA全集に書かれているドイツ性についてのみを取り上げて、ヴァジェが論じていることを紹介するにとどめたい。

ドイツ性については、GKFA全集注釈版によると、グラウトフは書評に「特に二巻目に表現されているふたつの生粋のドイツ的要素として、音楽的で哲学的な部分が重要といってよいだろう[25]」と、マンが求めた通りに書いている。このようにマンがドイツ性を強調したがった理由は、ドイツ性は当時の重要な美的文化的基準のひとつであり、作品を売り込みたい作家は、多くの批評家や読者が望むものを知っているので、ドイツ性を書評で指摘するよう依頼したからだと論じている。つまり、マンは『ブッデンブローク家の人々』にドイツ性を表現したというよりも、専門家や読者に受けることを狙ってグラウトフに指示したと見なされているのである。

ヴァジェもドイツ性が強調されていることに注目しているが、それは政治的なものではないという。その理由として挙げられるのは、グラウトフへのその頃の手紙には、政治的なことはほとんど書かれていないことと、ハインリヒ・マンが主催していた、右派の反ユダヤ主義の雑誌『二十世紀』*Das Zwanzigste Jahrhundert* に、マンの国家主義的と感じられる発言があるが、真剣なものではないということである。ヴァジェによれば、「マンにとって審美的なものの絶対的な優位は疑問の余地がない」[26]、従ってマン自身が書いているように、ドイツ性とは、音楽と哲学のような非政治的なものであるという。さらにヴァジェは、『ブッデンブローク家の人々』にあるヴァーグナー的なものとはフランスのロマン主義であり、普遍主義である。それは後年の作品『ファウストゥス博士』のドイツ的な都市カイザースアッシェルンを象徴するオットー三世の普遍的なものへの希求と結びつく。それゆえ「生粋のドイツ性」とは、単にドイツにとどまらない普遍的なものへの欲求であると非常に抽象的に解釈している[27]。

しかし、マンは『非政治的人間の考察』「内省」で、「ドイツの空に燦然と輝き出る、永遠に結ばれた精神の三連星」として、ショーペンハウアー、ニーチェ、ヴァーグナーの名を挙げて、この三者をドイツ的であると同時に、ヨーロッパ的でもあると説明している。それゆえマンの考えるドイツ性とは、ヴァーグナーだけでなく、ニーチェやショーペンハウアーの思想と生き方も含まれるのではないだろうか。そして注目すべきは、ドイツ性が音楽と哲学に結びつけられていることである。マンはニーチェをドイツ的人間と考えており、本書が扱うニーチェの『悲劇の誕生』は、正式名称を『音楽の精霊からの悲劇の誕生』という、まさに哲学と音楽を扱った著作なのである。マンの考えるドイツ性とは何かということは大きな問題であるが、ドイツ性だけでなく、マンがグラウトフに依頼した手紙は、どのように解釈すべきかわからない部分が多いのも事実である。それでもなおこの手紙は『ブッデンブローク家の人々』にマンが何を表現しようとしていたのか、考える際の手助けになる重要な資料であることに変わりはないのである。

六．会心の作ではない

『ブッデンブローク家の人々』は、ノーベル賞受賞の対象作品であり、多くの言語に翻訳されて、世界中の人に読まれてきた。それゆえ作者マン自身もこの作品に満足していると思われがちであるが、マンはこの作品を会心の作とは思っていない。すでに述べたように、ハンス・M・ヴォルフも、マンは、「『ブッデンブローク家の人々』が非常に高く評価されて、彼の最高の作品といわれると不愉快に感じた」と書き残している。ここではマンの手紙をその根拠として示したい。

『ブッデンブローク家の人々』の完成は一九〇〇年八月である。その後短縮するようにという要請があり、それを断るという経過を経て、ようやく出版されたのは一年をすぎた一九〇一年十月である。その間、マンは兵役に服すなどしていたが、一九〇一年二月から三月にかけて、友人のグラウトフと兄ハインリヒに手紙を書いている。

この手紙と一緒に兄からの手紙を送るから、それを読んだら折り返し返してほしい。ぼくはすぐにも兄に詳しい返事を書いて、ぼくの長編小説 Roman の全部について打ち明ける beichten ことができればと思っている。でも、ぼくには今は時間がないし、とりわけ、手紙で告白 Confession することの影響を恐れている。というのも、このような場合には書いて知らせることが問題を軽くすることはなく、すべてを深刻にして、大げさにしてしまうことを経験しているからだ。その一方で、もちろんもう一度全体をよく考えて、ぼくのことを詳しく説明したいと心底思っている。[28]

この手紙に『ブッデンブローク家の人々』という題名は書かれていないが、マンの長編小説はこの時点では『ブッデンブローク家の人々』しかない。それゆえここで告白したいのは『ブッデンブローク家の人々』に関することである。この手紙の六日後、一九〇一年二月二十八日には兄ハインリヒ・マンに次のように書いている。

ぼくには、兄さんがぼくのだらしなさを悪く取るとは思えないのですが？［…］約束した説明 Confessionen をしないでいること、先延ばししているのだけれど、第一に不安だから、そして第二にお兄さんは今、たぶんほとんどそのようなことを聞く気分ではないでしょうから。[29]

その七日後一九〇一年三月七日、再びハインリヒ・マンに宛てて、

手紙でこれ以上詳しい告白 Confessionen をしたくない、なぜなら手紙に書いて、お互いに離れた場所であれこれ詮索することで、ただもう問題が深刻になって大げさになるからです。［…］ぼくの神経質な体質と哲学的な志向が問題を信じられないくらいに複雑にしている。[30]

二月の手紙に「約束した説明」と書かれているので、マンは兄にこの手紙以前にすでに何かを告白すると約束していたことになる。何を告白したいのかわからないが、グラウトフの手紙と合わせて考えると、マンは『ブッデンブローク家の人々』に関して「告白」したいと思っているのである。その内容は具体的にはわからないが、マンの「神経質な体質と哲学的な志向」が問題になっているというのである。すでに引用したグラウトフに依頼

した書評の内容にも哲学と音楽について書くようにという指示があることから、哲学が重要な要素であることは間違いないであろう。マンは『ブッデンブローク家の人々』に哲学が関わっているというのであり、それについて兄ハインリヒも友人のグラウトフも気づいていない、それゆえにマンが打ち明けたい気持ちになっているのである。

また、次の手紙からも、トーマス・マンが『ブッデンブローク家の人々』の成功を素直に喜んでいないことがわかる。

七．成功は誤解

ミュンヘン　一九〇三年十二月五日ハインリヒへの手紙

『ブッデンブローク家の人々』の成功は結局のところ誤解です。[…]『ブッデンブローク家の人々』の増刷は誤解です、もう一度言うけれど、ぼくが心の中で考え、構想したすべてを問題にする価値があると考えるのは、二、三百人以下の関心がある人々だけでしょう。そのことはぼくにはよくわかっています――『ブッデンブローク家の人々』の成功がお兄さんを参らせているのではないことを――そんなことを想定するのは愚かで滑稽なことです――、むしろそれ以前のこと、この本を書き上げたこと、この分量がお兄さんを参らせているのです[31]。

トーマス・マンは、兄のハインリヒに『ブッデンブローク家の人々』の成功には誤解があるといいながら、その理由を手紙で伝えようとしていない。そして自分の考えていることを理解するのは二、三百人以下と感じている。一九〇三年の時点での増刷は菊盛英夫によれば、一九〇三年に一万部に達したということであるから[32]、そのうちの二、三百人以下ということは、百人のうち、二人か三人しかマンが作品に表現したことを理解しないとマン自身が思っていることになる。さらにこの手紙からわかるのは、マンは、同じ作家である兄が『ブッデンブローク家の人々』の成功に複雑な感情を抱いていると感じて、約束していた説明を断念した可能性があるということである。

いずれにせよ、トーマス・マンは『ブッデンブローク家の人々』には哲学に関連する問題があり、それについて容易に理解されないと感じて、成功は誤解であると思っていたということである。マンは、自伝エッセイ『自分のこと』にも次のように書いている。

成功は誤解である、と言い切るほど極端に考える必要はないかもしれませんが、しかし、広汎に影響を与えるということには、疑いもなく誤解の要素が内在しています。『ブッデンブローク家の人々』の成功は、それを示すまさに具体的な一例です[33]。

これに続いてマンは、『ブッデンブローク家の人々』は北ドイツ市民の物語として理解され、ヨーロッパ全体の問題が含まれていることは気づいてもらえなかった。この物語にあるのは、ドイツ的な要素であり、人間全般に通じるもの、没落と同時に生じる洗練と高揚であると書いている。一九四〇年になってもトーマス・マンは、グラウトフへの書評依頼の手紙と同様に、『ブッデンブローク家の人々』にドイツ的なものを描いていると自覚し、それが理解されていないと感じているのである。

八．トーマス・マンの自己評価

『ブッデンブローク家の人々』は、マンが世に出るきっかけとなった作品であり、一九二九年のノーベル賞受賞の対象作品である。しかし、マンと直接話したヴォルフが書いているように、マンは褒められると不快に感じたという。[34] 一九三〇年のある手紙には次のように書いている。

ただこれだけで、あるいは主に私の青春時代の小説『ブッデンブローク家の人々』で私が賞を得たこと。それは少なくともアカデミーの考えだが、しかし明らかに完全に間違っている。『ブッデンブローク家の人々』だけでは、アカデミーが私に賞を与えてよいと思い、そう決定するような評価が私に与えられることはありえないでしょう。[35]

また一九五二年にはシュトラスブルク大学の雑誌で、『ブッデンブローク家の人々』だけでなく、他の作品の幾つかの章が取り上げられたことを喜び、「いつも『ブッデンブローク家の人々』！　いつもわたしの『魔弾の射手』*Der Freischütz*（一八二一）！　わたしはちっともうれしくない。『オベロン』*Oberon, or The Elf King's Oath*（一八二六）や『オイリアンテ』*Euryanthe*（一八二三）は、もっとレベルの高い音楽が含まれているのだから[36]」と書いている。これらはトーマス・マンがエッセイや兄ハインリヒに、成功は誤解だ、と書いていることを別の言葉で表現しているともいえる。要するにマン自身は『ブッデンブローク家の人々』をそれほど高く評価していないのである。それゆえ褒められてもうれしくないのである。

トーマス・マンが理解されていないと考えているとしても、具体的な内容は明らかにされていない。『ブッデンブローク家の人々』を最初に好意的に評価したのはザミュエル・ルブリンスキー Samuel Lublinski（一八六八―一九一〇）であり、マンはその書評を喜んだ。しかしマンは、ルブリンスキーへの礼状に、ルブリンスキーが評価した自然主義の小説ということに関しては、一言も触れていない。マンはリューベックの高校生だった頃、「自然主義の克服」を唱え、「感覚、印象の芸術」「神経の芸術」を主張していたヘルマン・バール Hermann Bahr（一八六三―一九三四）の影響下にあった。そのため、『ブッデンブローク家の人々』が、克服すべき十九世紀の自然主義の小説と評価されるのは、心外なことであっただろう。マンは、一九三〇年に書いたエッセイ『私の時代』のなかで、自分は自然主義などの流派に属したことはないと明確に述べてもいるのである。[37]『ブッデンブローク家の人々』がフォンターネの『エフィ・ブリースト』*Effi Briest*（一八九五）のような、十九世紀の自然主義的な北ドイツ市民の物語と評価されているとすれば、マンの自己評価が低いのは当然ともいえる。

九．縮小の要請

トーマス・マン研究者の間ではよく知られているエピソードであるが、『ブッデンブローク家の人々』はすぐに出版に結びついたわけではなく、当初フィッシャーは、長編小説は人々が多忙な時代のニーズに合わないとして、短くするよう要請した。しかし当時兵役に服していたマンは、それを拒否する手紙を兵舎から書いた。短縮を拒否する理由として、マンは、「この長さは、ある事柄を、多くのページを飛び越えてかなり前の方にあるモティーフに関係づけるという点で、本作品に不可欠なのだと説明した」と後にエッセイ『自分のこと』に書いている。マンは書評を依頼する手紙に書いているように、ヴァーグナーに倣ってライトモティーフを用いており、短縮することによってその効果が失われると考えたのである。[38] そして『略伝』でも、「この小説の分量は、小説自体の本質的な、手を触れてはならない特徴なのだと説明した。不安な気持ちで胸をどきどきさせながら鉛筆を走らせたこの手紙は、感動的で、せっぱつまっていたためにかえってうまく書けた」[39]と自負している。[40]

トーマス・マン自らが美しいというその手紙は残されていないが、娘のエーリカ・マンが子どもの頃に父親から聞いた話として次のように書いている。

それからお父さんはこれまでで一番美しい手紙を書いたんだ。最高に美しい手紙をね。お父さんはフィッシャーさんにわかってもらわなければならなかったんだ、お父さんがお父さんの初めての小説のどの章も、どのページもどの脇役もすべての基準を越えてうまくできていて、まったく欠かすことができないとうぬぼれているのではないということをね。とにかく、フィッシャーさんを納得させることは大切だったんだ、本の長さは根本的な特徴だということをね、だからお父さんたちは百ページすら失ってはならない、もし百ページ削るなら、どの百ページを削っても『ブッデンブローク家の人々』という作品の性質も、最高の品質もひどいことになる、そう、全体の価値をひょっとしたら破壊することになるだろうということをね。[41]

この話から感じられるのは、トーマス・マンが本当に熱意をこめて、一生懸命に手紙で訴えたということである。それほどに、『ブッデンブローク家の人々』は現在あるような長編のままでなければならなかったのである。その理由として考えられるのは、一、グラウトフに要請した書評内容にある、数世代にわたる父親たちと息子たちの関係が、一族の没落を表現するために必要であるということ、つまりハノーとトーマスの小説にするとしても、その本筋に至る過程を表現しなくては説得力がないということ、二、マンの細かいところまで説明したがる性質、三、長編小説としてのまとまりを維持するために、ヴァーグナーに倣ったライトモティーフを用いており、その効果を最大限生かしたいと考えた。このようなことが考えられるのである。

このようにして、『ブッデンブローク家の人々』は六百ページを超える長編小説として出版されたのである。

1 GW XI, S. 380.
2 GKFA 15. 1, S. 807.
3 GW XIII, S. 137.
4 GW XI, S. 550.
5 GKFA 19. 1, S. 356, GW XI, S. 554.
6 GKFA 1. 2, S. 460f.
7 Ebd., S. 425.
8 Ebd., S. 469.
9 Ebd., S. 62f.
10 BrOG, S. 51; GKFA 21, S. 58.
11 Ebd., S. 100; Ebd., S. 99.
12 Wolff, Hans M.: *Thomas Mann. Werk und Bekenntniss*. Bern 1957, (= Wolff) S. 17.
13 Ebd., S. 25f.
14 Ebd., S. 34.

15 Koopmann, Helmut: *Hanno Buddenbrook, Tonio Kröger und Tadzio: Anfang und Begründung des Mythos im Werk Thomas Manns (1975)*. In: *Thomas Mann Erzählungen und Novellen*. Wolff, Rudolf (Hg.), Bonn 1984, (= Koopmann 1975) S. 91f.

16 Lehnert, Herbert: *Thomas Mann—Fiktion, Mythos, Religion*. Stuttgart 1965, (=Lehnert) S. 232.

17 Wysling, Hans: *Buddenbrooks*. In: TMS 13. (Wysling) S. 207.

18 Koopmann 1975, S. 88.

19 Frizen, Werner: *Die Geburt künstlerischen Genies aus dem Geist des Theater und der Musik. Hanno und sein Freund Kai*. S. 194.

20 Vgl. TMNb 1-6; 7-14.

21 Vaget, Hans Rudolf: *Auf dem Weg zur Repräsentanz. Thomas Mann in Briefen an Otto Grautoff (1894-1901)*. In: *Die Neue Rundschau 91*. Frankfurt a. M. 1980, (= Vaget 1980) S. 61.

22 Vgl. BrOG S. XV. 編者であるペーター・ド・メンデルスゾーンによれば、この書簡集は、グラウトフからの返事は残されておらず、マンがグラウトフに宛てた手紙のみである。一九三七年にグラウトフの死後、夫人が知人のクルト・マシュラーに書簡を譲るが、一九三八年にマシュラーはそれらを置いたままウィーンを脱出する。書簡はゲシュタポに没収されてウィーン国立図書館に収蔵される。戦後になってマシュラーは書簡が収蔵されていることを知り、返還を要求して彼の手元に戻るという、紆余曲折を経ている。

23 手紙に書かれている Lootse とはハンブルクで出版されているDer Lotse『水先案内人』誌のことで、グラウトフは一九〇二年度の第二号に、トーマス・マンの指示通りに『ブッデンブローク家の人々』の書評を書いている。また、グラウトフはNeuesteつまり、Münchner Neueste Nachrichten『ミュンヘン新報』の一九〇一年十二月発売の第五十四号にも同様に書評を書いている。Vgl. GKFA 21, S. 622f.

24 BrOG, S. 139f; GKFA 21, S. 179f.

25 GKFA 1. 2, S. 127f.
26 Vaget 1980, S. 68.
27 Ebd., S. 67-71.
28 BrOG, S. 135f.; GKFA 21, S. 158.
29 BrHM, S. 20.
30 Ebd., S. 22; GKFA 21, S. 160.
31 Ebd., S. 31ff.; GKFA 21, S. 244.
32 菊盛英夫『評伝トーマス・マン』、筑摩書房、一九七七年、一七四ページ。
33 GW XIII, S. 141. Vgl. Bauer, Arnold: *Thomas Mann*. Berlin 1960, S. 9. ここで「成功は誤解である」というマンの発言についてインタビューがなされているが、明確な返事は得られていない。
34 前掲書 Wolff, S. 26.
35 DüD I, S. 85.
36 Ebd., S. 126.
37 GW XI, S. 311.
38 GW XIII, S. 139.
39 GW XI, S. 113.
40 Vgl. GW XII, S. 382.『精神的生の形式としてのリューベック』にも次のように書いている。「分量の多さはこの作品の本質的な特徴で、出版社の意志に従って作品を扱えば、それを台無しにしてしまう。内容が豊富でなければ意味がない本があるし、おもしろさは長さとは関係がない云々と説明しました。」

41 Scherrer, Paul: *Bruchstücke der Buddenbrooks–Urhandschrift und Zeugnisse zu ihrer Entstheung 1897- 1901*. In: *Neue Rundschau*. Heft 2. Frankfurt a. M. 1958, S. 276f.

第二章　トーマス・マンとフリードリヒ・ニーチェ

トーマス・マンは高校時代に校友誌『春の嵐』（一八九三）を主宰していたが、その第一号の副題は「春の嵐芸術、文学、哲学のための月刊誌」というものであった。[1] この時代を振り返ってマンは『略伝』に、「主として哲学的で扇動的な論説家の中心的人物として光っていた」[2]と述べており、高校時代から哲学に関心のある旺盛な批判精神の持ち主であったことを認めている。マンへのニーチェの影響は早くから論じられてきたが、マンがニーチェに初めて接した時期はわかっていない。ニーチェの発狂が明らかになった一八八九年一月当時、マンは六月に十四歳の誕生日を迎える年齢であり、この時点でニーチェに関心を抱いたかどうかは不明である。

しかしマンのニーチェへの関心は若い頃から生涯続いており、晩年にニーチェをモデルにした『ファウストゥス博士』を執筆し、エッセイ『われわれの経験に照らされたニーチェ哲学』を書いている。ここではそのようなマンとニーチェの関係を、本稿のテーマである『ブッデンブローク家の人々』を執筆した時期を中心に考察する。

一．時代の状況

『ブッデンブローク家の人々』が書かれた一九〇〇年頃のドイツ文化の状況について、テレンス・J・リードは次のように書いている。

一九〇〇年頃のドイツ文化で高く賞賛されていたのは、トーマス・マンがミュンヘンで目にしたように、問題性のない美や生の肯定であり、それに該当する「造形芸術」と考えられていた言語芸術、すなわち無意識で自然発生的な自発性によって純粋な「詩人」のみに創作可能な言語芸術である。主知主義や生への批判、そして掘り返す分析すべて――「作家」あるいは「文士」によって書かれる単なる「文学」は一切否定された。[3]

世紀転換期、ヴィルヘルム・ディルタイ Wilhelm Dilthey（一八三三―一九一一）が『体験と創作』*Das Erlebnis und die Dichtung*（一九〇五）に「ゲーテと詩的想像力」を書いたように、ゲーテのように素朴に作品を生み出す人こそ真の詩人であるという考え方が主流であった。そしてゲーテもパロディを嫌悪して、「美しいもの、高貴なもの、偉大なものを低い次元に引きずりおろして破壊する」[4]ものと非難した。そして一九〇九年にトーマス・マンの『大公殿下』が出版された時、ヘルマン・ヘッセ Hermann Hesse（一八七七―一九六二）は雑誌『三月』*März* で、素朴な芸術家はライトモティーフのような知的遊びをしない、素朴芸術家こそが真の芸術家である、と主張して、知的に技法を凝らすことを批判した。[5]

パロディにその手本と同程度の文学的価値が認められるようになったのは、十九世紀末のウィーン演劇からである。詩文学の分野でパロディが詩文学と同等の扱いを受けるようになったのは、二十世紀になってジェイムズ・ジョイス James Joyce（一八八二―一九四一）が『ユリシーズ』*Ulysses*（一九二二）を書き、トーマス・マンが『ヨゼフとその兄弟たち』を書いた頃からといわれる。[6]『ブッデンブローク家の人々』が出版された一九〇一年当時は、小説やパロディは詩より低く見られていた。このような時代状況にあって、『ブッデンブローク家の人々』がパロディであると公表することは、作家として自殺行為であり、本書のテーマが認められるならばであるが、トーマス・マンが沈黙を守ったのは当然といえる。

二．ニーチェ哲学の理解の違い

前章ですでに述べたように、マンと他の芸術家たちのニーチェ受容は大きく異なっていた。それゆえ、仮にマンが『悲劇の誕生』を『ブッデンブローク家の人々』にパロディ化したと説明したとしても、聞いた人たちがマンの意図を正確に理解したかどうかはわからない。ニーチェは『悲劇の誕生』の「自己批評の試み」に、「この本は秘儀に参加した人たちのための本であり、音楽の洗礼を受けたような人たち、共通の、世にも稀な芸術的経験によって、そもそものはじめから結ばれているような人たちのための『音楽』であり、芸術上の血縁者を見分けるための識別票」[7]であると書いている。『悲劇の誕生』の理解の仕方はさまざまである。それゆえ『ブッデンブローク家の人々』が『悲劇の誕生』を手本にしたパロディだと説明しても、理解されることは難しかったかもしれないのである。

すでに述べたように、マン自身が二、三百人程度の人しか相手にしてくれないと思い、そのつもりで構想した。[8]それゆえ、マンは最初から自分の意図が理解されることをあまり期待していなかった可能性がある。ニーチェもマンも共に自分の著作を、一部の人しか理解しないと考えていたのである。このような考え方は、『ファウストゥス博士』の悪魔の言葉、「パロディも今のように貴族的ニヒリズムに陥ってすっかり陰気になっていなければ、確かに面白いだろう」[9]と同じ意味内容のものである。「貴族的ニヒリズム」とは、理解できるのは選ばれたわずかな人間のみという優越意識と空虚な孤独を意味する言葉である。パロディを共に理解して、共に可笑しみを笑い合える相手がいなければ、パロディも寂しい笑いしか生まない。ニーチェが『悲劇の誕生』の「自己批評の試み」の最後に引用している、ひとりで冠を着け、足を高く上げて歩みつつ笑うツァラツストラの孤独である。それゆえ悪魔は、多くの人に理解されるならば、パロディも面白いというのである。

マンの『ブッデンブローク家の人々』は、作品全体がパロディといわれることはない。本書で論ずるふたつの作品のパロディ関係が認められると仮定して、マンが理解されないと考えた理由は、ニーチェ哲学の理解の仕方の違いが考えられる。多くの人はニーチェを唯美主義的に解釈し、マンは倫理的という解釈をしている。それゆえ、理解が得られなくても当然ともいえる。そのためにマンは、『ブッデンブローク家の人々』をパロディといわず、沈黙を続けたのではないだろうか。

三．フリードリヒ・ニーチェ

フリードリヒ・ニーチェ Friedrich Nietzsche（一八四四―一九〇〇）は、一八四四年にザクセン州のハレ、ライプツィヒの南西部にある小都市レッケンの牧師の家に生まれ、父親の死後一八五〇年にナウムブルクに移る。ナウムブルクの小学校から一八五八年に名門のプフォルタ学院に入学する。一八六四年にボン大学で神学、哲学、古典文献学を学び、一八六五年にライプツィヒ大学に移る。古典文献学を専攻したニーチェは、恩師のリチュル教授の推薦によって、一八六九年に二十四歳の若さでバーゼル大学の教授に就任する。しかし体調不良のために休職し、一八七九年に教授職を辞する。その後は定住することなくスイスのジルス・マリアやイタリアのジェノヴァ、トリノなどに移住しながら、思索と執筆に励んだ。主要著作に初期の『悲劇の誕生』、『反時代的考察』、中期の『人間的、あまりに人間的な』（一八七八）、『曙光』、『悦ばしき知恵』、後期の『ツァラツストラはこう語った』、『善悪の彼岸』（一八八六）、『道徳の系譜学』などがある。

学生時代のニーチェは、作曲家のリヒャルト・ヴァーグナー Richard Wagner（一八八三―一八八三）に心酔しており、プフォルタ学院時代には『トリスタンとイゾルデ』のピアノ譜を手に入れて、ピアノを弾きながら歌っていた。そしてライプツィヒ大学に移ってすぐにショーペンハウアーの『意志と表象としての世界』を読み、強い影響を受ける。さらにライプツィヒでは、一八六八年にヴァーグナーの姉の嫁ぎ先であるブロックハウス教授宅で、ヴァーグナーと知り合う。ふたりはショーペンハウアーの思想を支持することや音楽と古代ギリシアへの関心などから意気投合して、それ以降約三年間に二十三回、ニーチェがトリープシェンのヴァーグナー宅に通って、ふたりで音楽や芸術などのさまざまなテーマについて話し合った。その結果生まれたのが『悲劇の誕生』であり、この著作はヴァーグナーのバイロイト祝祭劇場の成功を支援することを目的のひとつにしていたのである。

一方ニーチェより三十一歳年上のヴァーグナーは一八一三年にライプツィヒに生まれ、父の死後移り住んだドレスデンとライプツィヒで音楽を学び、一八三四年、二十一歳でヴュルツブルク市立歌劇場の合唱指揮者、翌年マクデブルクの市立劇場の音楽監督、一八三七年からリーガの劇場の音楽監督に就任する。その後パリでの成功を夢見て、海路ロンドン経由でパリに行くが、パリでは成功せず、失意のうちにドレスデンに戻り、一八四三年に宮廷劇場の指揮者の地位を得る。ところが、ドレスデンの皇帝アウグスト二世が、プロイセンのヴィルヘルム四世の影響で皇帝の権力を強めようとしたために、怒った民衆が暴動を起こした。階級差別をなくし、自由で平等な社会を作るという理想に燃えるヴァーグナーは、暴動に加担するが、革命は失敗に終わり、ヴァーグナーは指名手配者になってスイスのチューリヒに逃れる。亡命者ヴァーグナーは、チューリヒで理論書『芸術と革命』、『未来の芸術作品』などを執筆し、ショーペンハウアーの『意志と表象としての世界』を読む。そして『トリスタンとイゾルデ』を完成させ、また、『ニーベルングの指環』の台本を仕上げる。そのようななかで一八六一年にはパリで『タンホイザー』を上演、一八六四年にルートヴィヒ二世に拝謁、一八六五年、ミュンヘンで『トリスタンとイゾルデ』を上演している。ヴァーグナーがニーチェと出会ったのは一八六八年であるから、ヴァーグナーは、すでに国王の後ろ盾を得た名の通った作曲家だったのである。[10]

スイスでの亡命時代のヴァーグナーは、創作活動を行いながら、一八四〇年代のパリの不遇時代に読んだフォイエルバッハの哲学にある、「感覚的共同性」の実現を目指す思想に改めて共感し、武力による革命ではなく、古代ギリシア悲劇のような優れた芸術の力で人々の絆を取り戻して、社会の改善を目指す方向に転換する。[11] そしてこの理想を実現するために、作詩、作曲、演出のすべてを行う総合芸術と称するオペラを創作し、ルートヴィヒ二世の援助を得て、自己のオペラ専用のバイロイト祝祭劇場を造営するに至る。

ヴァーグナーの理想は階級に分断された人々を芸術の力で結び合せることであった。しかし完成した劇場の観客は一般大衆ではなく、ルートヴィヒ二世をはじめとする上流階級の人々ばかりであった。劇場成功のために彼らを熱心に接待するヴァーグナーを見たニーチェは、ヴァーグナーの語った理想に反すると感じて失望し、ヴァーグナーから離れる。そしてニーチェは、『悲劇の誕生』出版の十四年後に、新たな序文「自己批評の試み」*Versuch einer Selbstkritik*（一八八六）を付け加えて、そこでヴァーグナーの芸術を「現代のドイツ音楽」[12]と呼び、非ギリシア的、ロマン主義的、麻酔薬と批判した。[13] つまり、『悲劇の誕生』は本文と序文とでヴァーグナーに対する評価が異なるのである。

四．トーマス・マンがニーチェに初めて接した時期

トーマス・マンのリューベック時代の日記やメモは残されていないために、マンがいつ、どのようにしてニーチェを知り、ニーチェの著作を読んだかは、明らかでない。ニーチェが発狂した一八八九年に、トーマス・マン

は十四歳であるが、すでに学校になじめず読書を好む少年であった。四歳年上の兄ハインリヒは、同年一八八九年にドレスデンの書店見習いになっており、兄からニーチェの情報を得ていた可能性が考えられる。以下は、マンがニーチェに接した時期を考えるための断片的な情報である。

①一九〇九年のメモ帳：「モデルネの批評以外に強い関心はない――それをわたしはすでに十九歳ではじめてニーチェのヴァーグナー批判を読んだときに感じていた。これは熱狂的なパンフレットだ」と書いている。パンフレットは『ヴァーグナーの場合』を指しており、十九歳のマンが最初に接したニーチェの著作とみなされている。[14]

②第一メモ（一八九四-五）に、『善悪の彼岸』と『ヴァーグナーの場合』からの抜き書きがある。これは十九歳で初めてヴァーグナー批判を読んだという①の内容が裏付けられる。

③トーマス・マンの四歳年上の兄で作家のハインリヒ・マンによる、同級生でのちに批評家、ジャーナリストになるルートヴィヒ・エーヴァース Ludwig Ewers（一八七〇-一九四六）宛ての一八九一年一月二十二日付の書簡。ここに、ハインリヒは「ショーペンハウアーに続いて今はニーチェだ……」[15]と書いている。この年の十月に父親が亡くなっているが、当時トーマス・マンは十六歳で、兄のハインリヒはベルリンの書店員見習いになっており、文化的な情報を入手しやすい立場にあった。一八九一年はニーチェが発狂して二年後であり、同じ年にルー・ザロメのニーチェ論が、自然主義の雑誌『自由舞台』*Freie Bühne* に掲載されている。ザロメの著作は、ニーチェの人物像を元にして著作を紹介している点で、ニーチェの人物崇拝に一役買ったと考えられている。[16]つまり「ニーチェ熱」の流行の源のひとつといえる著作である。その二年後の一八九三年にマンは交友誌『春の嵐』を出しており、この雑誌の副題に「芸術、文学、哲学のための月刊誌」と記していることから、マンはそれまでに哲学関連の知識を得ていたということになる。これらのことから、マンは、兄のハ

インリヒからニーチェの情報を得て、著作を読んでいた可能性があると考えられている。[17]

④マンは二十歳から二十二歳にかけて、イタリアに滞在する兄ハインリヒに合流して約一年半共同生活しているが、その頃ニーチェの『善悪の彼岸』と『道徳の系譜』を読み、ハインリヒと内容について議論し合ったといわれている。[18]

以上のことから、マンは遅くとも十九歳、早ければ十六歳のときにニーチェの著作に接していると考えることができる。次にマン自身が述べている二十歳の頃のニーチェ理解を見てゆく。

五．二十歳の頃のトーマス・マンにおけるニーチェ受容――批判的距離

マンの友人の妹が所有していた一八九五年頃の『汝自身を知れ！』と題された記念帳に、マンの記述が残されている。この記念帳は当時流行したもので、あらかじめ設定されている幾つかの問いに答えるというものである。そのなかの、「あなたの好きな作家は？」という問いに、マンは、ハイネ、ゲーテ、ブールジェ、ニーチェ、ルナンと答えている。このことからマンは、二十歳の頃に好きな作家のひとりに挙げることができるほどに、ニーチェの著作を読んでいたことがわかる。[19] しかしマンは全面的にニーチェの思想を肯定していたわけではない。二十歳の頃のニーチェ受容についてマンは次のように記している。

①『非政治的人間の考察』の「市民性」の章。

ニーチェの流行が市井の隅々まで行きわたってその影響が一種の消耗性の力の賛美、「美」の崇拝を生みだしていた時代に、わたしは若くはあったが、それでもニーチェを倫理家と認識することができたといえる。[20]

②『非政治的人間の考察』の「唯美主義と政治」

さて、今こそ信条告白をして、はっきり確認しておくべき時であるが、この疑いもなくニーチェの「生」のロマン主義を源泉とする唯美主義は、私がものを書き始めたころ大流行であったが、私は、これとほんのわずかでも関わりを持ったことは、ただの一度もない。二十歳のころにもなかったし、四十歳になってもやはりない。[21]

「ニーチェの『生』のロマン主義」とは、マンによれば、ニーチェによって肯定と賛美の意味で用いられた「放埒な」ruchlos という言葉に象徴される考え方である。それはディオニュソス的な言葉であり、強く、高貴で、罪を知らず、勝ち誇る美的な生に魅惑されて賛美することであり、まったく倫理的でない考え方である。[22] プロテスタンティズムの倫理性を父親から受け継いでいるマンは倫理的な態度を好み、ニーチェのディオニュソス的生の賛美のような、強さと美しさがすべてのものに優るという考え方から距離を取っていた。そしてそれにもかかわらず二十歳の頃すでにマンは、ニーチェを唯美主義者ではなく、倫理家と見ていたというのである。それはつまり、マンがニーチェの哲学を熟読し、独自の解釈をしていたということになる。

③『自分のこと』

ニーチェの倫理性と芸術家的性格がわたしにおいて誘発した有機的な吸収と変化には、最初から、反撥と距離が伴っていました。すでに二十歳の時から、わたしは、この哲学者の流行する低俗な影響に対し、単純極まる「ルネサンス主義」や超人崇拝やチェザーレ・ボルジア的耽美主義のすべてに対し、また、当時階級に関係なく流行していた、血統と美についての大言壮語のすべてに対して、あくまでも軽蔑の態度であったのです。[23]

チェザーレ・ボルジアは、ローマ教皇の息子でイタリアのルネサンス時代の軍人政治家として中部イタリアを征服した。美しい容姿であるが、目的のために手段を選ばない冷酷で残忍な性質の唯美主義的な人物で、マキアヴェリは『君主論』のなかで超人的人物として賞賛した。三島憲一によれば、マンは、後期のニーチェがボルジアに典型的なルネサンス的力と壮烈さを崇拝していたとみなしているという。[24] そして大貫敦子によれば、ボルジアの目的至上主義は、美を至上のものとする唯美主義に通ずる考え方であり、ニーチェは、ルネサンスを古代の再発見、キリスト教的中世からの人間性の解放と生の充実した時代ととらえていた。[25] つまりニーチェは自己の生の賛美の思想が実現していた時代だと考えていたと、マンはみているのである。

リューベックに生まれ、北方プロテスタントの倫理的空気の中で育ったマンは、目的至上主義や唯美主義的な考え方を受け入れることはなく、牧師の息子であり、哲学のために孤独のなかに身を置いたニーチェの生き方そのものに、ニーチェの倫理性を読み取った。そしてニーチェの生の賛美の思想を言葉通りに受け入れている人々、いわば「ニーチェ熱」に浮かれている人々から距離を取り、彼らを軽蔑していたのである。

そうしたマンの立場を表現したもののひとつが、短編『予言者の家で』である。マンはこの作品のなかで、詩人シュテファン・ゲオルゲ Stefan George（一八六八―一九三三）の仲間の詩人を揶揄している。ゲオルゲが一八九二年に発行した『芸術叢紙』*Blätter für die Kunst*（一八九二）には、ニーチェを崇拝した詩が掲載されているが、山本尤によれば、ゲオルゲの一派は、『ツァラツストラ』の「汝自身になれ」という要請を真面目に熱狂的に詩の世界に表現しようとするが、彼らの解釈はニーチェという人間と対決しているだけで、ニーチェの哲学と対決することはなく、ニーチェを利用して、ニーチェを歪めているという。[26] マンはこのようなゲオルゲ・サークルから距離を取っていたが、『ニーチェ　ある神話の試み』*Nietzsche. Versuch einer Mythologie*（一九一八）を著したサークルの一員のエルンスト・ベルトラム Ernst Bertram（一八八四―一九五七）とだけは親しく書簡を交わした。

晩年のエッセイ『ニーチェ哲学』によれば、マンは、ニーチェの唯美主義的な生の賛美を、ペシミズムの時代であるがゆえに意図的に「生」を強調したものと考え、ニーチェを、社会全体を考えて「生」を賛美した倫理家と見なしていたのである。それゆえマンは、ニーチェを「自己克服者」[27]、「したいことは一切せず、したくないことはすべてする人間」[28]と評し、ニーチェの生涯を「英雄的な生涯」[29]という。マンは、ニーチェを自己の楽しみを犠牲にして、思索し著作を世に出し続けた禁欲的で倫理的人間と見ていた。そしてこの見方は二十歳の頃にすでに持っており、このようなニーチェの姿がトーマス・ブッデンブロークという「業績の倫理家」につながったとも述べている[30]。

ペーター・ピュッツは、ニーチェの著作の監修者であり、マンのニーチェ受容を研究しているが、ピュッツによれば、マンはすぐれたニーチェ精通者であったが、心からニーチェを信頼したのではなく、懐疑的にニーチェ哲学に相対しており、それにもかかわらずニーチェはトーマス・マンにとって同伴者であり続けたという[31]。これはマン自身が語っている、「わたしは彼のいうことをなにひとつ言葉通りには受け取らなかったし、彼の説をほとんど何ひとつ信じなかった。そして、まさにこのことがニーチェに対するわたしの愛に幾重にも熱情を重ねさせて、そこに深みを与えた[32]」という言葉に通ずる解釈である。

マンは、『ブッデンブローク家の人々』執筆以前、二十歳の頃からニーチェに、距離を置きながら強い関心を抱いていた。『ファウストゥス博士』で、主人公のアードリアーンと友人のツァイトブロームが、「関心[33]」とは愛よりも強い情熱で、動物的な温かさを抜き取ったものと語り合うが、この「関心」こそがマンのニーチェに対する態度といってよいだろう。『非政治的人間の考察』でマンは、ニーチェの哲学を、「きわめてエローティッシュで捉えどころのない、生と精神のあいだを戯れる最高のイロニーの源泉になりえたのではないか[34]」と語っている。ニーチェとニーチェの思想に対するイローニッシュな関係が、マンのニーチェに対する態度なのである。

六．トーマス・マンと『悲劇の誕生』

『ニーチェ事典』によれば、「ニーチェ熱」が盛んな時代、一八九〇年代に最も読まれたのは『悲劇の誕生』と『ツァラツストラ』であるという。[35] マンがニーチェの著作に接したのは、十六歳あるいは、十九歳とされていることはすでに述べた。『悲劇の誕生』をマンが読んだ時期も不明であるが、レーナートが次のように実証的な研究を行っている。

①第一メモ（一八九五〜）に『悲劇の誕生』入手のためと思われるメモがある。

②一八九五年十二月号の雑誌『二十世紀』に、アポロン的なものとディオニュソス的なものという対立概念を用いて書評を執筆している。[36]

③『小男フリーデマン氏』（一八九七）の中心的な構造には、アポロン的なものとディオニュソス的なものという対立概念の影響がある。フリーデマン氏は『ローエングリン』公演で破壊的な情熱に捉えられるのであり、フリーデマン氏の悲劇はいわゆる音楽の精神から生まれた。[37]

以上のことからレーナートは、マンが『悲劇の誕生』に接した時期は、遅くとも二十歳と考えている。

またディールクスは、マン自身が『小男フリーデマン氏』に初めて表現したと語っている「基本動機[38]」を、『悲劇の誕生』のアポロン的なものとディオニュソス的なものに由来すると論じている。[39]『小男フリーデマン氏』は一八九六年の九月頃に完成して一八九七年に出版された短編であるが、マンは二十一歳の頃にすでにアポロン的なものとディオニュソス的なものを自己の作品に用いることができる程度に自分のものにしていたことになる。

ピュッツによれば、マンが強く影響を受けて、熟知し、評価していたのは、ヴァーグナーとショーペンハウアーに親しんでいた初期のニーチェであるという。[40] この時期のニーチェは、デューラーの版画『騎士、死、悪魔』を好み、コジマ・ヴァーグナーや妹のエリーザベトに贈っている。そして『悲劇の誕生』の第二十節で、ショーペンハウアーをこの版画の騎士のように、なにがあろうとも真直ぐ前を向いて歩む勇敢な人物であると賞賛している。ショーペンハウアーは『意志と表象としての世界』を若くして出版したが、評価されたのは、その三十年ほど後のことである。ニーチェは評価されなくとも自己の思想を正しいと信じて守り続けたショーペンハウアーに共感して、版画の騎士を重ね合わせていたのである。

ベルトラムによれば、ニーチェにあるのは北方プロテスタントの倫理性である。造形芸術にあまり関心のないニーチェが、この版画に長年執着したのは特別なことである。ニーチェはこの版画に一種の震撼を覚えながら、自分自身への戒めと感じていたと記している。[41] ニーチェは禁欲的で倫理的な人間であり、デューラーの『騎士、死、悪魔』の版画への愛着に、ニーチェの倫理性が表れているとマンもベルトラムも考えたのである。

ピュッツはさらに、マンがニーチェを知った最初の著作は、後期のヴァーグナー批判者としてのニーチェの『ヴァーグナーの場合』[42] であるが、マンが高く評価したのは、初期のニーチェ、つまり『悲劇の誕生』と『反時代的考察』であるという。マン自身、『ニーチェ哲学』の中で『悲劇の誕生』と『反時代的考察』を取り上げて次のように書いている。

ニーチェは最初からニーチェであって、常に変わらず、若き教授の著作にも、『反時代的考察』、『悲劇の誕生』や一八七三年の『哲学者』という論文にも、彼の後期の教えの萌芽ばかりでなく、ほかならぬこの一つの彼のいう福音がすでに完全な、出来上がった姿で含まれている。[43]

あるいは、

彼の哲学の序曲（＝『悲劇の誕生』）の中に、彼自身、実際すでに完全な形で含まれている。そればかりか世界的視野、ヨーロッパ文化全体に対する視野なども、すでにここに見られる。[44]［カッコ内は別府による］

最初の著作にはすべてが含まれる、とはしばしばいわれることであるが、マンもニーチェの初の著作である『悲劇の誕生』に、ニーチェの思想のすべてが含まれると考えていたのである。そしてレーナートが指摘していることであるが、マンは『ニーチェ哲学』の重要な箇所で、『悲劇の誕生』のニーチェのテーゼ、「世界と存在は美的現象としてのみ是認される」を引用しており、『悲劇の誕生』を重視していると思われるという。[45]これらのことから、ピュッツのいうように、マンは初期のニーチェ、とりわけ『悲劇の誕生』を重要と考えていたのである。

次に『悲劇の誕生』の主な内容を要約する。

七．『悲劇の誕生』

『悲劇の誕生』は、ニーチェが専門の古代ギリシア悲劇の誕生と滅びを扱った著作であるが、すでに述べたように、ヴァーグナーの影響下で、ヴァーグナーのバイロイト祝祭劇場を応援する意図のもとに執筆されていることから、純粋な文献学の著作とはいえず、学問の世界からは冷たく扱われた。現在では、ギリシア悲劇を扱った古典文献学の本というよりも、哲学書として読まれている。

この著作は、古代ギリシア悲劇がアポロン的なものとディオニュソス的なものの弁証法的発展と統合の末に誕生したとする思想を根幹にしたもので、ニーチェが、自己の課題とする「科学を芸術家の観点で見、芸術を生の観点で見る」という問題を探究し、さらに「世界と存在は美的現象としてのみ永遠に是認される」という命題を提示するに至ったニーチェの芸術論である。

『悲劇の誕生』の正式なタイトルは、一八七二年初版時は『音楽の精霊からの悲劇の誕生』*Die Geburt der Tragödie aus dem Geiste der Musik* といい、十四年後に序文「自己批評の試み」を書き加えて改めて出版したときには「悲劇の誕生、あるいは、ギリシア精神とペシミズム」*Griechentum und Pessimismus* と改められた。初版は、ヴァーグナーに捧げられたものであったが、一八八六年の改版時には、ニーチェはすでにヴァーグナーから離反しており、「自己批評の試み」によって『悲劇の誕生』の本来のテーマを改めて読者に示そうとしたと思われる。現在では、通常は初版時の副題のまま用いられている。

七―一．アポロン的なものとディオニュソス的なもの

アポロン的なものとディオニュソス的なものは、『悲劇の誕生』の最も良く知られている概念である。ニーチェが古典文献学者として行ったバーゼル大学の講義の記録『ギリシア人の祭祀』（一八七五―七六）にアポロン神やディオニュソス神の記述がみられる。しかし、アポロン的なものとディオニュソス的なものに関するまとまった論考が最初に現れるのは、『悲劇の誕生』の草稿「ディオニュソス的世界観」が最初とされている。[46]
上山安敏によれば、ベルリンのアカデミズムと対照的に、バーゼルはバッハオーフェン Johann Jakob Bachofen

（一八一五―一八八七）、ニーチェ、ブルクハルト Jacob Burckhardt（一八一八―一八九七）、ユング Carl Gustav Jung（一八七五―一九六一）、ヘッセなど、この時代の文化を担う人物を多く輩出しており、激動するヨーロッパの精神状況の震源地であったという。[47] ニーチェはバーゼル時代にヴァーグナーと親交を深めると同時に、ヤーコプ・ブルクハルトが主催し、バッハオーフェンも参加しているサークルに加わっていた。[48]『悲劇の誕生』で述べられている、死すべき人間にとって、生まれないことが最も良いことというシーレノスの知恵というようなディオニュソス的世界観や、古代ギリシア悲劇を作り出したギリシア人の厭世観は、ブルクハルトのギリシア人に対する見方が影響しているといわれ、[49]『悲劇の誕生』のディオニュソス的世界観についての記述には、バッハオーフェンの『古代墳墓象徴試論』*Versuch über die Gräbersymbolik der Alten*（一八五九）と酷似する箇所があることも指摘されている。[50]

しかし『悲劇の誕生』という問題作の誕生に最も強く影響しているのは、やはりヴァーグナー Richard Wagner（一八一三―一八八三）である。ニーチェのアポロン的なもの、ディオニュソス的なものという言葉が現れるのは一八六九年秋の遺稿が最初であり、[51] 一八六八年にヴァーグナーと出会った翌年のことである。ヴァーグナーは、スイスに亡命した年の一八四九年に執筆した『芸術と革命』の第一節冒頭で、時代の芸術を、「全ヨーロッパ芸術の発展連鎖にすぎず、またこの発展連鎖はギリシアに端を発している」といい、続いて次のように述べている。

最盛期において国家と芸術のうちに顕現したギリシア精神は、アジアを故郷とする粗野な自然宗教を捨て去り、美しく強い自由な人間を宗教意識の頂点に据えたのち、ギリシア諸部族の本来の主神であり国民神であるアポロンの姿に、自らの最も的確な表現を見出したのであった。［…］ディオニュソスに霊感を受けた悲劇詩人がこの輝かしい神アポロンを見たのは、人間のこの上なく美しい生から、命令によらずに内的な自然の必然性にしたがって、おのずと豊かに芽吹いた諸芸術のあらゆる要素に、結合力をもつ大胆な言葉、つまり崇高な詩人の意図を付与して、すべての芸術をいわば一つの焦点に統合し、およそ考えられうる至高の芸術作品であるドラマを生み出そうとしたときだったのである。[52]

「美しく強い自由な人間」をアポロンが象徴し、ディオニュソスの霊感をうけた悲劇詩人が、アポロンを見て、ひとつの芸術に結合するという思想は、ニーチェが『悲劇の誕生』において、古代ギリシア悲劇の誕生をアポロン的なものとディオニュソス的なものの結婚によると述べていることと同じであり、また第五節にある抒情詩人が詩を生み出す過程とも、表現は異なるが同じ意味である。ニーチェはヴァーグナーと親しく論じあううちに、ヴァーグナーから多くを学び取ったのであり、それを『悲劇の誕生』にニーチェの言葉で表現することでバイロイト祝祭劇場を支援したのである。それを示すのが、初版時の序文「リヒャルト・ヴァーグナーにあてた序言」である。『悲劇の誕生』はヴァーグナーなしでは生まれなかった書物である。

神話学者のカール・ケレーニイによれば、ディオニュソスの神話と祭祀に関わる事柄は、『悲劇の誕生』以前にすでに非常に多く存在していたので、これらの知識を利用すれば、ニーチェが論じているようなディオニュソス的世界観を得ることは可能であった。しかし『悲劇の誕生』以前に、それと同水準のものは現れていないのである。[53]シュミットとシュミット・ベルガーも同様のことを論じている。アポロン的なものとディオニュソス的なものが個体化の原理に結びつけられたのは、近代になってからである。とりわけディオニュソス的なものは、古代から絶えず芸術に取り入れられてきたが、ニーチェの『悲劇の誕生』によって注目されて、ロマン派から二十世紀にまで光彩を放つディオニュソス的非合理主義崇拝がもたらされた。そして今もなお、哲学、文学、音楽の分野でアポロン的なものとディオニュソス的なものは引き続きアクチュアルであり続けているという。[54]ボイマーも、アポロン的なものとディオニュソス的なものという対立概念は、すでに古代から存在していたが、ニーチェがそれを、芸術を成立させる要素としてとらえ、[55]ディオニュソス的なものを世界の本質、生と考えた。それゆえニーチェ以来、ディオニュソス的なものは、近代の非合理主義と文化批判に規定された生の哲学の主導概念になったと論じている。[56]

アポロン的とディオニュソス的という概念は、ニーチェ独自のものではないが、ヴァーグナーの影響を受けたニーチェが我がものとして芸術に結びつけ、独自の詩的言語で表現したことによって、それまで以上に注目され、さまざまに解釈されることになったのである。

七―二．ギリシア悲劇とディオニュソス的なもの

「ギリシア悲劇の起源は、学者の難問」[57]といわれている。それは、現存する悲劇作品が三十三編しかないうえに、[58]上演年代も不明のものが多く、上演方法も明らかになっていない事柄が多いからである。ギリシア悲劇研究は、アリストテレースの『詩学』にある「悲劇は酒神賛歌の音頭取りから始まった」[59]という記述を基にしており、このことはほぼ事実とみなされている。古典文献学を学んだニーチェも、ギリシア悲劇は悲劇合唱団から生まれたと考えているが、ニーチェは、その悲劇合唱団を架空の生き物であるサチュロスの合唱団であるとする。その根拠として考えられるのは、実証的なものではなく、ショーペンハウアーの形而上学にある、「音楽は『意志』の直接の模造である」という考え方に基づくもので、音楽とともに、「意志」すなわちディオニュソス的なものの言葉を伝達するのは、ディオニュソスの従者で上半身が人間のサチュロスによるのがふさわしい、従って悲劇合唱団はサチュロスの合唱団であるということになる。

ニーチェによればサチュロスの合唱団が音楽によって、ディオニュソスの言葉を伝える過程は、抒情詩人が詩を生みだす過程と同じである。ホメロスのような叙事詩人は、アポロン的な比喩的形象を言葉で模倣する。それに対して抒情詩人は、ディオニュソス的なものである根源一者と完全にひとつになり、音楽として生み出された根源一者の声を言葉によって模倣し、表現する。音楽こそが世界の本体である根源一者の苦痛や矛盾を象徴的に表現するのである。

サチュロスの合唱団は、抒情詩人のように、音楽を通して根源一者であるディオニュソスの言葉を観客に伝える。すると観客は我を忘れて合唱団とその音楽に陶酔し、すべてが根源一者とひとつになると感じ、日常の孤独と苦悩を解消して、生を肯定して生き続けることができるようになる。このとき合唱団の伝える音楽と言葉によって生まれる形象が悲劇の舞台となる。それゆえ、合唱団は悲劇の「母胎」であり、悲劇の主人公は根源一者、ディオニュソスといわれるのである。

ニーチェは、三大悲劇詩人、アイスキュロス、ソフォクレス、エウリピデスのうち、アイスキュロスの悲劇の主役プロメテウスを芸術家の巨神、ソフォクレスの悲劇の主役オイディプスを聖者といい、さらにプロメテウスもオイディプスも、苦悩、矛盾、過剰といわれるディオニュソス的な衝動が表れる人物として、「ディオニュソス的なものの仮面」であるという。

芸術家と聖者の創造的で超人的な行為は、神や自然との境界を侵す冒瀆行為であり、それゆえその罪を贖う運命が与えられる。プロメテウスは、人間のために神から火を盗み、罰としてコーカサスの山に縛られて、毎日鷹に肝臓を突かれる苦しみを与えられる。オイディプスは、自然的生き物であるスフィンクスの謎を解き、父を殺し、母を妻とする自然を冒瀆する行為を行って自然の秩序を破る。それゆえ罰として盲目になって放浪の旅をしなくてはならない。「ディオニュソス的なものの仮面」とは、自己が属する秩序を破壊してしまうほどの強い衝動、常識を超えるほどの強い衝動に突き動かされて行為する者のことであり、その者は自己の存在すら危うくしてしまう、すなわちアポロン的な節度を超えるために罰を受けることになるのである。ギリシア悲劇の本来の主人公は、このようなディオニュソス的な矛盾と苦悩を担う「ディオニュソスの仮面」である。

七―三．理論的人間ソクラテスと楽天主義

理論的人間ソクラテスの影響を受けたエウリピデスは、アイスキュロスやソフォクレスとは異なり、「ディオニュソスの仮面」のような根源的矛盾や苦悩を持たない、日常の人間を悲劇の主人公にした。そのため観客は、身近でわかりやすい悲劇に日常的な喜びや悲しみを感じるだけであり、プロメテウスやオイディプスのような根源的苦痛を観て、震撼しつつ心を揺り動かされるという体験をすることがなく、従って根源一者との一体感も得られない。それゆえ悲劇は滅びていったとニーチェはいう。

エウリピデスの作品の傾向は、「美であるためにはすべてが理知的でなくてはならない」という美的ソクラテス主義である。ソクラテスは「徳は知である、無知からのみ罪は犯される、有徳な人は幸福な人である」といい、「知」こそが幸福の源であると考えたのである。しかしニーチェが考える本来のギリシア悲劇は、「知」よりも、「情」を含む不合理なものが優位にある芸術である。しかしエウリピデスは「知」を優先したために、すべてが明快でわかりやすくなり、飽きられて人々の支持を失って滅びた。悲劇詩人の手によって滅びたのだから自殺であるとニーチェはいう。

実際は、悲劇が滅びたのはエウリピデスひとりの原因というよりも、「知」を重んずるソクラテスの影響が広まった時代風潮が原因である。ニーチェはこのような時代の風潮がエウリピデスに象徴的に現れているとして、

悲劇詩人が悲劇の没落を招いたのであるから、ギリシア悲劇は自殺したというのである。そしてエウリピデスを、「お前がディオニュソスを見捨てたからこそ、アポロンもお前を見捨てた」と非難する。

知を重んずるソクラテスは、「無知の知」を切り札にして、問答法（Dialektik：弁証法）によって、人々を論破した。しかしニーチェによれば、問答法の本質は、言語と論理によって段階を経ることですべての物事を解明しうると考える楽天主義であり、[60]言語と論理で説明しきれないものに目が向けられていないのである。ソクラテスは、そのような理論的楽天主義者の原像である。理論的楽天主義者は、事物の本性を究明できると信じ、知識と認識を万能と考え、誤謬を悪とする。そして事物を究明して真の認識を仮象と誤謬から区別することが最も高貴な使命と考えて、概念、判断、推論をすぐれた能力とみなす。そして理論によって説明しきれない同情、犠牲、英雄的精神などの崇高な道徳的行為も、知の弁証法によって解明できると考えているのである。[61]それゆえ解明できない不合理なディオニュソスの苦悩を表現した悲劇は認められず、滅びたのである。

ニーチェは、こうしてギリシア悲劇が衰えた後、楽天主義の時代が十九世紀後半まで続いているという。ここで楽天主義とひとくくりにされているのは、ソクラテス的理論的人間と弁証法のほかに、知識の宝庫である図書館に象徴される古代アレクサンドリア文化、音楽が言葉の奴隷になっているイタリアオペラ文化、そしてギリシア文化に「明朗性」のみを見て、闇の部分に目を向けない十八世紀の牧歌的な古典主義美学である。楽天主義的人間は、アポロン的な明るい現象界の明快な知識を重視し、ディオニュソス的矛盾や苦悩は言葉と論理によって説明できると考えているのである。しかし、ギリシア人がソーフロシュネーと名づけた「魂の凪[62]」を理論的に説明できても、「魂の凪」は得られない。科学も最後は論理だけでは解明できないところに行き着き、矛盾を矛盾として受け止める芸術に拠りどころを求める。ニーチェは、こうして悲劇と神話の再生がヴァーグナーの楽劇によって始まったという。

七―四．神話とヴァーグナーの音楽

十九世紀という科学が発達して、人間がゆとりを失い、希望を見出せないペシミズムの時代に、ヴァーグナーの音楽が、突風のようにすべてを吹きさらい、ドイツ精神は更新され浄化される、とニーチェは論ずる。ギリシア悲劇がギリシア神話を用いたことからヒントを得て、ヴァーグナーはドイツ神話を用いたオペラを創作した。神話は「圧縮された世界像[63]」であり、「現象の縮図[64]」、すなわち民族の意識、無意識の表れである。ヴァーグナーのオペラの観客たちは、音楽が与える極度の興奮のなかで、自分たちの神話であるドイツ神話の主人公に共感し、古代ギリシア悲劇の観客のように、すべてのものとの一体感を得て、生きることを肯定し合うことができるというのである。

音楽における不協和音とは、ディオニュソス的なものである根源一者の苦悩と矛盾の模造である。そして、神話を題材とする悲劇に見られる矛盾や不調和も、根源一者の苦悩と矛盾が表現された芸術である。悲劇の矛盾も不調和も、不協和音のように、「意志」の言葉の比喩として、観客に美的快感をひき起こす。それゆえ「悲劇において、見ようと欲すると同時に、見ることを超えてあこがれるということ[65]」というニーチェの言葉は、根源一者との合一への憧れ、死への憧れを意味しているのである。

はっきり知覚された現実に対して、最高の快感を覚えながらも、無限なものに迫ろうというあの努力、憧憬の羽ばたきがあるということは、このふたつの状態のうちに一種のディオニュソス的現象を認めねばならないことをわれわれに想起させる。[66]

現象の世界に個体化した個人が、根源一者の快と苦悩を感じつつ、合唱団とともにすべてと一体化しようと欲することとは、世界と生の美的現象としての是認という最高の快感に至ろうと欲することである。ニーチェはこれをディオニュソス的世界観といい[67]、読者がこのような世界観を得ることを期待しているのである。

七―五．「自己批評の試み」

ニーチェは、『悲劇の誕生』を出版したときはヴァーグナーに共鳴していたが、その後離反し、十四年後に「自己批評の試み」という新しい序文を書き加えた。この序文でニーチェは、『悲劇の誕生』を執筆した頃のヴァーグナー賛美を撤回する。そして、現世よりも彼岸を良いとするキリスト教と、キリスト教的な救済をもとめるヴァーグナーのロマン主義的芸術を批判して、「強さのペシミズム」を奨励する。そうして新たな序文にディオニュソスとは何かという問題の答えが本文にあるということ、ニーチェ自身の課題「科学を芸術家の観点で見、芸術を生の観点で見る」、そして「世界と存在は美的現象としてのみ永遠に是認される」という命題を提示するのである。

以上、『悲劇の誕生』を要約したが、本書で問題となるのはトーマス・マンが『悲劇の誕生』をどのように解釈して、『ブッデンブローク家の人々』に用いたのかということである。以下の各章でそれを見てゆく。

---

1 Vgl. Mendelssohn, Peter de: *Der Zauberer Thomas Mann. Das Leben des deutschen Schriftstellers*. Frankfurt a. M. 1975, S. 140ff.

『春の嵐』は学校側からの圧力か、あるいは資金難のためか、一八九三年五月号と六・七月号の二号で廃刊している。マンの筆名パウル・トーマスの作品が最も多く掲載されていることから、マンが中心になって発行した雑誌と考えられている。一九二五年には関係者が第一号を所持していたが、現在は第一号、二号共に一冊も残っていない。

2 GW XI, S. 100.

3 Reed, Terence J.: *Thomas Mann und die literarische Tradition.* In: TMHb 2005, S. 107.

4 Liede, Alfred: „*Parodie*“ *In: Reallexikon der deutschen Literaturgeschichte 3. P–Sk.* begründet v. Paul Merker u. Wolfgang Stammler. Berlin 1977, (= Liede) S. 22.

5 GKFA 21, S. 777f.

6 Liede, S. 12ff.

7 KSA 1, S. 14.

8 BrHM, S. 33. (5. 12. 1903.)

9 Vgl. GKFA 10. 1, S. 353.

10 高辻知義『ワーグナー』、岩波書店、一九八六年を参照。

11 ワーグナーの思想の変遷については、藤野一夫「フォイエルバッハ時代のワーグナーの思想」、『ワーグナー　友人たちへの伝言』（三光長治監訳）、法政大学出版会、二〇一二年を参照。

12 KSA 1, S. 20.

13 Vgl. Ebd.

14 Norticote–Bade, James: *Die Wagner–Mythien im Frühwerk Thomas Manns.* Bonn 1975, S. 9. ; Wysling, Hans: *Geist und Kunst. Thomas Manns Notizen zu einem „Literatur–Essay“* In: TMS I, S. 162.; Kristiansen, Børge: *Thomas Mann und die Philosophie.*

In: TMHb 2005, S. 260.
15 Mann, Heinrich: *Briefe an Ludwig Ewers 1889-1913*. Leipzig 1980, S. 202. ; Wieler, Michael: *Der französische Einfluß. Zu den frühesten Werken Thomas Manns am Beispiel des Dilettantismus*. In: TMJb 9, S. 183. ハインリヒの友人でリューベックに住んでいたエーヴァースからブールジェとニーチェについて情報を得ていたと考えられる。
16 大貫敦子「世紀末とニーチェ」、大石紀一郎他編『ニーチェ事典』、弘文堂、一九九五年、三一七ページを参照。
17 Wysling, Hans: *Die Brüder Mann. Einführung in den Briefwechsel*. In: TMS XIII, S. 139.
18 三浦淳『マン兄弟の確執』、知泉書館、二〇〇六年、二八ページ。
19 GKFA 14. 1, S. 33f.
20 GKFA 13. 1, S. 160.
21 Ebd., S. 586.
22 Vgl. Ebd., S. 585f.
23 GW XIII, S. 142f.; Vgl. GW XI, S. 312; GKFA 13. 1, S. 587.
24 三島憲一「ボルジア」、『ニーチェ事典』、五九七ページを参照。
25 大貫敦子「ルネサンス」、『ニーチェ事典』、六七五ページを参照。
26 山本尤「ゲオルゲ」、『ニーチェ事典』、一六九―一七一ページを参照。
27 GW XIII, S. 143.
28 GW IX, S. 693.
29 GW XIII, S. 143.
30 Vgl. GKFA 13. 1, S.161.

31 Pütz, Peter: *Thomas Mann und Nietzsche*. In: *Thomas Mann und die Tradition*. Peter Pütz (Hg.) Niederhausen 1971, (= Pütz 1971) S. 228.

32 GW XIII, S. 143.

33 GKFA 10. 1, S. 106.

34 GKFA 13. 1, S. 92f.

35 大貫敦子「世紀末とニーチェ」、『ニーチェ事典』、三一七ページを参照。

36 Lehnert, Herbert: *Thomas Mann–Fiktion, Mythos, Religion*. Stuttgart. 1965, (= Lernert) S. 26, 34, 229.

37 Ebd., S. 48.

38 「基本動機」Grundmotiv (Grund–Motiv) については、第三章を参照。

39 Dierks, Manfred: *Thomas Mann und Mythologie*. In: TMHb 2005, (=Dierks 2005) S. 290.

40 Pütz 1971, S. 225.

41 Bertram, Ernst: *Nietzsche*. Berlin 1921, S. 43.

42 Pütz 1971, S. 225.

43 GKFA 19. 1, S. 196.「一八七三年の『哲学者』という論文」は、『最後の哲学者』、『哲学者、芸術と認識との闘争に関する諸考察』(1872) 及び『文化の医者としての哲学者』（一八七三）のうちのどれであるかは特定されていない。Vgl. GKFA 19. 2, S. 251.

44 Ebd., S. 198.

45 Lehnert, S. 34.

46 木前利秋「アポロ／ディオニュソス」、『ニーチェ事典』、一一ページ。

47 上山安敏『神話と科学　ヨーロッパ知識社会　世紀末～二十世紀』岩波書店、二〇〇一年、三〇四―三〇九ページを参照。

48 谷本慎介「ニーチェとディオニュソス――ニーチェのバッハオーフェン受容――」神戸大学『国際文化学部紀要』第三十一号（二〇〇八年）、（＝谷本慎介）一―二九ページ。バーゼル時代、『悲劇の誕生』を執筆した時期に、ニーチェがヴァーグナーと親しく交友していたことはよく知られているが、アポロン的なものとディオニュソス的なものというふたつの衝動が結婚するという思想は、ヴァーグナーの『音楽と言葉』からの影響であるという。

49 ブルクハルト、ヤーコプ『ギリシア文化史三』（新井靖一訳）、ちくま学芸文庫、筑摩書房、一九九八年、三五六―三六八ページ。

50 谷本慎介、一―二九ページ。

51 Nietzsche, Friedrich: *Nachlaß 1869-1874*. In: KSA 7, S. 30f.

52 リヒャルト・ワーグナー『芸術と革命』（杉谷恭一訳）、『ワーグナー　友人たちへの伝言』（三光長治監訳）、法政大学出版会、二〇一二年、五―六ページ。

53 Kerényi, Karl: *Dioysos. Urbild des unzerstörbaren Lebens*. München–Wien 1976, S. 115.；ケレーニイ、カール Karl Kerenyi『ディオニューソス―破壊されざる生の根源像―』Dionysos: *Urbild des unzerstörbaren Lebens*（岡田素之訳）、白水社、一九九三年、一四七ページ。

54 Vgl. Schmidt, Jochen und Schmidt–Berger, Ute: *Mythos, Kult, künstlerische Gestaltung und philosophische Speklation von der Antike bis zur Moderne*. In: *Mythos Dionysos*. Schmidt, Jochen und Schmidt–Berger, Ute (Hg.) Stuttgart 2008, S. 9 - 54.

55 Baeumer, Max: *Das moderne Phänomen des dionysischen und seine „Entdeckung" durch Nietzsche*. In: *Nietzsche Studien* Bd. 6. Montinari, Mazzino u. a. (Hg.) Berlin 1977, S. 141f. ニーチェは、クロイツァーの著作を『悲劇の誕生』執筆時にバーゼル

図書館から借りている。そしてニーチェは、ディオニュソスという神秘的なものの象徴が、悲劇の公共的な祭式と演劇的神秘的祝祭の中に表現されていることを論じて、クロイツァーの悲劇的に苦悩するディオニュソスのイメージを超えたという。

56 Ebd., S. 9.

57 田中美知太郎「ギリシア悲劇への案内」、『ギリシア悲劇全集I』(田中美知太郎編)、人文書院、一九六〇年、一九ページ。

58 丹下和彦『ギリシア悲劇ノート』、白水社、二〇〇九年、二五一ページ。

59 アリストテレース『詩学』・ホラーティウス『詩論』(松本仁助、岡道男訳)、岩波書店、二〇〇七年、三十ページ。

60 Vgl. KSA 1, S. 94.

61 Vgl. Ebd., S. 101.

62 Ebd., S. 101.

63 Ebd., S. 145.

64 Ebd., S. 145.

65 Ebd., S. 153.

66 Ebd., S. 153.

67 薗田宗人「ディオニュソス—根源的一者との合体」、『ニーチェを知る事典』(渡邊二郎、西尾幹二編)、筑摩書房、二〇一三年、四〇六ページ。

第三章　トーマス・マンの「基本動機」——アポロン的なものとディオニュソス的なもの

トーマス・マンは『ブッデンブローク家の人々』以前に短編小説をいくつか書いているが、作家として世に認められたとまではいえない状況であった。そうした中で『小男フリーデマン氏』という短編に「基本動機」を用いることで創作の突破口を開くことができたと述べている。この「基本動機」が『悲劇の誕生』のアポロン的なものとディオニュソス的なものの対立からヒントを得たものであることをここで論ずる。

一．「基本動機」とは

トーマス・マンは、『ブッデンブローク家の人々』によって作家としての地位を確かなものにした。この作品の習作といわれるのが一八九七年に雑誌『ノイエ・ドイチェ・ルントシャウ』に掲載された短編小説『小男フリーデマン氏』である。マンは自伝エッセイ『自分のこと』のなかで、この作品をマン自身の文学的突破口となった作品であるといい、「背中にこぶのある小さな男の陰鬱な物語は、全作品を通じて、個々の作品におけるライトモティーフと同じ役割を果たす基本動機 Grundmotiv というものを初めて打ち出したことで、私自身の歴史においてもひとつの境界石になる」と記している。その「基本動機」とは次のようなものである。

それは災厄 Heimsuchung の理念である。すなわち、品位を保つ自制によって制御されうる幸福へのすべての希望と盟約した穏やかな生活の中に、酔っぱらって破壊し、破滅させる力が侵入するという理念である。獲得して表面上は保証されているかのようにみえる平和の歌や、誠実に作り上げられた構造物を、笑いながら吹き飛ばしてしまう生の歌、勝利と征服の歌、未知の神の到来の歌などである。[2]

「基本動機」とは、自制して手に入れた幸福な生活が、泥酔して破壊する力によって「災厄」に見舞われるというモティーフである。マンは、この「基本動機」を『小男フリーデマン氏』、『ヴェニスに死す』あるいは『ヨゼフとその兄弟たち』などに用いたことを認めて、中でも『ヴェニスに死す』について次のように説明している。

再び私のテーマは、情熱 Leidenschaft の破壊的な侵入になりました。形作られて、表面的には完全に制御されているかのように見える生の破壊です。生は「未知の神」fremde[n] Gott、エロス=ディオニュソス Eros–Dionysos によって品位を失い、不条理に突き落とされます。[3]

「基本動機」は「情熱」、「未知の神」、「エロス=ディオニュソス」と言い換えられている。マンにとって「情熱」とは、ショーペンハウアーの「意志」の苦悩 Leiden から生じるものであり、[4] ニーチェのいうディオニュソス的なものと同義である。「基本動機」である「未知の神」が、死を間近にしたアッシェンバハの夢に現れるディオニュソス神、「エロス=ディオニュソス」といわれていることから、マンフレート・ディルクスは、マンの「基本動機」を『悲劇の誕生』のアポロン的なものとディオニュソス的なものの受容であるという。[5] さらにディルクスは、マンの「基本動機」はフロイトの抑圧理論と一致しているが、フロイトの受容ではない。マンはフロイトを読む以前にニーチェのアポロン的なものとディオニュソス的なものという思想を通じて、人間の抑圧された心理に精通していたというのである。[6]

「基本動機」の使用に関して、マンは『小男フリーデマン氏』から『ヴェニスに死す』にまで「アーチがかかる」[7]というが、アーチの下に位置する『ブッデンブローク家の人々』については何も語っていない。しかし「基本動機」は「全作品を通じて、個々の作品のなかでのライトモティーフと同じ役割を果たす」のである。ディルクスは上述の論考の中で、「トーマス・ブッデンブロークについても再び基本動機が取り入れられた」[8]と短く言及しており、マンが作品名を明言していないだけで、『ブッデンブローク家の人々』にも用いられている可能性は十分にある。

二．パロディとしての『ヴェニスに死す』

ヘルマン・クルツケは、「基本動機」という言葉を用いていないが、マンが『ヴェニスに死す』を「悲劇」と呼んでいることから、グスタフ・フライターク Gustav Freytag（一八一六—一八九五）が『ドラマの技法』*Die Technik des Dramas*（一八六三）で論ずる古典的な悲劇の伝統的構成と『ヴェニスに死す』の関係を考察して、「基本動機」と同じ上昇と転回があることを指摘している。[9]『ドラマの技法』によれば、「悲劇の形式は、普通は骨組みが（屋根のように）全体を覆っている。筋は導入部（第一幕）から上昇して、対立を解消しつつ頂点に達し、結末で急展開して崩壊する。すなわち、筋は決定的にカタストロフに向かう」[10]という。以下はこれに基づくクルツケの『ヴェニスに死す』の解釈である。

『ヴェニスに死す』は五章ある。これらを各幕とするならば、第一章は第一幕である。北墓地で見知らぬ男がアッシェンバハに突然旅に出たくなる欲望を感じさせて、ディオニュソス的なものによる誘惑のテーマが歌われ始めることで、誘惑への抵抗が消える。第二章が第一幕に当たる。導入部は後から出てくる。アッシェンバハのこれまでの人生と、上述の誘惑に対するその抵抗力の弱さの理由が語られる。第三章（第三幕）は、ホテルに留まるか出発するかという葛藤の頂点である。神話的な力（タッジォ）が勝利し、出発の試みは挫折する。この章の最後に、手のひらを開き両腕を広げるモティーフ、「喜んで歓迎し、泰然と受け取る動作」（急転回）がある。アッシェンバハは没落の準備ができている。第四章（第四場、没落する筋書き）では、アッシェンバハのタッジォへの愛が発展して、アッシェンバハは一層自由に徘徊することになる。相対的にかなり距離を取り、愛する者についての美的考察を試みつつ、タッジォがいる所で執筆する場面で始まる。そして征服された者の「お前を愛している」という告白で終わる。第五章（第五場）はコレラで始まり、市民的秩序の一層の解体とアッシェンバハの人格的崩壊が描かれ、彼の死とディオニュソス的な諸力の勝利で終わる。[11]

クルツケはこのように説明して、『ヴェニスに死す』は悲劇の形式の幾つかの原則を満たしているが、内容はニーチェの『悲劇の誕生』に負うという。さらに、語り手は伝統的形式と古典主義的価値観によってパロディ的に語っている。なぜなら語り手の態度は、物語の内容によって否定されているからだという。語り手はアッシェンバハを「魅惑された男」、「のぼせ上った男」と呼ぶが、語り手のいう伝統的形式と古典主義的価値観は、アッシェンバハにおいては根本的に破壊されている。悲劇の高邁な調子も、ニーチェの光学のもとでは空疎になり、擬態、お芝居、いかさまになるのである。

基本的にパロディは、手本と改変されたものとの落差からおかしみが生まれるのであるが、クルツケは、古典主義的格調の高い文体と、少年にのぼせ上った主人公の態度との間に落差を見いだして、パロディであるという。アッシェンバハとタッジォの関係の手本は、作中に描かれているソクラテスとパイドロスの関係といえるが、プラトンの描くソクラテスは明るく少年より優位にあり、死に憧れるような少年愛ではないので、アッシェンバハとは根本的に異なるという。また、ルカーチの『魂と形式』の意味でいうならば、アッシェンバハの憧憬にはソクラテスのような形式はなく、憧憬は無形式のディオニュソス的なカオスへと向かう。クルツケは明言していないが、ソクラテスとパイドロスの関係は、アッシェンバハとタッジョの関係とは全く異なるが、それゆえに、前者は後者のパロディの手本ということができるだろう。

プルタルコスの『愛をめぐる対話』の冒頭で、フラウィアヌスとアウトブロスが、「そのほか何か文を書く段になると決まって人が飛びつきたがる風景描写、プラトンの『パイドロス』に出てくる、イリッソス川やアグノスの木や草の茂ったなだらかな斜面などというのを、人は熱心に取り入れるがそのわりにはうまくいっていない」と語り合う。[12] この言葉はマンが転用している、イリッソス川の川辺のソクラテスとパイドロスの場面が、古来しばしば模倣されてきたことを示している。そしてマンもそれを『ヴェニスに死す』にパロディ的に用いている。クルツケはこのように論じて、『ヴェニスに死す』におけるアポロン的なものとディオニュソス的なものの特性をまとめて、次のように論ずる。

威厳と名声に到達した芸術家は、アポロン的である。彼は形式、節度、落ち着き、威厳、古典主義と規則正しさ、勤勉、市民性と社交上承認されることを重視する。彼は、物語の進行とともにしだいにディオニュソス的なものに圧倒される。そして『人間、日常、社会、現実』を忘れ、規律ある態度、社交的な冷静さを忘れて、うっとりとして夢中になり、陶酔し、混沌としたものとともに生を良いものと感じ、遂には死という、タッジォが『約束された途方もなく遠い地』を指さす仕草で彼を導くもの、すなわち根源一者と一体になるのを感じる。[13]

クルツケは、マンの「基本動機」という言葉を論じているわけではないが、『悲劇の誕生』のアポロン的なものとディオニュソス的なものの対立と抗争の関係が、『ヴェニスに死す』の構造の基本にあると考えているのである。

三．ギリシア・ローマ神話のふたつのアポロン

神ディオニュソスはバッコスという別名を有するが、酒の神であることに変わりはない。しかし太陽神といわれるアポロンは時代によって神性が異なる。紀元前八世紀の詩人ホメロス Hómēros の『イリアス』*Ilias*、『オデュッセイア』*Odysseia* では、太陽神はヘーリオスであり、ヒュペリーオーンまたはヒュペリーオーンの息子とも称されるが、アポロンは「光の生まれ」であっても、太陽神ではなく、竪琴を弾き、弓矢で射当てる遠矢の神である。ヒュギーヌス Gaius Iulius Hyginus（六四 B.C. 頃―一七 A.D.）の『ギリシア神話集』*Fabulae* や、アポロードロス Apollodoros（一世紀―二世紀）の『ギリシア神話』*Bibliotheke* のアポロンは、予言の神であり、また、ホメロスと同様に遠矢の神であり、太陽神ではない。これらの神話のアポロンは、女神レトに向かって子沢山を自慢したニオベに怒り、その子供たちすべてを弓矢で射殺し、トロイ戦争ではトロイ側に味方してギリシア軍を攻撃し、疫病をもたらすなど、攻撃的で恐ろしい神である。

しかし例えば十九世紀の作家ブルフィンチ Thomas Bulfinch（一七九六―一八六七）の『ギリシア・ローマ神話』

The Age of Fable（一八五五）になると、「太陽の宮殿には見上げるばかりの円柱がそびえ立ち、黄金や宝石で照り輝いていました。［…］日の神（ポイボス）なるアポロンは紫衣をまとい、金剛石をちりばめたような燦爛たる玉座に座っていました」と記されているように、アポロンは壮麗な太陽神である。ブルフィンチは、月の女神はアポロンの妹のアルテミスで、アポロンを太陽神と記している。[15]

トーマス・マンは子どもの頃に、ネッセルト Friedrich August Nösselt（一七八一―一八五〇）の神話の本を母親に読み聞かせてもらい、自分でも暗記するほど読んだという。[16] この本は全体で約四七〇ページあり、前半は創世神話や様々な神の説明、後半はホメロスの『イリアス』と『オデュッセイア』の要約からなる。ネッセルトによれば、ディオニュソスはキヅタと葡萄がシンボルで、逞しい男性ではなく、丸みを帯びた身体をしている。マイナス、シレノス、サチュロス、パンを従者とし、ライオン、虎、豹などがディオニュソスの乗る車を引く。ディオニュソスは、葡萄や葡萄酒の作り方を教えるので多くの場合感謝されるが、酒は人を酔わせて正気を失わせるために、ディオニュソスに怒り、危害を加える者も現れる。するとそのような者たちには、誰かわからない者から罰が下される。また、美しいディオニュソスを誘拐して売り払おうとする船乗りたちに対しては、ディオニュソス自身がライオンや熊に変身して船乗りたちを引き裂くというように、攻撃的な一面も持っている。

ネッセルトの描くアポロンは、予言と音楽の神で、遠矢の神でもあり、総合的な技でアポロンに並ぶものはない。アポロンは生まれたときから美しく、輝く巻き毛と目をして、頭部を光線が囲んでいる。神託を求める人々の供物によってアポロンは黄金を大量に所有し、黄金の兜と衣服を着けている。ネッセルトはさらに、ニオベの逸話や、アポロンが人々に疫病をもたらす恐ろしい神であることも記している。ネッセルトの描くアポロンは畏怖される存在であり、自身が攻撃されていなくとも、他人に害をなす者を弓矢で射殺す攻撃的で恐ろしい神である。

またネッセルトは、アポロンの神性が古代と近代で変化していることについて、「後世の詩人がアポロンを、巨神で古代の特別な神である太陽神ヘーリオス、ポイボスと取り違えて、アポロンの父親をヒュペリーオーンとした。ホメロスもアポロンにヒュペリーオーンの名前を与えた[17]」と記して、アポロンが本来は太陽神ではないことを明記している。ブルフィンチも同様に、ヒュペリーオーンを本来の太陽神と記し、その輝きと美が後にアポロンに与えられたとしている。実際にはアポロンの神性が少し変わり、太陽神と同一視されるようになったのは紀元前五世紀のことであるようだ[18]。

ところで古典文献学を学んだニーチェのアポロン的なものとディオニュソス的なものはどのような特性を持つのだろうか。

四．『悲劇の誕生』におけるアポロン的なものとディオニュソス的なもの

ニーチェの最初の著作『悲劇の誕生』は、ニーチェがライプツィヒ大学で学び始めた頃に知ったショーペンハウアーの哲学の受容、さらにバーゼル大学に赴任して親しく交流したヴァーグナー、バッハオーフェン、ブルクハルト等からの受容によって生まれたニーチェの芸術論であり、アポロン的なものとディオニュソス的なものは、この著作の中で最もよく知られた概念である。

ニーチェはライプツィヒ大学で学び始めた頃に、ショーペンハウアーの『意志と表象としての世界』を読み、強い影響を受けた。ショーペンハウアーによれば、世界の本質は、唯一、真に実在する「意志」であり、人間の目に見える世界は「意志」の「表象」である。「意志」は生成と破壊への欲望であり、「表象」の世界は、時間、空間、因果律という個体化の原理に規定された経験的世界である。「意志」は常に「表象」の世界に個体化

することで欲望の実現を欲し、同時にまた、個体を破壊して元の「意志」に戻ろうとするというように、矛盾した性質をもつ。『悲劇の誕生』においてニーチェは、このようなショーペンハウアーの「意志」を、「根源一者」、「ディオニュソス」、「ディオニュソス的なもの」といい、「表象」を「仮象」、「アポロン」、「アポロン的なもの」という。そしてディオニュソス的な生を賛美して、ショーペンハウアーの生の否定を生の肯定へと転換した。

ニーチェによればアポロン的なものとディオニュソス的なものは、「自然そのものからほとばしり出る芸術的な力[19]」、あるいは「自然の芸術衝動[20]」であり、この芸術衝動が「ギリシア的『意志』の形而上学的奇蹟」によって結ばれて、「アッティカ悲劇という、ディオニュソス的であると同時にアポロン的でもある芸術品」を生み出したという[21]。この芸術衝動は、須藤訓任によれば、「ギリシャ神話からの借用であるが、人間を突き動かす、二種類の、自然の根源的な力[22]」であるという。ふたつの芸術衝動が神話の神の名を借りているとはいえ、すでに述べたように、アポロンは、遠矢の神アポロンと太陽神アポロンで特性は異なっている。

ニーチェのアポロン的なものはどちらのアポロンの特性をもつのだろうか。ニーチェが記している『悲劇の誕生』のアポロン的なものとディオニュソス的なものの特徴をまとめると次ページの表のようになる。

この表を見ると[23]、アポロン的なものは、仮象の美、壮麗、威厳であるが、硬直化でもあるという肯定的性質と否定的性質を併せ持つことがわかる。ディオニュソス的なものも、陶酔、熱狂、野蛮であるが、自然や人間との和解という否定的、肯定的な両面を併せ持つ。これらのことから三島憲一は、ニーチェがいうふたつの芸術衝動の対立を、ディオニュソスとアポロンの「あるべき関係」と「あるべきでない関係」の対立とする。「あるべき関係」とは、ディオニュソスの「生命の祝祭」とアポロンの「美しい形象の神」の関係であり、「あるべきでない関係」とはディオニュソスの「性的放埒」とアポロンの「形式万能主義による抑圧」の関係であるという[24]。

アポロン的なもの	ディオニュソス的なもの
〔基本的特性〕 造型芸術 竪琴、静かな音楽 夢、仮象、仮象の美、「表象」 予言の神、輝く者、光の神	〔基本的特性〕 音楽芸術 笛、ディテュランボスの音楽、歌と踊り 陶酔、根源一者、「意志」 葡萄酒の神
〔秩序と調和の美の特性〕 「太陽のような」目、知恵、平静、壮麗 自己確信 個体化の原理への信頼　繊細微妙な線 倫理的な神、節度ある限定 ドーリス式芸術、威厳、拒否的態度	〔野蛮な特性〕 恍惚、興奮、熱狂、快感、苦悩、認識 神秘的自己放棄、忘我、 個体化の原理の破棄、戦慄的恐怖 無制限、境界破壊 思い上がり、過剰、性的放埓 野蛮、野獣性、アジア的
〔形式万能・硬直化〕 硬直化	〔生命の祝祭〕 硬直した限定の破棄、自然や人間との和解

さらに、表にあるアポロン的なものとディオニュソス的なものの特性と、ギリシア・ローマ神話の神を比較するならば、ネッセルトの神話の本にあるように、ディオニュソスは穏やかであるが、危害を加えられるとライオンや熊に変身して相手を引き裂くというような野獣性を併せ持つ。ニーチェのディオニュソス的なものも、自然

や人間との和解と同時に野蛮という特性を併せ持つので、神話の神ディオニュソスと大きな違いはない。しかしアポロン的なものは、夢や仮象の美も、節度や限定も抑制的で静的である点が共通しているが、これらは本来のギリシア神話にある畏れられた遠矢の神アポロンとは異なる。つまりニーチェのアポロン的なものは、紀元前五世紀頃以降の輝く玉座に座る壮麗で静的な太陽神アポロンを受け継いでいるのである。[25]

飯田明日美は、このふたつの芸術衝動を運動の面から考察し、ディオニュソス的なものである根源一者を、「夢や陶酔における充足である快へ向かっていく『動き』」、すなわち動的な総体と捉え、アポロン的衝動を、像として固定化された「形」を享受する快であり、「節度ある形として一瞬毎に固定化された『像』」と解釈している。[26]これは上記の表から読み取れる、歌と踊り、陶酔と熱狂というディオニュソス的なものの動的な性質と、静かな音楽、節度ある限定を特徴とするアポロン的なものの静的な性質と一致している。そしてニーチェは、アポロン的なものとディオニュソス的なものを芸術的な力であり、[27]世界とは「力」であると記していることから、[28]ディオニュソス的なものは動的な力、アポロン的なものは静的な力とみなすことができる。『悲劇の誕生』でニーチェは、これらのふたつの芸術衝動が四段階にわたって交互に覇権を争ったのちに、五段階目にギリシア悲劇が誕生したと論ずる。[29]その変遷のうちのアポロン的時代からディオニュソス的時代に変わるひとつの局面を『悲劇の誕生』第九節で論じている。

というのも、アポロンは個体の間に境界線を引いて、自己認識と節度を要求しながら、この境界線をこの世で最も神聖な世界法則として厳守するよう繰り返し注意を喚起する、まさにそうすることで、個々の存在を安定させようとするのである。その結果、このアポロン的な傾向のために形式Formがエジプト的な堅さと冷たさへと硬化してしまわないように、個々の波にその軌道と領域を指定しようと努力するあまり、湖水全体の動きが死んでしまわないように、時々ディオニュソス的なものの高潮が押し寄せてきて、アポロン的傾向のみに片寄った「意志」がギリシア精神を呪縛しようとした、あの小さな圏をすべて破壊した。そのとき、プロメテウスの兄弟である巨人アトラスが大地を背負うように、急速に高まるディオニュソス的なものの高潮が、個体という個々の小さな波の山を背中に負うのである。いわばすべての個々人のアトラスとなり、彼らを幅広い背中にのせて、より高く、より遠くへ運んでゆこうとする、このような巨人的衝動こそ、プロメテウス的なものとディオニュソス的なものとの共通点なのだ。この点から見れば、アイスキュロスのプロメテウスは、ひとつのディオニュソス的仮面 Maske である［…］[30]。

個体化を維持しようとする厳格なアポロン的傾向によって個体の「形式」が維持され続けると、個体は硬化して死に至る。すべての個体がそうなってしまわないように、ディオニュソス的な巨人的衝動が硬化している個体を押し流す。これは衝動という制御できない自然の根源的な力であり、個体にとって大きな「災厄」である。ここでのアポロン的なものとディオニュソス的なものの関係は、三島のいう形式万能の抑圧的アポロンと野蛮なディオニュソスの「あるべきでない関係」であり、マンのいう、自制によって得られた幸福な生の中に、酒に酔って破壊し、破滅させる力が侵入してくるという「基本動機」と同じ構図である。こうした見方はディルクスが、「基本動機」を『悲劇の誕生』の受容と論じていることと一致する。

また、引用文にある「形式」と「仮面」という言葉からも、マンの「基本動機」は『悲劇の誕生』の受容といえる。ニーチェのいう「形式」とは、個体化の原理の下で輪郭線によって作られる個体の形式 Form、すなわち「小さな圏」である。さらにニーチェは、「プロメテウスはひとつのディオニュソス的なものの仮面」というが、神話は大自然の比喩であるから、プロメテウスに擬人化されているのは、稲妻や自然の摩擦の力によって人間に火をもたらして人間の原始的生活を打破した自然の大きな芸術衝動である。和辻が「顔」を行為の主体であり人格の座、ペルソナ、劇の役割を意味する「面」であると語っているが[31]、プロメテウスは、神から火を盗み、人間に与えるという冒瀆的行為を為す主体であり、その主体の「顔」、つまり「面」（仮面）である。それが「プロメテウスはひとつのディオニュソス的な仮面」という言葉に表現されているのである。従ってニーチェのいう「仮面」は、プロメテウスという半神の形式 Form のつけている「顔」である。次にマンの「形式と仮面」について考察する。

五．トーマス・マンの「形式と仮面」、形式の弁証法

マンが初めて「基本動機」を用いた短編『小男フリーデマン氏』は、一八九六年九月に完成し、一八九七年五月に雑誌に掲載された。この作品に関連してマンは、一八九七年四月付のグラウトフへの手紙に、『小男フリーデマン氏』以来、突然「秘密の形式と仮面 diskreten Formen und Masken を見つけたので、それを着けて自分の体験を世の中に表現できるようになった」と記している。三か月後の一八九七年七月に、マンは再びグラウトフに同様のことをさらに詳しく書き送っていることから、このことはマンにとって重要な出来事だったと思われる。

少し前から、自由に身動きできるようになったと感じている、自分を語り、自分を表現し、芸術家として自分を十分に生かすことができる手段と方法 Mittel und Wege を見つけたように思う、これまではただ小さな部屋のためにだけ、自分の心を軽くするために日記を必要としていたにすぎない。今は自分の愛、憎しみ、同情、軽蔑、誇り、嘲笑そして告発を、小説に表現できる形式と仮面 Formen und Masken を見つけた。……それ

は『小男フリーデマン氏』から始まったと思う。[32]

この引用文にはふたつの自分が述べられている。ひとつは普遍的なことを表現する芸術家としての自分であり、もうひとつは個人的なことを表現する小さな部屋という自分である。このふたつの自分は、『悲劇の誕生』第五節で論じられている抒情詩人の普遍的自己と個人的自己、秋山の訳語でいえば「大我」Ichheitと「小我」sich selbst als Nichtgeniusに該当する。[33]マンは、芸術家として普遍的自己の感情を表現する「手段と方法」を見つけたのであり、それが「形式と仮面」というものなのである。

すでに述べたように「基本動機」は『小男フリーデマン氏』から用いられているのであるが、マンは、「形式と仮面」も、この短編から始まったと手紙に記しているのである。それゆえ岡光一浩は、「形式と仮面」を「基本動機」に結びつけて、「形式」とは「基本動機」のことであるといい、「基本動機」を「創作のための形式」とする。そして「仮面」とは芸術家であるマンが自己の様々な感情を表現するために用いたものであるという。[34]『小男フリーデマン氏』は短編小説であるから多くの動機が用いられているとは思えない。それゆえ「形式と仮面」を「基本動機」に結びつけることは正しいと思われる。但し「形式」については、マンの「形式」の定義から考えねばならないのではないか。[35]

マンは、トーマス・ブッデンブロークを「現代の英雄の生の形式」die modern–heroische Lebensformといい、リューベック七百年記念祭の講演タイトルを『精神的生の形式としてのリューベック』としているように、「形式」を「生」に結びつけて用いている。その前年にマンは、『オーストリア性の問題のために』という講演で「形式」を次のように定義している。

形式、これについてわたしはかつて語ろうと試みたことがあるのですが、形式Formとはたとえば、死と死の間の祝福された生の中間物のようなものです。すなわち非形式Unformとしての死と超形式Überformとしての死の中間、解体と、従って硬化の中間、野蛮と壊死の中間のものであり、形式は節度（尺度）であり、価値であり、人間であり、愛です[36]。

この定義によると「非形式」と「超形式」は死であり、「形式」はその中間にある生ということになる。クレスチャンスンはマンの思考方法がショーペンハウアーとニーチェの影響下にあるとみなして、マンの「形式」は、「非形式」すなわち「意志」、「あらゆる現象の向こうにある永遠の生[37]」であるディオニュソス的なものから生じる「生の形式」であり、それは「超形式」という硬化、壊死に至るという[38]。さらに彼は「形式」をアポロン的なものとみなし、「非形式」をアポロン的な「形式」を解体するディオニュソス的野蛮として、『悲劇の誕生』におけるアポロン的なものとディオニュソス的なものの弁証法的対立と同様に、マンにおいては「非形式―形式―超形式」という「形式の弁証法」が形成されているとする。そしてこの「形式の弁証法」は、『小男フリーデマン氏』から『ファウストゥス博士』まで、トーマス・マンの作品において不変の基本モデルを形成していると論じている[39]。クレスチャンスンの考え方に基づくならば、マンの「形式」の定義は、すでに引用した『悲劇の誕生』第9節の、アポロン的な傾向によって硬化した「形式」を押し流すディオニュソス的なものの高潮というニーチェの比喩的説明の、マンによる概念的な言い換えと解釈することができるのである。

以上のことから、マンがグラウトフへの手紙に書いている「形式と仮面」は、『悲劇の誕生』を読んでいて「見つけた」と解釈できる。そして『小男フリーデマン氏』以降用いているというマンの「基本動機」は、『悲劇の誕生』の受容といえるのである。

六．『小男フリーデマン氏』における「基本動機」

ある地方の商業都市の市民階級の家庭に生まれたフリーデマン氏は、赤ん坊の頃に乳母の過ちでベッドから床に落ちたために、身長があまり伸びず、背中にこぶを負うている。氏は、少年時代に好意を抱いた少女が、公園の茂みの中で他の少年と口づけを交わしているのを見て以来、女性を愛することをきっぱりと断念する。そして成人すると材木商会で働き、休日など時間のあるときは、家の裏手にある小さな庭でひとり静かに読書をして過ごす。フリーデマン氏は、このようなエピクロス的なささやかな幸福に満足しているのである[40]。

ある日、フリーデマン氏がいつものように仕事仲間と街を歩いていると、新任の地区司令長官フォン・リンリンゲン中佐の妻ゲルダが馬車の御者台に座って自分で二頭の馬を操りながらやってくる。仕事仲間が恭しく挨拶するので、フリーデマン氏も帽子を取り、ゲルダをじっと見る。その三日後にフォン・リンリンゲン夫妻がフリーデマン家に着任の挨拶に訪れるが、氏は会わず、三人の姉たちが対応する。翌日、劇場好きのフリーデマン氏が『ローエングリン』の公演に行き、いつものように桟敷席に座っていると、同じ桟敷にフォン・リンリンゲン夫妻が入ってきて、妻のゲルダがフリーデマン氏の隣に座る。

観劇の最中にフリーデマン氏は、ゲルダが隣に座っているために青くなって汗をかきながらも、ゲルダを見ずにいられない。最初は身動きすることなく、「じっと座って」いる〔静〕。第一幕が終わり、夫妻が桟敷から出てゆくと、フリーデマン氏は「急に立ち上がって」ドアのところまで行くが、引き返して自分の席につき〔動〕、先ほどと同じ姿勢で「身動きもしないでじっとして」いる〔静〕。第二幕が終わる頃、ゲルダが扇を落とす。フリーデマン氏は扇を拾おうとして身をかがめるが、ゲルダが自分で拾い上げて、フリーデマン氏はゲルダの胸元の温かい匂いを吸うことになる。フリーデマン氏の全身はちぢこまり、心臓は激しく、狂おしく高鳴る〔動〕。そのまま三十秒ほど座っているが、「そっと立ち上がり、静かに出て行く」〔静〕。フリーデマン氏は劇場を出て、ため息をつきながら静かな夜の通りを歩いているうちに、「突然、完全に打ちのめされて、めまいと酔いと憧れと悩みを感じながら、街灯の柱によりかかり、身を震わせて『ゲルダ！』とささやく」[41]〔静、動〕。

数日後、リンリンゲン夫妻宅に返礼の訪問をするとき、フリーデマン氏は迷いながらも、姉たちより遅れてリンリンゲン氏の家に行く。ゲルダと話すうちに、共に周囲に溶け込めない異質なもの同士として気持ちが通じ合い、フリーデマン氏はパーティに招待される。パーティの日、フリーデマン氏はゲルダと庭に出て、ベンチに座って愛を告白するが、ゲルダに拒絶されて、そのまま庭の前を流れる川に身を落として死ぬ。

フリーデマン氏の抑圧されていた女性への愛は、ゲルダに出会って再び目覚め、劇場で音楽の刺激を受けて意識化される。フリーデマン氏が通りを照らす街灯に寄りかかりながら「ゲルダ！」とささやくところに、アポロン的なものの特性である光を求める「エロス＝ディオニュソス」としての「基本動機」の出現が表現されている。

レーナートは、フリーデマン氏は『ローエングリン』で激しい情熱に摑まれる、彼の悲劇はいわゆる「音楽の精霊から生まれる」[42]と、ニーチェの著作の名を用いて論じている。ショーペンハウアーによれば、音楽は「意志」の直接の模像であり、言葉によらず直接個体に作用するので、ほかの芸術よりもはるかに強力で、はるかに強く心に訴えかけるという[43]。また、ニーチェは『悲劇の誕生』で、ヴァーグナーの音楽のディオニュソス的な作用として、我を忘れて自然と一体になり、自然の音に聞き入る体験を挙げている[44]。つまり音楽は、人間を根源的な自然である「意志」、ディオニュソス的なものに近づけるというのである。

フリーデマン氏の抑圧されていた愛は、音楽の刺激を受けて「エロス＝ディオニュソス」として出現する。それはゲルダという、別の美しい生の「形式」を求めると同時に、個体を破壊して本来の唯一の「意志」、「超形式」としての死への衝動でもある。それゆえ、フリーデマン氏の愛は、ゲルダに受け入れられるならば美しい愛を築くことができるが、ゲルダに拒絶されるために、死というディオニュソス的なものと一体化するしかなくなる。フリーデマン氏のゲルダへの愛は「超形式」という死への衝動である。『小男フリーデマン氏』における「基本動機」、「エロス＝ディオニュソス」はアポロン的なものと結ばれることのない「過剰」な衝動であり、死を招く「災厄」である。

七．『ヴェニスに死す』における『基本動機』

若くして世に認められた作家アッシェンバハは、人々の期待に応えるために「耐え抜くこと」をモットーに厳しい勤行のような執筆活動を行い、五十歳で貴族の称号を得る。ある日のこと、アッシェンバハは、緊張を要する創作の気晴らしをしようと家を出て、少し遠出の散歩をする。その途中でアッシェンバハはひとりの旅人を見かけて、旅への誘惑に駆られる。それは日頃の厳しい創作活動からの逃避の衝動であった。

そうしてアッシェンバハはヴェニスに行き、滞在するリドのホテルで美少年タッジォと出会う。しかしシロッコの耐え難い暑さのために、アッシェンバハは一旦リドを発つが、荷物の発送の手違いで元のホテルに戻ることになる。それからのアッシェンバハは、創作を忘れて美少年に夢中になる。ある日の夕方、少年一家が食堂に現れず、アッシェンバハが不審に思いながら食後の散歩をしていると、桟橋から家庭教師を先頭に、タッジォの姉妹、そしてタッジォがやってくる。突然のことで威厳を取り繕う余裕のないアッシェンバハに、アーク灯の光の下で少年が微笑みかける。慌てたアッシェンバハは急いでホテルの裏にある公園の闇に逃げ込み、ベンチに座り込んで「お前を愛している」とつぶやくのである。

街の不穏な雰囲気からヴェニスにコレラが流行していることを知り、アッシェンバハは不安になる。ある夜、「未知の神」の恐ろしいオルギエの夢を見るが、ヴェニスを離れる気になれず、衝動に突き動かされるようにして、タッジォを見つめ、後を追い、街を歩き回る。そうして威厳も品位も失ったアッシェンバハは、コレラに感染して、浜辺で波と戯れるタッジォを見つめながら死ぬ。

アッシェンバハには『小男フリーデマン氏』のような〔静〕と〔動〕の動きは描かれていない。しかしフリーデマン氏が街灯の下で「ゲルダ！」と独りささやいて愛を自覚するように、アッシェンバハもアーク灯の光の下で少年に微笑みかけられて逃げ出した後、公園のベンチで「お前を愛している」とつぶやいて愛を自覚する。ふたつの作品の愛の独白は、ともにアポロン的なものの特性である「光」が特徴的に用いられており、そこに自制と抑圧の末に生じる「基本動機」の現れがあるといえる。アッシェンバハの少年への愛の衝動は、アポロン的なものとディオニュソス的なものの「あるべき関係」であれば、優れた芸術作品を生み出しただろうが、創作に疲れて硬化した芸術家の「あるべきでない関係」であるために、死への衝動になるのである。

八．『ブッデンブローク家の人々』における「基本動機」

八―一．家と庭のアポロン的なものとディオニュソス的なもの

ディオニュソスが生成と破壊という対立的な性質に苦悩するように、『ブッデンブローク家の人々』の三代目トーマス・ブッデンブロークは、詩人の内省的性質と、商人の実際的性質という対立的性質に苦しむ。そしてトーマスが住む三つの家も、どれもアポロン的なものとディオニュソス的なものの特性の観点から見ると、上階

はアポロン的な美と調和のある造りになっており、一階はディオニュソス的な特性が表現された空間になっている。

新居披露宴に客が招かれるメング通りの家は、地階がワインの貯蔵庫であり、一階の「広く音の反響する通路」は、「大きな四角い敷石」（四二）が敷き詰められた、飾り気のない素朴なディオニュソス的な空間である。それに対して二階は美しい牧歌的風景を描いたタペストリーの掛かる「風景の間」や「柱廊の間」があり、「高い白塗りの両開きの扉」（一三）、「光沢のある鉄でできた精巧な透かし彫りの扉」のある暖炉（一三）が備えられたアポロン的空間である。

さらに、アポロン的なものとディオニュソス的なものが共存する空間として、女中部屋と庭園がある。女中部屋は、一階の通路のかなり高いところに奇妙で不格好な形で突き出しているが、きれいに塗料が塗られている（四二）。庭園は、「美しく造園されているけれど、今は秋らしく灰色で湿っぽい」（四二）。庭の奥にあるビリヤード室のある離れも、倉庫だった地下室のような穴倉は、粘土質の床に「滑りやすい階段」が付いているというように、暗いディオニュソス的な特性が感じられる空間であり、二階の「白い扉」のあるビリヤード室につながるのは、「きれいに手入れされた階段」という、明るい美と秩序を感じさせる表現になっている。離れの建物にもアポロン的なものとディオニュソス的なものの特性が用いられているのである（四二）。

トーマスがゲルダと結婚して最初に住むブライテ通りの家は、妹のトーニが兄トーマスのために内装を整える。トーニは新婚旅行から帰った二人を出迎えて、家の中を案内する。「ここの一階の部屋はさしあたってあまり使われることはないわね……さしあたっては」（三二七）と繰り返して、上唇を舌でなめる。ここは後の「『ブッデンブローク家の人々』の女たち」の章で述べるが、トーニの仕草は動物的な仕草であり、トーニはサチュロスのパロディとして、ディオニュソスのように矛盾した性質のために苦悩する兄トーマスのために家を準備したと解釈できる箇所である。それゆえトーニは「素敵よ」といいながらすぐ右にあるドアを開け、「ほら、窓の外にキヅタがあるし……シンプルな木の家具……オークよ……向こうの奥には、廊下の向こうには別のもっと広い部屋があるわ。……」（三二七）といってディオニュソスに関わる植物や事物を挙げてゆくのである。二階に上がると寝室があり、そこには花模様のカーテンがかかり、立派なマホガニーのベッドがある。しかしトーニはそれについては何もいわず、奥にある透かし彫りの小さな扉の方に行き、ドアを開けて半地下につながるらせん階段を示す。この蔦のように渦を巻いているらせん階段を使って、トーマスは毎日半地下に降りて、商人らしく身支度を整えるのである。一方妻のゲルダは、二階の美しい寝室に来ると自分の居場所であるかのように、ここにいたいといって三十分ほど休む。これらの表現から、ブライテ通りの家も、ディオニュソス的なものとアポロン的なものの特性を利用して表現しているということができるのである。

　トーマスがフィッシャーグルーベに新築する家は、建築途中の描写によれば、広い地下室があり、白い女神像の装飾が施された美しいファサードの家である（四六七）。玄関の間は石が敷かれ、壁にはトーヴァルセンを模したレリーフが飾られている。トーヴァルセンはデンマークの新古典主義に属する彫刻家で、ギリシア神話に基づく彫刻やレリーフ作品を多く創作した。つまり、この玄関の間で、作者は読者に古代ギリシアを思い起こさせようとしているのである。大階段の上り口には、ハノーの誕生祝に贈られた大きな茶色のクマが口を開けて、前足に名刺入れの皿を持って立っている。[45] 剥製は死んだ動物から作られるものであり、ロシアの奥地で獲られたこの熊には、アジア的で野蛮なディオニュソスのイメージが付着している。つまりこの熊が立つ一階と地階はディオニュソス的領域として描かれているのである。二階に上がる階段は、手すりに鋳物の装飾が施されているアポロン的とディオニュソス的なものの中間の空間であるが、三階は白と金色に塗られた広い柱廊の間であり、天井からは、天窓から差し込む陽光に照らされて光り輝く大きな金色のシャンデリアがぶら下がるアポロン的空間になっている。第十部第五章で、妻ゲルダと少尉のスキャンダルに苦悩しつつ階段を上がり降りするトーマスが、息子のハノーと初めて心が通じ合うのは、この三階のシャンデリアが輝く美しい柱廊の間であり、そのアポロン的な要素が、父子の和解を美しく表現するのに効果的に用いられている。

この家の庭園は、新築した頃はアポロン的な特性が多く表現されているが、次第にディオニュソス的な特性が増してゆく。第七部第六章の家を新築したばかりの庭は、花々のよい香り、正確に測量して作られた花壇、丈の高い薄紫のアヤメに囲まれた噴水のある、アポロン的なものの特性である秩序のある美しい庭である。そして、左手の隣家との間の土壁のそばには一本のクルミの大樹、奥の方には、すぐり（ヨハネスベリー）とグースベリーの茂み、両側にオベリスクの立つ小さな外階段のついた、砂利敷きのテラスとあずまやがあり、右の隣家との境の壁には、しだいに蔦におおわれることになる木組みが作られ、後になってディオニュソス的な要素が入ってくることが暗示されている。

四年後、第八部第四章の、トーマス・ブッデンブロークがペペンラーデの麦の先物取引を決断する場面では、庭は、白く輝くテラス、整然と石が敷き詰められた小道、掘り返されたばかりのきちんと計測された花壇と芝生という、アポロン的な秩序と調和のある美しい庭として描かれている。ところが、「この可愛らしい、乱れのないシンメトリー全体は、トーマスの心を鎮めるどころか、その気持ちを傷つけ、苛立たせた」というように、その美しさは、自分の性質を反省して、家訓に背く先物取引に迷うトーマスの心の動揺を刺激し、次に述べる「基本動機」の出現を促す役割を果たしているのである。

そして六年後の夏至のころ、第十部第五章で四十八歳のトーマスがショーペンハウアーの『意志と表象としての世界』を読む場面では、庭のあずまやは葡萄の葉に覆われ、隣家との壁にはつる植物が繁茂し、ヨハネスベリー（すぐり）やグースベリーの実は熟し、ライラックの香りに近くの蒸留酒工場からシロップの甘い香りが漂ってくる。つまりアポロン的な特性のある美しい庭に、ディオニュソス的な特性を備えたものが入り込み、混ざり合うのである。このことは、ニーチェのいうアポロンとディオニュソスの結婚によって誕生するギリシア悲劇と、その夜トーマスが体験する美の体験である「ショーペンハウアー体験」の予兆となっている。

このように、物語の主な舞台空間である家と庭に、アポロン的なものとディオニュソス的なものという対立的な芸術の衝動が表現されていることは、『悲劇の誕生』で、二つの芸術衝動が結ばれてすぐれた芸術作品が生まれるということに対応し、この家に住む一族の繁栄を表現し、また、さらに、主人公トーマスの精神状態を際立たせる役割を果たしている。

八―二．第八部第四章と五章のアポロン的なものとディオニュソス的なもの

『ブッデンブローク家の人々』の主人公トーマスは、本来は詩人のような内省的性質の人物であるが、商人になってからは、父親を見習って実際的な性質を身につけてゆく。父の死後社主になったトーマスは、妹のトーニに、弟のクリスティアンのように自分にこだわる傾向が自分にもあったといい、「だがそれは散漫で、無能で、自分をだらしなくさせると気がついた……ぼくには自制というか、バランスのとれた態度が一番大切なことなんだ」と語る（二九〇）。こうしてトーマスは自己の本来の性質である内省的創造性を抑制し、実際的で行動的性質とのバランスを取りながら、ふたつの性質を働かせて、業績を上げ、商会の名を高める。裕福な商人の娘ゲルダと結婚し、後継者の息子ハノーが生まれる。一家の伝統と業績、トーマスの優れた人格へ信頼をもとに、市参事会員に選ばれると、トーマスは、市政においても有能さを示し、市長の右腕といわれるまでになる。しかし生来の内省的性質を抑制しているトーマスは、商会の仕事と市政のふたつの仕事の負担もあって、疲労が強まり、

商会の業績が停滞し始める。トーマスは心機一転を図って家を新築するが、出費の多さに加えて、遊び人の弟、二度離婚した妹のトーニ、末の妹クラーラの病気などの家族の問題で、逆に気持ちは暗くなるばかりである。そのようなときにトーニがペペンラーデの麦の先物取引の話を持ち出してトーマスに勧める。トーマスは一旦断るが、トーニが立ち去ると、業績の停滞を挽回する良い機会ではないかと迷い始める。そうして抑制していた内省がいつの間にか始まる。

トーマスは自分を「実業家であり偏見のない行為の人間なのか――それとも疑い深い反省家なのか？」（五一五）と考える。そして、不運に見舞われた者はすぐに仲間から背を向けられる苛酷な商人の世界にいて、自分が父祖のように両足をしっかりと踏まえて立っているのだろうかと自問する。実業界の厳しさを自明のことと感じることができないトーマスは、自分に苛立ち、自分と、父や祖父、曾祖父を比較する。そして先祖たちが実際的な人間であって、トーマスのように内省することなく、強く充実しており、自然でこだわりを知らない人たちであったことを思い出して、くよくよ悩んでばかりいる自分に腹を立てる。

激しい動揺が彼を襲った、運動、空間、光への欲求である。（五一七）

そうしてトーマスは椅子から立ち上がり、二階のすべての部屋の明かりを点けてまわる。この場面でのトーマスには、フリーデマン氏にみられたような静と動の交互の動きと、光というアポロン的なものの特性が用いられている。

トーマスはまずサロンの間へ行き、中央テーブルの上のシャンデリアのガス灯をいくつか点火する〔動〕。そこに立ったまま長い口ひげの先をゆっくり痙攣的にひねり回し、見るともなしに贅沢に調えられたこの部屋を見回す。［…］そこに二、三分間まじろぎもせずに立っている〔静〕。やがて［…］居間に戻り、食堂に向かい〔動〕、そこの明かりも灯す。配膳台のあたりでごそごそして〔静〕、水を一杯飲み、両手を背中にあてて急いでさらに奥の部屋へ向かう〔動〕。「喫煙室」とその隣の控えの間を通り、裏庭に面している広間に入る。こうしてすべての部屋がガス灯の光に照らしだされ、トーマスは広間の窓辺に立ち止って、美しいシンメトリーに作られた静かな庭を眺める〔静〕。庭を眺めながらトーマスは再び内省して祖父や父を思い浮かべて、「疑うことなく己の職業にしっかり足を踏まえている男なら、己の職業にのみ精通し、己の職業しか知らず、己の職業しか評価しないものだ」（五一九）と考えると、またもや内省している自分に気づき、頭にかっと血が上る。そして「こんなことは終わりだ！」といって内省と迷いを断ち切り、熱に浮かされたように「やるぞ！」と声に出していい、先物買いを決断する。そうしてますます興奮して、再び部屋部屋を歩き回るのである〔動〕。

　フリーデマン氏は街灯の光の下で「ゲルダ！」とささやき、アッシェンバハは、アーク灯の青い光の中に浮かぶタッジォの微笑を見て、暗闇で「お前を愛している」とつぶやく。しかしトーマスがガス灯の光の下で口に出すのは、先物取引を行う決断の言葉である。それゆえトーマスの場合は、女性や少年への愛ではなく、むしろ「基本動機」の言い換えである「情熱」という、ディオニュソス的な「意志」の苦悩の現れと考えるべきだろう。トーマスの先物取引を行うことを決断する言葉「やるぞ！」は、「わが息子よ、昼は仕事をするに際して喜びをもってせよ、しかし夜、穏やかに眠ることのできるような仕事のみを為せ！」（一九〇）という家訓を破ることでもある。業績が停滞し始めて以来、次第に業績を上げることへの義務の意識が強まり、トーマスの精神は硬化しつつある。そこへ、抑制していた本来の詩人のような内省的性質が、抑圧された「意志」の苦悩という、野蛮なディオニュソス的な衝動となって現れるのである。

　そうしてトーマスは先物取引を実行するが、家訓を守る義務と、業績を上げる義務の板挟みになって悩み、すぐに後悔し始める。その後まもなく商会の創立百周年記念日がやってくる。通りに旗が飾られ、家族も晴れやかな様子であるが、トーマスは全く楽しめない。そして、二階のフロアではなく階段室を中心に、大勢の祝い客で混雑する様子が描かれる。階段室は三階の天井にある「光の射し込み口」einfallenden Lichtes から射し込む光が満ち溢れ（五三七を参照）、一階にはロシアの奥地で射殺された大きな熊の剝製が口を開けて立っている。ネッセルトの神話の本にディオニュソスが熊に変身することが語られているように、熊はディオニュソスの仲間であり、広い地下室にはディオニュソスを象徴するワインが貯蔵されている。このことから、上階はアポロンの特性が付与されている空間であり、地下室と一階はディオニュソスの特性が付与された空間と見なすことができる。

階段室は、客たちの話し声が天井の「光の射し込み口」のガラスに当たって反響し、一階からは市立劇場の楽団の調子の合わない陽気な音楽が上階まで響き渡る。トランペットの大きすぎる音がすべてを圧している。雲の流れが速く、階段室の明るさも頻繁に変わり、目が痛くなるほどである。天井の「光の射し込み口」から差し込む太陽光線は一階の金管楽器に当たってキラキラと反射したかと思うと、すぐに暗くなる。雲が流れる度に、金メッキの装飾、真鍮のシャンデリア、一階の金管楽器の輝きが失せてはまたキラキラ輝く。

この場面での、階段室の天井まで響く客たちの声や楽団の音楽と、天井から一階まで射し込む太陽光線の交錯は、アポロン的なものとディオニュソス的なものの抗争の受容であり、先物取引を実行して以降のトーマスの内心の葛藤を表現しているといえる。しかし天井から射し込んで金管楽器に反射する夏の鋭い太陽光線は、ニーチェのアポロン的なものというよりも、マンが幼年時代に読んだ遠矢の神アポロンの、的を射当てる鋭い弓矢を太陽光線に見立てた表現であると思われる。明り取りの窓を、天窓 Dachfenster と表現しないで、わざわざ「光の射し込み口」と表現していることからも、矢のように射し込む太陽光線を意識していることが考えられるのである。

音楽が中断している間に電報が届き、あられが降ってペンラーデの麦が駄目になったことが知らされる。トーマスは、大きなショックを受けながらも、「これでいいんだ」（五四三）と呟いてソファに倒れ込む。するとにぎやかな音楽が再び始まる。それは太鼓やシンバルの騒々しいギャロップで、ピッコロが狂ったように響く「無秩序」Tohuwabohu（五四三）な音楽である。トーフワボーフーは旧約聖書の創世記一の二にある言葉で、ヘブライ語で混沌、混乱、無秩序を意味することから、この音楽が騒々しく混乱したディオニュソス的な音楽であり、トーマスの先物取引の決断と決断後の苦悩と先物取引の失敗が、「基本動機」の現れによるものであることを象徴的に示している。さらに『ヴェニスに死す』において、死を間近にしたアッシェンバハが、野蛮な「未知の神」ディオニュソスのオルギエの夢を見るが、そこでもシンバルやピッコロが用いられていることから、創立記念日の狂ったような音楽は、『ヴェニスに死す』のオルギエの先取りということができるのである。

結論として、『ブッデンブローク家の人々』においては、先物取引の決断から失敗が明らかになるまでの一連の場面には、「基本動機」の出現が表現されているのである。「基本動機」は「エロス=ディオニュソス」、「情熱」といい換えられているが、トーマスの場合は愛を求める「エロス=ディオニュソス」というよりも、抑制された本来の詩人のような内省的性質が、「意志」の苦悩である「情熱」という「基本動機」として、トーマスに生じて、家訓を破る行為に向かわせるのである。トーマス・ブッデンブロークもフリーデマン氏やアッシェンバハのように、「基本動機」が生ずる生の「形式」の「仮面」であり、「基本動機」は「災厄」になるのである。

『神話学研究』第一号（ギリシア・ローマ神話学研究会編）、二〇一七年掲載。

1 GW XIII, S. 135f. Grund–Motivとも記されている。

2 Ebd., S. 136.

3 Vgl. GW XIII, S. 149.

4 GKFA 21, S. 248. 兄ハインリヒ・マンへの一九〇三年十二月五日付の手紙に、ヴェーデキントとハインリヒの作品の違いについて、「ヴェーデキントのほうがよりデモーニッシュだからだ。人間は不気味なもの、深いもの、性的なものに、永遠に疑わしいものを感じる、人間は性的なものに苦悩 Leiden を感じる、一言で言えば、情熱 Leidenschaft を感じるからです」と記している。またマンはエッセイ『ショーペンハウアー』において、「『意志』の焦点としての性」(GW IX, S. 562) と述べている。それゆえマンにとって、「情熱」はショーペンハウアーの「意志」の苦悩に発するものとなる。

5 Dierks, Manfred: *Studien zu Mythos und Psychologie bei Thomas Mann. An seinem Nachlaß orientierte Untersuchungen zum «Tod in Venedig», zum «Zauberberg» und zur «Joseph»– Tetralogie*. In: TMS 2 (=Dierks 1972), S. 33.

6 Vgl. Dierks, Manfred: *Thomas Mann und die Tiefenpsychologie*. In: TMHb 2005 S. 286ff.
中村玄二郎「ニーチェとフロイト」、神奈川歯科大学『基礎科学論集：教養課程紀要』第四号（一九八〇年）、三四一四〇ページ参照。ニーチェのアポロン的なものとディオニュソス的なものと、フロイトの無意識エスとの類似について。

7 GW XIII, S. 136.

8 Dierks, 1972, S. 33.

9 Kurzke, Hermann: *Thomas Mann Epoche–Werk–Wirkung*. München 1997, (=Kurzke 1997) S. 121f.

10 Freytag, Gustav: *Die Technik des Dramas*. Leipzig 1922, S. 102. a) Einleitung, b) Steigerung, c) Höhenpunkt, d) Fall oder Umkehr,

e) Katastrophe.

11 Kurzke, S. 122.

12 プルタルコス『愛をめぐる対話　他三篇』(柳沼重剛訳)、岩波書店、一九八六年、九ページ。フラウィアヌスとアウトブロスの対話に「……そのほか何か文を書く段になると決まって人が飛びつきたがる風景描写、プラトンの『パイドロス』に出てくる、イリッソス川やアグノスの木や草の茂ったなだらかな斜面などというのを、人は熱心に取り入れるがそのわりにはうまくいっていない」と記されている。『ヴェニスに死す』に取り入れられている場面は、古来多く模倣されてきた文学的トポスである。

13 Kurzke, S. 122ff.

14 Bulfinch, Thomas: *The age of fable*. London 1948, S. 45; トマス・ブルフィンチ『ギリシア・ローマ神話 上』(野上弥生子訳)、岩波書店、一九七四年、五四ページ。

15 Vgl. Ebd., S. 12; 邦訳書一六ページを参照。

16 GW XIII, S. 129f.; Vgl. Friedrich Nösselt: *Lehrbuch der griechischen und römischen Mythologie für höhere Töchterschule und die Gebildeten des weiblichen Geschlechts*. Leipzig 1853 (=Nösselt), S. 132.

17 Nösselt: Ebd., S. 159. (Vgl. GKFA 14. 2, S. 105.)

18 Vgl. *Der Neue Pauly. Enzyklopädie der Antike. Altertum*. Band I, A–Ari. Cancik, Hubert u. Schneider, Helmut (Hg.) Stuttgart u. Weimar 1996, S. 863. ‚Apollon' „Seit dem 5. Jahrhundert wird Apollon mit Helios gleichgesetzt, zuerst wohl bei Aischylus Supplices 212-14, sicher in Euripides Phaeton."

19 KSA 1, S. 30.

20 Ebd., S. 30.

21 Ebd., S. 25.
22 須藤訓任『ニーチェの歴史思想』、大阪大学出版会、二〇一一年、二二ページ。
23 Kurzke S.124 及びニーチェ著『悲劇の誕生』(秋山英夫訳)、岩波文庫、二〇〇〇年、二三〇—二三一ページを参考にした。
24 三島憲一『ニーチェ』、岩波書店、二〇〇〇年、八六—八七ページ。三島憲一『ニーチェとその影』、講談社、一九九七年、一二四ページ。Vgl. Jähnig, Dieter: *Welt-Geschichte: Kunst -Geschichte. Zum Verhältnis von Vergangenheitserkenntnis und Veränderung*. Köln 1975, S. 163f.
25 木前利秋「アポロ/ディオニュソス」、『ニーチェ事典』、一四ページ。「アポロ的なものの特性描写に、ヴィンケルマン流の古典主義的なギリシア像を想わせるものが眼につく」と述べて、ニーチェのアポロン像が「静かなる偉大」と記しており、この記述からもニーチェのアポロン像は古代ギリシア神話というよりもローマ神話の特性を持つということができるのである。
26 飯田明日美「『根源一者』再考—芸術的遊戯としての『根源=一』へ—」、日本ショーペンハウアー協会編『ショーペンハウアー研究』別巻第三号ニーチェ特集三(二〇一六年)、九—一二ページ。
27 KSA 1, S. 30.
28 Vgl. KSA 7, S. 610; 三島憲一『ニーチェかく語りき』、岩波書店、二〇一六年、四七ページを参照。
29 Vgl. KSA 1, S. 41f.
30 KSA 1, S. 70f.
31 和辻哲郎『面とペルソナ』、岩波書店、一九八四年、一〇—一一ページを参照。吉田憲司『仮面の世界を探る アフリカとミュージアムの往還』、臨川書店、二〇一六年、二三八—二三九ページ。文化人類学者である吉田によれば、世界にある仮面はすべて「人間の知識や力の及ばない世界、つまり『異界』の存在を目に見えるかたちに仕立て上げたものだという点で共通している」という。哲学者ニーチェのいう「プロメテウスはディオニュソス的なもののひとつの仮面」は、実在する仮面ではないが、『異界』の可視化という点で共通しているのである。

32　GKFA 21, S. 95f.

33　Vgl. KSA 1, S. 45.　フリードリヒ・ニーチェ『悲劇の誕生』（秋山英夫訳）、岩波書店、二〇〇〇年、六〇ページ。

34　岡光一浩『トーマス・マンの青春　全初期短編小説を読む』、鳥影社、二〇〇九年、九八―九九ページ。ここでは「基本動機」Grundmotiv は「根本モティーフ」と訳されている。

35　Vgl. Mann, Thomas: DüD 14. I, S. 79. トーマス・マンの「形式」についての考え方は、『精神的生の形式としてのリューベック』の講演の関係者に宛てて書かれた手紙からも知ることができる。「わたしの講演タイトルも、お待ちでしょうか？［…］ひとりのリューベック人であり、詩人であること、形式と運命としての、精神的形式と詩人の運命としてのリューベック。そのようなことが頭に浮かんでいます［…］。タイトルはより大きな視点をもつもので、永遠の生の形式 Lebensform としての『市民的なもの』の申し開きです。」

この手紙でマンは詩人であることを「形式」といい、「形式」を運命と結びつけている。そして「生の形式」を「永遠」ともいう。これらは、カントの叡智的性格論を受け継いで発展させたショーペンハウアーの思想によって説明することができる。カントは物自体について人間は何も知ることはできないとしたが、ショーペンハウアーは物自体、すなわちプラトンのイデアを直観することは可能であると考えた。そして人間の性格を個々人のイデアを意味する叡知的性格、叡知的性格が現象した個体の性格を経験的性格、そして経験的世界で後天的に身につける習慣的性格の三つに分けた。個体は個体化の原理の下で形成される「形式」であり、その個体の「形式」を規定する叡知的性格によって個体の経験的性格は決定されるのであり、この経験的性格に従って個人は行為する。それゆえ個人の行動はすべて必然的に決まっている。個体とは「形式」であり、運命であるということになる。この考え方から、マンのいう「形式」は、ひとつの生としての個体を意味しているといえる。（Vgl. Schopenhauer I, S. 208.（『意志と表象としての世界』第二十八節）

36 GKFA 15 1, S. 982.

37 KSA 1, S. 108.

38 Vgl. Kristiansen, Børge: *Thomas Mann–Der ironische Metaphysiker. Nihilismus–Ironie–Anthropologie in Thomas Manns Erzählungen und im Zauberberg*. Würzburg 2013, S.174ff.

39 Ebd., S. 175.

40 Vgl. GKFA 2. 1, S. 92; GKFA 2. 2, S. 51f. マンはニーチェの『道徳の系譜』の第三論文第六節にある、ショーペンハウアーが、意志の衝迫から解放された状態をエピクロスが最高善と賛美した状態としている文章の引用がある。これと合わせて、『善悪の彼岸』アフォリズム七にある、「小園の神」エピクロスに対するニーチェの懐疑という観点から、フリーデマン氏の庭での幸福は考察されるべきであろう。

41 この項の『小男フリーデマン氏』からの引用は以下による。Vgl. GKFA 2. 1, S. 99-102.

42 Lehnert, Herbert: *Thomas Mann–Fiktion, Mythos, Religion*. Stuttgart 1965, S. 48.

43 Schopenhauer I, S. 324.

44 KSA 1, S. 139.

45 剝製のクマはトーマス・マンの両親が結婚祝いに贈られたもので、実際にトーマス・マンの生家に置かれていた。

第四章　トーマス・ブッデンブローク――「業績の倫理家」のふたつの性格

トーマス・ブッデンブロークは詩人のような内省的性質と商人の実際的性質を備えており、そのために迷いと苦しみの多い人生を歩む。トーマスはこれらのふたつの性質のうち、生来の内省的性格を抑制して、商人に必要な実際的性格とのバランスを取りながら生きている。しかし本質的性格の抑制には限界があり、バランスはいつしか崩れて、トーマスの実際的な行動も形骸化し、その結果、前章で論じたようにマンが「基本動機」という衝動が生じて破綻に至る。

この章では、トーマスのふたつの異なる性格が、どのようにトーマス・ブッデンブロークの生涯に作用しているかを中心に考察する。

一・「業績の倫理家」――「現代の英雄の生の形式」

作者トーマス・マンは『非政治的人間の考察』において、トーマス・ブッデンブロークを次のように、「業績の倫理家」であり「現代の英雄」であるという。

私の生きているこの時代が生みだしたもので、私が共感し理解したものがあるとすれば、それはこの時代なりの英雄精神、すなわち過大な負担をにない、過剰な訓練を重ね、「疲労の極みにあってなお仕事をしている」業績の倫理家 Leistungsethiker という現代の英雄の生の形式であり、生の態度である。[1]

さらにマンは『自分のこと』のなかで、『ヴェニスに死す』の主人公アッシェンバハについて、「トーマス・ブッデンブロークやジロラーモ・サヴォナローラのいわば兄弟にあたる繊細なタイプの主人公を、つまり、虚脱に瀕しながらも忍耐強く仕事を続けて、途方もないことを成し遂げる虚弱の英雄を創造することにしました」と語っている。アッシェンバハは五十歳で貴族に叙せられ、トーマス・ブッデンブロークは商会の業績を上げて、さらに市参事会員に選ばれて一族の頂点を築く。どちらも身体的には虚弱であるが、努力を重ねて、普通では得られない栄誉を獲得するのであり、その点で「現代の英雄」といわれるのである。

本来、英雄とはギリシア神話のヘラクレスのように、圧倒的に強く、普通の人間が為しえないことをやり遂げる人物である。[2] しかしヘラクレスはただ強いだけではない。ときには狂気の発作に襲われて我が子や友人を殺してしまい、最後は毒が塗られた着衣のために苦しみながら、自ら指示して薪の山で焼死する。英雄の生涯は常に栄光と悲惨に満ちている。[3] トーマス・ブッデンブロークの生涯は、ヘラクレスのように壮大ではなく、その最期も、歯科医院の帰りに路上で倒れて美しい衣服が泥水にまみれるという、虚弱な「現代の英雄」らしいスケールの小さい、惨めな死で終わる。そこにはマンのイロニーを伴う市民を茶化したパロディ性がある。

先行研究では、ヴィスリングがトーマス・ブッデンブロークという「張りつめた英雄のタイプ」は、マックス・ウェーバーのいうプロテスタンティズムの倫理、フリードリヒ大王時代の義務の遂行、カントの定言的命法、そしてショーペンハウアーの「英雄的人生」の要請に根ざすもので、直接的にはニーチェの『道徳の系譜』第三論文「禁欲的理想は何を意味するのか？」の受容と論じている。[4] ニーチェはこの著作で、禁欲を説くキリスト教の牧師の真の意図は信者を支配することであり、禁欲の教えは権力への意志が根底にあると批判している。したがって先行研究の主張は、トーマスの禁欲が権力への意志から生じていると考えていることになる。これらの研究ではトーマスの禁欲の対象を明確にしておらず、おそらく一般的なキリスト教の禁欲思想の根拠となる十戒にある、汝姦淫するなかれという情欲の否定の意味で論じられていると思われる。

それに応ずるようにレーナートは、一族の没落の原因は愛の断念にあるとする。トーマスは若い頃に花屋のアンナと別れる。トーニもモルテンとの恋を諦めるうえに、二度離婚する。第十部第一章では、ペペンラーデの先物取引の相手であるフォン・マイボームの自殺を知ったトーマスがじっと考え込んでいると、ゲルダは顔を向けることなく、夫を窺うように見つめている。夫婦は言葉を交わさない。その一方で、向かいのアンナ・イーヴェルセンの花屋は灯りがともっている。この場面にトーマスの夫婦に愛がなく、アンナの家には平凡であるが明るい愛があることが表現されているという。そしてハノーが将来の希望を持たないことも、愛があったならば癒されたかもしれないとレーネルトは論じて、「愛の断念は、作品の最初から一家に表現されている法則に含まれている」と結論づける。[5] レーナートは『小男フリーデマン氏』のように、トーマスも愛を断念していると考えているのである。

しかし、トーマスとゲルダは音楽を巡っていい合いをしても、時間のある夜は、ゲルダのヴァイオリンを聞き、一緒に短編小説を読むのであり、夫婦は恋愛結婚をした夫婦のように見えないが、互いに礼儀正しく、互いにかばい合い、いたわり合う」ように見える（七〇八以下）。夫婦には愛がないというよりも、むしろ互いを尊敬し合っているのである。これについては後の章で論ずるのでここではこれ以上触れないが、トーマスの禁欲は愛の断念でも、情欲の断念でもないのである。

第八部第四章でトーマスは内省して、自己の疲労の原因を実際的であり夢想的でもあるという自己の対立的性質にあると考えるが、しかし、自分の成功は、実際的で活動的な性質だけでなく、内省的な性質も役立っているのではないかとも考える（五一七を参照）。トーマスの衰えが一族の没落につながっているのであるから、没落について考えるならば、愛の断念というよりも、トーマスの実際的と内省的というふたつの対立的性質を問題にしなければならないのである。

二．身体的特徴

トーマスは少年の頃、詩人のホフシュテーデに「堅実で真面目な子だ、この子はよい商人になるに違いない」（一七）といわれるが、そのすぐ後に「彼の歯は取り立てて美しいとはいえず、小さく黄ばんでいる」（一八）と描写される。トーマスは性格だけでなく身体にも、頑健と虚弱という対立的要素を具えている。

トーマスは高校卒業後、商人になってオランダに修業に行くと、有能と認められるが、喀血して南仏のポーで療養することになる。療養先から故郷に帰ってきたトーマスは、若い商人らしく流行の衣服を身につけた洗練された容姿で、身体つきはやや肩幅が広く、軍人のようである。しかしこめかみに血管が青く透けて見え、「悪寒の傾向」（二五七）を示し、敏感な神経が気圧の上昇を感じ取って、雨が降り始める瞬間を察知する。トーマスは、体格は軍人のように逞しく見えるが、体質は虚弱で神経質である。

このような不均衡は父親の遺言状を開封する場面でのトーマスの手にも表現されている。トーマスの手は、指の形がきれいに整ったかなり大きい市民的なブッデンブローク一族の手であるが、青白く乾燥して冷えきっているように見え、「ある瞬間には、何か痙攣のような、無意識の状態で、拒否的な繊細さとほとんど不安げな遠慮のような、ある表現しがたい表情を見せる」（二七七）。大きな手は、大きな利益をつかみ取る逞しさを感じさせるうえに、握手を交わす際に相手に安心感を与えることができるので、信用が大切な商人にふさわしい。しかし体質や気質から生じる肌の色つやと仕草は、病的で不安を感じさせる。トーマスの手も、外観と性質は異なっているのである。

三．商人の実際的性質

トーマスは、穀物商会を経営する家に生まれ、「生まれた時からすでに将来は商人になり、商会の経営者になることが決められていた」（七一）。子どもの頃からトーマスは祖父や父を見て育ち、高校も商人の子弟が通う実科クラスで学ぶ。このような環境のなかで、トーマスの商人としての実際的性質は自然に育まれる。高校を卒業すると商人になり、父親の下で働き始める。トーマスの父親はプロテスタントの信仰に篤く、労働も神の恵みに対する義務と心得て、日々神に感謝して歯を食いしばって働く。トーマスはそのような父親を見習うことで、父と同じプロテスタンティズム的な市民階級の倫理と、商人の実際的性質を身に付ける。

ショーペンハウアーは人間の性格を叡知的性格、経験的性格、習得的性格の三つに分け、それぞれ、生まれながらの性格とそれを元にして生活する上で行動に現れる性格、そして後天的に具わる性格という。これによれば、トーマスが祖父や父を見習って身に付ける、市民階級の倫理と商人の実際的性格は後天的な習得的性格である。

トーマス・マンは『非政治的人間の考察』の「市民性」で、ルカーチの『魂と形式』を引用して、ドイツにおいては芸術性に倫理性が優先すること、ドイツ市民階級の倫理性は「秩序、従順、静謐――刻苦勉励という意味ではなく、手仕事に対する誠実という意味での――勤勉」[6]であるという。マンのいう市民性について、コープマンは、「秩序を体現しているのは父祖たちである。少なくとも『ヴェニスに死す』までは、市民性は父祖たちの世界である。［…］トーマス・マンの生活は父親に強く方向づけられている。父祖の世界と市民の世界は同一である」[7]。

クルツケによれば、中世の職業を持つ都市住民の伝統的な生活様式が発展して、勤勉、倹約、秩序愛、時間厳守、誠実、徳、義務を果たすことという典型的な十八世紀の市民階級の理想が生まれた、そして、『ブッデンブローク家の人々』の市民性は、このような古い十八世紀に形成された市民性であるという[8]。

コープマンもクルツケもトーマス・ブッデンブロークの倫理性を十八世紀の父祖の世代のドイツ的市民性を受け継ぐものという。トーマスは生まれた時の定めに従って商人になり、父の下で働き始める。「献身的に仕事にあたり、父の静かで粘り強い勤勉さをまね」（八二）、堅信礼で牧師に「節度を守れ！」（八一）といわれるように、「自制と平衡を保つこと」（二八九）が重要と考えている。そして「仕草、話し方、笑い方も同様に、穏やかで思慮深く、［…］彼は仕事に真剣で熱心に取り組んだ」（八二）。このようにトーマスの実際的性質に具わるのは、十八世紀以来の市民階級の倫理性である[9]。

四．芸術家的性質

倫理的であると同時に、トーマスが審美的人物あることは、先行研究でも論じられている。クルツケ[10]、ヴィスリング[11]、レーナートは、トーマス・ブッデンブロークがハイネを好み、ドイツ、フランス、ロシアの小説を読むこと、非市民的で芸術家的な女性ゲルダと結婚すること、「二、三の風刺的で論争的なタイプの現代的作家（二五七）を好むこと、「カトリックへの傾向」、「詩を解する心」（三〇二）をもつことをその根拠としている。

さらにレーナートは、「空想し、飛躍する力と、ひそかな恋よりも甘美に、幸福に満ちて、静かに情熱を燃やしながら会社と一族の栄光に力を与える理想主義を抱き」（三〇二）という表現や、「遊びながら働き、働きながら遊び、半ば真剣に半ば戯れのように思われた名誉とともに、ただ比喩的価値しか認められない様々な目的に向かって努力する」（六七二）という表現からも、トーマスは審美的人間といえるという。[12]

レーナートが引用しているのは、伯父のゴットホルトが親の反対を押し切って小売商人の娘と結婚したことについて、「伯父さんは反抗的だったし、この反抗は理想主義的なものだと信じておられたにしては、伯父さんの精神には飛躍する力も、空想力も、理想主義もありませんでした」と創造性の不足を挙げて、次のように続ける。

理想主義をもつ人間なら、ひそかな恋を抱いている場合よりも、ひそやかに熱意を燃やして、甘美に、幸福に、満ち足りて、由緒ある名前や商会の看板といった抽象的な財貨をはぐくみ、育て、守り、名誉と力と栄光の座につかせることができるのです。［…］あなたには詩を解する心が欠けておられた。［…］しかしこの地上の一切は比喩にすぎないのですよ、ゴットホルト伯父さん！　伯父さんはご存じなかったのですか、小さな町においても偉大な人間になりうるものだということを？　バルト海沿岸の中くらいの商業都市でもカエサルになりうるということを？　もちろんそのためには少しばかりの空想力、少しばかりの理想主義が必要です。（三〇二―三〇三）

理想主義とは、現実よりもはるかに高く掲げられた目標を抱き、その目標を実現しようとすることである。ゴットホルトは、親の反対を押し切ってひとりの女性との愛を貫いたが、それは個人の現実的な幸福にすぎない。トーマスの理想は、バルト海沿岸の商業都市でローマ帝国皇帝カエサルのようになることである。カエサルは、ヒスパニアに赴任する際に立ち寄った小さな村で、「ローマで第二位の地位に就くよりは、この村の第一人者になりたいものだ」と語ったといわれており、最上級の地位に就くまで自分の主義主張を心に秘めていた。しかし身を守ろうとせず、護衛を不要としたために暗殺された。

トーマスがカエサルのようになるというのは、第一人者、つまり市長になりたいということである。トーマスはそのような理想を「飛躍する力」と「空想力」という、限界に縛られないディオニュソス的な力によって創り出し、実現しようとするのである。それは次のように説明されている。

トーマス・ブッデンブロークは、［…］自分の持つ欲求、能力、情熱そして行動的な活力のすべてで、自分の名前が一流のものとみなされている小さな町と、自分が受け継いだ名前と会社の看板とに奉仕するに足るだけの精神を持っていた。……小さな町で偉大さと力を達成するのだという野心を、笑みを浮かべつつ、同時に真剣に考えるに足る精神を持っていた。（三九八―三九九）

この文章は、『悲劇の誕生』の次の文章と同じ意味内容を持っている。

悲劇において、見ようと欲すると同時に見ることを超えて憧れるということが、どういう意味であるか［…］はっきり知覚された現実に最高の快感を感ずること、それと同時に生ずる、無限なものに迫ろうとするあの努力、憧憬の羽ばたき、これらはそのふたつの状態の中に一種のディオニュソス的現象を認めねばならぬことを、われわれに想起させるものである。[13]

現実に最高の快感を覚えるとは創造の悦びであり、無限なものに迫ろうとするのは自己破壊の衝動である。ディオニュソス的現象とは、砂山を作っては壊す子どもの遊びに似た、永遠に繰り返される自然の創造と破壊であり、その創造には常に虚しさが伴う。

業績を追求すると同時に倫理的でもあるトーマス・ブッデンブロークは、自分のもつ活力のすべてで、会社と市に奉仕する、つまり自己の限界に至っても働き続ける人間である。彼が「笑みを浮かべつつ、同時に真剣に考える」のは、世界も市や商会も比喩にすぎないと感じ、そのために真剣に努力することに遊戯性を感じているからである。世界を比喩と感じる者は、現実に意味があるとは思えないニヒリズムに陥っている者である。そのような者が真剣に努力して働くには、働くことに遊戯性を見出すしかない。それゆえトーマスの内省的性質は、砂山を作っては崩すディオニュソス的な芸術家の性質ということができるのである。

トーマスが芸術家的性質をもつ商人とみなしうる最も確かな根拠は、第十部第五章でトーマスが「ショーペンハウアー体験」といわれるイデア認識の体験をすることである。ショーペンハウアーによれば、イデアの認識という美的状態の体験は、本来は天才 Genie すなわち芸術家のものであり、普通の人間は芸術家が表現する芸術作品を通してイデアを感じ取るのみである。ただし、普通の人間も美しい自然を目にするときに体験することもあるという。[14]しかしトーマスの「ショーペンハウアー体験」は美しい自然を前にしているときではなく、深夜眠っているときに生じている。さらにこの体験は、元々は作者トーマス・マン自身のものであった。マンは自己の体験を、死を目前にしたトーマス・ブッデンブロークに与えた、それというのも「トーマス・ブッデンブロークこそこういう体験をするのにふさわしい人物だと思われたからである[15]」と語っている。このことからも、トーマスは芸術家的性質の商人として描かれているといえるのである。

五．ふたつの性質

第五部第二章、父親の死後南米から帰ったクリスティアンが、食べ物を飲み込めない、あるいは喉の筋肉が働かないなどといって自分の身体に際限なくこだわることを、妹のトーニが心配するとトーマスは次のように説明する。

このように不安や無益な好奇心から自分にこだわることについては、ぼく自身しばしば考えたことがある。というのも、ぼくも昔は同じような癖があったからだ dazu geneigt。しかしそれは注意散漫で、無能で、自分をだらしなくすると気がついた……ぼくにとっては自制というか、バランスのとれた態度が一番大切なんだ。いつだってこういうふうに自分自身に関心を持って、自分の感情をくわしく観察してよい人間がいて、詩人がそれなんだ。詩人たちはすぐれた内面生活を、自信をもって美しく表現することができて、それによって他の人々の感情世界を豊かにする。しかしぼくたちは単純な商人にすぎない、ぼくらの自己観察なんて絶望的なくらいにつまらない。［…］くやしいけど、ぼくらは腰を据えて何か業績を上げなくてはならないのさ、ご先祖たちがそうしたように……。（二八九以下）

詩人は内省したことを美しく表現して人々を楽しませることができるので、どこまでも内省し続けてよい。このような限界に縛られない性質は、「アポロン的なものとディオニュソス的なもの」の章ですでに述べたように、ディオニュソスという芸術家の神の名を借りたディオニュソス的な芸術衝動の特性である。『悲劇の誕生』によれば、「唯一にして真に存在する永遠の、事物の根底にある自我が、抒情的天才の自我の模像を通して事物の根底まで見通す」[16]。すなわち、抒情詩人は普通の人間が見通せないところまで深く見通す。彼らは自己の内面を深く考察することで、人類に共通する普遍的なものを認識し、それを言葉で表現する。それゆえ抒情詩人の自我は個人の自我ではなく、全体の自我である。このようにして普遍的なものを表現するのは、詩人を含む広い意味での芸術家である。

トーマスは、商人として生きねばならないが、自分にも自己の内面にこだわる傾向があったと語る。つまりトーマスは、生来の性格は内省する詩人のディオニュソス的な衝動が強く働く芸術家的な性格であるが、商人の家に生まれたために、後天的に習得した市民的実際的性格にしたがって、商人として働いているのである。

トーマスが後天的に身につけた商人の実際的性質とは、自己の利益のために、現実の目的に適う考え方や行為をすることである。『悲劇の誕生』において、実際的 praktisch とは利己的なこととされているように[17]、現実の世界で個人が個体を維持するために、実際的に思考して自己の利益を確保しなくてはならない。それゆえ実際的性格は、利己的性格でもある。

これらのことからトーマスは、個人でなく全体を考える芸術家的性質と、個人の利益を考える実際的性質という対立的な性質を抱えている人物ということになる。そして現実にはトーマスは商人であり、商会の業績を上げねばならないので、生来の性質ではなく、実際的な性質を強く働かせて行動的であらねばならない。そのためトーマスは生来の内省的性格を抑制して、実際的性格とのバランスを取りながら生きる。ヴィスリングが指摘する禁欲はこの内省的性格の禁欲であり、フリーデマン氏の愛の禁欲とは異なっている。トーマスは本来持っている内省的性格を商人であるために禁欲しなければならず、そのために生ずる憂鬱や苛立ちを紛らわそうとして、若い頃から「麻酔剤」（六七五）としてロシア煙草を肺まで吸い込むのである。

六．商会の繁栄と市参事会員選出――バランスの取れた状態

トーマスは毎日規則正しい生活を送り、身なりも常に美しく整えて、内省的性格と実際的性格の釣り合いを取っている[18]。結婚した頃は、毎朝水を浴びて八時に理髪師であり市会議員のヴェンツェルに、市政の話をしながら顔と頭を整えさせる。その後朝食を取り、身なりを整えて、メング通りの家の事務所に行く。様々な仕事を済ませて母親と二回目の朝食を取り、仕事をする。ブライテ通りの家で妻と昼食を取り、三十分程休養して再び仕事に向かう。このようなトーマスの規則正しい生活は、トーマス・マンが「基本動機」について説明している「自制され、制約された幸福と品位へのあらゆる希望と結びついた落ち着きある生活[19]」であり、ヴィスリングのいうニーチェの「禁欲主義的理想は何を意味するのか」で論じているような支配欲、権力意志からの禁欲、すなわち業績を上げるためのものである。

トーマスは父親の遺言状開封の日に、父親が残した財産の額を知り、「とっくに百万に手が届いていていたはずだ！」と興奮し、「行動と勝利と権力への憧憬、幸運の女神を屈服させたいという欲求が、トーマスの目の中にぱっと激しく燃え上がった」（二八〇）。このようにトーマスのなかに業績を上げるという意志、力への意志が強く生ずる。そうして社主になると、「それまでよりも、さらに独創的 genialerer で新鮮で、さらに意欲的な精神が社内に満ちた。［…］しばしば思い切った取引が行なわれた」（二九二）という表現に見られるように、トーマスは限界にとらわれない芸術家的大胆さと実際的な性質をうまく働かせる。

トーマスはさらに市政にも関わり、ハンブルク直通鉄道の問題、ガス灯設置、その他のさまざまな業務に携わる。「なかでも財政問題については、すぐに優れた才能を証明した……」（三九八）というように市政においても

商人の実際的能力を発揮する。そして社交も妻のゲルダと共にきちんとこなして一族の「体面」を守る。「しかし何もない夜は、煙草をくゆらせながらゲルダのヴァイオリンを聴き、ゲルダの相手をして、ゲルダの選ぶドイツやフランス、ロシアの短編小説を一緒に読んだ」（三九九）。

こうしてトーマスは、業績を上げて商会を繁栄に導く（三九九を参照）。この成功は、実際的性質と内省的性質の釣り合いが取れていることから生じているのであり、『悲劇の誕生』の観点からいえば、前章で引用した三島憲一のいう、アポロン的なものとディオニュソス的なものが「あるべき関係」にあってうまく作用していることで生まれているといえる。

七．衰退の始まり――バランスの崩れ

トーマスは市参事会員に選出されて家名を一層高めるが、トーマス自身はこれまで以上に忙しくなり、心が休まることがない。常に駆り立てられているかのようで、何ごとにおいても達成感が得られなくなる。疲労が蓄積したトーマスは、朝の爽快感と準備万端整ったという秩序と充実感を求める気持ちが強まり、それが衣服を着替える習慣や家の新築とその後の倹約に表れる。若い頃のトーマスにとって身なりを美しく整えることは、毎朝心身ともに整った爽やかな気分で仕事に臨みたいという「行動人の努力」（四六〇）であり、心構えの表れであった。しかし市参事会員になって一年が過ぎて疲労感が高まると、身なりを整えることは変質する。

それと同時に彼の「虚栄心」、つまり身体を爽快にし、更新し、日に数回服を着替え、気分を回復させ、朝の爽やかさを生み出そうとするあの欲求が目立って強くなるという妙なことが観察されたとすれば、いうまで

もない、三十七歳になるやならずのトーマス・ブッデンブロークの気力の低下と急速な消耗を意味した……（四六〇）

トーマスの「虚栄心」は自分をだますためのものである。実際のトーマスは一日に数回服を着替えても爽快感は得られず、衣服の整理をして「手持ちの下着類をあっさり全部取りかえて、少なくともこの点だけでもしばらくは、完全だ、整理できているという気分になれるようにしよう」（四六一）と思う。しかしそれも一時的なものでしかなく、次に家の新築を思いつく。家の新築によって得られる「清潔、新鮮、爽快、無垢、強化」（四六二）を期待したのである。しかし新しい家が完成しても爽快感は生まれない。トーマスにとって家は、「楽しみにしているときが一番」であり、新築後は予想外の出費に後悔し、それ以外にも不利な商取引や弟クリスティアンの病気、妹クラーラの死などが続いて、トーマスに、自分と一族の頂点は過ぎてあとは没落しかないという不安が生まれる。そしてしだいに金銭に執着して倹約を始める。

かつてのトーマスは、机上の計算で得られる金銭的な成功よりも、行動して「成功を得るための日々の戦いに己の一身を賭けることを好んだ」（二九三）。しかし金銭に執着し始めると、私生活で細かく倹約を始める。夏の旅行はやめて日常の食事は質素になり、トーマスの外見は以前と変わらずエレガントであるが、ワイシャツを二日に一度しか取り替えず、召使も解雇する（五一三を参照）。実際には商会の経営が行き詰まっているわけではなく、トーマス自身も市参事会員として市長の右腕であり続けた。問題はトーマス自身が身心ともに疲労して、創造的な発想と仕事ができなくなったことである。それにもかかわらずトーマスにとって、業績を上げて由緒ある一家の体面を保つことはトーマスの義務であり続けた。それゆえ業績が低下すると、業績を挙げる義務の意識が強く働いて、倹約し始めるのである。

トーマス・マンは『非政治的人間の考察』において、金銭に執着する資本主義的帝国主義的ブルジョワを、精神の柔軟性を失い硬直化した人間であり、人間らしい魂を喪失した「硬化した市民」[20]という。精神が硬化すると物事を一面的にしかみることができなくなり、柔軟で広い視野で物事を考えることができなくなる。トーマス・ブッデンブロークは、疲労のために創造的性質が衰えて、会社の業績も停滞する。それによって彼の金銭への執着と倹約意識が強まり、精神の柔軟性を喪失した「硬化した市民」、すなわちマンのいうブルジョワともいえる状態になる。トーマスのこの状態は、ディオニュソス的創造性の衰えに加えて、業績を上げる義務の意識に捕らわれたアポロン的な「形式」が硬化した状態であり、三島のいうアポロン的なものとディオニュソス的なものの「あるべきでない関係」に陥っているといえる。

八．ペペンラーデの麦の先物取引――「基本動機」

疲労が蓄積したトーマス・ブッデンブロークに前章で述べた「基本動機」の発現が起きる。ここでは次の章へのつなぎとして短く説明するにとどめる。

商人として生きるために、内省を抑制して、内省的性質と実際的性質のバランスを取りながら家業と市参事会員の仕事に邁進するが、疲労が蓄積して次第に、トーマスの創造的で行動的な商人としての活動は形骸化する。新鮮さをとりもどそうとして、家の新築までするが、逆に心理的に節約に迫られる。トーマスは、悪しきアポロン的なものと悪しきディオニュソス的なものといえる状態になるのである。

そして妹のトーニに勧められて、迷いながらも、ペペンラーデの麦の先物取引を行うことになる。この決断に至る過程とその後の先物取引が失敗に終わるところまで「基本動機」すなわち、ニーチェが『悲劇の誕生』第九節でいうアポロン的な「形式」、つまりトーマスという生の「形式」の硬化と、それがディオニュソス的なものの高潮の流入によって押し流されてゆくことが、表現されている。アポロン的なものは硬化し、ディオニュソス的なものは野蛮な侵入になる。それゆえ「基本動機」としてトーマスに表現されているふたつの衝動の関係は「あるべきでない関係」である。

九．活動性と演技

「宿命的な商取引[21]」といわれるペペンラーデの麦の先物取引の失敗によってトーマスの精神の硬化と緊張は一旦緩むが、母の死、メング通りの邸宅の売却という気持ちの沈むことが続く。トーマスの疲労は強まり、商会も活気がないままである。

若い頃のトーマスは、市長になるという理想を抱いて働き、市長の右腕といわれるまでになった。自ら読書して、大学を卒業している者たち以上の教養を身につけた。しかしトーマスは、ギムナジウムも大学も出ていないために、市長になることができなかった。理想も目標も失ったトーマスには「もはや征服すべきものはなかった」（六七三）。トーマスの理想主義は挫折したのである。それでもトーマスは社主として、市参事会員として、働き続けねばならない。

彼の頭を休めることのできない仕事への衝動というもの、先祖の自然でタフな仕事への欲求とはいつも根底から何か異なるものであった彼の活動性は、つまりは何か人為的なもので、彼の神経が生み出した衝動であり、絶え間なくトーマスが吸っている、小ぶりのきついロシア煙草と同じく、実際のところ麻酔剤であった……

（六七四）

理想主義の挫折という現実の虚しさを忘れさせる麻酔剤として、ロシア煙草に無意味な活動性が加わる。働くことは、先祖たちにとっては歓びであったが、トーマスにとっては義務である。これについてヴィスリングは、トーマスは、カントの定言的命法のような内的義務の意識のために、疲れていても常に勤勉で活動的であろうとするという。つまり、マンのいう疲労の極みにありながらまだ働いている「業績の倫理家」である。しかし疲労しきったトーマスの活動は生産的ではない。

トーマスの毎朝の身支度は、仕事への心構えを作り出すものではなく、表面的な爽快感を得るためのものに変わり、さらに四十八歳になる頃には、「体面」を守る義務になる。完璧を目指して、ハンブルクの最高の仕立屋に、あらゆる場面にふさわしい衣服を作らせて、毎朝一時間半かけて決まった手順通りに身支度をする。身なりを整えると、準備万端整ったという満足感が得られるのだが、「これは、顔を細かな点に至るまで造り上げた俳優が舞台に向かう時の気分と同じものだった……」（六七六以下）。

ヴィスリングが、トーマスはクリスティアンと同じデカダンであり、社主として業績を上げる義務を遂行するために、市民を演じていると論ずる。[22] トーマスも遊び人のクリスティアン同様に市民的性質を持たないことは、ゲルダによって「クリスティアンは市民じゃないわ、トーマス！　あなたよりもっと市民じゃないわ！」（四九五）と明言される。その話を聞いた妹のトーニは、「お兄さんより良い市民なんていない」というが、トーマスは「必ずしもそうとはいえない」といい、ゲルダの言葉を認める。先行研究で論じられているように、トーマス自身が自分を市民らしい市民と思っておらず、市民を演じているのである。俳優が舞台上で本当の姿を隠しているように、トーマスも芸術家的性質を抑制しているが、一族の「体面」を保つために、トーマスは疲れ切った本当の姿を隠さなければならない。

完全に心を奪ってしまうような、まさに火のごとく燃えるような関心の完全な欠如、内心の貧困化と荒廃［…］が、いかなることがあろうと品位ある態度を示し、己の衰弱はどのような手段によってでも隠し、「体面」Dehorsを保たねばならぬという厳しい内的義務感や粘り強い決意と結びついて、［…］人前でのいかなる言葉、いかなる動き、いかなる些細な仕草も、骨の折れる、神経をすり減らすお芝居になってしまうという結果をもたらした。（六七七）

創造力も大胆な活動性も衰えているが、トーマスは、商会が相変わらず繁盛していると人に思われ、自分も思いたいという虚栄心から、常に活動的であろうとする。人前で話し、代表者として講演し、脚光を浴びることで、商会も自分も今なおお影響力のある重要な存在であると感じることができる。しかしそれも、本来は内省的で控え目なトーマスにとって骨の折れることであり、ますます激しく消耗する。結局のところトーマスは「体面」を保つ義務の意識から逃れられず、先物取引の失敗によって解放されたはずの義務の意識が再び強まり、トーマスの精神を硬化させるのである。つまりトーマスにおいて、秩序を守る特性を持つアポロン的なものの硬化が再び強まっているのである。

十.「ショーペンハウアー体験」

息子ハノーは音楽への愛着が強く、商人になれそうにない。トーマスは妻と息子の音楽の世界に入ることができず、家の中での孤立を感じる。さらに妻のゲルダは、トーマスが一階で仕事をしている最中に、二階の居間で駐留軍の少尉とふたりきりで音楽の演奏を楽しんでおり、それが町の噂になる。「体面」を汚すことを恐れるトーマスは、ふたりが音楽を演奏し始めると仕事が手につかなくなり、家の階段室を上がり降りして庭を歩き回る。この不安は、一家の「体面」を傷つけてはならないという、義務の感情からのもので、再びアポロン的なものの硬化が生じていることを示している。そうして心身ともに消耗したトーマスは、死を予感しはじめる。形而上学的欲求からトーマスは（七一九を参照）、死後の自分がどうなるのか、死とは何かを考え、ある日、なにげなく手にしたショーペンハウアーの『意志と表象としての世界』を読みふける。そして深夜に美的状態といえるイデア認識の体験をする。それが「ショーペンハウアー体験」である。

---

1 GKFA 13. 1, S. 158f.

2 内田次信『ヘラクレスは繰り返し現れる　夢と不安のギリシア神話』、大阪大学出版会、二〇一四年、（＝内田次信）i ― vi ページ。

3 内田次信、四三―四七ページを参照。

4 Vgl. Wysling, Hans: *Buddenbrooks*. In: TMS XIII, 1996, (= Wysling) S. 204.

5 Vgl. Lehnert, Herbert: *Thomas Mann–Fiktion, Mythos, Religion*. Stuttgart 1965, (= Lernert) S. 74-77.

6 GKFA 13. 1, S. 114f.

7 Koopmann, Helmut: *Thomas Manns Bürgerlichkeit*. In: *Thomas Mann 1875-1975. Vorträge in München–Zürich–Lübeck*. Frankfurt a. M. 1977, S. 44.

8 Kurzke, Hermann: *Thomas Mann Epoche–Werk–Wirkung*. München 1997, (= Kurzke) S. 45f. クルツケは、ここに引用した中世以来発展してきた十八世紀の古い市民性に対して、同じ十八世紀に国家によって権利を保障された新しい市民も生まれたと論じており、この新しい市民の意識が『ブッデンブローク家の人々』における一八四八年革命での人々の権利意識といいえる。

9 トーマス・ブッデンブロークの倫理性を『悲劇の誕生』の観点から考察するならば、「アポロンとは、光明（太陽）の神として、物の形姿・形象を明晰に美しく浮き上がらせる神」にほかならず、「ものの形が明確であるとは、ものがもの自身の外部にはみ出さず、定められた輪郭を守ることである以上、アポロンは『節度』の神でもある」。それゆえアポロンは「倫理的な神」といわれる。アポロン的衝動もディオニュソス的衝動も自然の芸術衝動であり、人間各自は広義のショーペンハウアー的意志の自然の個体化であり、ニーチェによれば芸術作品であるから、アポロン的な衝動もディオニュソス的な衝動もひとりひとりの人間に具わるのである。そしてアポロンの名を借りたアポロン的な衝動は、倫理的性質の衝動であることから、トーマスの倫理性もアポロン的な衝動の発現といえるのである。

10 Kurzke, S. 72.

11 Wysling, S. 205.

12 Lehnert, S. 69.

13 KSA 1, S. 153.

14 Schopenhauer I, S. 24.

15 GKFA 13. 1, S. 80.

16 KSA 1, S. 45.

17 Vgl. KSA, 1, S. 100.

18 Vgl. BrOG, S. 92. トーマス・マンは友人にデカダンスを予防するために規則正しい生活を送るよう忠告している。「君が今も相変わらず夜どおし起きて、——『起床』しようがしまいが——仕事をしているのは、無責任で愚かなことだ。そのようなやり方で生活していられるのは、デカダンスに陥り、それを鼻にかけることができるほどに健康な間だけだ。」

19 GW XIII, S. 136.

20 Vgl. GKFA 13. 1, S. 151. トーマス・マンは、硬化を Verhärtung, Härtung, hart という言葉で表現している。これは『悲劇の誕生』第九節において、「アポロン的な傾向のもとで、形式がエジプト的な硬直と冷たさに凝固してしまわないように…」 „Damit aber bei dieser apollinischen Tendenz die Form nicht zu ägyptischer Steifigkeit und Kälte erstarre" という言葉でニーチェが表現している人間の形式の硬直化と同義と考えてよいだろう。

21 GKFA 1. 2, S. 40.

22 Vgl. Wysling, S. 201.; TMNb I, S. 131. トーマスという名前は双子を意味するゆえに、トーマスとクリスティアンの秘かな親縁性を暗示しているのであろうと記されている。

第五章　トーマス・ブッデンブロークの「ショーペンハウアー体験」

『ブッデンブローク家の人々』第十部第五章に描かれているトーマス・ブッデンブロークの「ショーペンハウアー体験」（以下の文中で「体験」と記す）は物語の山場となる場面である。「体験」とは、後に説明するが、ショーペンハウアーの思想にある、プラトンのイデアを認識する体験である。先行研究は、主に続編第四十一章「死および、死とわれわれの本質の不壊性との関係について」*Über den Tod und sein Verhältnis zur Unzerstörbarkeit unseres Wesens an sich* と「体験」のテキストの比較、そしてトーマス・マンが精神的芸術的教養の基礎を得た「精神の三連星」、すなわちショーペンハウアー、ニーチェ、ヴァーグナーの三者の「体験」における影響の度合いの解釈である。その中でピュッツが、『ブッデンブローク家の人々』はニーチェの明確な影響はかなり少なく、ショーペンハウアーの重要性を越えることはない[1]」としながらも、トーマスの内的独白にある「これまで私といってきた、今もいい、これからもいうだろう君たちみんなの中に生きるのだ。とりわけ、しかし、それをより力強く、より快活にいう君たちの中に」（七二五）という言葉以降は、「ニーチェの単なる生の肯定ではなく、高められた生の賛美があり、完全にニーチェの意味で考えられたものである」と論じており、この解釈が、今なお「体験」の研究に欠かすことのできないひとつの基準になっている。[2]

フォークトは『意志と表象としての世界』続編第四十一節と「体験」のテキストを比較対照して、ショーペンハウアーの思想との対応関係を論じ、さらにピュッツの論を発展させて、マン自身のショーペンハウアー体験はニーチェ体験でもあり、ニーチェの意義は汲み尽くされていないと論じて、更なる研究の必要性を示唆している。[3]
先行研究において「三連星」が重要視されるのは、マンが自伝を含む六つのエッセイで、繰り返し「体験」について述べており、常に「三連星」の三者とそれぞれの作品、『意志と表象としての世界』、『悲劇の誕生』、『トリスタンとイゾルデ』を一緒に語っており、それがひとつの観念連合を形成していると思われるからである。[4]
例えば一九三八年にアメリカで出版されたショーペンハウアーの主著『意志と表象としての世界』の要約版の序文「ショーペンハウアー」で、マンは次のように述べている。

形而上学的魔酒が二十歳の青年に与えた陶酔、この陶酔に触発された青春の抒情詩の再録を許してほしい！　若者が表現した有機的な震撼と比較しうるのは、初めて愛と性を知ることで若い魂の中に生ずる事柄だけである。［…］ここで思考したのはもちろん、ショーペンハウアーのほかにすでにニーチェも読んだことのある人間で、ひとつの体験を他の体験に持ち込み、両者の極めて風変わりな混合を行ったのである。しかしわたしにとって問題になるのは、まさに芸術家たちが「罪を負う」ことになる、ひとつの哲学の素朴な誤用であり、私はそれについて次のように語った際に示唆した。つまり、哲学は、その生命力の知的な精華である道徳と叡智の教えによる以上に、生命力そのもの、本質、人格的なものを通して感銘を与える、すなわち、哲学の叡知よりもその情熱がより多くの感銘を与えると語ったときである。このようにして芸術家たちはしばしばひとつの哲学の「裏切り者」になるのであり、そのようにショーペンハウアーがヴァーグナーに「理解された」のは、ヴァーグナーがその性愛神秘劇『トリスタンとイゾルデ』をいわばショーペンハウアー形而上学の保護下に置いたときのことである。[5]

ここでマンはヴァーグナーが「体験」そのものに直接関係していないような書き方をしながらも、ヴァーグナーについても言及している。さらにマンは自伝エッセイで、初めて長編小説を書くにあたり、ゴンクール兄弟の作品は短い章による構成でありながら優美さと明快さを備えていることに勇気づけられたと述べている。[6] 兄弟に倣ってマンは『ブッデンブローク家の人々』を、例えばトーニの結婚や離婚、一家のクリスマスの行事などを章ごとに書いて、それらの章をつないで全体を構成している。従って、通常の「体験」の研究対象は第十部第五章の中の一〇ページ程度、例えばGKFA全集では七二〇から七三〇ページとされているが、実際は「体験」前後の状況が描かれている第十部第五章全体を考察することが必要であろう。章全体を考察することによって初めてマンが「体験」に表現しようとしたことを理解できるのではないだろうか。それゆえここでは、第五章全体を対象にして「体験」と「三連星」との関係を考察する。まず「三連星」についてマンが語っていることを述べる。

一．精神の「三連星」

トーマス・マンは『非政治的人間の考察』の「内省」に、自己の「精神的芸術的教養の基礎[7]」の形成に影響を与えた三つの名前を挙げて、次のように書いている。

ショーペンハウアー、ニーチェ、ヴァーグナー、永遠に結ばれた精神の三連星。［…］彼らの創造者、支配者の運命は深く解きがたく結ばれている。ニーチェはショーペンハウアーを自分の「偉大な師」と呼んだ。ヴァーグナーにとってショーペンハウアー体験がいかにとてつもない幸運であったか、全世界が知っている。トリープシェンの友情は死に絶えようと、――この友情は不滅であり、悲劇が不滅であるように、後に訪れたその悲劇は決して別離ではなく、「星の友情」[8]の精神史的な解釈の転換と力点の変更であった。この三者は一体である。彼らの巨大な生涯を自己の教養にした畏敬に溢れる弟子は、三者全員を一度に語りたいところだが、三者それぞれに負うているものを区別することはとても難しく思われるのである。[9]

ヴァーグナーはショーペンハウアーの『意志と表象としての世界』に深い感銘を受けて、『トリスタンとイゾルデ』を創作した。谷本慎介によれば、ヴァーグナーは『意志と表象としての世界』を一八五四年に詩人のヘルヴェーク Georg Herwegh（一八一七―一八七五）に薦められて読み、「カント以来最も偉大な哲学者」、或いは「孤独のなかにもたらされた天からの贈り物」と感じ、この著作の影響下で『トリスタンとイゾルデ』を創作した。「この作品のテーマである『死への憧れ』はショーペンハウアーの提起する涅槃＝非在への憧れである一方、性愛による『意志』の昇華への目論見も前面に押し出されている点において、禁欲主義的なショーペンハウアー哲学の超克の試みという要素もはらんでいた[10]」という。

ニーチェはプフォルタ校時代に『トリスタンとイゾルデ』のピアノ抜粋曲を手に入れて友人たちと演奏して歌っていたといわれている。[11]『意志と表象としての世界』は、ライプツィヒ大学に通うために引っ越して来てすぐの時に購入し、二週間没頭して読んだ。一八六八年に、ライプツィヒ大学のブロックハウス教授の家でヴァーグナーと初めて出会うが、そのときの話題は専らショーペンハウアーだった。[12]ふたりは意気投合して、トリープシェンのヴァーグナー家にニーチェが三年間に二十三回通い、音楽、古代ギリシア、ショーペンハウアーについて語り合った。[13]ニーチェの初めての著作『悲劇の誕生』も、こうしたショーペンハウアーとヴァーグナーの影響下で、ヴァーグナーのバイロイト計画を応援することを意図して執筆されたのである。

薗田によれば、『悲劇の誕生』にはショーペンハウアーの引用として、夢におけるアポロン的衝動の作用、叙情詩人が忘我的陶酔のなかから言葉と形象を生み出す過程の描写、音楽の普遍的表現能力についての記述等があり、さらにデューラーの版画『死と悪魔と騎士』をショーペンハウアーに重ねていることや、「生は美的現象としてのみ永遠に是認される」というショーペンハウアー的命題が三度繰り返されているところに、強い影響が見て取れるという。[14] しかし、ショーペンハウアーが生を苦悩する「意志」の現れと考え、生を否定的に考えていたのに対し、ニーチェは、社会の紐帯が解けて孤独になった生は芸術によって孤立を解消して人生を生きるに値するものにすると考えて、ショーペンハウアーの思想を百八十度転換した。このニーチェの転換は、谷本が述べているような、ショーペンハウアーの超克であり、そこには芸術による社会の改革を考えたヴァーグナーの影響があると考えてよいだろう。

中期のニーチェは形而上学を否定してショーペンハウアーから離れるが、『ニーチェハンドブック』によれば、後期ニーチェのショーペンハウアーへの回帰は頻繁に議論されるテーマでありながら、形而上学への回帰は明確にされていないという。また最初の著作である『悲劇の誕生』は、ニーチェがヴァーグナーとの共同作業でショーペンハウアーの思想を研究した成果であるという。[15]

つまり『悲劇の誕生』は、若きニーチェがショーペンハウアーとヴァーグナーの影響下で執筆した著作であり、この著作において、三者は解きがたく結ばれて一体になっているということができるのである。次にトーマス・ブッデンブロークの「体験」はショーペンハウアーのいうイデアの認識といえるのか、という問題を考察する。

二．「ショーペンハウアー体験」とイデアの認識

ショーペンハウアーのいうイデアとは、プラトンが『国家』、『饗宴』、『パイドロス』等に述べている「実有」

であり「善の実相」である。『饗宴』における巫女ディオティマの言葉を要約すると、イデアは常に美しく、生成消滅もなく、見た人に顔や、手や身体の部分として現れることもなく、何らかの言葉や知識として現れることもない。どこか別のものの中にあるということもない。美はそれ自身によってそれ自身と共に、唯一の形相として常にある。その他の美しいものはすべて、イデアを分有することで美しいといわれている。つまり、イデアは時間や空間のない、永遠の唯一の形相であり、何かを元にして創られたものではなく、それ自身によって美しいのである。[16]

ショーペンハウアーは主著『意志と表象としての世界』において、世界の真実在はただひとつの、常に欲望している「意志」であり、われわれの目に見えている世界は、「意志」の欲望が具体化した「表象」であるという。通常の人間の認識は、「表象」の世界の認識であり、時間、空間、因果律という個体化の原理のもとで、事物相互の関係によって行われる。しかしプラトンのいう「時間や空間のない、永遠の唯一の形相」であるイデアの認識においては、個体化の原理は消滅しているので、個人も、個としての主観と客観も存在せず、ただ普遍的な主観、客観関係のみとなり、永遠の今、ただひとつの純粋な認識主観、「世界の眼」だけがそこに映るものを眺めるのである。そのとき純粋な認識主観は「意志」への奉仕を免れて、苦悩のない、静かな安らぎにおかれる。また光は、「あらゆる善と至福をもたらすシンボル」であり、イデアの認識の相関者であり条件であるという。[17]イデアの認識は、視覚という「意志」に直接結びつかない感覚器官と悟性がこの光とともにイデアを直観することによって生起するのである。

トーマスの「体験」もこの思想の通りに、時間、空間が消滅して光とともに生じ、光が消えると終わる。それゆえ「体験」それ自体は、本当は次のように短く記述された部分のみである。

するとどうであろう、突然、目の前の闇が切り裂かれて、夜のビロードの壁全体がぱっくり割れ、光が果てしなく遠い、永遠の彼方を露わにしたかのようだった……[18]（七二三）

イデアの認識においては、個体化の原理は消滅しているので、個体は存在せず、言葉も存在しない。従って、この文章に続くトーマスの「わたしは生きてゆく！」という独白以降は、トーマスが直観した「体験」の内容と、彼の心に生じた解放を、作者であるマンが言語を用いて表現したものということになる。それを示すのが、ふたつの但し書きである。ひとつは、「死とは何か？ これに対する答えは、貧しくもったいぶった言葉によってトーマスのもとに現れたのではなかった、彼はそれを感じ、それを心の奥深くに所有した」（七二三）というものである。もうひとつは、トーマスは、世界の本質はただひとつの意志であることを理解し、認識するが、それは「言葉や思考のやり取りによるのでなく、彼の内面が思いがけず至福の光に照らされることによって」（七二五）なされるのである。

こうしてマンは、「体験」が時間も空間も言語もないショーペンハウアーのいうイデアの認識であることを明示しているのである。では、言語が存在しないはずの「体験」は、どのような文体で表現されているだろうか。

三.「ショーペンハウアー体験」における文体の模倣

マンは『非政治的人間の考察』に次のように述べている。

ニーチェは、ドイツの散文にかつてなかったほどの感受性、軽妙さ、美しさ、鋭さ、音楽性、強いアクセント、情熱を付与し、ニーチェ以後ドイツ語でものを書く勇気を持ったあらゆる人間に逃れ難い影響を及ぼした。[19]

ニーチェは、「超人」、「大いなる……」という注意を喚起する言葉や、同一、あるいは類似の表現を反復しながら次第にヴォルテージを上げてゆく独特の文体などによって、多くの作家たちの心を捉えたのであり、マンもそのひとりであった。

ランガーがニーチェの独特の文体を九つに分類し、マンの『非政治的人間の考察』の文体と比較しているが、その分類にある疑問文の列挙と感嘆文の列挙の二点が[20]、トーマスの「体験」の内的独白に見られる。

ニーチェの場合は、「音楽から？　音楽と悲劇？　ギリシア人と悲劇的音楽？　ギリシア人とペシムズムの芸術作品？……」[21]や、「私自身がこの冠を自分の頭にかぶせたのだ！［…］わたしの兄弟である君たちに投げ与える！［…］わたしから学べ――笑うことを！」[22]というような疑問文や感嘆文の列挙がある。それに対しトーマスの「体験」では、読書の後にトーマスが「これは何だったのだろう？　［…］わたしの身に何が起こったのだろう？　わたしは何を聞いたのだろう？　わたしに何が語りかけられたのだろう、［…］？」（七二二）と自問する文章や、「死とは何だったか？［…］死とは幸福である。［…］、終りであり解体ではないのか？［…］、何が終わり、何が解体するというのか？　解体するのはこの肉体ではないか……」（七二三以下）という問いと答えの連鎖の形で疑問文が列挙されている。感嘆文の列挙は、「牢獄なのだ！　牢獄なのだ！　どこもかしこも制限と束縛ばかりだ！」（七二四）という文章などがある。このように、トーマスの「体験」にニーチェの文体の影響を見出すことができるのである。

次に、深夜の「体験」に至るまでのトーマスの内面の苦悩や迷いと、ニーチェの思想にあるギリシア悲劇誕生の過程との並行関係を見てゆく。

四．「ショーペンハウアー体験」と古代ギリシア悲劇誕生

『ブッデンブローク家の人々』の第十部第五章は、トーマスとゲルダの夫婦に対する世間の人々の見方で始まる。結婚して十八年が過ぎ、トーマスが疲れて衰えを見せているのと対照的に、妻のゲルダは結婚したころと変わらず美しい。そのうえゲルダのところにしばしば駐屯軍の少尉が楽器演奏を楽しみにやってくるようになり、人々はゲルダが夫を騙していると噂する。実際はトーマスとゲルダの信頼関係はゆるがないが、トーマスは噂のために家名が傷つくことを恐れる。それ以外にもトーマスは、家業の停滞、家の存続、ひ弱な息子のこと、さらに、自分の死が近いことを予感しながらも死に対する心構えができていないことに不安を感じている。

夏至の頃、いつものようにトーマスが一階の事務室で仕事をしていると、いつものように少尉が妻のところに楽器を演奏しにやってきた。二階の居間から音楽が聞こえている間はよいが、音が鳴り止んで静かになると、トーマスは不安で仕事が手につかず、落ち着いて座っていられなくなる。ふたりのところに挨拶に行こうか、食事に招待しようかと迷い、家を出たり入ったり、大階段を上がったり下りたりする。こうして様々な不安を抱えたトーマスは、庭の東屋でショーペンハウアーの『意志と表象としての世界』を読み、その夜ショーペンハウアーのいうイデアの認識を体験する。

ニーチェは、『悲劇の誕生』第四節で、アポロン的なものとディオニュソス的なものという自然の芸術衝動が、互いに争いながら、交互に支配的になる時代を経たのちに、奇跡的に結ばれて、古代ギリシア悲劇が誕生したと論じている。アポロン的なものは太陽神アポロンの名を、ディオニュソス的なものは葡萄酒の神ディオニュソスの名を借りており、アポロン的なものの特性は、光、夢、境界線の維持、個体化の原理、秩序、調和、平静であ

り、ディオニュソス的なものの特性は、音楽、葡萄酒、陶酔、混沌と合一、個体化の原理の破棄、死、苦悩と矛盾などである。そして次のようなニーチェの記述が、トーマスが不安に苦しみながら階段を上下するところに対応している。

巨人たちの戦いと辛辣な民衆哲学の「青銅」時代から、アポロン的な美の衝動の統治のもとでホメロスの世界が発展したこと、この「素朴」な栄光は再び押し寄せてきたディオニュソス的な流れにのみこまれてしまったということ、アポロン的なものがこの新しい力に対して、ドーリス式芸術と世界観の硬直した威厳をもって立ちはだかったということなどである。こうして古代ギリシアの歴史はふたつの敵対する原理の戦いのうちに、四つの大きな芸術段階に区分されることになる。［…］ここに至って、アッチカ悲劇と演劇的ディテュランボスという絶賛される崇高な芸術作品が、ふたつの衝動の共通の目的として、我々の目の前に現れてくる。この両衝動の神秘に満ちた結婚は、［…］栄光に飾られたのであった。[23]

トーマスが新築する家は、葡萄酒を貯蔵するための広い地下室と、白い女神像の装飾が施された美しいファサードのある三階建ての家である（四六七を参照）。一階の大階段の上り口には、ハノーの誕生祝に贈られた大きな茶色の熊が口を開けて立っている。熊はディオニュソスの仲間であり、死体から作られる剝製であることや、ロシアの奥地で射殺されたことなどから、アジア的野蛮と死というディオニュソス的なものを想起させる。

二階に上がる階段の手すりは鋳物の鉄の美しい装飾が施されており、二階のサロンの扉の上部にはキューピッドが描かれている。ヘシオドスが『仕事と日』の五時代の説話で、金、銀、青銅、英雄の種族に対して、鉄の種族を最も堕落した人間という種族として語っている。このことから、古代ギリシアという観点から見るならば、手すりは美と野蛮の結合と見なすことができるのである。そして三階は手すりが白と金色に塗られた広い柱廊の間で、天井から下がる大きなシャンデリアが天窓から差し込む陽光に光り輝くアポロン的な美の空間である。以上のことから、一階はディオニュソス的な空間であり、三階はアポロン的な空間、そして二階はキューピッドがディオニュソス的なものとアポロン的なものの結合を暗示する役割を担う空間と解釈することができる。

庭は、よい香りのする花々や正確に測量して作られた花壇、丈の高い薄紫のアヤメに囲まれた噴水など、アポロン的な美しい調和を感じさせる。左手の隣家との間の土壁のそばには一本のクルミの大樹、奥の方には、ヨハネスベリーとグースベリーの茂み、両側に小さなオベリスクの立つ外階段のついた白い砂利敷きのテラスがあり、そこには東屋が作られている。オベリスクは本来、神域を示す柱であるから、テラスとそこにある東屋が古代ギリシア悲劇の舞台と神殿に対応することを示唆するかのようである。右の隣家との境の壁には、蔦を絡ませるための木組みがあり、後のディオニュソス的な要素の混入が暗示されている。

トーマスが妻と少尉の問題で不安を抱えて階段を上下する場面と、上記引用のギリシア悲劇誕生の過程の対応関係は次のようなものである。

① [ディオニュソス的なものの時代] ―トーマスは一階の事務室にいる。

『悲劇の誕生』(以下GTとする)「巨人たちの戦いと辛辣な民衆哲学の青銅時代[24]」

・GT「巨人たちの戦い」↓『ブッデンブローク家の人々』(以下Bdとする):「トーマスは自分の先祖たちの本能、すなわち、冒険的で不安定な、一所に安住しない職業である戦士階級 Kriegerkaste[25] に対する、定住し倹約に励む商人の拒絶的な不信を呼び起こそうとした。」(七一三)

・GT「辛辣な民衆哲学」↓Bd「またもや世間の人々はフォン・トロータ氏が家に入るのを見た、彼らは自分たちの目で、自分たちに見せられているとおりのことを見た、［…］一方二階ではトーマスの美しい妻がその情夫と音楽を楽しみ、それだけではなく……そう、人々にはそのように見えていたのであり、トーマスはそれを知っていた。」（七一二以下）

GTの「巨人たちの戦い」とは、ギリシア神話のティターン族とオリュンポスの神々の戦いであるティターノマキアーを指していると考えられる。それに対してBdではSoldat（兵士）ではなくKrieger（戦士）という古風な表現が意図的に用いられている。また「辛辣な民衆哲学」は、Bdの世間の目に対応している。これらの表現の対応関係とともに、トーマスの不安定な心理状態もディオニュソス的な混乱した状態に対応している。

②［アポロン的なものの時代］―トーマスは三階の衣装室で心を落ち着かせる。

・GT「アポロン的な美の衝動の統治のもとでホメロスの世界が発展した」

・GT「アポロン的な美の衝動」↓Bd「彼は自分の衣装室に上がり、オー・デ・コロンを額に振りかけた、そしてサロンの静寂をなんとしても破ろうと決意して、再び二階へと降りて行った。」（七一四以下）

トーマスが心の秩序を取り戻そうとして、三階の衣装室でコロンを振りかけるのは、調和や秩序というアポロン的なものを求める気持ちの現れであり、そこにGTとBdの対応関係がある。

③［ディオニュソス的なものの時代］―一階に下りたトーマスの心は不安に満ちている。

・GT「この『素朴』な栄光は再び押し寄せてきたディオニュソス的なものの流れにのみこまれ」

・GT「ディオニュソス的なものの流れ」↓Bd「彼は使用人の階段を一階まで下りた、廊下を通りひんやりとした通用口を抜けて庭に向かい、再び戻って廊下で剝製の熊をいじり、主階段の踊り場で金魚の水槽をいじってみたりしたが、心を落ち着けることができず、聞き耳をたてたりこっそり隠れたりもしたが、恥ずかしさと悲しさでいっぱいになり、陰口や大っぴらな醜聞に対する恐怖に気を滅入らせて、居ても立ってもいられない気持ちになった……。」（七一五）

心を落ち着かせたはずのトーマスは、再び不安になり、金魚の水槽をかきまわす。水槽は物語の中でこの場面にしか存在しないことから、「ディオニュソス的な流れ」を意識してここに用いられたと考えることができる。

④［アポロン的なものの時代］トーマスの心は静かな落ち着きを取り戻している。

・GT「そしてアポロン的なものがこの新しい力に対して、ドーリス式芸術と世界観の硬直した威厳をもって立ちはだかる」

・GT「アポロン的なもの」→Bd トーマスが三階の柱廊の手摺にもたれて階段室を見おろしていると息子のハノーが通りかかる。「どれくらい息子が理解しているかわからなかった。しかしひとつのことは確かであった、この瞬間ふたりは、互いの目を見つめ合い、あらゆるよそよそしさと冷たさ、あらゆる圧迫と誤解が二人の間から消え去るのを感じた。」（七一六）

・GT「ドーリス式芸術と世界観」→Bd「このごろトーマスは、それまでよりも厳しくハノーに、その将来の実務的生活のための実際的な予備訓練を課した、ハノーの精神力を試験し、仕事への意欲的な決意表明を強制し、拒否的な態度や疲れを見せると怒りだすのだった。」（七一六以下）

トーマスは三階でハノーと初めて心が通じ合い、その信頼関係を基にハノーに後継者教育を施そうとする。ここでは特別に「実務的生活」、「予備訓練」「決意表明」という堅苦しい言葉を用いられているが、これらの表現と『悲劇の誕生』第四節にある、アポロン的なものであるドーリス式国家と芸術を「堡塁をめぐらした反抗的でそっけない芸術、軍事的で厳しい教育、残酷で容赦ない国家制度」[26]という表現との間に対応関係が見られる。

その後もトーマスは死ぬと自分はどうなるのかという問題の答えを探している。そして夏至の頃、たまたま買ってあったショーペンハウアーの『意志と表象としての世界』を手に取ると、庭の東屋で時間を忘れて読みふける。その時、テラス上の東屋はすでに葡萄の葉に覆われ、隣家との壁にはつる植物が繁茂し、ライラックの香りに近くの蒸留酒工場からシロップの甘い香りが漂ってくるというように、シンメトリーに作られたアポロン的な美を示す庭にディオニュソス的要素が入り交じる。その夜トーマスは、イデアの認識、すなわち「ショーペンハウアー体験」を体験するのである。

⑤［ギリシア悲劇誕生］＝「ショーペンハウアー体験」

・GT「崇高で高く賞賛されたアッチカ悲劇」、「神秘に満ちた結婚」↓Bdトーマス・ブッデンブロークの「ショーペンハウアー体験」（七二〇以下）

トーマスが読書と「体験」によって得たものは、ショーペンハウアーが「最高善」das höchste Gut[27]と讃えるイデアの認識、すなわち純粋観照であり、それがニーチェの論ずるアポロン的な時代とディオニュソス的な時代の四段階の変遷の後に誕生した「崇高で高く賞賛された芸術作品」[28]であるアッチカ悲劇、つまりギリシア悲劇に対応している。

阿部謹也によれば、ヨーロッパでは夏至の日にあたる聖ヨハネの日に自然の恵みに感謝して火を焚き、その周りで老若男女が歌い踊り、夜を明かす。中世には集団で結婚式が行われることもあったという。[29]夏至は人々が結ばれる特別な日なのである。それゆえ、ヨハネスベリーが熟す夏至の頃にトーマス・ブッデンブロークがイデアの認識を体験するという設定がなされているところに、アポロン的なものとディオニュソス的なものが結婚してアッチカ悲劇が誕生したというニーチェの思想との間に対応関係が存在するといえるのである。

五．「ショーペンハウアー体験」の前後における「三連星」の要素

夏至の頃、左右対称の美しいアポロン的な秩序を示すトーマスが新築した家の庭は、ディオニュソス的なものを象徴する蔓植物や蒸留酒の匂いが混じり合う。その庭でトーマスは「麻酔剤」（六七五）である愛用の煙草を吸いながら喫煙室で手にした哲学書を持ち出して、葡萄の葉に覆われた東屋の揺り椅子で読む。身動きひとつせず読書した四時間は、「消滅したかのように過ぎ去り」（七二一）、使用人が食事を知らせに来て、残りのページを読み終えたとき、トーマスは「自分の存在全体が途方もなく拡げられて」（七二二）いるように感じる。つまりトーマスは、時間と空間が消滅したような感覚を覚えるのである。そして重苦しい「酔い」とともに「初めての希望に満ちた憧れの愛」（七二二）のようなものに完全に「陶酔」させられ、その日は終日「酔ったような状態」で過ごす。そして、早めにベッドに入り、三時間の深い眠りの後、深夜に「愛の芽生え」を感じて目覚めると、光に包まれた「体験」が生ずる。つまり「体験」の前のトーマスに、ニーチェのいうアポロン的なものとディオニュソス的なものの結合と陶酔、ショーペンハウアーのいう時間と空間の消滅、ヴァーグナーの『トリスタンとイゾルデ』の愛による死への憧れが表現されているのである。

そして「体験」の後、トーマスが至福を感じながら「わたしは生きるのだ！」（七二六）とささやきすすり泣いているうちに、「体験」で得た知識は消え、再び闇が訪れて「体験」は終わる。しかし彼はその後「麻痺と眠り」に襲われながらも、この思想を自分のものにするのだという守られることのない「誓い」Eid を立てる。「麻痺」は「陶酔」に似た脳の状態で、「眠り」はショーペンハウアーによれば死と同じ個体化の原理の消滅である。[30]

そして守られない「誓い」は『トリスタンとイゾルデ』の前史のものといってよいだろう。[31] このように「体験」の後にも「三連星」の諸要素がトーマスの身に生じているのである。

ショーペンハウアーは、イデアの認識に至る身体的条件として、アルコール飲料やアヘンなどを考えてはならないと記しており、イデアの認識は精神が澄み切った状態で生ずることを示唆している。[32] しかしトーマスの「体験」全体は、ニーチェがディオニュソス的なものの特性とする「陶酔」に満たされており、ショーペンハウアーのいうイデアの認識はニーチェ風に変えられている。そして、「愛の芽生え」や、愛による死への憧れはヴァーグナーの『トリスタンとイゾルデ』のものと解釈できるが、『トリスタンとイゾルデ』は『悲劇の誕生』の第二十一節で絶讃されており、ニーチェが愛し、理解し、我が物にした作品といえる。それゆえ、「体験」における「三連星」の融合は、ニーチェの『悲劇の誕生』に表現されたショーペンハウアーとワーグナーの融合だということができる。

次にトーマスが「体験」によって直観する個性と歴史について考察する。

六．「ショーペンハウアー体験」――「意志」の個体化

トーマスは深夜に目覚めて美しい光のなかで世界のイデアを認識し、個々の人間は「表象」の世界に生きる「意志」の個体化であることを直観する。個体は、時間と空間という認識の形式に制約された「表象」であり、個体の死は肉体の死にすぎず、個体の本質である人格や個性は、本来の「意志」として存在し続けて、新たに個体として生ずるというのである。それゆえトーマスのように悩みの多い人間にとっては、「死とは幸福であった。［…］名状しがたくやりきれない逸脱からの帰還であり、重大な誤りの訂正であり、このうえなく厭わしい束縛

や制約からの解放」（七二三以下）ということになる。生きることは個体という「牢獄の格子窓から絶望しながら外を眺める」（七二四）ことなのである。個性とは何だろう？

個性か！……ああ、人がそうであるもの、できること、所有するもの、それは貧しく、灰色で、不十分で、退屈に見える。しかし人がそうでないもの、できないこと、所有してないもの、まさにそれこそが、憎しみになることを恐れるがゆえに愛になる、あの憧れの羨望とともに見つめるものなのだ。（七二四）

ショーペンハウアーによれば、人間の性質には叡知的性質、経験的性質、習慣的性質があり、叡知的性質は個体の本質的な性質として不変である。叡知的性質が経験的世界において行為によって明らかになる場合に経験的性質と呼ばれる。習慣的性質は生まれた後に身につける性質で、変更可能である。変えることのできない自己の叡知的性質に満足しない者は、自分という個体の「牢獄の格子窓から」他人の性質に憧れ、羨望し、嫉妬と憎しみを抱くのは自然なことである。しかし、憎む者も憎まれる者も本来は同じ一つの「意志」であるという「永遠の正義[33]」を知る者は、他者を憎まず愛するようになる。

トーマスは実際的性質を身につけた商人であるが、本来は詩人のような内省的性質であるために（二九〇を参照）、ライバルのハーゲンシュトレームを代表とする残酷な商人の世界に苦しめられてきた。しかしトーマスは「体験」によって「永遠の正義」を直観し、自己の弱さを自覚して、自分を苦しめた「幸福な人たち」を愛することを知る[34]。

わたしはかつてこの生（＝「幸福な人たち」）を憎んだだろうか、この純粋で残酷な強い生を？　とんでもない

誤りだ！　わたしはただ、この生に耐えられなかったために、自分を憎んだだけなのだ。（七二五）［カッコ内は別府による］

こうして『悲劇の誕生』の「世界と生は美的現象としてのみ永遠に是認される」[35]というテーゼのとおりに、トーマスは自己を忘却し、「体験」という美的現象として自己を肯定することができるようになるのである。

トーマスが愛する「幸福な人たち」とは、「天分に恵まれ、優秀で、己の才能を伸ばす能力を持ち、すくすくと育ち、翳りがなく、純粋で、残酷で快活な少年であり、その姿を見れば幸福な者の幸福は高められ、不幸な者は絶望に駆り立てられる」（七二五）というような強い人間である。この「幸福な人たち」に表現されている強い生が、ピュッツが論じている、ニーチェが賛美する高められた生である。

『ブッデンブローク家の人々』執筆中に構想された短編『トニオ・クレーガー』で、主人公のトニオが愛し、憧れる金髪のハンスとインゲは、ニーチェの「金髪の野獣」の野獣性が取り除かれた、明るく、屈託なく生きる幸福な人たちである。[36]しかしトーマス・ブッデンブロークが愛し、憧れる「幸福な人たち」は、「残酷で強い生」であるから、ハンスやインゲと異なり、ニーチェが『善悪の彼岸』で高貴な人という、野獣性を備えた、価値を決定する力を持つ強い人間である。彼らは自己充足しているゆえに、他人に肯定される必要がなく、虚栄心を知らない。それゆえ「見栄っ張り」Eitelkeitで、最新流行の衣服を身につけているトーマスとは異なる性質の人たちである。トーマスは、自分とは異なる「幸福な人たち」に憧れ、愛し、死後は彼らと一体になることを願う。そして幸福と陶酔のなかで涙を流しながら、「まもなく君たちへの私の愛は自由になり、君たちのもとへ、君たちの中に……君たちすべての心のうちにいるだろう……」（七二五）と想うのである。

ヴァーグナーは『意志と表象としての世界』から強い印象を受けて『トリスタンとイゾルデ』を創作したが、[37]

ニーチェが『悲劇の誕生』で取り上げて激賞している第三幕では、瀕死のトリスタンがイゾルデの到着を待ち焦がれて情熱的に歌う。古い調べがトリスタンに、愛に憧れながら死ぬようにと語りかけるというのである。そしてトリスタンが死に、その後に到着するイゾルデは、悲しみのなかでひとり歌いながらトリスタンと同様に愛と死への憧れのうちに死んでゆく。そのアリアは、イゾルデの知らない調べが聞こえてきて、その響きと共に、ヴァーグナーが表現する「意志」のうねりの中へイゾルデも沈み込むことが至上の歓びであるというものである。ヴァーグナーは、トリスタンとイゾルデが死後は「意志」としてひとつになることをイメージしている。[38]トーマスが、死後は愛し憧れる「幸福な人たち」とひとつになれると思うのも、『トリスタンとイゾルデ』と同様に、死後は唯一の真実在といわれる「意志」に戻ると思うからであり、その点で『トリスタンとイゾルデ』の転用といえる。[39]

七.「ショーペンハウアー体験」——家の歴史からの解放

トーマスが後継者にと期待した息子のハノーは音楽にしか興味がなく、弟のクリスティアンは遊び人で役に立たない。伝統ある商会はトーマスひとりが背負ったままである。疲れ切ったトーマスは、四十八歳で早くも死を予感し始める。トーマスは若い頃、死について次のように考えていた。

トーマスは永遠性と不死の問題を、自分は先祖の中に生きていたし、子孫のなかに生きるつもりだといい、歴史的 historisch に片づけていた。こうした考え方は、彼の家族意識、上流市民階級の自覚、彼の歴史的なものへの敬虔さ geschichtlichen Pietät と一致していただけでなく、また、彼の仕事ぶり、野心、生活態度の支え

と力になっていた。（七一九）

フォークトはこの考え方を、反超越論的でトーマス個人の「歴史的」な考え方であるという[40]。それは、家族簿に記されたブッデンブローク家の歴史といってよいだろう。家族簿は十六世紀末にパルヒムに住んでいたひとりのブッデンブロークによって始められており、市参事会員に選出された息子、数代のちのロストックの裕福な仕立て屋、さらに穀物を商う商人による記述が続く（六一を参照）。トーマスの父親で領事のジャンは、この家族簿に丁寧に日々の出来事を記し、トーマスの妹のトーニが、一家の特別な行事や出来事の度に持ち出して最初から読み上げる。そうしてトーマスを含む一家全員が、一族の歴史に誇りをもち、「家族意識、上流市民階級の自覚」を身につける。この意識と自覚がトーマス個人の「歴史的」な考え方を育み、家名を守り高めるために懸命に働かねばならぬという倫理的意識を作り出しているのである。

しかし生来の性質から形而上学的な欲求を持つトーマスは、死を間近に感じると、これまでの「歴史的」な考え方では満足できなくなり、自分なりに死に対する心構えをしておきたいと思い始める。そうしてトーマスはなんとなく買ってあった哲学書を喫煙室で偶然手にして読み、深夜の「体験」によって、死とは個体という制約の解体であり、自己の本質は不変の「意志」であることや、家の歴史は「意志」の「表象」であることを直観し、一族の歴史という重荷から解放される。

彼はもはや自由であり、実際すでに救済されていた[41]。そして自然のものであれ人工的なものであれ、あらゆる制約と束縛から脱していた。生まれ育った町の囲壁は開いて、トーマスに全世界を打ち広げて見せた。［…］空間と時間、したがって歴史という偽りの認識形式、子孫の人格のなかに名誉をもって歴史的に生き続けようとすることへの不安、なんらかの最終的な歴史的解体と没落への恐れ――これらすべてがトーマスの精神から離れ、もはや不動の永遠を理解することを妨げはしなかった。[…] あるのはただ永遠の今と、トーマスのうちに潜む力、切なく甘美な、憧れとともにこみ上げてくる愛で生を愛した力、トーマスという人間は、その力のうちの失敗作でしかなく、[…]。(七二六)

ニーチェは、十九世紀に始まった歴史を学問として考察する歴史主義を批判した。須藤によれば「歴史的営為はすべて『生』の営みの一齣である。そのかぎり、歴史的営為は『生』の内なる現象として、『生』に同化吸収され、『生』のために営まれる行いのはずである」[42]。しかしニーチェは、主客逆転して歴史が「生」を支配し、「生」を弱め、「生」に害をなしていると批判した。こうした考えに基づいてニーチェは、『反時代的考察』の「生に対する歴史の利と害」において、同時代人の歴史に対する態度を三つに分類して考察した[43]。

ニーチェが「記念碑的歴史」として批判したのは、その時代の力ある偉大な者を打ち負かすために、過去の記念碑のように偉大なものの権威を借りて偉大であろうとする態度である。「骨董的歴史」とは、過去を自分が由来したものとして愛着をもち大切に保存し、過去に依存する態度であり、「批判的」方法は、弱者が現在を生きるために過去を批判し、否定する態度とされた[44]。ニーチェはこれらの三つの過去の利用の仕方を狭い視野と人格の弱さに由来する歴史病であるといい、その解毒剤として、狭い視野に徹する「非歴史的なもの」と、広い視界に立ち、芸術や宗教に目を向けることのできる「超歴史的なもの」を挙げている[45]。前者は、牧場の動物のように昨日や明日のことなど考えず、その日暮らしで呑気に生きる「非歴史的」な生き方である。後者は、永遠という形而上学的な世界に目を向けることで、記念碑も過去の遺産も歴史上の出来事もすべては生の営みの「表象」であると知り、歴史的なものに依存することなく生きることである。

これらの三つの歴史批判のうち、「批判的歴史」は、上記引用のトーマスの内的独白にある「時間、空間、したがって歴史という偽りの認識形式」に対応し、「記念碑的歴史」は「子孫の人格のなかに名誉をもって歴史的に生き続けることへの不安」に、そして「骨董的歴史」が「なんらかの最終的な歴史的解体と没落への恐れ」と対応関係にあるといえる。

　トーマスは、家の歴史を記念碑的なものとして誇りに思うゆえに、社主になると自信を持って商売に励み、家名を高めることができた。家の歴史を高価な骨董品のように大切に守りたいという意識があるから、少尉と妻のゲルダのスキャンダルによって家名が傷つくのを恐れ、直系の息子であるハノーが後継者になることを期待し、ハノーが家族簿に線を引くと腹を立てるのである。そしてトーマスが家訓を破ってペペンラーデの麦の先物取引を行うことは、家訓という過去の歴史の批判であり、否定である。それはトーマスが、創立記念日を祝う気持ちになれないところに明確に表れている。そしてこれらのすべては、トーマスが一族の歴史に依存する弱い「生」であることを示している。トーマスは一族の歴史に依存しているから、悩み苦しむのである。

　しかし「体験」によってトーマスは、一家の伝統が「歴史という偽りの認識形式」でしかないと知り、それまで抱いていた先祖の中に生き、子孫の中に生きるという歴史的な考え方から解放されて、広い視界に立つことができるようになる。それゆえハノーと和解して第五章の終わりで、遺言書を書くに至るのである。

　以上のようにトーマスの「体験」の独白に表現されているのは、ショーペンハウアーの個体化の原理の思想とそれを受容した『トリスタンとイゾルデ』の愛と死への憧れ、そしてニーチェの歴史主義批判といえるが、歴史主義批判も生を賛美する思想から生まれているのであるから、ディオニュソス的生の賛美の書である『悲劇の誕生』に含まれるということができるのである。それゆえ「体験」は、ニーチェの『悲劇の誕生』を主体とする「三連星」すなわち「ドイツの空に力強く輝きいずる永遠に結ばれた精神の三連星[46]」の受容ということができるのである。

八．ドイツ精神の主知主義的解体

本書の序文で引用した『非政治的人間の考察』におけるマンの言葉を改めて考えたい。マンは次のように述べている。

『ブッデンブローク家の人々』以来の進歩、進歩的な方向での進歩は明らかだった。結局のところ、パロディ以上に何が「知的」だろうか？　大戦前すでに、ドイツの教養小説、発展小説という偉大なドイツ的自叙伝を、詐欺師の回想録としてパロディ化するという段階に達していた人間は、ドイツの精神の主知主義的解体作業に参加していることになるのだ……[47]

ここで語られているのは、パロディに関わることであるから、「『ブッデンブローク家の人々』以来の進歩」はパロディの進歩である。マンは『ブッデンブローク家の人々』以来、自身のパロディ創作が進歩していると語っているのである。さらにマンはパロディを「知的」なものといい、マン自身が「ドイツ精神の主知主義的解体作業に参加している」という。主知主義とは『広辞苑』によれば、「知性的・合理的・理論的なものを重んずる[48]」ことである。マンは「ドイツ精神」の知的、理論的に分析して解体する作業、すなわち理論的に考察して論ずる作業に参加しているのである。

本書の第一章で述べたように、マンは『ブッデンブローク家の人々』出版後すぐに友人のグラウトフに書評の依頼をし、手紙に次のように書いている。「本のドイツ性を強調してほしい。少なくとも第二巻目に（こっちのほうがおそらく全体としてより重要だろう）強く表現されているふたつの純正なドイツ的要素として音楽と哲学をあげてほしい。[49]」出版後すぐにこのように書き、一九一八年に出した『非政治的人間の考察』でも「ドイツの教養小説」、「ドイツ的自叙伝」、「ドイツの精神の三連星」というように、ドイツ性をマン自身のパロディに関係づけている。マンは『ブッデンブローク家の人々』にドイツ性を表現しているのであり、それは音楽と哲学であるという。この節の冒頭の引用文は『非政治的人間の考察』の「内省」の最後の部分であるが、「内省」でマンは「ドイツの精神の三連星」のそれぞれのドイツ性を論じている。「三連星」とは、哲学者ショーペンハウアー、ニーチェ、そして音楽家のヴァーグナーであり、まさにグラウトフへの手紙に書いた「ふたつの純正なドイツ的要素として音楽と哲学」に関わる人物たちである。ショーペンハウアーのドイツ性について、マンは次のように述べている。

アルトゥール・ショーペンハウアーのペシミズムは知的ヨーロッパに君臨し、大流行だった。それというのも、このドイツの哲学者は、もはや在来の近づきがたいほど難解という意味での「ドイツの哲学者」ではなかったからである――なるほど、もちろん非常にドイツ的ではあった（ドイツ的であることとなしに哲学者でありうるだろうか？）――たとえば、全く革命家ではなかったし、胸を張って美辞麗句を口にし、人類におもねるような人物でもなく、形而上学者であり、道徳家であり、政治的には、穏やかにいえば、無関心であった限りにおいて非常にドイツ的であった……[50]

マンはさらに、ショーペンハウアーはドイツ的であるにとどまらず、言葉の巨匠で、ヨーロッパ的な散文家であったとも述べている。ショーペンハウアーはドイツの哲学者であるが、その思想はドイツを超えてヨーロッパ全体に影響を及ぼしたのである。

ヴァーグナーについては、その作品は「ドイツ的本質の爆発的啓示」[51]であり、ヴァーグナーのドイツ性は真実で力強いが、現代的な屈折と解体、装飾的、分析的、知的である。ここから生ずるのが、ヴァーグナーの魅力、コスモポリタンな惑星的効果を生む天性の才能である。「ヴァーグナーの芸術は、考えられる限り最もセンセーショナルな、ドイツ的本質の自己描写であり自己批判」である。「ヴァーグナーの芸術は、ドイツ精神それ自体である」[52]という。マンはヴァーグナーとその作品を、ドイツ的本質そのものと感じている。

ドイツ的本質とは何か、マンは晩年の作品『ファウストゥス博士』第十四章でワンダーフォーゲル式の旅をする若者たちが夜に語り合う場面を描き、そこで若者たちに「ドイツ人とは永遠の学生であり、諸民族の中で永遠に努力するもの」、「ドイツ性とは永遠の青年で未熟ということ」そして「狂暴な未熟」と語らせている。そのあとに書いたエッセイ『ドイツとドイツ人』でも「世界市民性」「デモーニッシュなものとの結びつき」、「ロマン主義」、「音楽性」などをドイツ性に挙げている。「ドイツ性」を一言で語ることは困難であるが、ヴァーグナーの作品の「ドイツ的本質の爆発的啓示」とは、このようなさまざまな性質が複雑に絡み合ったドイツ性が噴出しているということであろう。

そしてニーチェについてマンは、ヴァーグナーと同様にドイツ精神の批判者であり[53]、ヴァーグナー批判者である。ヴァーグナー批判者としては、外国にライバルがいるが、ドイツ精神の批判者としては、ライバルはいない。このように述べて、さらに次のようにいう。

ニーチェのドイツ的性格、その魂の途方もない男性的性格、アンチ・フェミニズム、アンチ・デモクラシー思想、これ以上に何がドイツ的であろうか[54]。

ニーチェの生の理念は、［…］反急進的な、反ニヒリズム的な、反文学的な理念であり、きわめて保守的な理念であり、ドイツ的な理念である[55]。

反フェミニズム、反デモクラシー、反急進的、反ニヒリズム、反文学的というように、反対すること、批判精神がニーチェのドイツ性の特徴というのである。マンの考えるドイツ性のひとつは批判精神といえるだろう。マンのいう「ドイツ性」、「三連星」のドイツ性はどちらもまとめるのは容易ではないが、「ドイツの空に力強く輝き出る永遠に結ばれた精神の三連星」を結ぶ要素のひとつが、マンの考えるドイツ性とドイツ精神である。

そして、ニーチェの『悲劇の誕生』は、ショーペンハウアー哲学が基礎にあり、彼の哲学を「変化させ、拡充し、印象づけた[56]」、その哲学を百八十度転回した。つまりニーチェはショーペンハウアーの哲学を主知主義的に解体した。その成果が『悲劇の誕生』である。またこの著作は、ニーチェがヴァーグナーとの対話で得た芸術や哲学の知識を基にして、ヴァーグナーのバイロイト計画を支援するために執筆したものである。つまり『悲劇の誕生』には「三連星」の思想が結びついているのである。

したがって冒頭の引用にある「ドイツの精神の主知主義的解体作業に参加している」は、ニーチェが行ったドイツ精神の主知主義的解体作業の成果である『悲劇の誕生』を、さらにトーマス・マンが解体して『ブッデンブローク家の人々』に用いた。マンはニーチェの主知主義的解体作業に参加したのである。その成果のひとつがトーマス・ブッデンブロークの「ショーペンハウアー体験」である。マンは三連星の思想を主知主義的に解体して、パロディを創作したのである。

『文芸学研究』第二一号、（文芸学研究会編）二〇一八年掲載。

1 Pütz, Peter: *Thomas Mann und Nietzsche*. In: *Thomas Mann und die Tradition*. Pütz, Peter (Hg.), Frankfurt a. M. 1971,（= Pütz）S. 238.

2 Vgl. Vogt, Jochen: *Thomas Mann: Buddenbrooks*. München 1983,（= Vogt）S. 95; Max, Katrin: *Niedergangs–diagnostik zur Funktion von Krankheitsmotiven in „Buddenbrooks"*. In: TMS 40, S. 295.

3 Vgl. Vogt, S. 96.

4 六つのエッセイは以下の通り。『非政治的人間の考察』*Betrachtungen eines Unpolitischen*（一九一八）GKFA 13.1, S. 79ff.：『略伝』*Lebensabriß*（一九三〇）GW XI, S. 110f.;『リヒャルト・ワーグナーの苦悩と偉大』*Leiden und Grösse Richard Wagners*（一九三三）GW IX, S. 397;『ショーペンハウアー』*Schopenhauer*（一九八三）GW IX, S. 561f.;『私の時代』*Meine Zeit*（一九五〇）GW XI, S. 312;『自分のこと』*On Myself*（一九四〇）GW XIII, S. 143f..

5 GW IX, S. 561f. ここでマンは芸術家が哲学を正しく理解しないまま作品に用いることを、ある意味で正当化しているが、これについてはここでは論じない。

6 Vgl. GW XIII, S. 137.

7 GKFA 13. 1, S. 79.

8 「星の友情」は『悦ばしき知識』のアフォリズム二七九番。（Vgl. KSA 3, S. 523f.）

9 GKFA 13. 1, S. 86f.; GKFA 13. 2, S. 204f.

10 谷本慎介「ショーペンハウアー、アルトゥール」、三光長治他監修『ワーグナー事典』、東京書籍、二〇〇二年、一九六ページ。
11 三島憲一『ニーチェ』、岩波書店、二〇〇〇年、五三ページ。
12 薗田宗人「ショーペンハウアー」、『ニーチェ事典』（大石紀一郎他編）、弘文堂、一九九五年（=薗田宗人）、二八五ページ。
13 松原良輔「トリープシェン」、三光長治他監修『ワーグナー事典』、東京書籍、二〇〇二年、二四七ページ。
14 薗田宗人、二八六ページ。
15 Sommer, Andreas Urs: *Philosophie und Theologie des 19. Jahrhunderts*. In: *Nietzche Handbuch. Leben–Werk–Wirkung*. Ottomann, Henning (Hg.) Stuttgart 2011, S. 418f.
16 プラトン『饗宴』（久保勉訳）、岩波書店、一九七五年、一二五―一二七ページを参照。
17 Schopenhauer II, S. 256.
18 Frizen, Werner: *Zaubertrank der Metaphysik. Quellenkritische Überlegungen im Umkreis der Schopenhauer–Rezeption Thomas Manns*. Frankfurt a. M. 1980, S. 92f. フリツェンは、「突然目の前の闇が切り裂かれるかのように als wenn die Finsternis vor seinen Augen zerrisse」という表現と、『悲劇の誕生』の「マヤのヴェールが切り裂かれたかのように als ob der Schleier Maja zerrissen wäre」という表現を比較対照し、「体験」のヴィジョンは初期ニーチェとともに始まると論じ、わずかであるが『悲劇の誕生』と「体験」を関係づけている。
19 GKFA 13. 1, S. 96.
20 Langer, Daniela: *Imitation von Nietzsches Stil und imitatio Nietzsches–von der frühen Essayistik Thomas Manns bis zu den Betrachtungen eines Unpolitischen*. In: *Nietzsche und Schopenhauer Rezeptionsphänomene der Wendezeiten*. (Hg.) Marta Kopij,

Wojciech Kunicki. Berlin 2006, S. 86. ダニエラ・ランガー：「ニーチェの文体の模倣とニーチェのまねび―トーマス・マンの初期エッセイ作法から『非政治的人間の考察』まで―」高辻知義訳『ショーペンハウアー研究　ニーチェ特集』別巻第一号、日本ショーペンハウアー協会、二〇〇五年、一三九―一七一頁。

21 KSA 1, S. 12.

22 KSA 1, S. 22.

23 KSA 1, S. 41f.

24 KSA 1, S. 47. この節における『悲劇の誕生』からの引用はすべて当該ページからのものである。尚、GTは『悲劇の誕生』を、Bdは『ブッデンブローク家の人々』の略記である。

25 ショーペンハウアーが続編第四十三節において、プラトンが『国家』の第五書で「戦士階級」Kriegerkaste の増員と改良を述べていると記述していることから、「戦士階級」という言葉には、兵士 Soldat や軍人 Militär よりも、古代のニュアンスがあるといってよいだろう。Vgl. Schopenhauer IV, S. 617.

26 KSA 1, S. 41.

27 イデアの認識をショーペンハウアーは「美的満足 das ästhetische Wohlgefallen」「美的観照 die ästhetische Kontemplation」「純粋観照 die reine Kontemplation」と表現し、トーマス・マンは「美的状態 der ästhetische Zustand」と表現している。本論文では適宜このいずれかを使用する。

28 KSA 1, S. 47.

29 阿部謹也『ハーメルンの笛吹き男』、筑摩書房、一九九三年、九〇ページ。

30 Schopenhauer II, S. 350f.

31 タントリス（＝トリスタン）に婚約者を殺されたイゾルデは復讐を誓うが、負傷したタントリスを介抱してイングランドへ送り返し、誓いを果たさない、助けられたトリスタンはイゾルデに永遠の感謝と誠実を誓うがそれを破り、イゾルデを敵方である自分の主君マルケ王の妃に推挙する。

32 Schopenhauer I, S. 253; IV, S. 437.

33 Schopenhauer I, S. 440f.

34 Vogt, S. 85. トーマスの自己認識は、第十部第五章以外に、第八部第四章にも描かれていると論じている。

35 KSA 1, 17, 47, S. 152.

36 GW IX, S. 110, GKFA 2. 2, S. 139.

37 ヴァーグナーは一年足らずの間に『意志と表象としての世界』を四度読み返したという。三光長治『ワーグナー』、新潮文庫、一九九〇年、一〇一ページ。

38 「意志」が時間的、空間的に解釈されており、哲学的には誤用である。

39 Vgl. Odendahl, Johannes: *Literarisches Musizieren.Wege des Transfers von Musik in die Literatur bei Thomas Mann*. Birlefeld 2008, S. 69.

40 Vgl. Vogt, S. 87.

41 Vgl. Kristiansen, Børge: *Thomas Manns Schopenhauer–Rezeption*. In: TMHb. 2005, S. 279f.　この箇所においては個別化の解消であり、個体を拘束から解放するものであるというショーペンハウアーの思想を、トーマス・マンは、死を意志の苦悩と拷問からの救済であると解釈し、トーマス・ブッデンブロークにそのように表現しているという。

42 須藤訓任『ニーチェの歴史思想―物語・発生史・系譜学―』、大阪大学出版会、二〇一一年、七七ページ。

43 Vgl. GKFA 19. 1, S. 198. トーマス・マンは、『ニーチェ哲学』において、『悲劇の誕生』にすべてが含まれていると語っているように、『反時代的考察』も『悲劇の誕生』の思想圏にあると考えている。ニーチェの生を至上のものとみなして、生を弱めるものを批判する態度は『悲劇の誕生』以降も変化していないからである。

44 Vgl. KSA 1, S. 264.

45 KSA 1, S. 330.

46 GKFA 13.1, S. 79.

47 Ebd., S. 111.

48『広辞苑』新村出（編）、岩波書店、二〇二一年、一四〇一ページ。

49 GKFA 13. 1, S. 80.

50 Ebd., S. 84.

51 Ebd.

52 Ebd., S. 85.

53 Ebd., S. 83.

54 Ebd. S. 91.

55 Ebd. S. 93

56 GKFA 19. 1, S. 196.

第六章　トーマス・ブッデンブロークの倫理性

「業績の倫理家」で「現代の英雄」[1]といわれるトーマス・ブッデンブロークのふたつの性格について第四章で述べたが、この章ではそのうちの倫理性について考えたい。先行研究では、トーマスの倫理性に影響しているのは、プロテスタンティズムの倫理、フリードリヒ大王のプロシア的な国家に尽くす義務、カントの定言命法、そしてショーペンハウアーの「英雄的生き方」[2]の要請、さらにニーチェの『道徳の系譜』第三論文「禁欲主義的理想は何を意味するか？」といわれている。あるいは、トーマスは業績と権力獲得のために禁欲的に恋人との愛を断念して市民の役割を演じているとも論じられている。[3]ここでいう市民とは、十八世紀から十九世紀にかけてドイツに存在した貴族に次ぐ支配階級で、プロテスタントの倫理に基づく実際性と有用性を重視する人々である。

トーマスの倫理的性格の問題性が明らかになるのは、妹のトーニが麦の先物取引を勧めるときである。トーマスは先物取引を「どさくさまぎれの金儲け……冷酷な搾取……」（四九九以下）と、倫理的理由を説いて断る。しかしひとりになると、停滞している業績挽回のために先物取引を行うべきではないかと迷い始め、それまで商人に不要として抑制していた、詩人のように自己の内面にこだわる内省が始まる。そして自分は「実際的人間なのか、それとも繊細な夢想家なのか？」（五一六）と葛藤する。

すると一八六六年のハンブルクでの大商社の倒産に伴う恐慌の記憶が蘇る。トーマスも多額の損害を被るが、それよりも商人仲間の情け容赦のない、エゴイズムむき出しの非倫理的態度に憤り、不運な友人が周囲から冷たい「不信」を受けるのを見て、友人の苦しみを感受して怒りと嫌悪でトーマス自身も傷つく。つまりトーマスは、商人でありながら利益よりも「不正」を嫌悪する人、「正義」の意識の強い倫理的人間なのである。

それゆえ、トーマスという「業績の倫理家」は、実際性と夢想性という対立的な性格とその倫理性を明確することで、より良く理解できると思われるのである。この問題を考察するために、ここではトーマス・マンが若い頃に読み、共感したショーペンハウアーの思想にある倫理思想と性格論を用いる。[4]

一．ショーペンハウアーの倫理思想

ショーペンハウアーの倫理思想は、主著『意志と表象としての世界』第四巻と、懸賞論文『道徳の基礎について』に著されている。前者は「形而上学的」、後者は「経験的」といわれており、[5]主著のほうが叡智界の考察も含む詳細な論理展開になっているので、本稿では主著を用いる。

ショーペンハウアーによれば、世界の本質は唯一の「意志」であり、経験的世界は、「意志」が多様に個体化した「表象」の世界である。すなわち、我々は時間・空間という「個体化の原理」の下で個体を認識しており、個体は死ぬと元の「意志」に還るというのである。個体化した人間の身体はそれぞれの境界でもあり、個体に現れる「意志」の衝動は常に自己の存在と安寧を図るエゴイズムである。[6]そのため個体化した「意志」同士は争い合うのであるが、個体は、本来は唯一の「意志」であるから、「苦しみを与えるものと、苦しみを受ける者は同一である」[7]という「永遠の正義」が成り立つ。

そして、ショーペンハウアーは最高に価値のある道徳的行為を「共苦」Mitleidといい、[8]「共苦」を「正義（公正）」Gerechtigkeitの徳と「人間愛」Menschenliebeの徳に分ける。「共苦」は、国や時代を超えて常に人間の本性そのものに存在するゆえに、人はどこにおいても、他者の「人間性」Menschlichkeit の「共苦」に訴えることができるのである。[9]

「正義」の徳は、他者に害を為さない、つまり「不正」を行わない消極的な徳である。「不正」とは、「個体が、他者の身体のうちに現象している意志を否定することを介して、自分自身の身体の範囲を超えて自己を肯定していくこと」[10]であり、「不正を被る者は、自己の身体を肯定する領域への他の個体の侵犯を、何らかの直接的な精神的苦痛として感じ取る」[11]。つまり「不正」とは他の個体の境界を侵すことといえるが、「正義」の人はこの「不正」を犯さないのである。

「人間愛」の徳は、「正義」よりもさらに明確に「個体化の原理」を見抜く場合に生ずる。それは善、愛、高潔さであり、エゴイズムなしに他者の苦悩を自己の苦悩と同一視して、他者の苦悩の緩和のために行動する積極的な徳、与える愛アガペーの徳である。[12]

また、ここでも前章で述べたショーペンハウアーの性格論を用いる。ショーペンハウアーは、個人のイデアである本質的性格を叡知的性格、それが経験的世界に現れたものを経験的性格、後天的に習得する性格を習得的性格という。伊藤貴雄は、「共苦」とは他者の苦のイデアを認識することのできる叡知的性格を具えた者に生ずる道徳的行為であるという。[13]従って「共苦」が生ずるのは、「個体化の原理」を見抜いて事物のイデアを認識する芸術家の性質を具える者ということになる。

二　実際性と夢想性

トーマスの実際的性質は、以下にヘルマン・クルツケがまとめているような、十八世紀から十九世紀にかけて存在したドイツ市民階級の性質である。

中世の階級秩序によれば、市民はまず、生業を営む都市居住者である。この伝統から勤勉、倹約、秩序愛、時間厳守、誠実、美徳、義務履行という、典型的な階級の理想が発展する。それに対して生業を損なうのは悪徳である：怠惰、浪費、［…］。市民は有用性を通して自己の存在を正当化する。人生のどの一日も何らかの利益をもたらすのである。[14]

ドイツ市民階級の理想は、富と地位を維持するために必要な利益をもたらす有用性を重視する。穀物商会を手広く営むブッデンブローク家の家訓は、「日中は意欲的に仕事に励め、だが、夜は安らかに眠れるような仕事のみをなせ」（六二）というもので、クルツケが挙げる勤勉や秩序愛などの市民階級の理想に合致している。

一家の繁栄の基礎を築いた老ヨーハンは、十八世紀に流行した衣服を身に付けて、ロココ調の装飾を施した家を購入し、壁に牧歌的な風景画のタペストリーを掛けている。老ヨーハンの実際性は、十八世紀的教養の理念を持ちつつ、素朴に利益獲得のために行動することである。トーマスはこのような祖父と信仰心篤い父親を見習い、堅信礼では牧師に「節度を忘れるな！」（八一）と諭されて、秩序を重視することを教え込まれる。トーマスは、成長過程で周囲の環境から市民階級の倫理を習得するのである。そして父親の死後社主になると、世間の人々に模範的市民として尊敬されて、市参事会員選挙の第一候補者になる。

トーマスは単に彼自身というだけではなかった。人々は彼の中にある、彼の父親、祖父、曾祖父の忘れがたい人格を尊敬した。そして彼自身の商売上の成功や公的な成功とは別に、彼は百年にわたる市民的名声の担

い手であった。（四五一）

人々のトーマスに対する尊敬は、トーマスの先祖たちへの尊敬の上に成立しているのである。従って、トーマスの市民的実際性は習得的性格である。

またクルツケがいうように、『ブッデンブローク家の人々』の市民性は十八世紀の都市貴族のものである。[15]たとえば老ヨーハンは「実際的理想か……いや、私はまったく賛成できん！［…］ギムナジウムや古典的教養が急に愚鈍なものになってしまう」（三二）というように、その市民性は十八世紀的である。そしてトーマスの母方のクレーガー家は貴族的生活をする大商人で、その影響を受けたトーマスの妹のトーニは、子どもの頃小さな王女様のようにふるまう。トーマスも必要以上に美しく身なりを整えており、生産者である土地貴族に気おくれせず対等に振舞い、「道徳的に質の悪い搾取者という印象を土地貴族の方々に与えたことはない」（五〇三）と、市民倫理に反していないことを自負する。そして、時代が変わり新しい市参事会員に小売商の息子が選ばれると、不快げに趣味に合わないという。トーマスの市民性は、一八四八年革命以降の自由・平等を掲げる新しい市民性ではないのである。[16]以上を総括すると、トーマスの実際的性格を形成する市民性は、家庭環境から得た習得的性格である。[17]そしてそれは富と地位を維持するための有用性を重視する性質であるから、基礎にあるのは、ショーペンハウアーがいう個体の維持を図るエゴイズムである。

次に夢想性について考える。トーマスの生来の性格、すなわち叡知的性格は、詩人のように深く内省する性格で、トーマス自身がこの性格を自覚しており、内省は商人に不要であると考えて抑制する（二九〇を参照）。そして第十部第五章でトーマスは、死を予感してショーペンハウアーの著作を読むのだが、その夜トーマスに、「ショーペンハウアー体験」という世界のイデアを直観する美的観照、つまり、芸術家が行う体験が生じる。[18]

従ってトーマスの夢想性は、詩人的芸術家の性格である。イデア観照は、個体である自己を滅却して個体化の原理を見抜くことで生じる体験であるから、個体を維持するエゴイズムは全くない。トーマスが先物取引の実行に迷うのは、本性から自然に利益を求めるのではなく、本性にない実際的なエゴイズムを意識的に働かせなくてはならないからである。

三．「共苦」――「正義」の徳

ショーペンハウアーは「イデアを認識し、『個体化の原理』を見抜く人、現象の形式などは物自体に関係がないことを知る人だけが永遠の正義を理解し、把握する人であろう」[19]と記し、さらに、このような人だけが徳の本質を理解するが、徳の実行にこれらの抽象的な認識は必ずしも必要ではないとも述べている。[20]トーマスは「この世のすべては比喩にすぎない」（三〇二）と感じている。つまり経験的世界の現象の形式は物事の本質それ自体ではない、ということを感じているが、「個体化の原理」やイデア、永遠の正義等の知識を持っていない。それでもトーマスは「共苦」の「正義」と「人間性」の徳を具えている。

トーニの最初の夫グリューンリヒがブッデンブローク家に初めて訪ねてきたとき、トーニは嫌悪し、クリスティアンは嘲笑的に模倣する。しかしトーマスは「判断を控えた」（一〇八）。また、父親の死後、お金や食事を目当てに来訪する牧師や伝道師が増えて、トーニは不満をいうが、トーマスは「黙って」（三〇七）いる。トーマスは他人をむやみに否定も肯定もしない。ライバルの新興商人ハーゲンシュトレームについても、「ヘルマンはもう大変商売に役立っているし、モーリッツは胸が弱いのにりっぱな成績で学校を卒業した。大変頭が良くて、今は大学で法律を勉強しているそうだ」（一二八）と公平に彼らの優れた能力を認める。トーマスは他者の領域を侵害しない消極的な徳である「正義（公平）」を身に付けているのである。

また、他者への怒りはその領域を侵害する「不正」である。トーマスが腹を立てる場面は、働かない弟のクリスティアンとの兄弟喧嘩、病死した妹クラーラへの遺産を母が勝手にクラーラの夫に与えたとき、そして息子の音楽への傾倒を妻の影響と考えて、妻のいう「音楽的価値」という言葉に八つ当たりするときである。しかしこれらの怒りはトーマスの利己的な攻撃的侵害ではなく、トーマス自身が精神的、実際的に害を受けたと感じて起きる正当防衛であり、「不正」ではない[21]。物語の語り手も、「旅行や知識や関心により、トーマス・ブッデンブロークはその周囲で商人としての偏見にとらわれることの最も少ない人間であった」（三九七）と述べて、トーマスが公平に人や物事を判断することを認めている。トーマスは「不正」を為さない「正義」の人である。

四．「共苦」――人間愛の徳

「正義」は消極的な徳であるが、「人間愛」の徳であるアガペーは他者の苦の緩和のために行為する積極的な徳であり、この徳もトーマスに見出せる。

親戚の三姉妹は、父親のゴットホルトが勘当されて商会の後継者になれず、貧しい暮らしに甘んじているせいか、トーマスの母や妹のトーニとその娘、そして貧しい親戚の娘でブッデンブローク家に身を寄せているクロティルデにまで、会えば必ず皮肉や嫌みをいう。それでもトーマスは三姉妹に、「君たちの気持ちはよくわかる、気の毒だと思うよ……」（三〇一）という思い遣りのある態度で接するので、三姉妹もトーマスには嫌みをいわず、「少し毒のある敬意」（三〇一）を示すのである。またトーマスは、一緒に育ったクロティルデに、資産のない上流階級の娘が入る養老院に入れるよう手配する。トーマスは、三姉妹の辛さやクロティルデの老後の不安に

「共苦」して、彼女たちの苦悩を緩和するよう行為しているのであり、これらはトーマスに具わる「人間愛」の徳の顕れといえる。

トーマスの「人間愛」は息子や妻にも発揮される。息子との関係は、トーマスの期待が強すぎてうまくいかない。しかし第十部第五章で妻と少尉の音楽の楽しみに嫉妬する心を抑えきれず、ふとハノーに、「少尉はもう二時間もママのところにいるんだよ……」（七一六）と漏らす。するとハノーは、「金茶色の目を見開き、今まで一度もなかったくらいに、大きく、澄んだ、愛情のこもった目を父親の顔に向けた」（七一六）。

ハノーがどれくらい理解していたか、わからない。しかしただ一つ確かだったのは、ふたりが目を見交わしていたこの瞬間、よそよそしさと冷たさ、強制と誤解はふたりの間からすべて解消してしまい、トーマス・ブッデンブロークは、［…］、恐れや悩みが問題になる場合、いつでも息子の信頼と献身を期待できるということ、このことをふたりは共に感じたのであった。（七一六）

トーマスとハノーは言葉なしに見つめ合い、互いに相手の苦悩を直観して「共苦」し合う。そしてトーマスは、商人になれない息子のために、遺言状に商会の解散を記し、息子は父が弁護士と遺言状を書いているときに、誰も邪魔しないように部屋の前で見張る。これらの行為は、いつでも相手を助ける意思があることを示して相手の苦悩を緩和する行為であり、父と息子の「人間愛」の徳の顕れといえる。

また、妻のゲルダは頭痛や不快感で朝起きるのが遅いために、トーマスは結婚後もひとりで朝食を摂るのだが（三三四を参照）、ゲルダを非難することはない。トーニの再婚相手ペルマネーダーを招いて一家で遠出する際も、ゲルダは自分が「落ち着いた毎日の暮らしに向いた人間で、刺激や気晴らしに向いていない」（三七七）といい、参加を渋るが、トーマスに説得されて参加することになる。そのときトーマスはゲルダに、「本当に有り難く思うよ」（三七八）と、言葉で感謝の気持ちを表して、ゲルダの苦痛を緩和する。語り手も「そういう問題では基本的にトーマスの同意が得られることを確信していなかったならば、ゲルダはトーマスと結婚していなかっただろう」（三七七）と述べる。ゲルダはトーマスが自分の性質を理解する人間であると感じて結婚したというのである。

さらに妻と少尉の音楽の楽しみが醜聞になってトーマスを苦しめるときも、夫婦の関係は損なわれていない。トーマスは、自分たち夫婦の関係は「理解と思いやりと沈黙を基盤にしている」（七一三）と考えている。つまりハノーとの場合と同様に、言葉を交わさなくとも理解し合える関係である、というのである。このような夫婦の関係は、一般の夫婦の関係と大きく異なるので、世間の人々は理解できず、人々はふたりのことを結婚当初から十八年後に至るまで噂し続ける。ふたりは恋愛結婚のはずだが、普通の恋愛結婚には見えないというのである。

むしろ最初からふたりの間に認められたのは礼儀正しさ以外の何ものでもなかった。夫婦の間では全く珍しい、几帳面で敬意に満ちた礼儀正しさであったが、これは不可解なことに、内面的な距離やよそよそしさから生じたものではなく、非常に独特な形で暗黙のうちに深く相互に親しみ、知り合い、絶えず互いに気を配り、寛容であることから生じた態度であるようにみえた。（七〇八以下）

ゲルダは芸術家的性格で、嫁いできた街の人々や自分が属する貴族的市民階級の人々に親しまない。初めて客を招いた午餐会のあとも、ゲルダは、「今の私の頭は死んだみたい」（三三五）という。ペルマネーダーを迎えての遠出を嫌がるのも、市民的な楽しみに興味がなく、賑いや喧騒を好まないからである。ゲルダは市民的性質を持たないのである。

夫のトーマスは、商人になるために習得的に市民的実際的性格を身に付けるが、商人の利益獲得競争に伴う非倫理性には憤りを感じるように、トーマスの叡知的性格は詩人のような内省的芸術家的性格で、ゲルダと同様に非市民的である。それゆえゲルダが市民たちとの交際で苦痛を感じていることを容易に直観して「共苦」する。そしてゲルダが朝食を共にしなくとも不満をいわず、家を新築する際にはゲルダが音楽を楽しめる部屋を作る。初めての午餐会の後や、ペルマネーダーとの遠出に参加する際に、言葉で感謝の気持ちを表す。トーマスはこれらの行為によってゲルダの苦痛を緩和しているのである。

ショーペンハウアーは愛には「エロス」（利己的な愛）と「アガペー」（「共苦」の愛）があるといい[22]、後者の「共苦」の愛に最高の道徳的価値を置いている。トーマスはゲルダの芸術家的性質を愛して求婚し、仕事のない夜はゲルダのヴァイオリン演奏を聴き、ゲルダと一緒に読書するなどして、社主と市参事会員の仕事での疲労や苦悩を緩和している。トーマスはゲルダを必要としているのであるから、ゲルダへの愛は利己的な愛、エロスである。しかしまたトーマスは、非市民的性質ゆえに生じるゲルダの苦痛に「共苦」して、ゲルダの苦痛を緩和しているので、その場合のトーマスの妻への愛は、「共苦」の愛、アガペーである。ショーペンハウアーはエロスとアガペーの愛の「二つの混合はよくあること[23]」と認めていることから、トーマスもエロスとアガペーの双方を具えているということができる。以上のことから世間の人々が感じるトーマスとゲルダの礼儀正しい関係は、少なくともトーマスの「共苦」から生ずる「人間愛」、アガペーから生まれている。

トーマス・マンが「業績の倫理家」、「現代の英雄」と名づけたトーマス・ブッデンブロークの倫理性は、ショーペンハウアーの倫理思想と性格論を基にするならば、習得的性格である市民階級の倫理性と、叡知的性格である詩人のような内省的で芸術家的な性格による「共苦」の倫理性である。前者の倫理性は個体を維持するためのものであり、エゴイズムが基礎にあるが、後者の倫理性はエゴイズムの放棄によって生ずる。トーマスの成功と苦悩は、このような根本的対立を抱えたふたつの性格によって生じていると考えることができよう。

『Flaschenpost』第四三号（ゲルマニスティネンの会編）、二〇二二年掲載。

---

1 GKFA 1. 1, S. 159.

2 Schopenhauer IX, S. 350.

3 Vgl. Hans Wysling: *Buddenbrooks*. In:TMS XIII. (=Wysling 1996), S. 370; Vgl. GKFA 1. 2, S. 59. トーマス・マンがニーチェの『道徳の系譜』を最初に読んだ時期は明確になっていない。しかしヴィスリングだけでなく、GKFA全集の注釈も、フリーデマン氏の溺死はニーチェの『道徳の系譜』の最後にある言葉「何も欲しないというよりもむしろ無を欲す」の翻案であるとしており、マンの『道徳の系譜』初読を、『ブッデンブローク家の人々』執筆前としている。

4 トーマス・マンが初めてショーペンハウアーの著書を読んだ年代は明らかではない。Vgl. Max, Katrin: *Philosophie*. In: BHb 2018, S. 191. マックスは一八九九年としている。Kristiansen, Børge: *Thomas Mann und die Philosophie*. In: TMHb 2005, S. 276. クリステンセンは一八九五／九六年としている。Frizen, Werner: *Zaubertrank der Metaphysik: Quellenkritische Überlegungen im Umkreis der Schopenhauer–Rezeption Thomas Manns*. Frankfurt a. M. (Lang) 1980, S. 38. フリツェンは以下のようにマンの記述を六カ所から引用して、確定できないという。①二十歳の時（『略伝』）、②二十歳（『ショーペンハウアー』）、③二十三か二十四歳（『ショーペンハウアー』）、④二十四歳（『仮とじ本についてどう思いますか』）、⑤（一九一五年の）十六年前（『非政治的人間の考察』）、⑥二十代初め（『私の時代』）。

5 Vgl. Koßler, Matthias: *Empirische und metaphysische Mitleidsethik bei Schopenhauer*. In: *Schopenhauer–Jahrbuch*. Würzburg

2020, S. 219.　コスラーは、ショーペンハウアーが道徳 Moral と倫理 Ethik を明確に区別しないで用いていると記している。

6 Schopenhauer II, S. 415.

7 Ebd., S. 441.

8 太田匡洋「ショーペンハウアーにおける共苦と想像力」、『倫理学研究』四十八号（関西倫理学会編）二〇一八年、九〇－一〇〇ページ。

9 Schopenhauer VI, S. 252f.

10 Ebd. II, S. 417.

11 Ebd. II, S. 417.

12 Vgl. Ebd. II. S. 466.

13 伊藤貴雄「共苦における意志と表象」、『ショーペンハウアー研究』第五号（日本ショーペンハウアー協会編）二〇〇〇年、三〇ページ。

14 Kurzke, Hermann: *Thomas Mann Epoche–Werke–Wirkung*. München 1985, S. 45.

15 Ebd., S. 76.

16 Vgl. Wißkirchen, Hans: „*Er wird wachsen mit der Zeit …*“ *Zur Aktualität des Buddenbrooks–Romans*. In: *Thomas Mann Jahrbuch*. 21. Frankfurt a. M. (V. Klostermann) 2008, S. 107.　ヴィスキルヒェンも、『ブッデンブローク家の人々』の市民性を、生活様式や知的な外見によって貴族の称号がないことを補っているとして、十八世紀の貴族的な性質があることを指摘している。

17 Koopmann, Helmut: *Thoms Manns Bürgerlichkeit. In: Thomas Mann 1875-1975. Vorträge in München Zürich–Lübeck*. Frankfurt

a. M. 1977, S. 39-60. 『ブッデンブローク家の人々』における市民性はトーマス・マン自身のものでもあり、マンは『ファウストゥス博士』に至るまで市民性について考察し続けているという。
18 別府陽子「トーマス・ブッデンブロークの『ショーペンハウアー体験』―『悲劇の誕生』を中心とする『三連星』の受容」、（文芸学研究会）『文芸学研究』第二十一号、二〇一八年、二三―四五ページを参照。
19 Schopenhauer II, S. 441
20 Ebd.
21 Ebd. II, S. 422-424.
22 Ebd. II, S. 466.
23 Ebd.

第七章　トーマス・ブッデンブロークとフリードリヒ・ニーチェ
――「業績の倫理家」の類型学的考察

　ここではトーマス・ブッデンブロークとニーチェの関係を、前半でマンフレート・ディルクスの類型に関する論文にもとづいて人物の本質的性質に焦点を当てて考察し、後半は外面的な事柄である表現と出来事の類似を考察する。その際に、スコット・アボットが、トーマス・ブッデンブロークの最期に受難のイエスが表現されていると論じていることや、トーマスが路上に倒れて死に至る場面にマタイ受難曲のイエスの磔刑の場面が表現されていること等によって、トーマス・ブッデンブロークに「磔刑に処せられた者」と署名したニーチェが投影されていることを明らかにする。

一．トーマス・マンの類型的思考

　ディルクスによれば、トーマス・マンが『ブッデンブローク家の人々』を執筆した世紀転換期は価値転換の時代で、多様な思想や流派が生まれて、混沌とした状況にあった。そのため物事を分類して秩序づける類型化の傾向が強まった。それは、たとえばヴィルヘルム・ディルタイ Wilhelm Dilthey（一八三三―一九一一）の『世界観の類型』*Typen der Weltanschauung*（一八九四）や、ヴィルヘルム・ヴォリンガー Wilhelm Worringer（一八八一

—一九六五）の『抽象作用と概説』*Abstraktion und Einfühung*（一九〇八）、あるいはエミール・クレペリン Emil Kraepelin（一八五六—一九二六）の『精神病の分類』*Klassifizierung der Geisteskrankheiten*（一八八三）というように、多様な分野において顕著であるという。そしてディルクスは、類型を次のように定義している。

類型とは、特徴的な現実の一断片を取り出して、精神的に模造する思考の形成物である。類型は、諸現象の混沌のなかに秩序を形成する。類型は意味連関を作り、それと共に全体性を作り出す。類型の形成は、常に全体性の形成を目指すのである。それゆえ次のことは容易に理解できる。まさに世紀末に——諸連関が崩壊しつつある時代に——諸科学と芸術において、類型学確立のための特別な努力が試みられる。[1]

ディルクスは全体性を、古典主義の時代とりわけゲーテ Johann Wolfgang von Goethe（一七四九—一八三二）に結びつけて、「全体性とは、有機的なものすべての基本的な状態であり、したがって芸術でもある。それは生命力を前提にしている」[2]という。十八世紀、古典主義の時代に、人々は国家と宗教的共同体に所属して、共通の価値観のもとに生きることができたので、孤独や存在の不安を感じることが少なかった。しかし十九世紀になると産業革命の進展とともに、合理性や効率性が重視されて、人々は多忙になり共同体的なつながりが薄れた。フランス革命以降広まった自由・平等の思想も従来の階級的社会秩序や絶対的価値観を崩壊させた。そうした中で繊細で感受性豊かな者は、物事の価値が一定ではないことを敏感に感じ取り、確かな拠りどころを失い、不安と孤独のなかで生きる力を喪失する。そうしてデカダンスや神経衰弱に陥りながらも、確かな拠りどころを再び獲得しようとして現実を秩序化する。ディルクスによれば、「この秩序づける試みの主な道具が、現実の類型化である」[3]。

ハンス・ヴィスリングは「拠りどころのなさ」Haltlosigkeit はデカダンスを生むニーチェ以後の時代の病であり、若い頃のトーマス・マンはこの病と格闘したという。[4] 拠りどころを喪失して空洞化したマンの自我には、全体性と充実した生という秩序を求めて事物を類型化する傾向が生じており、[5] その類型化の試みの一例が「殿下」の類型であるとディルクスはいう。[6]

この類型は、マンの幼児期の遊戯「王子様ごっこ」の「カール王子」[7] に始まり、「小さな没落の王子」[8] ハノーや、『大公殿下』の「殿下」、『詐欺師フェーリクス・クルルの告白』（以下『クルル』とする）のヴェノスタ侯爵に至るまで数多く見出せる。この類型の多くは、ハノーを別にして、多様な経験をした後に幸福な人生を歩むところが共通していることから、「殿下」はひとつの類型といえる。ディルクスは、このようなマンの類型を、マックス・ヴェーバー Max Weber（一八六四―一九二〇）のいう経験的領域における「理念型」Idealtypus や、[9] ユング C. G. Jung（一八七五―一九六一）が心理分析学でいう原型に対応し、さらに以下の『クルル』からの引用文を基にして、ショーペンハウアーがいうプラトン形而上学のイデアであるとする。[10] マダム・ウプレは愛するクルルに次のようにいう。

「信じてくれるかしら、愛しい人、わたしは愛を感じるようになってからというもの、ただあなただけ、いつもあなただけを愛したということを？　私が言いたいのは、もちろんあなたではなくて、あなたのイデアをということと、あなたが身をもって示している優美なひと時を愛したということを。［…］昔からあなたたち少年だけを愛してきたわ。［…］そのタイプ（類型）は、少しだけ私と、そして私の年齢と一緒に成長したけれど、でもこのタイプは決して十八歳以上にはならなかったわ……」[11]

マダムがこれまで愛したのは、クルルが体現している美少年のイデアであり、さらに「そのタイプ（類型）」は十八歳以上にはならなかった。つまりマダムの考えるイデアと類型は特定の個体ではなく、美少年という共通の性質であり、それを体現する人なのである。それゆえディルクスは、マンの類型をプラトンのイデアであるという。

ショーペンハウアーの思想によればイデアは個体の本質的性格、すなわち叡知的性格であり、個々の人間にそれぞれのイデアがある。そしてイデアの把握は芸術家が直観的に行うものである。マンは芸術家的直観で人間の本質的性格を見抜いているのであり、そうして生まれたのが「殿下」の類型や、次節で述べる「業績の倫理家」の類型である。

二　「業績の倫理家」という類型

トーマス・マンは『非政治的人間の考察』において、トーマス・ブッデンブロークを指していう「業績の倫理家」を次のように説明している。

> 私が、私の時代の何事かに共感したとするならば、それはある種の英雄性であり、過重な荷を担い、過剰に訓練されて、疲労して限界に至ってもまだ働いている業績の倫理家という、現代の英雄的な生の形式であり、態度である。[12]

「業績の倫理家」は生の形式というのであるから、イデア、すなわち類型である。マンは、この「業績の倫理家」の類型を、『フィオレンツァ』のサヴォナローラ、『大公殿下』、『ヴェニスに死す』のアッシェンバハ等に用いていると語っている。[13]

『ヴェニスに死す』の主人公アッシェンバハは、若くして世に認められた作家である。モットーは「頑張り抜く」durchhaltenで、そうして努力して創作した作品は多くの人に支持されて、五十歳で貴族に叙せられる。このアッシェンバハの描く作品の主人公もまた「業績の倫理家」であり、『ヴェニスに死す』にその特徴が語られている。

グスタフ・アッシェンバハは、疲労の極みにありながら働いているすべての人々、過重な荷を担う人々、すでに疲労困憊している人々、それでもなお毅然としている人々を描く詩人であり、生まれつき虚弱で資力に乏しく、恍惚たる意志と賢明な管理によって少なくともしばらくの間は偉大さの作用を獲得しているような、業績を目指しているこれらすべての倫理家たちを描く詩人であった。[14]

アッシェンバハの描く「業績の倫理家」の特徴は、身体的に虚弱でありながら、意志の力で禁欲的に努力して偉大なものを獲得する人々であり、「疲労の極みにありながら働いている人々、過重な荷を担う人々」である。後者の表現と、『非政治的人間の考察』の「過重な荷を担い、過剰に訓練されて、疲労して限界に至ってもまだ働いている」という表現に共通するのは、当人にとって過重な負担であるにもかかわらず、疲労して身体の限界に至りながらもまだ働いていることである。これらと同様の表現が、『われわれの経験に照らしたニーチェ哲学』にもある。

それは過大な荷を負わされ、過剰な課題を与えられたひとつの魂に対する悲劇的な同情の感情である。ハムレットのように、優しく、繊細で、善良で、愛情に飢え、高貴な友情なしではやっていけない、孤独には到底向かない魂に対する同情である。[15]

マンはニーチェを、「優しく、繊細で、[…]孤独には到底向かない魂」でありながら、「過大な荷を負わされ、過剰な課題を与えられて」、孤独のなかで思索し、後世に大きな影響を与える業績を残したと述べている。つまりマンにとってニーチェこそが実在した「業績の倫理家」である。そして『非政治的人間の考察』に、「この悲劇的倫理的ニーチェ体験はわたしの市民的な業績の倫理家体験にまで影響していたと私は見ている[16]」と記して、トーマス・ブッデンブロークという「業績の倫理家」が、マン自身のニーチェ受容体験の表現であることを示唆している。

世紀転換期の「ニーチェ熱」が大流行した時代、多くの芸術家はニーチェの影響を受けて、「一種の消耗性の力の賛美、『美』の崇拝を生み出していた時代[17]」に、マンもニーチェから影響を受けたが、多くの人々とは異なりニーチェを倫理家と認識していた。[18]冒頭で触れたが、マンはゾンバルトの『ブルジョワ』を例にして次のように語っている。

「カルヴィニズム、市民性、英雄精神」という心理学的系列についてのわれわれの一致は、かなり高い、いやきわめて高い精神的媒体、すなわちニーチェを介して見られるものらしい。というのも、時代のあらゆる精神的体験にその隅々にいたるまで影響を及ぼし、かつて例のないほど新しく現代的な形で英雄的な体験となったニーチェという時代体験がなければ、確かにこの社会科学者もそのプロテスタント的英雄についての命題を思いつくことはなかったろうし、小説家である私もその「主人公」の形象を、実際に見た通りには見ることはできなかったろう、と考えられるからである。[19]

ニーチェを知ったことは「新しく現代的な形の英雄的な体験」であり、「時代体験」であるという。体験とは、生き方を変えるような、経験よりも強い、心に刻み込まれる出来事を意味するが、ゾンバルトもマンも、ニーチェという時代体験によって事物の洞察が可能になり、著作を生み出すことができた。マンは、自作の「主人公」の形象を「実際に見た通りには見ることができなかっただろう」という。この場合「主人公」はトーマス・ブッデンブロークを指しているのであるが、「実際に見た通りには」ということから、マンはトーマス・ブッデンブロークのモデルであるマンの父親を、ニーチェ体験を通して「業績の倫理家」という見方をするようになり、それによってトーマス・ブッデンブロークという人物が生まれたと語っているのである。[20]従って「業績の倫理家」の原型はニーチェということになる。

エッセイ『自分のこと』にマンが自己の創作方法について記している箇所がある。それによれば、マンは自分から素材を探し求めるのではなく、受動的に無意識に摂取したものが、マンの内部でさまざまな人間の特徴や特性の在庫となり、創作する際にその在庫から素材を取り出すのである。そうして例えば、『ヴェニスに死す』のアッシェンバハは、「ある原型の特徴がまったく別の典拠からの提起とまじりあい、幾重にも交錯して、その最後の結果として融合して芸術的な統一に達するのだ[21]」と説明している。受動的に摂取したものとは、「業績の倫理家」としてのニーチェやマンの父親であり、その在庫に別の典拠が混じってアッシェンバハが生まれたのである。つまりマンは「業績の倫理家」の原型に別の性質や特徴を加えて類型的人物を創作しているということになる。以上のことから、トーマス・ブッデンブロークはニーチェという原型を基にして創作されたひとつの類型であり、両者には本質的性質の類似があるといえる。

三．ショーペンハウアーの著作の読書体験

　トーマスは、ある日の午後、何年も前にたまたま購入していた哲学書を手に取り、自宅の庭で時間を忘れて読みふける。とりわけ続篇第四十一章「死および、死と我々の本質の不壊性との関係について」に心を打たれ、その夜ショーペンハウアーがいうイデアの観照である美的体験をする。

　この体験は、元々作者トーマス・マン自身の体験である。マンの場合は、「読めと命ずる時が来た、そしてわたしはこのように読むことは一度しかないだろうというほど、昼夜分かたず読んだ[22]」のであり、その読書体験は、「形而上学的魔酒によって二十歳の青年が覚えた陶酔[23]」といえるような喜びであった。この体験をマンは執筆中のトーマス・ブッデンブロークに与えたというのだが[24]、先行研究によって、マンの体験とニーチェの体験の類似性が指摘されている[25]。それならば、マンの体験の表現であるトーマス・ブッデンブロークの体験とニーチェの体験は、類似しているということになろう。

　ニーチェは、自伝によれば、ライプツィヒ大学時代に書店でこの本を手に取ると、「この本を持って家に帰れ[26]」とデーモンにささやかれた。ニーチェは、いつもはすぐに書籍を購入するということはしないのだが、このときはその場で購入して帰り、ソファの隅に座って読みふけった。そして二週間のあいだこの書物のこと以外は考えられず、大きな内面的変革を体験したという[27]。

　ニーチェとマンは、何者かに命じられるようにしてこの書物を手に取って読みふけり、内面的な変化を体験する。両者ともに、自分の明確な意志で本を手に取るのではないにもかかわらず没頭して読むことが共通しており、

その点ではトーマス・ブッデンブロークも同じである。しかしこのような体験は、同じ「業績の倫理家」類型のアッシェンバハや他の作品の人物には見られない。それゆえニーチェとトーマス・ブッデンブロークの二者の間には、特別な関係があると考えることができるのである。次にトーマス・ブッデンブロークが路上で昏倒して死に至る場面の表現について考える。

四．トーマス・ブッデンブロークの死と論理の渦巻き

一八七五年一月、トーマス・ブッデンブロークは歯の痛みに耐えかねて、市参事会を途中で退席して歯科医院に行き、治療を終えて帰宅する途中に、路上で昏倒する。

およそ車道の中ほどに至ったとき、トーマスに以下のことが起こった。それはまるで、脳髄が摑まれ、抵抗しがたい力によって次第に加速する、おそろしく加速する速度で、大きな円から次第に小さくなる、ますます小さくなる同心円を描いて回転させられ、最後は乱暴で容赦のない烈しい勢いでこの同心円の石のように硬い中心点に叩きつけられたかのようだった……トーマス・ブッデンブロークは身体を半回転させて、両腕を伸ばして濡れた石畳の上にうつ伏せに倒れたのである。

この通りは急な坂道だったので、彼の上半身は足よりもかなり低い位置にあった。うつ伏せに倒れた顔の下にすぐに血だまりが拡がりはじめた。帽子は車道を少し下のほうへ転がって行った。毛皮の外套には汚泥と雪解け水が飛び散っていた。白いヤギ皮の手袋をはめた両手は、ぐっと伸びて水たまりに漬かっていた。（七四九

以下）

トーマスは、路上で渦巻きに巻き込まれて叩きつけられたかのように半回転して倒れる。この出来事は一月に起きる。一方ニーチェは、一八八九年一月三日にトリノのカルロ・アルベルト広場で馬の首に抱きついて昏倒し、それが原因で発狂したとみなされた。[28] マンの『ニーチェ哲学』の冒頭にある、「トリノとバーゼルから、ニーチェの精神的崩壊の知らせが広まった[29]」という文は、当時、ニーチェの発狂が広く知られた出来事であることを示している。

渦巻きについては、ニーチェは『悲劇の誕生』において、「ソクラテスのうちにいわゆる世界史のひとつの転換点と渦巻を見ざるをえない[30]」といい、理論的人間ソクラテスに科学的思考の始まりがあり、それは終わりのない論理の渦巻きであると論じている。このニーチェの思想についてマンは、「ニーチェは生涯『理論的人間』を呪い続けたが、彼自身まさに言葉の真の意味で正真正銘の理論的人間である[31]」といい、ニーチェ自身がソクラテス的な論理の渦巻きに巻き込まれているという見方を示している。

ニーチェは初期には『悲劇の誕生』で、アポロン的なものとディオニュソス的なものというギリシア神話の神々の名を借りて目に見えない自然の衝動を表現したように、形而上学を肯定していた。しかし中期になると「形而上学の欺瞞を捨て、身近な事がらを吟味し直す冷静な観察の態度を繰り返し強調する[32]」態度をとる。そして感覚や心理的な事柄も言葉と論理で説明しようとする。しかし後期には再びアポロン的なものとディオニュソス的なものを芸術衝動と述べて形而上学を肯定するようになる。[33] ニーチェの思想にある力への意志や永遠回帰も形而上学的思惟と見なされることもある。[34] つまり、ニーチェも終わりのない思考の渦巻きに巻き込まれて、トーマス・ブッデンブロークと同じように路上で倒れたということができるのである。

トーマス・ブッデンブロークは、常に一族と商会のために体面を気遣って身なりにまで気を配り、疲労困憊してもなお、心身ともに張り詰めて仕事をしている。そのトーマスが路上に昏倒して頭から血を流し、美しい衣服は雪解け水や馬糞が混じる汚泥に汚れてしまう。妻のゲルダは、夫が生来の文学を愛する性質を抑制して、日々人々のために仕事に励んでいたことを理解しているので、「これまで糸くず一本でもついているところをみせたことがないのに、最後にこんなことになるなんて、嘲笑されているのよ、侮辱だわ……!」(七五一)と夫の身になって、夫に与えられた運命を嘆く。このあと、トーマスは「くしゃくしゃになったひげの下で言葉にならぬまま唇が動き、ときおり喉からゴロゴロいう音がもれた」(七五一)と続く。

このゲルダの嘆きと瀕死のトーマスの描写は、『ニーチェ哲学』の「ああ、なんと高貴な精神がここに破壊されてしまったのか!」あるいは、「そのような高みに上げられた理性が、熱狂により台なしにされた、[…]今は壊れた鐘のように調子外れの音を出している」[35]に対応している。作者マンは一九四七年に執筆した『ニーチェ哲学』に、五十年近く前に書いたトーマス・ブッデンブロークの最期をなぞらえるような書き方をしているのである。マンは、トーマス・ブッデンブロークが路上で昏倒する場面を描く際に、論理の渦巻きに巻き込まれたニーチェを想いながら描いており、その記憶を持ち続けて『ニーチェ哲学』を書いたのではないだろうか。マンはニーチェが高貴な精神の高みから失墜したと見ており、トーマス・ブッデンブロークに同様のことを表現しているのである。

ショーペンハウアーの著作の読書体験と同様に、渦巻きと路上に昏倒するという悲劇的結末は、浜辺で死ぬアッシェンバハとは異なっており、トーマス・ブッデンブロークとニーチェにのみ共通している。これらのことからトーマス・ブッデンブロークとニーチェの間には、「業績の倫理家」の類型だけでなく、それ以上に密接な関係があると考えることができるのである。

五．イエスの表象と「マタイ受難曲」

スコット・アボットは以下のように、第十部第七章のトーマス・ブッデンブロークを受難のイエスのひとつの表象（模像）prefiguration であるという。[36] 第七章の七という数はキリスト教の聖数であり[37]、歯科医院でトーマスが飲む「クロロフォルムの味と匂いがする水」（七四六）は、「マタイによる福音書」の「十字架上のイエスに与えられた酢[38]」（二七：四八）に対応し、トーマスが座る治療用の椅子はトーマスの十字架である。そして彼が治療の際に我慢して思う「これでおわりだ！（神の命ずるままに！）Gott befohlen!」（七四七）は、「ルカによる福音書」（二三：四六）の「父よ、わたしの霊を御手にゆだねます！」Vater, ich befehle meinen Geist in deine Hände! に対応する。[39] さらに倒れたトーマスの両腕を広げた姿は、十字架上のイエスの姿に対応する。歯科医はトーマス・ブッデンブロークの傷んで空洞になった歯の歯冠 Krone だけを折り取ってしまうが（七四八を参照）、この出来事は、十字架上のイエスの頭上に冠のように「ユダヤ人の王イエス[40]」という罪状が取り付けられることにパロディ的に対応していると考えることが可能であり、アボットが主張するように、トーマス・ブッデンブロークにイエスが表現されているということができるのである。

また、『非政治的人間の考察』によれば、ニーチェは一八六八年頃、バーゼルで復活祭の前の週であるキリストの受難週に三度『マタイ受難曲』を聴いているという。[41] 誰の作曲による『マタイ受難曲』であるかは書かれていないが、一般に毎年受難週に演奏されるのはバッハ Johann Sebastian Bach（一六八五―一七五〇）の『マタイ受難曲』*Matthäuspassion*（一七二七）である。このバッハの『マタイ受難曲』の山場で歌われる第五十四番コラールと、路上で昏倒した後のトーマスの描写との間に対応関係が見られる。

第五十四番コラール[42]

O Haupt voll Blut und Wunden,	おお、血にまみれ傷ついた御頭よ、
Voll Schmerz und voller Hohn,	苦痛に満ちてひどく侮辱された御頭よ、
O Haupt, zu Spott gebunden	おお御頭よ、嘲りを受けて
Mit einer Dornenkron,	いばらの冠で縛られた、
O Haupt, sonst schön gezieret	おお御頭よ、常ならば至高の栄誉と誇りで
Mit höchster Ehr und Zier,	美しく飾られているのに、
Jetzt aber hoch schimpfieret,	今はひどく辱められし御頭よ、
Gegrüßet seist du mir!	わたしの心からの挨拶をお受けください！

Du edles Angesichte,	主よ、気高きかんばせよ、
Dafür sonst schrickt und scheut	常ならば偉大な世の権威も
Das große Weltgewichte,	畏れてしりぞくのに、
Wie bist du so bespeit,	あなたはかくも唾を吐かれ、
Wie bist du so erbleichet!	かくも青ざめている！
Wer hat dein Augenlicht,	あなたの眼の輝きは、
Dem sonst kein Licht nicht Gleichet,	常ならばいかなる光も及ばぬのに、
So schändlich zugericht'?	誰がこれほど酷く痛めつけたのです？

バッハはカンタータや受難曲の台本を通常はピカンダー、本名クリスティアン・フリードリヒ・ヘンリーツィ Christian Friedrich Henrici（一七〇〇―一七六四）に依頼しているが、『マタイ受難曲』のイエスの磔刑の場面はパウル・ゲールハルト Paul Gerhardt（一六〇七―一六七六）という、牧師で、世界で最も優れた讃美歌作者といわれる詩人の、よく知られたコラールを用いている。[43] このコラールは、「十字架にかかりて苦しめるキリストの肢体への韻文の祈り」というクレルヴォーのベルナール Bernardus Claraevallensis（一〇九〇―一一五三）のラテン語詩の第七部「頭への祈り」を、ゲールハルトがドイツ語に訳したもので、「血汐したたる」*O Haupt voll Blut und Wunden* と題されている。大塚野百合は、「この歌はバッハ特愛の歌であり、『マタイ受難曲』に第一、第二、第五、第六、第九節が用いられ、この受難曲のテーマとして聞く者の心を深く打ちます[44]」と記し、磯山雅が、「『マタイ受難曲』のシンボルとも言うべき存在[45]」と述べているような、非常に有名なコラールである。

ユダヤ教の「律法の精髄は『自分の欲しないことを他人にしてはならない』という戒めにある[46]」、そしてイエスの教えも「隣人を自分のように愛しなさい」というもので、ユダヤ教の教えとイエスの福音の根本原理は同じである。ゆえにイエスの活動は、ユダヤ教の律法や預言者を排除するためではなく、形骸化した律法の本来の理念を成就させるためであった。しかしイエスを慕う人々が増えるに従い、祭司や長老は自分たちの地位が危うくなると感じて、イエスを迫害して捕らえさせて、十字架の刑に処す。

受難曲の歌詞は、「気高き」イエスの「血にまみれ傷ついた御頭」が、「常ならば至高の栄誉と誇りで美しく飾られる」はずであるが、「嘲り」を受けて「辱められ」、「唾を吐かれ」て、頭を「いばらの冠で縛られ」、「いかなる光も及ばぬ」はずの「眼の輝き」も傷めつけられるというものである。

一方トーマス・ブッデンブロークは伝統ある商会の社主で、市参事会員としては「市長の右腕」（五一二以下）といわれるほど有能である。常に最新流行の衣服で美しく身を整えて、日常会話でもハイネの詩を引用するような高い教養と貴族性を周囲の人々に感じさせている。しかし妻と少尉の音楽の楽しみが醜聞になると、世間の人々はトーマスを妻に欺かれた夫として、滑稽に思い始める（七一一を参照）。そして路上に昏倒したトーマスの頭の下に、「すぐに血だまりが広がり始め」（七四九以下）、医師が頭部の「血のついた包帯」（七五一）を取り替え、トーマスの「半ば開いた目は、濁って白目をむき出している」（七五一）。トーマスは世間の人々に貴族的と感じられていた、妻のスキャンダルで一転して嘲笑されるようになる。そして路上に倒れて頭から血を流している。この頭部に巻かれた包帯はイエスのいばらの冠に対応し、濁った目は、イエスの輝きをなくした眼に対応する。路上に昏倒して傷ついたトーマスの姿は「血汐したたる」の歌詞に対応しているのである。

領事夫人が毎週催すエルサレムの夕べには、コラールの作詞者パウル・ゲールハルトの直系の子孫と自称する双子の老姉妹が参加している。ふたりは十八世紀の羊飼いの帽子を被り、色褪せた服を着て貧しい暮らしをしていながら施しをするというような、頑ななキリスト教徒の戯画である。ふたりは死を目前にして恐怖におののく領事夫人を見舞い、夫人から生への執着を消し去って、夫人をあの世に送り出す葬儀に参列する。

ゲールハルト老姉妹は、『マタイ受難曲』とトーマスの最期の描写に対応関係があることの印であり、マン自身が、ニーチェが週に三度も『マタイ受難曲』を聴いた逸話を語っていることから、マンはこの逸話を念頭において、受難曲の「血汐したたる」をトーマス・ブッデンブロークの最期の描写に用いたと考えることができるのであり、これらのことはアボットの主張を裏づける。アボットは、イエスとトーマスの関係を戯画的とは論じていないのだが、トーマスは一介の商人であり、信仰心がなく、形而上学的傾向から（七一九を参照）哲学書を読み、美的観照の体験をするが、翌朝にはすべて忘れてしまうのであり、イエスのような聖人ではない。さらにトーマスは、祖父や父親を手本に十八世紀的な市民階級の倫理を受け継ぐ、伝統を重んずる人間である。トーマスは会社に新風を吹き込んで業績を上げるが、祖父のような素朴に利益獲得を目指す実際的商人でありたいと思うのであり、新興の企業家のように革新的な事業を目指すのではない。自由平等の意味も教養として理解するが、感覚的に受け入れることができず、市参事会員に、小売商人の息子が選ばれたことを不快に感じる。

他方イエスは、「貧しいものは幸いである」といい、隣人愛を説いて、ユダヤ教の権威を重んずる厳格な教えを転換、革新した。ニーチェも、ショーペンハウアーの影響を受けながらも、その思想のペシミズムと生の否定を生の肯定へと百八十度転回させた。イエスとニーチェは共に学び取ったことを大きく変える革新的な思想家である。ニーチェの『悲劇の誕生』の序文「自己批評の試み」は、『ツァラツストラはこう語った』からの引用で終わっているが、この中でニーチェは自己の思想をイエスのパロディであるツァラツストラに語らせている。さらにニーチェは、後年、知人への手紙に「十字架に磔られた者」と署名して、自己をイエスになぞらえている。

これらのことからマンがトーマス・ブッデンブロークにイエスを表現したのは、ニーチェを表現したかったからと考えることができよう。

六．十字架に磔られた者

ニーチェはキリスト教の牧師の息子でありながら、キリスト教を、生を否定するものとして、批判したが、イエスを批判したわけではない。『反キリスト者』Antichrist（一八八八）のアフォリズム三十二番でニーチェは「救世主の類型のうちに狂信家を持ち込むことなどしない[47]」と、イエスを一類型と見る言葉で始めて、さらに次のように記す。

イエスを一個の『自由な精神』と名づけうるかもしれない――イエスはすべての固定したものをなんら認め

ない。言葉は殺し、固定したすべてのものは殺すからである。イエスだけが知っている「生」という概念、経験は、彼にあっては、あらゆる種類の言葉、定式、法則、信仰、教義と相容れない。彼は最も内なるものについてのみ語る。「生命」ないし「真理」ないし「光」とは、この最も内なるものを表す彼の言葉であり、――その他すべてのものは全実在性、全自然、言葉自身は、彼にとっては、記号の、比喩の価値を持つにすぎないのである。[48]

ニーチェはイエスを「自由な精神」というが、ニーチェ自身が「自由な精神」である。彼は大学教授の職を辞して以降、定住せず、イタリア、スイス、南仏を自由に往来する生活を送った。精神的にも、宗教、伝統、理性、自由平等という民主主義の理念などの特定の価値に捉われず、自由に思考した。[49] そして言葉についても、「道徳外の意味における真理と虚偽について」*Über Wahrheit und Lüge im aussermoralischen Sinne*（一八七三）に、「あらゆる概念は等しくない者の等置によって成立する」[50]と記して、言葉は隠喩であり、対象を象徴的に固定化するとみなして、言葉に完全な信頼を置かず、「生」を重視して賛美した。引用のイエスをニーチェに置き換えても全く矛盾がなく、マンがニーチェの「十字架に磔られた者」という署名を、「馬鹿げた無意味の署名と思うべきではない」[51]というのは妥当なことと思われる。

ニーチェはイエスの運命を自己の運命に重ねており、マンはそれを受容してイエスとニーチェを同一類型とみなした。そしてトーマス・ブッデンブロークの最期に、『マタイ福音書』と「血汐したたる」を転生した。なぜならマンはトーマス・ブッデンブロークにニーチェを表現したかったからである。[52]

七．トーマス・マンの「ニーチェ熱」

『ブッデンブローク家の人々』執筆前のマンは、すでに『幸福への意志』*Wille zum Glück*（一八九六）というニーチェの『権力への意志』を模したタイトルの作品を書いているように、ニーチェの思想を自分なりに受容して創作している。マンは、ニーチェ熱が流行している時代にあって、ニーチェを倫理家と理解していたと述べており、熱に感染せず、冷静であったようにみえる。しかしリューベック時代の友人オットー・グラウトフへの手紙から、マンのニーチェへの強い関心を読み取ることができる。

オットーの兄フェルディナントは後に「ケルン新聞」の編集長になる人物であるが、編集委員であった一八九七年の七月二十一日付の文芸欄に、ヴィルヘルミ J. H. Wilhelmi の『カーライルとニーチェ』*Th. Carlyle und F. Nietzsche. Wie sie Gott suchten, und was für einen Gott sie fanden*（一八九七）を取り上げている。フェルディナントは、まず、著者がカーライルとニーチェの共通点と相違点を明確にしていることを評価する。しかし著者が、ニーチェがキリスト教から離反して「最終的に独自の途轍もないもの、途轍もなく誇張したイメージを神に見立てた」ことがニーチェの発狂の原因と述べていることを批判する。そして結論として、「――とりわけ残念なのは、ニーチェの思想を完成された生の思想ではなく、未完成の発展段階にすぎないとは考えずに大言壮語している人々に配慮している点である」[53]と記して、ニーチェの思想をフェルディナントなりに理解した上で批評している。この書評でフェルディナントは、「個々の判断と表現方法における類似」Parallelen in Einzel-Urteilen und in der Ausdrücksweise[54]という表現を用いている。マンは同じ七月二十一日付のオットーへの手紙で、フェルディナントの文体やセンスをあまり評価していないが、「だがフェルディナントはニーチェについて『ひとつの判断』

を持っているんだ！　敬意を表します！」[55]と述べて、同じ「判断」Urteilという語をカッコつきで強調してフェルディナントを賞賛している。手紙は新聞と同じ日付であり、マンがこの記事を読んで手紙を書いたことは確実といってよいだろう。日付についても、この時期マンはローマにいたので、実際に七月二十一日に新聞を入手したのかは不明であり、新聞の七月二十一日という日付に合わせて手紙に記した可能性がある。この手紙から明らかになるのは、マンが『ブッデンブローク家の人々』執筆開始前にニーチェの思想を自分なりに理解していたということと、「！」を繰り返す熱意を感じさせる文体から、マンもニーチェ熱に感染していたといってよいであろうということである。

　ニーチェ熱が流行した時代に、多くの詩人や作家が、とりわけニーチェの『ツァラツストラ』の影響を受けて、力と美を賛美した作品を多く創作した。[56]しかしマン自身はそのような作家たちと異なり、当時からニーチェを倫理家と理解していたと述べている。[57]それならば作家であるマンが、ニーチェの力と美を讃美する思想を模倣した作品に刺激されて、倫理家としてのニーチェを自分なりに表現しようとしたとしても不思議はない。

　マンは、ニーチェを通して「業績の倫理家」類型として見ることができるようになったマン自身の父親を基にして、トーマス・ブッデンブローク像を創りあげた。マンがトーマス・ブッデンブロークに表現したのはニーチェその人である。

『独文学報』第三八号（大阪大学ドイツ文学会編）二〇二二年掲載。

---

1 Dierks, Manfred: *Typologisches Denken bei Thomas Mann–mit einem Blick auf C. G. Jung und Max Weber*. In: TMJ 9 (= Dierks

1996), S. 129.

2 Dierks 1996, S. 135; Vgl. Ruttkowski, Wolfgang: *Typen und Schichten. Zur Einteilung des Menschen und seiner Produkte*. Bern und München 1978, S. 119f.

3 Dierks 1996, S. 132.

4 Wysling, Hans: *Buddenbrooks*. In: TMHb 2005, S. 369.

5 Vgl. GKFA 21, S. 91.

6 Dierks 1996 : a. a. O., S. 132.

7 GW XI, S. 328.

8 GW XI, S. 552.

9 Weber, Max: *Die „Objektivität" sozialwissenschaftlicher und sozialpolitischer Erkenntnis*. In: Weber, Max: *Gesammelte Aufsätze zur Wissenschaftslehre*. Tübingen 1922, S. 190.

10 Dierks 1996 : a. a. O., S. 132.

11 GKFA 12. 1, S. 206f.

12 GKFA 13. 1, S. 158f.; この表現は、『ヴェニスに死す』のアッシェンバハだけでなく。マンは兄のハインリヒ・マンへの一八〇八年十二月七日付の手紙に、マン自身とホーフマンスタールについて、「まさに最良の人々すべてが疲労の極みで仕事をしているというのは注目に値する」(GKFA 21, 400)と書いている。Vgl. GKFA 21. 2, S. 264.

13 GKFA 13. 1, S. 158f.

14 GKFA 2. 1, S. 512.

15 GKFA 19. 1, S. 186.

16 GKFA 13. 1, S. 161.

17 Ebd., S. 160.

18 Ebd.

19 Ebd., S. 159f.

20 Vgl. Blödern, Andreas u. Marx, Friedhelm (Hg.):TMHb 2015, S. 1. マンの父親は、百年続いた穀物商会の社主で、二十九歳で市参事会員に選出されて、国家の大蔵大臣に相当する自由都市リューベックの税務担当者になる。Vgl. de Mendelssohn, Peter: *Der Zauberer. Das Leben des deutschen Schriftstellers. Thomas Mann. 1. 1875-1918*. Frankfurt a. M. 1975, S. 62. マンの記憶にある父親は、威厳があり、思慮深く、誇りをもって勤勉に働き、人間的にも精神的にも洗練されて、文学的教養、歴史の知識、善良で、社交的なユーモアのある人物で、決して単純ではなく、粗野でもない、神経質で我慢強く、自制心があり、早期に社会的な声望と名誉を得た人物であるという。

21 GW. XIII, S. 154.

22 GKFA 1. 2, S. 53; GW XI, S. 111. ニーチェのこのエピソードが最初に収録されたのはニーチェの妹 Elisabeth Fölster–Nietzsche 編の *Das Leben Friedrich Nietzsche's*. である。第一巻は一八九五年、第二巻は一八九七年に出版されており、当時のトーマス・マンのニーチェへの関心の高さから考えると、出版時に読んだとするのが妥当であろう。

23 GW IX, S. 561.

24 Vgl. GW XI, S. 111.

25 Vgl. GKFA 1. 2, S. 53.

26 Nietzsche, Friedrich: *Autobiographisches aus den Jahren 1856-1869*. In: *Friedrich Nietzsche Werke in drei Bänden*. III. München 1956, S.133.

27 Ebd.

28 Vgl. Verrecchia, Anacleto: *Zarathustras Ende. Die Katastrophe Nietzsches in Turin.* (Aus. Ital. übertr. von Peter Pawlowsky) Wien ; Köln und Graz 1986, S. 241-272. ニーチェがトリノで馬の首に抱きついて狂気の症状を示した出来事を知らせる新聞や雑誌の記事が少しずつ異なっていることや、ニーチェがそれ以前から狂気の徴候を示していたこと、妹のエリーザベトと友人のオーヴァーベック、ベルヌリがニーチェの名誉を考えて、広場で昏倒したことを発狂の原因にしたこと等が記されている。Vgl. GKFA 19. 2, S. 237. 「トリノの路上で倒れた」と記されている。

29 GKFA 19. 1, S. 185.

30 KSA 1, S. 100.

31 GKFA 19. 1, S. 223.

32 渡邊二郎「中期の思想」、『ニーチェを知る事典』（渡邊二郎、西尾幹二編）、筑摩書房、二〇一三年、一五四ページ。

33 Vgl. KSA 13, S. 235.

34 菅野孝彦「ニーチェの形而上学批判」、筑波大学倫理学原論研究会『倫理学』第二号（一九八四年）、九七―九八ページを参照。

35 GKFA 19. 1, S. 185.

36 Vgl. Abott, Scott: *The Artist as figurative Jesus in Thomas Manns Buddenbrooks*. In: *Perspective. A Journal of Critical Inquiry.* Brigham Young University. 1976, S. 85-94. (=Abott)

37 Vgl. Forstner, Dorothea: *Die Welt der Christlichen Symbole*. Innsbruck, Wien und München 1977, S. 52f.

38 a. a. O. Abott, S. 90. ここはむしろ「マタイによる福音書」（二七―三四）の磔刑の前に与えられた「にがみを混ぜたぶどう酒（酢）」のほうが適切と思われる。

39 Gott befohlen! は「さようなら」の古い言い方であり、「これでおさらばだ！」というトーマス・マン全集（新潮社）の森川俊夫訳で物語の筋が通る。しかしアボットは原義に帰して類似を指摘している。マンは、両方を含意していると思われる。

40 *Die Bibel. Einheitsübersetzung Altes und Neues Testament*. Stuttgart 2013, S. 1120. (Mathäus 27:37)

41 GKFA 13. 1, S. 161.

42 轡田収「パウル・ゲールハルト」Paul Gerhardt（1607-76）：『世界大百科事典　九』、平凡社、二〇一一年、一八ページを参照：「ルターに次ぐドイツの讃美歌詩人」と記されている。大塚野百合『賛美歌・聖歌ものがたり　疲れしこころをなぐさむる愛よ』、創元社、一九九五年（=大塚）、一六六ページを参照。

43 大塚、一六九ページ「賛美歌百三十六番『血しおしたたる』の原作者はクレルヴォーのベルナール（一〇九一―一一五三）あるいは、ルーヴィアンのアールフルフと云われており、十三世紀前半にゲールハルトがドイツ語に訳して一五五六年に発表した」とある。

44 磯山雅『マタイ受難曲』、筑摩書房、二〇一九年、一四一ページ。

45 井形ちづる、吉村恒『宗教音楽対訳集成』、国書刊行会、二〇〇七年、二四五ページ以下。

46 荒井章三『ユダヤ教の誕生「一神教」成立の謎』、講談社、二〇一八年、一五―一六ページ。

47 KSA 6, S. 203.

48 Ebd., S. 204.

49 大石紀一郎「自由精神と理性批判」、大石紀一郎他編『ニーチェ辞典』、弘文堂、一九九五年二五二―二五九ページを参照。

50 KSA 1, S. 880.

51 GKFA 13. 1, S. 161.

52 Vgl. KSA 6, S. 203.『アンチクリスト』のアフォリズム三十二番の「救世主の類型……」という言葉から、救世主の類型に「業績の倫理家」の類型を持ち込んだと考えることも可能であると思われるが、ここでは論じない。

53 Zeit. punkt NRW. *Kölnische Zeitung* 1897.7.21, Nr. 667. Literarischesの記事。https://zeitpunkt.nrw/ulbbn/periodical/zoom/12013119?query=Nietzsche 参照。Zeit. punkt NRW. は、ノルトライン・ヴェストファーレン州の新聞雑誌記事データベース。

54 Ebd.

55 GKFA 21, S. 94.

56 ヒレブラントはニーチェの影響を受けた作家や詩人の二百九点もの作品を紹介している。Vgl. Hillebrand, Bruno: *Frühe Nietzsche–Rezeption in Deutschland*. In: *Nietzsche und die deutsche Literatur Bd. 1. Texte zur Nietzsche–Rezeption 1873-1963*. Hillebrand, Bruno (Hg.), Tübingen 1978, S. 2ff.

57 Vgl. GKFA 13. 1, S. 160.

第八章　クリスティアン・ブッデンブローク
——ディレッタンティズムとディオニュソス的なものとの関係

クリスティアン・ブッデンブロークは、『ブッデンブローク家の人々』の作中の三世代目の四人兄弟姉妹の三番目、トーマス、トーニ、クリスティアンの順に一歳ずつ年下で、妹のクラーラはクリスティアンより十歳年下である。[1] ヴィスリングは、トーマス・マンがメモ帳に「トーマス、ギリシアのディディモス didymos」と書いていることを指摘して、ディディモスには双子の意味があるので、クリスティアンと兄のトーマスは双子として構想されていた可能性があるとして、ふたりは似ているという。[2] 兄弟が似ていることについては、作中の第五部第二章の領事の葬儀の場面に次のように記されている。

亡き領事が、一族で最初の、神と十字架に磔られた者を熱狂的に愛し、非日常的で非市民的な細やかな感情を知り育てた人物であったなら、そのふたりの息子たちは、そのような感情の自由で素朴な発露に尻込みする最初のブッデンブロークの者であるように見えた。（二八三）

クリスティアンは、ギムナジウムを中退して、ロンドンに商人の修業に行き、そのまま南米チリのバルパライソに移住していた。父親の死によって、母の願いに応えてクリスティアンは帰郷して、兄トーマスと姉のトーニと共に父の墓参りをする。雪の積もる墓前でトーニは、悲劇のヒロインのように黒いドレスの裾が汚れるのにもかまわずひざまずき、父の死を悼んで悲しみを素朴に表現する。家でも父の話題になると、テーブルに身を伏せて子どものように泣く。一方兄のトーマスは、その場ではトーニの嘆きに肯くだけで感情を表さず、ひとりになったときに父を想いながら涙を流す。クリスティアンは父の死についての感情を素朴に表すことがなく、死に対する感情そのものを怖れているように見える。兄弟はともに内向的で感情を表に出さない性質が似ているが、死者に対する感じ方は異なる。

またトーマスが、市参事会員に選出されて一家の栄誉を高めるのに対し、クリスティアンは知的で物まねや話術に秀でているが、劇場やクラブに入り浸って仕事をせず、一家の資産に依存して生きる「遊び人」である。[3] 兄と内向的性格は似ているが、仕事や死への意識がまったく異なっているのである。この違いはどこから生まれているのだろうか。

先行研究ではクリスティアンは、マンの短編『道化者』*Der Bajazzo*（一八九七）の主人公と同様に、フランスの作家で批評家のポール・ブールジェ **Paul Bourget**（一八五二―一九三五）がいう、十九世紀的なデカダンで「知的な享楽主義者」のディレッタントと論じられている。[4] マンの初期作品のディレッタントを論じたパニッツォも、『道化者』の「私」とクリスティアンを堅実な市民ではなく、デカダンのディレッタントという。[5]

しかしマンがブールジェに最も近かったのは、一八九四年から九六年にかけてであり、[6]『ブッデンブローク家の人々』の執筆が開始された一八九七年頃のマンは、ニーチェとショーペンハウアーの強い影響下にあった。それゆえクリスティアンのディレッタント性もブールジェの影響に限定することはできない。そして新全集の注釈版によれば、『道化者』の書き換え前の原稿は、マンが創作上の打開を為した短編『小男フリーデマン氏』の前に書かれていたという。[7] 従って『道化者』と『小男フリーデマン氏』はほぼ同時期に執筆されており、その後

『ブッデンブローク家の人々』の執筆が開始されたと考えることができる。それゆえここでは『道化者』だけでなく『小男フリーデマン氏』も、クリスティアンと比較する対象として取り上げる。

クリスティアンと『道化者』の「私」は、共に外国生活を経験したコスモポリタンで、芸術を愛好する「知的な享楽主義者」のディレッタントである。しかし『道化者』の「私」が「社会との絆を断ち[8]」、創作もせず孤立と孤独のうちにあるのに対し、クリスティアンは家族や知人に囲まれて生活し、形式的であるにせよ、ハンブルクで会社を共同経営し、帰郷してからは「シャンパン、コニャック代理業」（七三〇）を営む。そして物語の最後には結婚するので、孤立や孤独はない。フリーデマン氏は、赤ん坊の時に乳母に床に落とされたために身長が伸びず、背にこぶを負う障害があり、恋愛を諦めている。しかし小さな安定した会社を経営する上流市民で、姉たちと暮らす家の小さな庭で本を読み、ヴァイオリンを弾き、劇場に定期的に通うという、小さな幸福を享受する「エピクロス主義者[9]」である。そして「教養とは享楽する能力であると理解して、教養を積んでいる[10]」、「知的な享楽主義者[11]」である。

フリーデマン氏とクリスティアンは共に商人で、家族と暮らしており、フリーデマン氏の身体に障害があるのに似て、クリスティアンも神経に障害があると診断される。さらに両者には「不気味なざわめきに耳を澄ます」という同じ表現が用いられている。これらのことから『道化者』の「私」だけでなく、フリーデマン氏もクリスティアンに先行する人物であることが推察されるのである。

またハンス・ルドルフ・ヴァジェはヴィエトルに倣い、他者の生を模倣する者を「生のディレッタント」Lebensdilettant[12] と論ずるが、クリスティアンもギムナジウムを中退して兄と同じ商人になり、兄が読む本を読むなど兄を模倣しており、「生のディレッタント」であることが考えられるが、ヴァジェはクリスティアンに関して論じていない。そして兄トーマスと違い、クリスティアンが常に親族の臨終に立ち会うことを避けていることも、管見の限りでは論じられたことがない。

またヴィスリングは、兄弟の共通点を「拠りどころのない」Haltlosigkeit デカダンといい、それは若い頃のトーマス・マンとハインリヒ・マンの兄弟にも見られる時代の病であるという[13]。そして小黒康正は『道化者』の「私」というクリスティアンに先行する人物の孤独なディレッタントの問題性は、作家として名を成す前のマン自身の問題でもあったという[14]。マンはヴィスリングが論じているように、『ブルーノ・ワルターの七十歳の誕生日に寄せて』に、父の死から『ブッデンブローク家の人々』で世に出るまでの十年間について、「全体としてはしかしその十年間は暗い蛹の状態で、内気に引きこもっていた、漠然としていて証明不能の自意識をもち、メランコリックな孤独の年月でした[15]」と述べている。拠りどころのない不安定な状態だったのである。このことからも、クリスティアンに表現されているディレッタンティズムには、マン自身の問題意識が反映しているのである。

ここまで述べたことを元にして、この章ではクリスティアンのディレッタンティズムを考察し、さらにトーマス・マンのディレッタント観を明確にすることを試みる。論ずる順序は、ブールジェとヴァジェのディレッタント論、それらとクリスティアンの関係、『小男フリーデマン氏』との比較、クリスティアン特有の性質、そしてマンのディレッタント観の考察に至る。

一．ブールジェとヴァジェのディレッタント論

十八世紀のディレッタントは貴族や上流階級のサロンの成員で、グランドツアーで得たコスモポリタン的知見や、趣味が昂じて専門的なレベルに達した知識を披露して参加者の教養を高める、社交的で有用な人々であった。十九世紀になると、階級制度の崩壊と新興企業の勃興、十八世紀的な教養理念の薄弱化と科学的分析的傾向の強

まりなどによって社会構造や人間の心理と思考に大きな変化が生じるが、実用的な経済優先の波に乗れない知的で感受性の強い人々に、ペシミズムとデカダンスが広まった。

この風潮を捉えたのがブールジェの『現代心理論集』*Essais de psychologie contemporaine*（一八八三）である。この著作は、ニーチェやヘルマン・バールを通じてドイツ語圏に広まり、マンも兄のハインリヒ・マンを通して受容した。[16] ブールジェは十人の著名な作家に依拠して時代の特徴を論じており、『イエスの生涯』*Vie de Jésus*（一八六三）で名を成したルナン Ernest Renan（一八二三―一八九二）をディレッタントとみなしている。

ブールジェによれば、ブルターニュに生まれたルナンは、当地に残るケルト民族の内向的気質を受け継ぎ、信仰篤い母親の影響で繊細な宗教的感受性を身に付ける。修道院付属校を優秀な成績で卒業してローマカトリックが支配的なパリの大学に進学するが、フランスの学問だけでなくドイツ観念論も熱心に学ぶ。こうしてルナンはある種の弱さ faiblesse から、ケルト文化と敬虔な信仰、パリのカトリック文化とドイツ観念論という多面的な価値をすべて吸収してディレッタントになった。その上、彼のケルト民族の誇りに知的優越感が結びついて、貴族的意識を持つようになったという。[17]

ブールジェはこのようにルナンを論じて、さらに十九世紀のディレッタンティズムを「主義というよりも、ひとつの非常に鋭敏な感覚であると同時に好ましい知的才能である。この才知は、多様な生の現象へのその都度の享楽を喚起し、これらの現象に完全に没入するのではなく、束の間適応するように誘惑する」[18] という。この言葉から中村実生はブールジェの考えるディレッタントを「知的な享楽主義者」[19] と要約している。

このようなブールジェのディレッタント観に関連して、レーナートはハインリヒ・マンのデビュー作『ある家族にて』*In einer Familie*（一八九六）の核心にあるのはブールジェのいうディレッタントであるといい、さらに次のように説明している。

ブールジェの意味でのディレッタントは、モデルネの、信仰のない、道徳意識もない、ニヒリズムの傾向のある人間で、生産的ではないが、自分の趣味を形成する芸術を大切にしている。ディレッタントたちの多くは、ハインリヒやトーマスのような裕福な父親たちの跡取りで、窮屈な市民的生き方から解放されており、生産する義務に身を投じることがなく、自由だが空虚な存在である。自由の別の面は疎外であり、疎外は確かな結びつきのある状態に郷愁を感じて振り返る傾向がある。それがこの世代の作家の反リベラルな保守主義の原因である。それはゲオルゲ、シュニッツラー、ホフマンスタールにも認められる。[20]

レーナートは、ヴィスリングが「拠りどころのなさ」と表現するのと同じように、自由な存在ゆえに生じる空虚と疎外感が、ブールジェが『現代心理論集』で論じているディレッタントの特徴であり、彼らは自分の趣味に合った芸術を大切にするという。これらの特徴はクリスティアンのディレッタント性につながるものである。

ヴァジェもディレッタンティズムを広く考察し、[21]さらにマンの『道化者』、『悩みのひととき』、『トーニオ・クレーガー』、『ワイマルのロッテ』におけるディレッタンティズムを論じている。[22]ヴァジェは、マンがゲーテとシラーのディレッタンティズム研究を早期に知り、ニーチェやブールジェのディレッタント観に結びつけた。そして「トーマス・マンとともに、或る種の歴史的なディレッタント概念発展の終着点に到達していると思われる」[23]という。十八世紀のディレッタントを才能不足と論じ、十九世紀のディレッタントに足りないのは、「充実した生」erfülltes Leben であり、ディレッタントは「空費された生」versäumtes Leben[24] であると述べて、ヴィスリング同様に、「拠りどころのない」空虚な感覚をもつ人間であることを指摘している。

さらにヴァジェは、ゲーテの著作の登場人物を「生のディレッタント」と論じている。『親和力』

Wahrverwandtschaften（一八〇九）の裕福な男爵エードゥアルトは、造園術に長ける十八世紀的な「庭園ディレッタント」Gartendilettant[25]である。彼は、彼の妻を賛美する伯爵の言葉「今でもあの人の靴に口づけしたいと思う[26]」から影響を受けて、すでに妻の親友の娘オッティーリエを愛していながら、妻の靴に接吻して愛を交わす。そうして生まれた赤子をオッティーリエは死なせてしまい、自責の念から絶食して死ぬ。するとエードゥアルトはそれを模倣して自分も断食して死のうとするが、死ねない。このようなエードゥアルトは、学問や芸術のディレッタントであると同時に、他者の言葉や行為の影響を受けて模倣する「生のディレッタント」であるというのである[27]。

また、『ヴィルヘルム・マイスターの遍歴時代』*Wilhelm Meisters Wanderjahre*（一八二一）のヨゼフ二世は、聖ヨゼフの聖家族の絵を見て育ち、聖者に憧れてヨゼフと同じ大工になる。そしてある清純な女性が亡き夫との間に生まれた子を抱いている姿を見て、その女性と結婚する。ヴァジェによれば、ヨゼフ二世は職業と婚姻を模倣して聖者になれると思い込む、模倣衝動と自己欺瞞による「生のディレッタント」である。「愛と仕事という自己実現の課題[28]」の模倣は良い結果を生まないが、この危険な特徴がヨゼフ二世に現れているという。ヨゼフ二世は、聖ヨゼフを表面的に模倣するだけで、聖者になる努力をしていないので、聖ヨゼフのような品位も威厳も得られないのである。

二．「知的な享楽主義者」としてのクリスティアン

少年のクリスティアンを評価する詩人ホフシュテーデの言葉、「何でもこなせる子」で「機知に富み、才能に恵まれている」（一七）に、早くもブールジェのいう多面性と知性という、十九世紀のディレッタントの特徴が

明示されている。ロンドンで修業したクリスティアンは、英語で立派な商用文を書けるのに、仕事に活かしていない。後に中国語を学び、独英事典の増補の仕事にも手を染めるがすべて長続きせず、劇場やクラブに通う遊び人で「知的な享楽主義者」である。

彼は兄に仕事をしないことを咎められると、大学で勉強したい、大学は「行きたいときに行く、全く自由意志なんだ。席について講義を聞く、まるで劇場だ」（三五〇）という。劇場も、観客席に座ると子どもの頃にクリスマスのプレゼントをもらいに来た時のように嬉しくなるといい（二八六を参照）、兄の社主の席も、「ぼくは兄さんが座って仕事をしているのを見るたびに、兄さんが羨ましかった。兄さんにとって、それは本当のところ仕事じゃないからだ。兄さんは［…］他人を自分のために働かせ、計画を立て、指示を与え、自分は自由なんだ……。」（三五三）という。クリスティアンは知的なことを享受するだけで、ヨゼフ二世のように、大学も劇場も職場も表面しか見ていないのである。

三．「生のディレッタント」としてのクリスティアン

三―一．兄トーマスの模倣

トーマスとクリスティアンの父親の領事ジャンは、日々の行いを内省して神に感謝する信仰篤いプロテスタントである。ふたりの息子は信仰心を持たないが、共に内省的性質を受け継ぎ、さらに「感情の自由で素朴な発露を敏感に恐れる、ブッデンブローク家で最初の者たち」（二八三）である。しかし兄のトーマスは商人になると、自分へのこだわりを自制してバランスのとれた態度を大切にするのに対し（二八九―二九〇を参照）、クリスティアンは自制せず、ささいな身体の感覚に異常にこだわり続ける。それゆえふたりは全く違う性格に見える。

少年時代のトーマスは、「賢く、活発で、分別があり」(一七)、宴会でも地下室から指示通りのワインを取り出してこれる。妹のクラーラ誕生の祝いにアザラシ皮の学校鞄をもらうように、トーマスは将来の社主として期待され、信頼されている。一方クリスティアンは、詩人が「なんでもこなせる子で、[…]機知に富む素晴らしい才能」(一七)と褒めると、祖父は「猿ですよ」(一七)という。猿は「器用で物覚えが良く、非常に模倣衝動が強い[29]」と考えられていたが、クリスティアンも人や物の特徴を巧に捉えて模倣して、皆を笑わせる。クラーラ誕生の祝いもクリスティアンは「サルタンや死神、悪魔のいる道化の指人形芝居のセット」(六四)を貰う。クリスティアンは自由に好きなことをしてよいという扱いを受けているので、真面目に努力するよりも、自由に生活を享受することを楽しむ。

幼い頃からクリスティアンは、後継者として大切にされている兄のトーマスを見て育つ。兄は自分から目立つことをする必要はないが、クリスティアンが兄と同じ扱いを受けるには、自分で目立つことをしなくてはならない。そのためにクリスティアンは模倣をして皆を笑わせ、喉に桃の種が詰まったふりをし、身体の不調を訴えて、家族の注目を集める。クリスティアンは、兄と同じように注目されて、大切にされたい、兄のようになりたいのである。それゆえクリスティアンは大学に進学できるギムナジウムに入学しても、兄がオランダに商人の見習い修業に行くと、自分も商人になりたいといい出して、ギムナジウムを中退してロンドンへ商人の修業に行く。「生のディレッタント」といわれるヨゼフ二世が、聖ヨゼフと同じ大工になるように、クリスティアンも兄と同じ職業を選ぶのである。しかし兄が商人の能力を認められて社主になり、業績を上げて市参事会員に選ばれるのに対し、クリスティアンは、ロンドンでも劇場通いに熱心で、商人の能力は認められず、南米チリでも業績を上げた形跡がない。帰郷して兄の下で働いても長続きせず、ハンブルクでの共同経営も失敗して兄に後始末をしてもらう。

クリスティアンの結婚相手の選択も、兄に似ている。父親の領事やライバルのハーゲンシュトレーム一家は市内の有力な商人の子女と結婚するが、兄トーマスはアムステルダムの裕福な商人の娘で、芸術家気質の非市民的な、「白く輝く歯」（三二〇）をもつ美しい女性と結婚する。[30] クリスティアンの結婚相手は、ハンブルク出身で、父親が誰かわからない三人の子を持つ非市民階級の女性で、クリスティアンは「兄さんは彼女が笑うときの歯を見るべきだよ。僕はあんな歯を世界中どこにも見たことがない」（四四六）という。そうしてクリスティアンは結婚するが、医師と結託した妻に精神療養施設に入れられる。

また、クリスティアンは「自立していない人間で、自分ひとりで本を見つけることなど全くできないが、感受性が強く、どんな影響にも染まりやすい」（三四五）ので、兄が面白いという本を見つけて読み、面白いと感じる。兄が海辺に保養に行くとついて行き、ゲルダが音楽会に行くときは、兄の代わりにクリスティアンが同伴する。『親和力』のエードゥアルトが他者の言葉や行為に影響されるように、クリスティアンも手本となる兄の影響を受けて模倣する「生のディレッタント」である。

そしてヴァジェが「愛と職業」の模倣は良い結果を生まないというように、クリスティアンは兄のような立派な商人になれず、結婚もうまくいかない。なぜならクリスティアンは、立派な商人になりたいのではなく、ただ兄のように注目されたいだけなので、職業の模倣は表面的であり、妻も表面のみを見て、本心を見抜くことができていないからである。

トーマスは、自分もかつては弟のように内面にこだわっていたが、それでは「拠りどころをなくす」（二九一）ので止めたと妹のトーニに語るこの章のはじめに述べたように、「拠りどころのなさ」はデカダンスを生む時代の病であり、兄のトーマスもデカダンの傾向があるが、市民の役割を演ずることでデカダンスと戦った。しかしクリスティアンは時代の病を患うデカダンで、確かな方向づけも心構えもないために、勤勉という市民の義務を過大と感ずるという。[31]

社会構造の変化による従来の価値観の崩壊と価値の相対化を感知する者は、確かな「拠りどころ」も生きる目的もなく、デカダンスに陥る。しかし一族を背負う兄は、自制して、小さな都市でカエサルのようになるという理想を自ら作り出し、それを拠りどころに努力する。一方「自立していない」(三四五)クリスティアンは、自分で拠りどころを作ることができず、優秀な兄を拠りどころにして模倣する、「生のディレッタント」になるのである。

三―二. 尊敬と嫉妬と競争意識

父の死後、帰郷して兄の下で働き始めた頃のクリスティアンは、まだ兄を尊敬している。

クリスティアンは兄に憎しみを示す、あるいは兄に何か意見をいう、兄を裁いて評価を下すというような思い上がった気持ちが心に浮かぶことはなかった。クリスティアンは、自分が兄の優越、自分以上の真剣さ、自分以上の能力、勤勉と名声を認めていることは、黙っていても自明のことで疑う余地はないと思っていた。(二九七)

クリスティアンが兄を尊敬していても、事務所よりもクラブにいる時間が長くなり、家名を汚すようになると、兄はクリスティアンの尊敬に応えず、冷たく無視しはじめる。母の死の翌日に兄と喧嘩になるとクリスティアンは、「僕は、叱ったり、頭から怒鳴りつけたりするなら、兄さんがまだ好きだ。でも兄さんの沈黙は嫌だ」

（六三八）と、親に叱られる子どものようなことをいう。

兄のトーマスの方は、本当は自分がクリスティアンと同じ性格であることを自覚しており、クリスティアンのようにならないためにクリスティアンを避けているのである。しかしクリスティアンにしてみれば、入院しても兄は見舞いに来ず、皆を笑わせても少年時代のように一緒に笑ってくれず、冷たく無視するので、優秀な兄に置き去りにされたような気持になる。そして不安と怒りから兄への嫉妬心が生まれる。

第十部で兄が保養のために海辺に行くと、クリスティアンもついて行き、兄が知人に体調が悪いことを話していると、「クリスティアンは、兄が自分のことしかいわないことに嫉妬し、腹を立て」（七三四）、話に割り込んで自分も体調が悪いという。クリスティアンの報われない尊敬は、嫉妬と競争意識に変わっているのである。

上述の兄弟喧嘩でクリスティアンが兄に、入院しても一度も見舞いに来てくれなかった、兄さんは冷たいと非難すると、兄は、「私はお前よりも病気かもしれない」（六三六）という。しかしクリスティアンは「もしかして、兄さんがハンブルクで関節リューマチになって死にかけていたとでもいうのですか？」（六三六）と、自分の病気の重篤さを強調するので、トーニに、「あなたたちはまるで病気が重い方が立派みたいね」（六三七）と非難される。常に兄を意識して競争心をもつクリスティアンは、病気の重さで兄に勝ったと思っている。病気であれば大切にしてもらえるし、働かないことのいい訳になるので、クリスティアンにとって病気は重いほうがよいのである。ところが自分より健康だと思っていた兄が先に死んでしまう。そのときのクリスティアンの気持ちを、語り手は次のように説明する。

われわれの苦悩に対する他人の尊敬を呼び起こすのは、死だけであり、どれほど小さな苦悩も、死によって聖化される。兄さんは正しいと認められたんだ、僕は負けだとクリスティアンは思い、慌ててぎこちなく身

体を動かして膝をつくと、合わせ縫いの布団の上に置かれた冷たい手に接吻した。（七五七）

クリスティアンは負けを自覚する。兄は弟が注目されても羨むことがなく、競争意識も嫉妬心も持たない。むしろ母親の死が近いことを知った時、医師に「私の弟のクリスティアンは、神経質です。つまり、多くのことに耐えられません。母の病気を伝えるべきでしょうか?」（六一三）と、弟の性質を理解し、思い遣って、医師に相談している。

一方クリスティアンは、兄が社主と市参事会員の仕事で疲労困憊していることに気づかず、一家を支える苦しみも理解せず、ただ兄が自分を顧みてくれないことに腹を立てて嫉妬し、競争心を抱く。クリスティアンは、自分以外の人を気遣う余裕のない、弱く小さな心の持ち主である。

四.「不気味なざわめき」

はじめに述べたように、『小男フリーデマン氏』とクリスティアンには同一の特徴的な表現がある。フリーデマン氏は「不安げな表情でスープを啜っていた。それは何か不気味なざわめき unheimlisches Geräusch に耳を澄ませているような様子だった」[32]という文章である。この表現については第三章のトーマス・マンの「基本動機」で論じているので詳しくは述べないが、マンは、兄ハインリヒへの手紙で「不気味なもの、深淵、性的なことという非常にいかがわしいもの」[33]を「デモーニッシュなもの」、「受苦」、「情熱」といい換えており、またエッセイ『ショーペンハウアー』では、「意志」を「衝動」、「『意志の焦点』である性的なもの」[34]と記している。それゆえ「不気味なざわめき」は、マンにおいては、ショーペンハウアーのいう苦悩する「意志」の身体内への現れであり、ニーチェが『悲劇の誕生』でいうアポロン的なものを求めるディオニュソス的な衝動である。
この衝動が現れるのは、フリーデマン氏が新任の駐留軍司令官夫人を路上で見かけた日の三日後の夕食時のことである。その日フリーデマン氏の姉たちのもとに司令官夫妻が挨拶に訪れたので、姉たちが夕食を食べながら返礼訪問について話しているとき、フリーデマン氏はスープを啜りながら何か「不気味なざわめき」に耳をすましている様子をみせるのである。フリーデマン氏は女性への愛を断念していたが、「不気味なざわめき」を感じて以降、司令官夫人に対して積極的に行動しはじめる。このことからフリーデマン氏に生ずる「不気味なざわめき」は、女性への性愛の衝動と考えることができる。
クリスティアンの場合は類似の表現が三カ所ある。最初はクリスティアンがピアノの名人の真似をしているときである。

それから新たに始めたのだが、突然止めた。まったく出し抜けに真剣になった。それがあまり急なので、まるで顔から仮面が落ちたかのようだった。彼は、立ち上がると片手で薄くなった髪をなでて、別の席に移り、そこにじっとしたまま気分が悪そうに黙り込み、落ち着かない目と表情で、何か不気味なざわめき ein unheimliches Geräusch に耳を澄ませているかのようだった。（二八九）

二度目は、結婚した姪の新居を訪ねて、歌や小話で皆を楽しませているときのことである。

それから、不意に彼は押し黙り、顔付きが変わり、動きに力がなくなる。小さな丸いくぼんだ目は、不安げに真面目になってあらゆる方向にさまよい始めて、手で左脇をなでおろしたが、それはまるで何か奇妙なことSeltsames が起きている自分の体内に耳を澄ませているかのようであった。（四九四）

どちらも家族を笑わせているときのことだが、クリスティアンは、話を始めたかと思うと突然押し黙る、あるいは、席を移動すると黙り込んでじっとしているというように、「動」と「静」の交互の動きを見せている。これについても第三章で論じたが、フリーデマン氏の場合と同じく、クリスティアンにもディオニュソス的な衝動が顕在化しているといえるのである。

三度目は、トーマスと一緒に海辺に向かう馬車に座っているときのことである。「クリスティアンはまるで何か疑わしいもの Verdächtiges に耳を澄ませているかのように、目をさまよわせた」（七三三）とあり、そのすぐ後に海辺で仲買人のゴッシュとトーマスが話していると、クリスティアンは「ところで、僕もとても体調が悪いんだ」（七三四）といいながらふたりの会話に割り込んで、話題の中心人物になろうとするのである。

ピアノの名人の真似を止めてクリスティアンが立ち去ると、トーニは兄のトーマスに、クリスティアンは変だと訴える。するとトーマスは、自分もかつてはクリスティアンと同じように内面にこだわっていたといい、クリスティアンは「自分自身と自分の内部の動きを気にし過ぎる」（二九〇）。それは「とても些細な、身体の奥深くにある動き」（同）で、「分別のある者なら、全く気にせず、知ろうともしない」（同）、「そのようなことを言うのは恥ずかしい」（同）と思う類いのものだと説明する。トーマスはクリスティアンと同じ性質なので、クリスティアンに起きていることがわかっているのである。

これらのトーマスの言葉からも、「不気味なざわめき」は身体の奥深くから生じる衝動であり、クリスティアンの場合、周囲の人々に注目されているときに現れることから、注目されたいという承認欲求の衝動といえる。クリスティアンは無意識の衝動に駆られて模倣や小話を披露するが、衝動に気づくと怖くなって止めてしまう。兄はこの衝動を認識して言葉で説明できるのだが、クリスティアンは恐れるのである。

五．死を恐れる

クリスティアンは体内に生じる衝動を不気味に感じて怖れる。ショーペンハウアーの思想では衝動は「意志」という永遠不滅の世界の本質であり、ニーチェのいう「根源一者」という個体の生と死を併せ持つ全一のものである。『ブッデンブローク家の人々』には様々な死が描かれており、兄のトーマスは親族の死のすべてに立ち会う。しかしクリスティアンは、伯父、母、兄の死に立ち会うことを常に避ける。

父親が亡くなったとき、クリスティアンは南米にいたので立ち会うことはできなかった。伯父のゴットホルトの場合は、クリスティアンがちょうどクラブから帰宅したときに危篤を知らせる使いが来る。しかし彼は「気分が良くない」（三〇二）といって行かず、兄だけが臨終に立ち会う。母の死も、死が近いという知らせでハンブルクから帰るが、母のベッドのそばにしばらくいただけで、「ぼくはもうこれ以上耐えられない」（六二四）といって、よろよろと部屋から出てゆき、臨終を看取らない。そして、兄が亡くなるときは次のような行動を取る。

市参事会員が倒れたという知らせをクラブで受け取ると、クリスティアンは確かにすぐにそこを出たのである。しかし何かぞっとするような光景を見るのが怖くて、遠く郊外を歩き回っていたために、誰も彼を見つけ出すことができなかった。それでも今、彼はやって来て、玄関先で兄が死んだことを知らされた。「絶対にあり得ないことだ！」と彼はいい、目を放心させて、麻痺したような歩き方で階段を上がっていった。（七五六）

クリスティアンは倒れた兄を気遣うよりも、死に接することを恐れている。クリスティアンが身体のわずかな痛みにこだわるのも、病気が死につながるものだからである。それに対して兄は親族の死に立ち会うだけでなく、疲労の極みにあっても働き、自己の死を予感すると、『意志と表象としての世界』を読み、死とは個体の死にすぎず、個体は死ぬと「意志」という全体に還る、ということを学ぶ。

父の領事ジャンは、幼い頃天然痘に罹って重篤になり、少年時代にビールの醸造樽が倒れて頭を強く打ち命が危ぶまれ、青年時代はベルゲンで平底船から冷たい海に落ちるが運よく拾い上げてもらえた。領事は三度瀕死の体験をしても尚、生きていられることに神の祝福を感じ、神に感謝して懸命に働いて多くの資産を残す。死に親しむ体験は、エゴイズムを捨てて他者のために生きる力を与えるのである。

マンは『非政治的人間の考察』のなかで、「死への共感」Sympathie mit dem Tode[35]という言葉で死を知ることの大切さを語り、『魔の山』の雪の章では、カストルプに遭難という死を覚悟する体験のなかで真に生きることを自覚させる。[36]生の全体の理解は、生と死の双方を把握することで得られるのである。

ところがクリスティアンは、父や兄と違い、体内に感じる衝動や死を恐れ続け、死に親しむ体験もないために、生の全体を把握することができていない。それゆえヴァジェのいう「充実した生」ではなく、「空費された生」のディレッタントになるのである。

六．トーマス・マンのディレッタント観、弱さ

六―一．弱さと自律性

ブールジェは、ディレッタントとみなすルナンの多様な学問や宗教を受容する性質に弱さがあるという。ディレッタントと論じられるクリスティアンにも、体内の衝動や人の死を恐れる弱さがある。これらのことから、弱

さはディレッタントの根本にある性質と推測することができる。マンのディレッタント観を明確にするために、この推測を考えたい。

山本惇二は、十八世紀の美学者で作家のカール・フィリップ・モーリッツ Karl Philipp Moritz（一七五六―一七九三）が、ゲーテとシラーによるディレッタンティズムの共同研究に影響を与えていることを明らかにして、ディレッタンティズムの多面的現象の原因を、美的自律性の有無とする。なぜなら、芸術を他の目的のための手段とする作用美学や、芸術を享受して利己的な効果を求めることは他律性を根拠としているからである。そしてゲーテとシラーも共同研究の議論で、「真の芸術家は、確固としてしっかりと自立している」、「天才や才子はなるほど内的に確固たるものを持っている」と語っているという。[37] 芸術家や才能ある者は、「確固たるもの」を持って自律的に行動する、すなわち自立しているというのである。

秋山英夫はニーチェの様式化を考察して、[38] ニーチェのデカダンス概念がブールジェの受容であることを視野に入れつつ、『悦ばしき知識』のアフォリズム二九〇番を引用している。

支配者型の強い性格の持ち主は、一切を自分の法則のもとに強制し、自然を野放しにしないで様式化するのに対して、自分を制御できない弱い性格の人々は、様式に拘束されることを嫌い、自分自身ならびにその環境を、気ままに、空想的に、無秩序・乱雑に、突飛なふうに形成したり解釈したりしようと企てる。[39]

続いて秋山は、ニーチェが強い性格の人をゲーテとシラーのような芸術家、弱い性格の人をヴァーグナーというデカダンに該当させているという。[40] ニーチェは『ヴァーグナーの場合』でヴァーグナーを、観客を得るために効果を用いて芸術を堕落させたと批判し、その芸術にディレッタンティズムがあるという。[41] 効果を必要とするのは、他者の価値基準に依存する弱さであり、そのような芸術はモーリッツが考えたような美的自律性を具えていないということであろう。

従って、上述のゲーテとシラーの議論を踏まえるならば、自己を制御できる強い性格の人は、確固たるものを持つ芸術家や才人であり、自己を制御できない弱い性格の人は、多様な様式を、その矛盾や異同を深く考察することなく、表面だけを見て受け入れるディレッタントということになる。ゲーテ、シラー、ニーチェ、そしてブールジェの思想に通底するのは、ディレッタントの多面的性質の根本に他律的な弱さがあるという考えである。

六―二.『ブッデンブローク家の人々』前後のトーマス・マンのディレッタント観

初期トーマス・マンのディレッタント観におけるクリスティアンの位置を確認するために、ここで弱さに焦点を当てて『ブッデンブローク家の人々』前後の短編とエッセイを考察する。

『道化者』の「私」は、自らの才能を恃みに社会を見下して縁を切るが、何かを為すことなく親の遺産に依存した生活を送る。そして片思いの女性や旧友に憐れみと嘲笑の目で見られると、絶望して人生に失敗したと思う。「私」は経済的に自立していないうえに、他者の肯定的評価を必要とする他律的で弱い人間である。次の短編の主人公フリーデマン氏は、司令官夫人に愛を拒絶されると自殺する。フリーデマン氏は経済的に自立しているが、精神面で愛と理解を必要としているところに弱さがある。彼のエピクロス的で「知的な享楽主義者」の生活は、自己超克できない弱さから生ずる逃避であり、『道化者』同様に弱さが根底にある。『ブッデンブローク家の人々』のすぐ後の短編、『神の剣』には、「ピアノ、ヴァイオリン、ヴィオラの練習、誠実で善意のディレッタントの努力」[42]というディレッタントを揶揄する表現がある。そして『トーニオ・クレーガー』には、「善良なるディレッタントですよ！　われわれ芸術家は、若者が『温かい心』で『誠実に熱狂』して夢を見たがるのとは根本的に違う[43]」、或いは、「われわれ芸術家が徹底して軽蔑するのは、活き活きしていて、そのうえ時によってはちょっとした芸術家になれると思っているディレッタントです。［…］自分の命を代償にすることなく、芸術の月桂樹から一枚でも葉を摘み取ってはならないのです[44]」という批判がある。

このふたつの短編では「知的な享楽主義者」の特徴はなくなり、誠実で善意という特徴が現れる。誠実で善意のディレッタントは、「業績の倫理家」トーマスやトーニオ・クレーガーのように、自分の命を代償にして仕事に取り組むことはない。彼らは、「死への親近感」がなく、内的衝動や悪を見据える強さもない、表面的で明るい美と善意の安全圏でのみ生きることができる弱い人間である。マンは一九一五年のエッセイに次のように記している。

物質主義と商人気質の蔓延、厚顔なディレッタンティズム、虚栄のスローガンの支配、せわしなく騒々しい宣伝、残酷な責め苦のような基準なき無秩序の時代、不純なものが民衆を怯ませ、動揺させるために利用している。これらすべてには芸術的な創造それ自体を浅薄にしてしまう危険がある。混じり気のないもの、大胆で純粋なものを重視する芸術家は、観念的なもの ideellen と目に見えるものの結合に向かわずにはおれないものなのだ[45]。

虚栄のスローガンや騒々しい宣伝は、人々の関心を得るための効果である。自律している芸術家は、効果を利用せず自己の内にある「確固たるもの」に基づいて創作するが、自立も自律もないディレッタントは、他律的で弱いゆえに、他者の歓心を得るための効果を必要とする。他者の歓心を欲するのである。弱さという観点から見ると、このエッセイでもディレッタントは他律的で弱い性格とみなされている。そして「観念的なもの」は、「目に見えるもの」と対比されていることから、不可視のものといえるが、ニーチェの影響下にあるマンにおいては、可視的なものはアポロン的なもので、不可視のものはディオニュソス的なもの、或いは衝動といい換えることができる。ニーチェが「アポロンはディオニュソスなしでは生きることはできなかった」[46]というように、芸術家は「観念的なものと目に見えるものの結合」を目指し、優れた芸術を創作する。しかしディレッタントは弱く、ディオニュソス的な暗い衝動や死に関わるものを捉えることができず、アポロン的なもののみの表面的に美しいものしか作れないのである。

以上のように、マンの短編やエッセイからいえるのは、『ブッデンブローク家の人々』以前の短編、『道化者』と『小男フリーデマン氏』では「知的な享楽主義者」のディレッタントという特徴があるが、『ブッデンブローク家の人々』以後は、「死への親近感」との関わりが重視される。そしてその中間に位置するクリスティアンには、「知的な享楽主義者」と「生のディレッタント」の特徴と共に、ディオニュソス的な内的衝動と死への恐れが特徴的に表現されている。マンのディレッタント観は『ブッデンブローク家の人々』を境に変化しているのである。

六―三．クリスティアンの弱さ

クリスティアンは体内の「不気味なざわめき」を恐れており、また、母の死を看取ることも「神経質で耐えられない」（六一三）。クリスティアンは目に見えない衝動や死を恐れているので、「死への親近感」がなく、実生活においても「自立していない」（三四五）ために、「確固たるもの」、つまり拠りどころがない。それゆえクリスティアンは確かな拠りどころを求めて、周囲の信頼を得ている兄を手本に模倣して、「生のディレッタント」になる。

　マンは、ディレッタントを単なる亜流や模倣者とみなすのではなく、その根本に弱さがあると考えて、弱い性質から生じるディレッタントの人格を、少年時代から晩年まで一貫してクリスティアンに表現している。そしてこの弱いクリスティアンには、『ブッデンブローク家の人々』直前の『道化者』にある「知的な享楽主義者」と、直後の『トニオ・クレーガー』や『神の剣』にある、生の表面を見るだけの者という、両方のディレッタントの性質が表現されていることから、マンは一貫して、ディレッタントの根本に弱さがあると考えており、その弱い人格をクリスティアンに表現したといえるだろう。

　さらに考察を進めるならば、すでに述べたようにトーマスとクリスティアンは同じ内向的性格であり、弱さはトーマスにもある。トーマスはトーニに煽られて麦の先物取引に手を染めるが、すぐに後悔に苛まれる。直後に来る商会の創立百周年記念日の朝、トーマスは感動している母親に抱擁されると、この胸に抱かれたまま「目を閉じてじっとしたまま、もう何も見ないで、何も語らなくてよいなら、という気弱な欲求」すなわち、「弱さ」（五二八）に襲われる。兄弟は同じ性質でともに弱さもあるが、人生は全く異なっている。その理由を明確にするために、弱いクリスティアンが、「いかなる自制心にも統御されないディレッタント」[47]といわれている点に着目して、ここでアダム・スミス研究の考察を援用する。

　堂目卓生は、アダム・スミスの思想に基づくならば、私たち人間には「賢明さ」と「弱さ」があり、「賢明さ」は社会に秩序をもたらし、「弱さ」は社会に繁栄をもたらすという。すなわち、「賢明さ」は胸中の公平な観察者の称賛を求めて、非難を避けようとするが、「弱さ」は、世間の評価を重視して富を求め、胸中の公平な観察者の評価や非難を自己欺瞞によって無視する。私たちの中の「弱さ」は「財産への道」を進む過程で「賢明さ」に制御されて徳と英知を身に付けるという。[48]

トーマスにも弱さはあるが、彼の中にある「賢明さ」が「弱さ」を制御して徳と英知を身に付けさせるので、内省を抑制して勤勉に働き、市参事会員に昇り詰めることができた。しかし「知的な享楽主義者」のクリスティアンの「賢明さ」は「弱さ」を制御できず、神経が短いという自己欺瞞に陥り、他律的で自立できないために兄を模倣する「生のディレッタント」になる。「賢明さ」と「弱さ」は誰の中にもあり、「賢明さ」が「弱さ」を制御できるかどうかで、人生に違いが出てくるのである。

以上のことから、トーマス・マンは弱い性質を制御できるかどうかが自律的人間とディレッタントの違いであると考えて、それをトーマスという「業績の倫理家」と、クリスティアンという「遊び人」のディレッタントに表現したということができるだろう。

---

1 ブッデンブローク商会の創業者は、トーマスの父親である領事ジャンの祖父であることが家族簿に記載されている（六一ページを参照）ことから、トーマスたち四人の兄弟姉妹は四世代目であるが、先行研究では三代目とされているので、本稿もそれに従う。

2 Wysling, Hans: *Die Buddenbrooks*. In: TMS XIII, (=Wysling 1996), S.201.

3 トーマスとクリスティアンの関係は、作者トーマス・マンと兄で作家のハインリヒ・マンの関係と重なる部分があるといわれている。これについては、すでに論じられており、『若きマン兄弟の確執』（三浦淳、知泉書館、二〇〇六年）という本も出版されていることからここでは論じない。

4 Vgl. Max, Katrin: *Philosophie*. In: BHb 2018, S. 191; Vaget, Hans Rudolf: *Dilettantismus*. In: TMHb 2015, (= Vaget 2015) S. 291.

5 Panizzo, Paolo: *Ästhetizismus und Demagogie. Der Dilettant in Thomas Manns Frühwerk*. Würzburg 2007, (= Panizzo) S. 138-155.

6 Stoupy, Joelle: *Thomas Mann und Paul Bourget*. In: TMJb 9. 1996, S. 97.

7 Vgl. GKFA 2. 2, S. 61.

8 GKFA 2. 1, S. 139; 小黒康正「孤独化するディレッタント　ブールジェ、マン、カスナーの場合」、九州大学独文学会編『九州ドイツ文学』第二六号、二〇一二年（=小黒康正）、九ページ。

9 GKFA 2. 1, S. 92.

10 Ebd.

11 Bertheau, Jochen: *Eine komplizierte Bewandtnis. Der junge Thomas Mann und die französische Literatur*. In: *Heidelberger Beiträge zur deutschen Literatur*. Bd. 11. Dieter Borchmeyer (Hg.) Frankfurt a. M. 2002, S. 40. ベルトーは、フリーデマン氏はブールジェの理論の影響下にあるが、デカダンやディレッタントと解釈することはできないと述べている。

12 Viëtor, Karl: *Goethe, Dichtung–Wissenschaft–Weltbild*. Bern 1949, S. 210.

13 Wysling 1996, S. 369ff.

14 小黒康正、九ページ。

15 GKFA 19. 1, S. 156.

16 Vaget 2015, S. 291.

17 Vgl. Bourget, Paul: *Essais de psychologie contemporaine*. Paris 1926 S. 54f.; Bourget Paul: *Psychologische Abhandlungen über zeitgenössische Schriftsteller*. Übersetzt von A. Röhler, Minden 1903 (=Bourget, 1903), S. 50f.

18 Ebd. S. 55; S. 51.

19 中村実生「ディレッタントの系譜―トーマス・マンの『ブッデンブローク家の人々』について―」、（日本独文学会東海支部）『ドイツ文学研究』二五号、一九九三年、一〇五ページ。

20 Lehnert, Herbert: *Buddenbrooks und Senator Mann*. In: *Neue Blicke*. S. 66.

21 Vgl. Vaget, H. Rudolf: *Dilettantismus und Meisterschaft. Zum Problem des Dilettantismus bei Goethe: Praxis, Theorie, Zeitkritik*. München 1971.

22 Vaget, H. Rudolf: *Der Dilettant. Eine Skizze der Wort–und Bedeutungsgeschichte*. In: *Jahrbuch der deutschen Schillergesellschaft*. 14 Jg. Martini Franz Seidel, Walter Müller u. Bernhard Zeller (Hg.) Stuttgart 1970 (= Vaget 1970), S. 157.

23 Vaget 1970, S. 155ff.

24 Vaget 1970, S. 158.

25 Vaget, Hans Rudolf: *Ein reicher Baron. Zum sozialgeschichtlichen Gehalt der „Wahrverwandtschaften“*. In: *Jahrbuch der deutschen Schillergesellschaft*. 24 Jg. Franz Martini, Walter Müller Seidel, Bernhard Zeller (Hg.) Stuttgart 1980 (= Vaget 1980), S. 134.

26 Goethe, Johann Wolfgang von: Wahrverwandtschaften. Frankfurt a. M. 1972, S. 81.

27 Vgl. Vaget 1980, S. 123-161.

28 Vaget, Hans Rudolf: *Johann Wolfgang Goethe: Wilhelm Meistes Wanderjahre (1829)*. In: *Romane und Erzählungen zwischen Romantik und Realismus*. Paul Michael Lützler (Hg.) Stuttgart 1983 S. 136-164, S. 147.

29 Forstner, Drothea: *Die Welt der Christlichen Symbole*. Tyrolia–Verlag Innsbruck–Wien–München 1977, S. 243.

30 Vgl. Kashiwagi Kikuko: *Festmahl und Frugales Mahl. Nahrungsrituale als Dispositive des Erzählens im Werk Thomas Manns*. Freiburg im Breisgau 2003, S. 26.

31 Wysling S. 369ff.
32 GKFA 2.1, S. 99.
33 Thomas Mann: BrHM, S. 36f. この一文の引用はすべて同一箇所からの引用である。
34 GW IX, S. 562.
35 GKFA 13. 1, S. 460.
36 GKFA 5. 1, S. 748.
37 山本惇二『カール・フィリップ・モーリッツ――美意識の諸相と展開――』、鳥影社、二〇〇九年、三四七ページ。
38 秋山英夫「ニーチェの『偉大な様式』という理念」、日本独文学会『ドイツ文学』、第四七巻、一九七一年（=秋山）、五五―五六ページ。
39 秋山、六〇ページ。Vgl. KSA 3, S. 530f.
40 秋山、五九―六〇ページ。
41 KSA 6, S. 42.
42 1 GKFA 2. 1, S. 222.
43 GKFA 2. 1, S. 274.
44 GKFA 2. 1, S. 279f.
45 GKFA 15. 1, S. 143.
46 KSA 1, S. 40.
47 Vaget, Hans Rudorf: *Der Asket und der Komödiant: die Brüder Buddenbrook*. In: *Modern Language Notes*. 97. 1982 Heft 3, S. 165. Vgl. Panizzo, S. 165.

48 堂目卓生『アダム・スミス 「道徳感情論」と「国富論」の世界』、中央公論新社、二〇〇八年、一〇一－一〇六ページを参照。

第九章　ゲルダ・ブッデンブローク……アポロン的な美
――神話の女神の表象と感性の優位

ゲルダ・アルノルトセン・ブッデンブロークは、作者マンが「現代の英雄」と呼ぶトーマス・ブッデンブロークが「この人しかいない」といって結婚を申し込み、妻になる女性であり、いわば現代の英雄の妻である。ゲルダは水の都アムステルダムの大商人の家に生まれて、美しく、芸術家肌で、ヴァイオリンを演奏すると聴く人は目に涙を浮かべるほどである。しかしゲルダは寡黙で目元に翳があり、謎めいていると周囲は感じている。ゲルダとトーマスの夫婦の間にハノーという息子がひとり生まれるが、ハノーは母親の性質を受け継いで音楽にしか興味を示さず、ひ弱で穀物商会の後継者に適さない。そのために、父親のトーマスが死ぬと遺言状に従って商会は解散する。こうしたことから先行研究の多くは、ゲルダを、一族に音楽という没落のきっかけを持ち込む人物と論じている。[1]

少女時代にゲルダは、トーマスの妹のトーニと同じ寄宿学校で学んでおり、二十七歳のときに、アムステルダムに商用にやってきたトーマスと再会する。ふたりは文学、絵画、音楽などの会話で意気投合し、トーマスが結婚を申し込むと、ゲルダはそれまであらゆる求婚を断り続けていたのであるが、すぐに応じて父親を驚かせる。婚約式は、トーマスの父の死から間がないために、トーマスの邸で身内だけで行うことになる。

領事が初めて婚約者を風景の間に案内し、引き合わされた母親が、両腕を拡げ、頭をかしげて迎えたのは、非常に美しい場面であった。のびやかに誇らかな気品を見せて明るい絨毯の上を歩むゲルダは背が高く豊満な姿になっていた。深紅の重い髪、青みがかったかすかな隈のある、鳶色の、中に寄っている目、にこにこ笑う時に見える、幅の広い、きらきら光る歯、筋の通った、はりのある花、みごとな気品のある形の口、この二十七歳の娘はエレガントで、異質で、魅力的で謎めいた美しさを備えていた。顔は乳白色で、やや権高な感じだった。しかしそれでもゲルダは、領事夫人がゲルダの頭を、やさしく愛情こめて両手に抑え、雪のように汚れない額に接吻するとき、その顔を伏せたのだった……（三一九以下）

ゲルダはただ美しいだけではなく、謎めいて、気品があり、権高な感じがあるが魅力的である。ゲルダはその上ブッデンブローク家に多額の持参金をもたらすので、すぐに人々の噂になる。しかし堅実な市民たちは、ゲルダが女性でありながら、当時は男性にふさわしい楽器とされていたヴァイオリン[2]、しかもストラディヴァリウスを弾くことや、風変わりで謎めいた雰囲気を感じさせることから、「変わってる、……あの服装、あの髪、あの態度、あの顔……いささか変わりすぎだ」、「あの人にはちょっと何かがある……」（三二二）といって眉を顰めて首を横に振る。

その一方、遊び人たちは「最高だ！」と舌を鳴らす（三二二）。そして本来は誠実な仲買人であるが、自分をわざと悪人に見せかけようとして日々暮らしている変わり者で文学愛好家のゴッシュは、ゲルダを崇拝して「何て女だ、まったく！　ヘーラー、アプロディーテー、ブリュンヒルデ、メリュジーヌがひとりの人間だなんて」（三二三）という。ゴッシュは、小さな事務所に大きな書棚を置いて、各国語の文学書を並べており、二十歳の頃から、ローペ・デ・ヴェーガの全戯曲の翻訳を目指している。ヴェーガは、スペイン・バロック演劇の黄金時代を築き、三百を超える作品を創作した多作で知られる劇作家である。そのような作品のすべての翻訳をめざしているということから、ゴッシュがいかに文学好きの「博識の変わり者」（一九八）であるかがわかる。

　ゴッシュの言葉にある、ヘーラーとアプロディーテーはギリシア神話の女神、ブリュンヒルデはゲルマン神話のワルキューレという「戦さ乙女」のひとり、メリュジーヌは十三世紀から十四世紀にかけて実在したフランスの名家リュジニャン家にまつわる伝説の妖精である。これらの名前を挙げるところにゴッシュの博識が示されているといえるが、気になるのは、ギリシア神話の中でも有名な出来事であるパリスの審判の三美神のうちのヘーラーとアプロディーテーが挙げられているのにアテーナーの名がないことである。パリスの審判は、ギリシア神話の中でもよく知られている出来事であり、トーマス・マンが子どもの頃に暗記するほど読んだというネッセルトの神話の本では、「すでによく知られているとはいえ」[3]と前置きされてアプロディーテーの項に記述されているくらいである。パリスの審判は誰もが知っている神話の出来事であり、文学愛好家のゴッシュが知らないはずはない。それならばなぜゴッシュは、美しいゲルダを喩える言葉にアテーナーの名を出していないのだろうか？アテーナーはゲルダにふさわしくないのだろうか？　この章では、この問いを解明することを目的とする。

　神話や伝説の妖精は、実際に存在するものではなく、人々の心に浮かぶさまざまな事柄が物語、絵画、彫刻などの表現形式によって形象化された表象である。それゆえ、まず、女神たちや妖精のそれぞれの表象に与えられている特性を明確にし、次に、若きトーマス・マンが影響を受けたという「精神の三連星」[4]のうちの二者であるショーペンハウアーとヴァーグナーの思想を用いて考察し、疑問を解明する。

一・ゲルダと神話の女神の表象

ニーチェがいうアポロン的なものは調和と秩序ある美を特徴とするが、ゲルダはまさにアポロン的な美を具えた女性である。それは前節に引用した、ゲルダが初めてブッデンブローク家に来て、トーマスの母親に引き合わされた場面の引用で明らかである。

ゴッシュがヘーラーとアプロディーテーとに喩えたゲルダは、婚約式の場面で「エレガントで、異質で、魅力的で謎めいた美しさ」があり、「顔色は乳白色」と表現されている。さらに、結婚後初めて自宅で開いたディナーパーティの後のゲルダは「大理石のような胸元」(三三五)をしている。これらの表現から、読者はゲルダに古代ギリシアの大理石でできた女神像のような印象を受ける。このような女神像のイメージは、ゲルダの婚約式で詠まれる神話の神々を謳い込んだ機会詩によってさらに明確になる。

匠の技と、つつましき美
われらが前に結び合いたれば、
それはヴェーヌス・アナデュオメネと
ヴルカーヌスのとこしえにつながれし腕。(三七、三二四)

物語の第一部は、穀物商会の社主老ヨーハンが大きな邸に引っ越した祝いの宴の様子が描かれている。引用は招待された詩人のホーフシュテーデが、一家の繁栄を祝して朗読する機会詩の一節である。

トーマス・マンは子どもの頃に、母親が女学校時代に使用していたネッセルトの神話の教科書を、暗記するほど読んだ語っているが[5]、この神話の本に、「技術と美は常に結ばれていなければならないから、アプロディーテーの夫はヘーパイストスだったのである」[6]という記述がある。ホーフシュテーデもこうした考えをもとにして祝いの詩を書いたと思われるのだが、ホーフシュテーデは引用部分を詠むときに老ヨーハンの妻のアントアネットの方をそっと見るのである。そしてアントアネットは自分がヴェーヌスに喩えられていると知って頬を赤らめる。詩人は老ヨーハンと妻のアントアネットの夫婦を、ヴルカーヌス（ギリシア名：ヘーパイストス）とヴェーヌス（ギリシア名：アプロディーテー）に喩えてこの詩に謳い込んだのである。この詩がトーマスとゲルダの婚約式で再び詠まれるということは、夫になるトーマスにヴルカーヌスが、妻になるゲルダにヴェーヌス・アナデュオメネが喩えられているといってよいだろう。

ヘーパイストスとアプロディーテーの夫婦には、アプロディーテーが軍神マルスと浮気をするという良く知られたエピソードがある。ヘーパイストスは片足が不自由だが、勤勉に働く火と鍛冶の神である。妻アプロディーテーがマルスと浮気していると知ると、怒ったヘーパイストスはふたりが一緒にいるときに目に見えない網でふたりを捕らえて、皆の前で恥ずかしい思いをさせるのである[7]。

この出来事は、『ブッデンブローク家の人々』の第十部第五章で、ゲルダが駐屯軍の少尉と音楽を演奏して楽しむことが人々の噂になり、体面を気にするトーマスが苦しむ、という出来事と重なる。このことからも上記の機会詩に謳われているヴルカーヌスとヴェーヌスは、老ヨーハン夫婦だけでなく、トーマスとゲルダの夫婦にも当てはまるといえるのである。

また、トーマスが妹のトーニと新築した家の庭を歩いているとき、ゲルダのヴァイオリンの音色が流れてくると、トーニは「妖精ね！」（四七〇）といってうっとりする。つまりゴッシュだけがゲルダを崇拝して女神や妖精に喩えているのではないのであり、したがって、『ブッデンブローク家の人々』という物語では、ゲルダには神話の女神や伝説の妖精の表象の役割が与えられているとみなしうるのである。

先行研究でも、ギリシア神話の女神や妖精の表象とゲルダの関係は、すでに論じられている。フリーツェンはギリシア神話の創世記の物語にある、アプロディーテーが、ウーラノスの切り取られた生殖器が投げ捨てられた海の泡から生まれたという暗い出自などから、生の暗黒面と結びついているという。そして、マンの作品に表現される女神たちは、このような創世神話に関係するもので、マンの初期芸術の基本的形式のなかに神の顕現の仮面をつけた「災厄」として存在し、市民的な幸福を絶えず脅かすと論じている。[8]つまりゲルダはその「災厄」とみなされているのである。

ジンガーも、ゲルダに与えられているさまざまな神話やメルヒェンの女性の特性を示して、ゲルダはゲーテの『ファウスト　第二部』の冥界から呼び戻されるヘレネーでもあると論じ、ゲルダに冥界という暗い世界との結びつきを見ている。[9]ゲルダに関する先行研究は、神話に関係しなくとも、ゲルダに赤い髪をした「宿命の女」を見ようとするもの、[10]ゲルダの息子ハノーの友人がカイという名であることから、ゲルダをアンデルセンの童話の雪の女王に関係づけるもの、[11]ヴァーグナーのデカダンスの要素をゲルダに見いだそうとするものなどもあり、[12]それらはすべてゲルダに暗い否定的なイメージを感じ取っている。こうした暗いイメージは、ゲルダを形容する「異質で謎めいている」という表現を裏づけるものである。

二．女神と妖精の表象

トロイア戦争の原因になったパリスの審判は、次のような出来事である。テッサリアの王ペーレウスと海の女神テティスは、トロイア戦争の英雄アキレウスの父母になる人間と女神の夫婦であるが、ペリオン山での彼らの結婚式には、すべての神々が出席し、贈り物をする。しかし、祝いの席にふさわしくないとして、争いの女神エリスだけは招待されず、エリスは怒り、復讐する。エリスは結婚式が行われている広間に行き、扉をさっと開けると、黄金の林檎を投げ入れて、姿を消した。女神たちがすぐに駆け寄って好奇心いっぱいにそれを拾い上げ、刻まれた文字を読んだ。「最も美しいものがこれを所有してよい！」。誰もが林檎を欲しがったが、ほとんどの者は引き下がり、ヘーラー、アテーナー、そしてアプロディーテーが争い続けた。ゼウスは、決定を下したくなかった。なぜならいずれにしてもゼウスは、二神の怒りを引き受けざるをえなくなるからだ。それゆえゼウスはヘルメースに命じて、三柱の女神をイーデー山中にいるパリスのところに連れて行かせた。最も美しい羊飼いは美に精通した、賢明な審判であるからだ。こうして審判になったパリスに、ヘーラーは、この世で最も強く最も裕福な王にすると約束し、アテーナーは、すべての人間の中で最も賢明な人間にすると約束する。そしてアプロディーテーは、愛の国での最高の幸福と最も美しい女性を与えると約束した。[13]

少し考えて、パリスはアプロディーテーに黄金の林檎を与える。そのため残ったふたりの女神は、怒ってパリスを見捨てる。パリスは、アプロディーテーとの約束どおりスパルタに行き、王メネラーオスの留守中に妻のヘレネーをトロイアに連れ帰ったので、妻を奪われたと知ったメネラーオスは怒り、兄アガメムノーンとともにトロイアを攻撃するのである。こうしてトロイア戦争が始まった。パリスに選ばれなかったヘーラーとアテーナーは、ギリシア軍に味方し、トロイアは十年間の戦争の後に陥落するのである。

次にゴッシュの言葉にあるヘーラーとアプロディーテー、ブリュンヒルデとメリュジーネ、そして名を挙げられなかったアテーナーの特性をゲルダの特徴と比較しながら見てゆく。

女神ヘーラーは結婚の守護神であり、ゼウスの貞節な妻であるが、猜疑心が強く、嫉妬深く、女神や人間の女性に浮気をするゼウスを口やかましく非難して苦しめる。[14] 高津春繁はヘーラーを、「オリュンポスの女神中、ゼウスの正妻として最大の女神」であり、ネッセルトと同じく、ゼウスが浮気をすると「激しい嫉妬の心にかりたてられて、夫の恋人や、その子供たちを迫害する[15]」と記している。

ゲルダと比較するならば、ヘーラーはオリュンポスの主神ゼウスの妻であり、ゲルダはブッデンブローク家の家長で穀物商会の社主であるトーマスの妻であるから、共に一族の長の妻である点で一致するのだが、ゲルダは嫉妬深い女性ではない。

アプロディーテーについては、ネッセルトはヘーシオドスの『神統記』から引用して、その名が「泡から生まれた者」であり、ローマ名のウェヌス・アナデュオメネのアナデュオメネは、「海から顕現した者」という意味であることを記している。このことは、フリーツェンが論じているように、暗い出自を意味するのであり、美は、表面的な美しさだけでなく、暗い、目に見えない力を持つことによって、見る人の心を捉える真の美になることを象徴している。高津は、アプロディーテーを「ギリシアの愛、美、豊穣の女神[16]」としている。ゲルダも美しいが、異質で謎めいており、寡黙で、昼間は部屋のカーテンを閉ざしているというような、美しさと暗さを感じさせるところが、アプロディーテーと共通している。では、ゴッシュが省いたアテーナーはどのように説明されているだろうか。

オケアニーデのメーティスはゼウスの妻だった。ウーラノスとガイアがゼウスに、メーティスはまず娘を産み、ついでオリュンポスを支配する息子を産むだろうと予言したので、世界の支配権を失いたくないゼウスは、メーティスを呑み込んだ。［…］賢明 Klugheit がメーティスの特質であった。ゼウスは賢明を呑み込んだゆえに、すでにそれまで賢明であったが、それ以上に賢明になった。ところがまもなくゼウスに激しい頭痛が生じたので、ゼウスはヘーパイストスを呼び、額を斧で開かせた。すると開口部から小さな完全武装した少女がぱっと飛び出してきた。それがパラス・アテーナーだった。アテーナーは頭に兜をつけ、片手に槍を持ち、もう一方の手に盾を持ち、槍で盾を力強く打ち鳴らして鬨の声を挙げたので、オリュンポスは鳴動し、海はごうごうと逆巻き、大地は裂け、太陽の馬車は静止して、奇跡は驚いて見つめたのだった。アテーナーはあっという間に成長し、ギリシア人たちに、戦さの女神としてだけでなく、知恵 Weisheit、技術 Künste そして諸科学 Wissenschaften の女神として崇拝された。なんといってもアテーナーはゼウスの頭部、すなわち賢明の場所から生まれたのであるから。[17]

このようにネッセルトは記し、さらにアテーナーという名には平和時の技術、知恵、知力の女神という意味があり、パラスには戦さの女神の意味があるという。そして、アテーナーの特性にある技術は熟練の技のことであり、アテーナーは優れた機織りの技術を持ち、女神たちの衣装を織ったと記している。[18] ここでネッセルトがいう技術、知恵、知力にはそれぞれ Künste、Weisheit、Verstand という語が当てられていることから、上述の、諸科学 Wissenschaften のいい換えと見なすことができる。それゆえ Verstand は哲学的に悟性と解釈するよりも、理性も含めた知性あるいは思考力と解釈するほうがよいと思われる。従ってゲルダには用いられていないが、アテーナーは、戦さの女神であると同時に、技術、知恵、知力に優れた女神ということができよう。

ゲルマン神話のブリュンヒルデは、百科事典の一般的な解釈によると、「北欧神話の主神オーディンに仕える武装した乙女たちである「戦さ乙女」ワルキューレ（戦死者を選ぶ者）のひとりである。ワルキューレは「オーディンの命で馬を駆り戦場で倒れた勇士たちを天上の宮殿ヴァルハラに導き、世界の終末の巨人族との決戦にそなえて武事にはげむ勇士たちをもてなす[19]」役割を担う。

この神話をもとにしたのがヴァーグナーの『ニーベルングの指環』（以下『指環』）である。トーマス・マンは若い頃からヴァーグナーの影響を強く受けていることから、ゴッシュの言葉にあるブリュンヒルデは、ヴァーグナーのオペラのブリュンヒルデの特徴をもとにするのが適切と思われる。『指環』のブリュンヒルデは、ヴォータン（＝オーディン）と大地と知恵の女神エルダの娘であり、ヴォータンの命令で、死ぬことになった勇者にそれを告げ、その勇者をヴァルハラに運ぶ「戦さ乙女」である。それゆえ、ブリュンヒルデは、知恵の女神を母に持つことと、戦さに関わる女神である点でアテーナーと共通しており、重複を避けるためにゴッシュの言葉からアテーナーが省かれたかのように見える。

しかしブリュンヒルデは、死を告げられたジークムントがジークリンデと別れねばならないことを嘆く姿に心を動かされて、ヴォータンの命令に背こうとして、神性を奪われる。そして、炎に囲まれた岩山に眠らされて、炎を乗り越えて救済にくる英雄ジークフリートと結ばれる。ブリュンヒルデは、ワーグナー事典でも「『愛という永遠に女性的なもの』の持つ革命精神を体現する存在[20]」と記されているように、命令を守らねばならぬと考える理性よりも、感情が優位に働く人物である。

一方、アテーナーは、パリスの審判ではパリスに戦の知略を約束し、ホメーロスの『オデュッセイア』では、十年にわたる流浪の末に故郷のイタケーにたどりついたオデュッセウスに、「われらは共に術策は得意同士、そなたは知略と弁舌にかけては、万人に卓絶しておるし、わたしもまた、あらゆる神の中でも知恵と術策にかけては、その名を謳われているのだからね[21]」というように、賢さを誇る。アテーナーは、感情に流されることがなく、ブリュンヒルデと違って処女神でもある。それゆえブリュンヒルデにアテーナーと共通する特性があるとしても、常に冷静なアテーナーと感情に流されるブリュンヒルデは大きく異なる。それゆえアテーナーを除く理由にはならないのである。

ブリュンヒルデが、戦死した勇者をヴァルハラに運び、もてなし、励ますのに対し、ゲルダは朝起きることができず、夫のトーマスはいつもひとりで朝食を取り、夫のトーマスを励ますこともない。しかし、ブリュンヒルデがジークムントとジークリンデの愛に心を揺り動かされるように、ゲルダは『トリスタンとイゾルデ』の音楽に心を揺り動かされる。そして夫のトーマスが路上に倒れて泥水で汚された際には、「これまで糸くずひとつでも付いているところを見せたことがないのに、最後にこうならなくちゃならないなんて、ひどいわ、侮辱だわ……！」（七五一）と震えながら夫に共苦して憤る。ゲルダは冷たい印象があるが、音楽や夫の死に際して、共苦して心を揺り動かされるのであり、その点ではブリュンヒルデと共通すると見なしてよいだろう。

そしてメリュジーヌは、フランス中西部ポアトゥー地方の町リュジニャンの古城の起源にまつわる伝説の妖精で、アルバニアの王と水の精ウンディーネの娘といわれている。

リュジニャンの領主レーモンが求婚するが、メリュジーヌは土曜日に下半身が蛇体になるために、土曜日に会わないこと、探さないことを条件にして結婚する。十人の息子が生まれて幸福に暮らしているが、兄にそそのかされた夫が禁を破って土曜日に蛇になった姿を見てしまうので、窓から竜になって飛び去り、夜に幼子に乳を与えに来るのである。[22] メリュジーヌの伝説は、日本の『鶴の恩返し』に似ており、ゲーテも『ヴィルヘルム・マイスターの遍歴時代』に取り上げている。

メリュジーヌは美しく、夫につくし、多くの子を産むという申し分のない妻であるが、妖精であり、夫のレーモンにとっては、毎週土曜日に姿を消すという、謎のある女性である。ゲルダは、メリュジーヌのように夫につくすことはなく、子どもも一人しか生まないが、妖精に喩えられる女性で、美しく謎を秘めている点が共通している。

ここまで見てきた女神や妖精の特性に基づいて、ゴッシュがアテーナーの名を挙げなかった理由を考えたい。アテーナーは戦さの女神であり、知恵、技術、学問（知性）の女神である。このうち戦さはブリュンヒルデと共通するが、知恵、技術、学問（知性）は、ヘーラーもアプロディーテーも、ブリュンヒルデもメリュジーヌも特性としては持たない。これらはアテーナーのみに与えられている特性である。それゆえゴッシュは、知恵、技術、学問というアテーナーの特性をゲルダから感じ取らなかったために、アテーナーを省いたということが考えられる。

しかし、それならばゲルダに知恵、技術、学問がないのかというとそうではない。ゲルダがトーマスとアムステルダムで再会したとき、ふたりは文学、絵画、音楽について語り合い、結婚を決意する。結婚後も、トーマスに時間があれば、夜はゲルダが選ぶ短編小説を一緒に読む。トーマスは、紳士の文学サークル「ハルモニア」のメンバーであり、商人仲間との会話にハイネや他の詩人の詩句を引用するような、知的な人間である。「しかしトーマスは、これまで暇な時間には歴史、文学の本を読んで過ごし、トーマス自身、周囲の誰よりも、精神、悟性、内的外的教養において優れていると感じていた」（六七三―六七四）というような人物である。ゲルダは、そのようなトーマスと一緒に読む小説を選び、文学について対等に話すことができるのであるから、トーマスと同等の知性を具えているといえる。

技術に関しては、ゲルダはヴァイオリンの高度な技術を持っている。知恵についても、例えば、ゲルダ自身のヴァイオリンの練習相手である教会のオルガン奏者ピューールにハノーのピアノ教育を依頼する際に、自分の経験をもとにして、ピアノの技術ではなく、音楽を教えることを依頼するように、自分自身の考え、つまり知恵をもつ。ゲルダは、アテーナーの特性にあるような知恵、技術、学問（知性）ともに優れた女性であり、アテーナーを省く理由がないように見える。そのようなゲルダを、夫のトーマスは崇拝するように愛する。

ぼくはちょっと選り好みするんだ。［…］ゲルダこそ唯一の女性だ、この人しかいないとすぐにわかったのさ……ぼくの好みのために、ぼくを快く思わない人たちが市《まち》に大勢いることはわかっているけれど。ゲルダは素晴らしい女性だ、世界中を探してもざらにはいない。ついでにいえば、ゲルダにも激しい気質があることは、実際彼女のヴァイオリンの演奏が証明している。しかし彼女は時々少し冷たくなることもある……要するに、ゲルダは普通の物差しでは測れないんだ。芸術家肌でね、独特で、謎めいていて、魅力的な人間なのさ。（三三二）

ゲルダは素晴らしい女性であり、世界中を探してもざらにはいない、トーマスが結婚したいと思う唯一の女性なのである。それは、ゲルダが時に冷たく、メリュジーヌのように謎めいた感じを与えるけれども、普通の物差しでは測れない、魅力的で芸術家的な人間だからというのである。では、芸術家とはどのような特徴をもつのだろうか。

三．ショーペンハウアーの芸術家論

芸術と芸術家については、若い頃に影響を受けたトーマス・マンが「芸術哲学[23]」というショーペンハウアーの思想を元にして考えたい。

ショーペンハウアーによれば、世界の本質は常に欲望している「意志」[24]であり、われわれの目に見える世界は「意志」の欲望の現れ、すなわち「表象」であるという。われわれが通常行っている「表象」の世界の事物の認識、すなわち、時間・空間、因果律の下で個体化した「表象」の認識は、対象を感覚器官が感受し、それを悟性が直観的に認識して理性に伝える。理性はその対象を分類、分析して言葉によって名づけ、認識して、推論に用いるのである。以上は普通の人間が行う認識である。[25] このような普通の人間の認識の方法と異なるのが、芸術家が行うイデアの認識である。

イデアとは、プラトンが『国家』、『饗宴』、『パイドロス』等において語っている事物の本質を意味する用語である。『饗宴』では、ディオティマがソクラテスに「一種驚嘆すべき性質の美」として説明する。それは常に在るものであり、生成消滅もなく、常に美しく、見た人の顔や手や肉体に属して表れることもなく、言説や学問的認識としてではなく、何かの内に在るものでもなく、「全然独立自存しつつ永久に独特無二の姿を保てる美そのもの」[26]であるという。

ショーペンハウアーはこのイデアを認識するのは、芸術家であり、天才であり、芸術は、造形芸術、詩文芸、音楽等さまざまであるが、芸術のただひとつの起源はイデアの認識であり、イデアの認識の伝達が芸術の唯一の目標であるという。[27] それゆえ芸術家的なゲルダがヴァイオリン演奏で表現しているのは、ゲルダが認識したイデアということになる。

ところでイデアは、時間や空間のない永遠で唯一のものであるから、時間・空間のうちに個体化した「表象」ではない。そして言葉や知識として現れることもないのであるから、言語を用いた理性による認識ではない。ショーペンハウアーも次のようにいう。

結局のところ、イデアはあくまでも直観的な認識の領域にあるのだが、総じてこの直観的な認識というのは、認識の根拠の原理に導かれる理性的な認識ないしは抽象的な認識とは、真っ向から対立しているものなのである[28]。

天才、すなわち芸術家は、時間、空間のない永遠の今、自己を忘却して純粋な認識主観、すなわち「世界の眼」となって、そこに映るイデアを直観的に把握する。そのとき意欲する「意志」の欲望は完全に忘却されて、ただ「世界の眼」になった感覚器官が知覚したものを、個体性を忘却した悟性が直観的に把握するのである。われわれはただ、芸術家がイデアを認識して表現した芸術作品を通して、イデアの美を認識することができるだけなのである。ところで、このような天才の認識は、「賢明さ」によるものではない。

さらにいえば、因果性の法則と、動機づけの法則とに従った諸関係の鋭い把握がそもそも人間の賢さ Klugheit を決めているのであるが、天才の認識はこうした相互関係をねらいとしていないから、賢明な人は、彼が賢明である限り、また賢明である間は、天才的ではないだろう。天才的な人は、彼が天才的であるかぎり、また天才的 genial である間は、利口ではないだろう[29]。

ショーペンハウアーによれば、「賢明さ」とは、感覚器官が受容した対象を、原因と結果という因果性の法則の下で瞬時に直観的に把握し、認識する能力であり、「賢明さは専ら意志に奉仕する悟性を表す[30]」という。他方、イデアは時間・空間・因果性の外にあって通常の悟性では認識できないのであるから、「賢明さ」も悟性もイデアの認識に関係がない。

この考えに基づくならば、本稿で問題となっているアテーナーの技術、知恵、科学は、通常の人間の「賢明さ」に関係する事柄であり、芸術家とは関係がない。ゲルダにも技術、知恵、科学は備わっているが、しかし、ヴァイオリン演奏や、音楽を聴くというような、ゲルダの芸術家的能力が働くときは、知恵、技術、学問に必要なゲルダ個人の悟性、「賢明さ」は働いていないことになる。それゆえゴッシュは、ゲルダのこのような芸術家的性質を感じ取ったのでアテーナーの名を出さなかったのではないかと推測したのであろう。

ショーペンハウアーは、芸術家について次のようにいう。

天才的な人々は、激しい感動と無分別な情熱のとりこになることが多い。しかしその理由は理性の弱さにあるのではない。ひとつは意志現象の全体の異常なエネルギーのせいである。天才的な個人とは、この意志現象のことであり、この現象はあらゆる意志の働きの激しさを介して表に現れる。もうひとつの理由は、天才的な人々の場合、感官や悟性 Sinne und Verstand による直観的な認識が抽象的な認識よりも圧倒的に優勢であって、直観的なものへはっきりと方向が向かっているからである。[31]

芸術家は、異常なエネルギーをもつ「意志現象」であり、そのエネルギーの強さのために芸術家は激しい感動と無分別な情熱のとりこになることが多いという。ゲルダもまた時々冷たくなるが、しかしヴァイオリンを演奏するときは激しい気質を見せるとトーマスはいう（三三二を参照）。それは、ゲルダが音楽に関わるときに、ゲルダ自身に強いエネルギーが作用しているからであると考えることができるのである。

自邸でディナーパーティを開いた後に、ゲルダは、「今日の午後、ヴァイオリンを弾いたあと、少し妙な気分だったのですが、……今は頭の中が死んだみたい。ここに雷が落ちても、わたくし青くもならなければ、赤くもならないでしょうね」（三三五）という。ゲルダは、ディナーパーティの後で「今は頭の中が死んだみたい」というのであれば、その前にヴァイオリンを弾いたあとの「少し妙な気分」とは、生きている気分だったということになる。

第八部第六章では、ゲルダがピュールとヴァイオリンの練習をしているときに、ハノーがそっと部屋に入って来ると、ゲルダはハノーに、「『おや、ハノー、ちょっと音楽のつまみ食い？』」と尋ねる。そのときのゲルダの目は、「演奏でしっとりした輝きを帯びていた」（五四六）と表現されている。ゲルダが、クリスティアンと出かけた演奏会の後で、ゲルダは「その風変わりで、中に寄っている鳶色の目には、音楽によっていつも与えられる謎めいた微光が宿っていた」（五二二）という。音楽に接したときのゲルダの目に宿る「しっとりとした輝き」や「謎めいた微光」は、暗さや死ではなく、生命力を感じさせる光である。それゆえゲルダは、音楽に関わることで「意志現象の全体の異常なエネルギー」の作用によって生命力を取り戻しているといってよいだろう。

ショーペンハウアーは音楽を「意志」の直接の客観化といい、音楽は「人間の内面の最も深いところに非常に強く働きかける」[32]という。つまり、音楽によってわれわれは「意志」という常に欲望している世界の本質の働きかけを感受することができるのである。ゲルダの目が、ヴァイオリンを弾くときや、音楽を享受するときに輝きを得るということは、ゲルダが「意志」という生命の根源からの働きかけを得ているということであり、「あらゆる意志の働きの激しさを介して表に現れる芸術家という意志現象のエネルギーの強さ」が現れているといえる。芸術家的なゲルダは、音楽に関わる際には、「感官や悟性による直観的な認識が抽象的な認識よりも圧倒的に優勢」な状態にあるのである。

四．ゲルダとヴァーグナーの音楽

ヴァーグナーの音楽を愛するゲルダは、『トリスタンとイゾルデ』を演奏したいと思い、ヴァイオリンの練習相手である教会のオルガン奏者ピュールが座るピアノの譜面台に楽譜を置く。バッハやベートーヴェンを尊敬する対位法の専門家でもあるピュールは、演奏を始めるとすぐに嫌悪を露わにして、「これは混沌です！ 煽動、神の冒瀆、狂気の沙汰です！ ピカピカ稲光を発する香煙です！ 芸術におけるモラルの終末です！［…］こんなものは弾きません！」（五四七–五四八）という。しかしゲルダの根気強い説得によって、ピュールは次第にヴァーグナー音楽を認めるようになり、教会様式についての自著に、『リヒャルト・ヴァーグナーの教会音楽と民族音楽における古い教会旋法の使用について』という補遺を付け加えるまでになるのである。

GKFA 全集の解説によれば、ピュールがヴァーグナーの音楽を非難する言葉は、フリードリヒ・ニーチェの『ニーチェ対ヴァーグナー』等にあるヴァーグナー批判をトーマス・マン自身が短く凝縮したもの、或いは、音楽評論家で熱狂的なワグネリアンのヴィルヘルム・タッペルト Wilhelm Tappert（一八三〇–一九〇七）が著した『ヴァーグナー事典――巨匠リヒャルト・ヴァーグナーと彼の支持者に対する、敵対者や皮肉屋たちによる、粗野で嘲笑的で悪意に満ちた誹謗中傷の表現を含む、無礼な言葉の辞典』（一八七七）[33]から得た言葉であるという[34]。このような本が出版されるほど、ヴァーグナーの芸術は初期の頃から、賛美者、批判者共に多かったのである。それゆえヴァーグナーは、一八四八年革命が失敗に終わってスイスに逃亡すると、自己の音楽観を理解してもらうために論文を執筆して、理性や悟性よりも感性を重視する自己の考えを示す。『芸術と革命』には次のように記されている。

芸術とは、自己自身および自然との調和のなかで感性的 sinnlich に美しく成長した人間が行う至上の活動である。そして感性の世界から芸術の手段を形作らざるを得ない以上、人間は感性の世界に無上の喜びを感じていなければならない。芸術作品を作ろうとする意志さえも、感性の世界からつかみ取るほかはないからである。[35]

芸術家は芸術作品を理性や悟性によって生み出すのではなく、感性の世界から生み出す。感性とは、人間が最初に対象を感じ取る能力である。ヴァーグナーによれば、芸術家は感性の世界から得たものを作品にする。それゆえ芸術家自身が自然と調和した、感性的に美しく成長した人間であらねばならないというのである。つまりヴァーグナーは、人間の感性の能力を重視しているといえる。同じ一八四九年に執筆した『未来の芸術作品』では、次のように記している。

つまり学問は、その紛れもない反対物となって役目を終えるのであって、学問の反対にあるものとは、自然の認識であり、無意識的なもの、恣意を超えたものの承認、したがって自然的なもの、真に現実的なもの感性的なものの承認である。それゆえに学問の本質は有限だが、生の本質は無限なのである。ちょうど誤謬は有限だが、真理は無限であるように。実際、真実味があり、生き生きとしているのは、感性的で、感覚性の条件にしたがうものだけだ。[36]

ヴァーグナーは、芸術を生み出す自然的なもの、真に現実的なもの、感性的なものは、学問と反対のものであるという。学問とは、感性的なだけでは成果は得られず、理性によって論理的に思考することで発展してゆくものであり、ヴァーグナーは、芸術に学問的な論理性が必要であるとは考えないのである。ショーペンハウアーもまた、すでに引用したように、芸術家によるイデアの認識は、「認識の根拠の原理に導かれる理性的な認識ないしは抽象的な認識とは、真っ向から対立している」と考えており、両者とも、すぐれた芸術作品は、理性の能力によって生まれるのではないと考えている。

ところが女神アテーナーの特性である知恵、技術、学問は、理性の能力によって生ずるものである。それゆえアテーナーの特性は、芸術家の感性の能力とは別のものであり、ヴァーグナーが芸術の理想とする自然的で感性的なものに対立するものということになる。ヴァーグナーは自然と調和した優れた感性的能力をもつ人間に理解される芸術作品を創ろうとした。そしてゲルダはそのようなヴァーグナーの芸術を好み、演奏するのであるから、ヴァーグナーの考える音楽に共感し、自然的なもの、感性的なものを重視しているといえる。ピュールにハノーのピアノの教育を依頼するときも、ゲルダは、ピュールに、「大切なのは、ある楽器を仕込まれるということではなくて、それよりも、いくらかでも音楽というものを理解することのほうが大切です、そうじゃありませんか？」（五五一）という。技術を身につけるのは、自己の行為を分析しながら繰り返し訓練しなければならず、そのために理性の働きを必要とする。しかし、音楽を理解するということは、言葉で表現できない事柄も感覚的に理解することである。ゲルダはそのような感覚的なこと、豊かな感性を必要とすることを重視しているのである。

ヴァーグナーは、芸術を享受する者について、次のようにいう。

あらゆる芸術的意図の本性に従うならば、まさに芸術家の意図を汲むことも純粋悟性ではなく感情 Gefühle によってのみ、しかも多かれ少なかれ、芸術的に陶冶された感情によってのみ可能なのである。[37]

ここでは「芸術家の意図を理解する」つまり、享受する側のあり方が論じられている。芸術を享受することも、純粋悟性という知的な能力によるのではなく、芸術的に陶冶された感情が大切だというのである。それはなぜかというと、「しかし、音楽の言語によって表現しうるのは感情と感性だけである。音楽は、純粋に悟性の器官となったコトバ言語から引き離された純粋に人間的な言語の感情内容一般を完璧に表現するものである」[38]からである。音楽は感情と感性を表現する芸術であり、作品における作曲家の意図を理解するのも感情である。そして音楽は、言語によって表現される芸術ではなく、言語を用いる悟性や理性によって理解される芸術でもない。従ってヴァーグナーによれば、音楽作品は、創作する者も享受する者も、感情と感性の能力が大切であるということになる。

ゲルダのヴァイオリン演奏が優れているのは、すぐれた感性によって芸術作品を享受することができているからといってよいだろう。それはゲルダが知的であるが、それ以上に優れた感性の能力を具えているからである。それゆえトーマス・ブッデンブロークは、ゲルダを世界にざらにはいない女性であるといい、唯一の結婚相手と思うのである。そしてゴッシュも、ゲルダに理性的というよりもはるかに感性豊かな女性であることを感じ取ったので、アテーナーの比喩を用いなかったと解釈することができる。

五．ゲルダの芸術家的性質

第六部第六章で、一家はトーニの再婚相手になるペルマネーダーを招いて家族で郊外へ遠出することになる。

昼間の外出を避けているゲルダは、最初は頭痛もあり、一緒に行くことを渋って冷淡な態度でいるが、森の自然の中を歩いて、帰りにレストランに着いたときには、愛想よくペルマネーダーの出立が間近いのを残念がる(三八四を参照)。ゲルダは自然の中を歩いているうちに、自分から話しかけることができるくらいに元気を回復するのである。この出来事は、ヴァーグナーが、芸術家は自然と調和した感性的に美しく成長した人間であらねばならないと述べているように、ゲルダが自然と調和した芸術家的感性によって自然から多くのことを感受していることを示す出来事といえる。

また、ゲルダが寡黙なことも、芸術家的な豊かな感性によるものという解釈が可能である。第九部第二章で領事夫人エリーザベトが亡くなると、葬儀が終わっていないのに、トーマスとクリスティアンが遺産の分配をきっかけに、激しい兄弟げんかを始める。母親の葬儀なのにクリスティアンのシャツのボタンが白いままなのを、トーマスがとがめると、クリスティアンは反撥する。そのときゲルダは、「観察するように見つめて betrachtete、低く笑った」(六三〇)。形見分けの相談になると、クリスティアンは独身なのに母の肌着や食器を欲しがるので、皆は驚き、ゲルダも目に謎めいた表情を浮かべて「じっと見つめた musterte」(六三二)。そうしてトーマスとクリスティアンが激しい言い争いを始めると、ゲルダはかなり冷笑的な表情で一人一人を「見比べた blickte」(六三五)。そして「クリスティアンの興奮ぶりが普段と違っていたので、ゲルダは一層注意深くクリスティアンを観察するように見つめた betrachtete」(六三五)のである。トーニは仲裁に入るがゲルダは黙ったままであり、妻として口を挟むということはない。

第六部第一章のハノーの洗礼式の場面でもゲルダは、「豊かで深紅色の髪をして一種のあざけりを秘めて牧師を見つめているその謎めいた目が何と異質な美しさを見せていることであろう」(四三六)と描写されており、ここでも言葉を発しない。第十部第一章では、トーマスが、失敗に終わった麦の先物買いの取引相手であるペペンラーデの領主フォン・マイボーム氏の自殺を知って、物思いに沈んでいると、ゲルダは顔を夫の方に向けないまま、鳶色の目をじっと「窺うように夫のほうに向けている」（六八一）のである。

ゲルダが寡黙な理由は明らかにされていないが、ショーペンハウアーやヴァーグナーの思想に基づくならば、ゲルダが芸術家の感性から個体性を忘却して、兄弟げんかや牧師を観察しているのである。というのも、言葉は理性によって生まれるものであるから、我を忘れて個体性を忘却するとき、理性は働かず、言葉も使われないのである。

十九世紀末にホーフマンスタール Hugo von Hofmannsthal（一八七四―一九二〇）が『チャンドス卿の手紙』*Der Brief des Lord Chandos*（一九〇二）で言語の不可能性を語ったように、言葉は感性が感じ取ったことのすべてを適切に表現することはできない。例えばトーマスとクリスティアンの兄弟げんかを見るゲルダには、驚き、悲しみ、好奇心、腹立ち、軽蔑、諦念など、さまざまな感情が強弱を伴って生じていることが想像されるが、それらの感情のすべてを言葉で正確に表現することは不可能である。感性が豊かで、多くの事を感受すればするほど、言葉で表現できない事柄は多くなる。しかし、すでに引用したように、ヴァーグナーが、音楽とは「純粋に人間的な言語の感情内容一般を完璧に表現するものである」と語っているように、言語で表現しきれないことも、音楽という音の言語によって表現することができるのである。ゲルダもヴァイオリンという表現手段を持っているので、言語によらなくとも自己の感情表現は可能であり、そのほうがより完全な表現になるのである。これがゲルダの観察と沈黙の原因と解釈することができよう。

結論としていえるのは、ゲルダは音楽によって自己表現することができる芸術家的人間であり、その際に、言語を生み出す能力である理性よりも感性の能力が優位に働いているということである。それゆえゲルダに、理性が優位に働いて知恵と技術と科学を特性とする女神アテーナーを比喩に用いるのは適切ではなく、ゴッシュもゲルダを崇拝する言葉にアテーナーを入れなかったのである。

『神話学研究』第二号（ギリシア・ローマ神話学研究会編）二〇一九年掲載。

---

1 GKFA 1.2, S. 54. 「トーマスは、この女性と一緒に音楽という死に向かう病がブッデンブローク家に持ち込まれたことを感じ始める」と論じられている。

2 Vgl. Hoffmann, Freia: *Instrument und Körper. Die musizierende Frau in der bürgerlichen Kultur.* Frankfurt a. M. 1991, S. 25-38. フライア・ホフマン『楽器と身体』（阪井葉子、玉川裕子訳）、春秋社、二〇〇四年、二一三―二三一ページを参照。

3 Nösselt, Friedrich August: *Lehrbuch der griechischen und römischen Mythologie für höhere Töchterschulen.* Leipzig 1865, (= Nösselt) S. 116.

4 GKFA 13.1, S. 86f.　GKFA 13.2, S. 204f.

5 GW XIII. S. 129f.

6 Nösselt S. 112f. ネッセルトは、ヘファイストスとアプロディーテーの夫婦について、ある詩人の説明を次のように紹介している。「最も醜い神が最も美しい女神を妻にした。神々はアプロディーテーを得ようとして争った。誰もがアプロディーテーを望んだのである。そこで非難と嘲りの神モモスが争いを終わらせるために、アプロディーテーに最も醜い神を与えるようにと勧めた。風変わりなことであるし、嘲笑する機会が得られることから、残りの者たちは皆即座に同意した。」

7 Nösselt S. 99f.

8 Frizen, Werner: „*Venus Anadyomene*“. *In: Thomas Mann und seine Quellen Festschrift für Hans Wysling*. Hrsg. v. Eckhart Heftrich u. Helmut Koopmann, Frankfurt a. M. 1991, S. 189f.
9 Singer, Herbert: *Helena und der Senator. Versuch einer mythologischen Deutung von Thomas Manns „Buddenbrooks“*. In: Thomas Mann. Hrg. v. Helmut Koopmann Darmstadt 1975, S. 247ff.
10 高橋裕子『世紀末の赤毛連盟　象徴としての髪』、岩波書店、一九九六年、一四―二七ページを参照。
11 Maar, Michael: *Geister und Kunst Neuigkeiten aus dem Zauberberg*. München 1994. ミハエル・マール『精霊と芸術　アンデルセンとトーマス・マン』(津山拓也訳)、叢書ウニヴェルシタス六七二、法政大学出版局、二〇〇〇年。
12 Koppen, Erwin: *Dekadenter Wagnerismus Studien zur europäischen Literatur des Fin de siècle. Komparatistische Studien 2*. Rüdiger, Horst (Hg.) Berlin; New York 1973.
13 Nösselt S. 117f. 通常アテーナーは「戦における勝利」を約束すると記されているのである。「ヘーラーは［……］全人類の王となることを、アテーナーは戦における勝利を、アプロディーテーはヘレネーとの結婚を、約した。」アポロドーロス『ギリシア神話』(高津春繁訳)、岩波書店、一九九六年、一八一ページ参照。
14 Nösselt S. 32.
15 高津春繁『ギリシア・ローマ神話辞典』、岩波書店、一九八七年（=高津春繁)、二三一―二三三ページ。
16 高津春繁、二五ページ
17 Nösselt S. 90.
18 Nösselt S. 92. ネッセルトは、Klugheit とWeisheit を共に賢明で思慮深いことを意味する言葉として用いており、意味上の区別をしていない。
19 谷口幸男「ワルキューレ」、『世界大百科事典』三〇、平凡社、一九七二年、六一一ページ。

20『ワーグナー事典』（三光長治、高辻知義、三宅幸夫監修）、東京書籍、二〇〇二年、三一五ページ。
21 ホメーロス『オデュッセイア』下（松平千秋訳）、岩波書店、二〇〇〇年、二四ページ。
22 松原秀一「メリュジーヌ」、『世界大百科事典』二八、平凡社、一九七二年、一一二ページを参照。ここでのメリュジーヌ伝説の要約は、主としてクードレット著『妖精メリュジーヌ物語』西洋中世奇譚集成（松村剛訳）、講談社、二〇一〇年にもとづく。
23 GW IX, S. 530.
24 一般的な意志や、本稿で用いている女神の表象と区別するために、ショーペンハウアー哲学における「意志」と「表象」にはカッコを用いる。
25 カントは悟性にも言語を用いた認識能力があると考えたが、ショーペンハウアーは悟性に原因と結果の法則の認識能力のみを認めており、カントと悟性の能力についての考え方が異なっている。本稿ではトーマス・マンがショーペンハウアーの哲学の影響を受けていることから、ショーペンハウアーの考え方に従う。ショーペンハウアー『意志と表象としての世界』（西尾幹二訳）、中央公論社、二〇〇四年、三一ページ注（二）を参照。
26 プラトン『饗宴』（久保勉訳）、岩波書店、二〇〇一年、一二五ページ。
27 Schopenhauer I, S. 239
28 Schopenhauer I, S. 245.
29 Schopenhauer 1, S. 244f.
30 Schopenhauer 1, S. 51.
31 Ebd., S. 245.
32 Schopenhauer 1, S. 322.

33　ドイツ語名は長いのでここに記す。*Ein Wagner–Lexicon Wörterbuch der Unhöflichkeit, enthaltend grobe, höhnende, gehässige und verläumderische Ausdrücke welche gegen den Meister Richard Wagner, seine Werke und seine Anhänger von den Feinden und Spöttern gebraucht worden sind*. Leipzig 1877.

34　GKFA 1.2, S. 358f.

35　Wagner, Richard: *Die Kunst und die Revolution*. In: *Gesammelte Schriften und Dichtungen 3*. Leipzig 1887-1888, S. 15; 訳文は以下の書籍を参考にさせて頂いた。ワーグナー『友人たちへの伝言』（杉谷恭一、藤野一夫、高辻知義訳）、法政大学出版局、二〇一二（＝『友人たちへの伝言』）、一二ページ。

36　Wagner, Richard: *Das Kunstwerk der Zukunft*. In: *Gesammelte Schriften und Dichtungen 3*. Leipzig 1887-1888, S. 45;『友人たちへの伝言』六六ページ。

37　Wagner, Richard: *Eine Mitteilung an meine Freunde*. In: *Gesammelte Schriften und Dichtungen 4*. Leipzig 1887-1888, S. 233;『友人たちへの伝言』二五八ページ。

38　Ebd. S. 317. 三五九ページ。

第十章　ゲルダ・ブッデンブローク——共苦の人として

前章ではゲルダに与えられている美と神話の女神の喩えから、ゲルダが優れた感性の持ち主であることを論じた。ここではゲルダの感性と知性から生まれる倫理的性質について考察する。『悲劇の誕生』の関係では、アポロンは「予言の神」der wahrsagende Gott という目に見えないものを言い当てる神であり、「個体化の原理の壮麗な神像[1]」として節度を求める「倫理的な神」ethische Gottheit とされている[2]。そして、「あらゆる美と節度を具えたアポロンの全存在は、苦悩と認識に覆われた基盤に立っている[3]」とも表現されている[4]。この章ではゲルダという人物は、そのようなアポロンに象徴されている美と倫理性が表現された人物であることを論じる。

ブッデンブローク商会の三代目社主トーマスの妻になる女性ゲルダ・アルノルトセン・ブッデンブロークは、アムステルダムの大商人の娘であり、美しい、芸術家肌のヴァイオリンの名手である。しかしゲルダは、寡黙で周囲の人々に親しまないために、市民階級や世間の人々に冷たく謎めいていると思われてさまざまに噂される[5]。先行研究でも、一九七五年にE・ヘラーはゲルダを音楽的で非市民的、繊細で打ち解けず、一家の中でよそ者のままであると評し[6]、同年にジンガーは、ゲルダは音楽にしか関心がなく、病的で非市民的という[7]。そして一九九六年にヴィスリングは、「冷たいゲルダは、常にこっそり窺うだけで、愛し、会話することができない[8]」という。またこれまで『ブッデンブローク家の人々』は二冊のハンドブックが公刊されているが、それらと二〇〇二年に出版された新全集の注釈版は、ゲルダに病気と死のイメージを見ており、世紀末に流行した死へ誘惑するファム・ファタル、あるいは商人の家に音楽を持ち込んで没落のきっかけを与える女性と論じている。[9] ゲルダは常に、病気、死、滅びに関係づけられてきたのである。このような解釈はゲルダの芸術家性から生じていると考えるならば、肯定的にとらえることも可能であるが、作中に描かれている市民階級や世間の人々の見方を考慮するならば、否定的に描かれていると見なすべきであろう。

二〇〇〇年にフェミニズムの観点からディットマンとシュタインヴァントが、トーマスの妹トーニは家のために犠牲になる十九世紀の市民階級の女性であるが[10]、ゲルダは謎めいたところがあり、伝統に価値を置かず、自己の快適さを優先する非市民的で自我の強い女性であるといい[11]、ゲルダを精神的に自立した女性と解釈することも可能であることを示唆している。さらに両研究者は、ゲルダが音楽的芸術家であることによってトーマスは自制している文学的芸術家の性質を再確認するが、ゲルダが結婚した動機は不明のままであるという[12]。そして二〇一三年にミュラーは、白い大きな歯はゲルダが健康な印としながらも、ゲルダは生活の役に立たない芸術の世界の人間で、音楽はゲルダから「生の力を奪い取り、全てを消耗させる[13]」と論じ、ゲルダが後継者の母になることで一家は没落に向かうとして、従来のゲルダ観を踏襲している。

先行研究は、目元の青い翳や、頭痛で午前中は起きることができないこと、冷たいという表現から、ゲルダを病的とみなしてきた。しかしミュラーが指摘している白く丈夫そうな大きな歯をしたゲルダは、息子ハノーの出産後に医師から、「健康である」（四三六）と診断されてもいる。日常生活でのゲルダは、夫の社交に付き合い、夫に時間のある夜は夫のためにヴァイオリンを弾き、一緒に読書する。ハノーのピアノの稽古をカーテンの向こうで刺繍しながら聞き、ハノーが八歳の誕生日に自作の曲を演奏するときは、ヴァイオリンで効果的に伴奏し、創立記念日に詩を暗唱するハノーを励ます。妻として母としてのゲルダは愛がないとはいえず、先行研究のゲルダ評は一面的であるように思われる。

さらに、結婚当初から十八年過ぎてもトーマスとゲルダ夫婦の噂をしている世間の人々は、夫婦の間に、通常の恋愛結婚と違い、礼儀正しさ、相互の信頼と理解があり、夫婦が互いにかばい合い、いたわり合っていると感じている（七〇八以下を参照）。相手を思いやるという倫理的な関係も、ゲルダは冷たく謎めいて愛がないという先行研究に矛盾しており、また管見の限り、語り手によるこのような夫婦関係の説明が論じられたことはない。ゲルダも夫婦の関係も十分に論じ尽されているとはいえないのである。

『ブッデンブローク家の人々』へのショーペンハウアーの影響について、ペーター・ピュッツは、ニーチェの影響を認めながらも、「ショーペンハウアーの重要さの背後に退く[14]」という。マックスは、二〇一八年の現在も『ブッデンブローク家の人々』におけるニーチェとショーペンハウアーの影響の度合いは明確でないという[15]。

『ブッデンブローク家の人々』を執筆した頃、ニーチェとショーペンハウアーの影響の度合いは明確でなくとも、両者ともに若いマンに強い影響を与えているのである。先行研究が音楽と死を結びつけているのも、ショーペンハウアーの思想にある、音楽は「意志」の模写であるということと、個体は死ぬと「意志」に戻るとする考え方がマンの基礎にあると考えているからである。

ショーペンハウアーの芸術思想は、芸術家を「個体化の原理」を見破ってイデアを把握する能力を持つ者というところに特徴があるが、彼の倫理思想もまた、真の倫理的行為である共苦を為す者は、「個体化の原理」を見破り、他者の苦を自己の苦と同一視する「永遠の正義」を知る者といわれている。つまり真の倫理的行為は限られた者にしか為しえず、それは芸術家と共苦に至る高度の倫理性を具えた者ということになる[16]。

ゲルダは芸術家であり、夫と礼儀正しい関係にある。ゲルダの人格的に一貫性のある解釈は、若きマンが影響を受けた諸思想のうち、以上のようなショーペンハウアーの芸術家思想と倫理思想によって可能になると思われる。それゆえこの章では、ショーペンハウアーの思想に依拠してゲルダの人物像を明確にするとともに、トーマスとの夫婦の関係やゲルダの結婚の動機を明らかにすることを試みる。[17]

一．冷たさと情熱

父親の死後、社主になったトーマスは商用で訪れたアムステルダムで、かつて妹のトーニと寄宿学校で同室だったゲルダと再会する。ゲルダは、芸術全般に通じた知的で美しく成熟した女性になっており、ヴァイオリンを演奏すると「聞く者は目に涙を浮かべる」（三一五以下）ほどである。トーマスが「この人しかいない」（三一五）と感じて求婚すると、ゲルダは二十七歳まであらゆる求婚を断り続けていたにもかかわらず、すぐに承諾する。そしてブッデンブローク家での婚約式で、ヴァイオリンの名手である父親のアルノルトセン氏がツィゴイナーのように激しく情熱的に演奏すると、ゲルダもそれに合わせて演奏し、皆は聞き入る。新婚旅行から帰ったとき、トーマスは出迎えた妹のトーニに、ゲルダの性質について次のように語る。

「僕はすぐに、ゲルダが唯一の人だとわかったんだ、［…］市の多くの人たちが僕の好みのために僕を悪く思っているることを知っているけれど。ゲルダは世界中に滅多にいない素晴らしい人だよ、［…］ゲルダも激しい気質を持っていて、それが事実であることはヴァイオリンの演奏が証明している。でも彼女はときどき少し冷たくなる、――要するに彼女は普通の物差しでは測れないのさ。芸術家気質で、独特で謎めいた魅力的な人なんだ。」（三三二）

ゲルダはヴァイオリンを演奏するときは情熱的になるが、ときどき冷たくなる。しかしトーマスはそれらを含めて、芸術家気質のゲルダを愛するのである。情熱と冷たさは相反する性質のものであるが、トーマス・マンはエッセイ『ビルゼと私』で、観察して認識する芸術家を「認識の抒情詩人」[18]と名づけて、この種の芸術家には冷たさと情熱の両方があると論じている。その箇所を要約すると次のようになる。

認識する芸術家は冷たく情熱的である。芸術家の繊細で敏感な感受性は、芸術家が観察して認識する出来事を、芸術家に自己の体験のように感じさせる。それゆえ観察と認識は芸術家にとって、情熱、受苦、殉教、英雄的なもの、悪魔に強いられた冷たく容赦ないものは、苦痛になる。芸術家はこの苦痛を創作に活かすので、創作は苦痛に対する復讐ともいえる。しかし創作もまた苦痛を伴うので、認識する芸術家は認識と創作の苦痛のために、疲れて老いて見える。だが同時に、苦痛に耐えることによって倫理的になるのである。――

つまりマンは、認識する芸術家は情熱に駆り立てられるが、同時に忍耐強く、自己を抑制する倫理性を具えているというのである。

グリムのドイツ語辞典によると、情熱 Leidenschaft は十七世紀に leiden から派生した言葉で、激情、受難 passion の意味を含む[19]。イエスの磔刑が受難という受動的な言葉で表現され、また、デカルトが身体を能動的、心を受動的とする心身二元論を唱えたように、西洋には、大きな苦悩や激しい情動は、神や自然から人間の心に与えられたものという考え方がある。情熱もそのような受動的な感情である[20]。ゲルダには Temperatur という語が用いられているが、この語は情熱とほぼ同じことを意味する場合もあることから、ゲルダは芸術家の本性に駆り立てられて情熱的にヴァイオリンを演奏し、様々なことを認識しているといえる。しかしゲルダは認識したことをトーニのようにすぐに口にするのではなく、抑制して内面に収めている。

『トーニオ・クレーガー』で、トーニオが画家のリザヴェータに語るように[21]、温かい感情を言葉で分解分析して冷却して冷たくなるのは、認識する芸術家の宿命である。ゲルダは、結婚して初めて家で夕食会を開いた後で、トーマスに次のようにいう。

「ディナーはとても心を鎮めてくれますわ。今日の午後ヴァイオリンを弾いて、少し妙な気分だったのです——今は頭の中が死んだみたい。ここに雷が落ちても、わたくし青くもならなければ、赤くもならないでしょうね。」（三三五）

ディナーの前にゲルダはヴァイオリンを弾いて気持ちが昂ぶっていたのであるが、その昂りは、夕食会が終わると死んだように冷めている。ゲルダは気持ちを集中してヴァイオリンを弾くことで、心身ともに温かくなるが、接客することで、温かい感情は青くも赤くもならないほどに冷却する。

ゲルダが嫁いできたとき、遊び人たちや変わり者の仲買人ゴッシュは、美しく謎めいたところのあるゲルダを賛美して崇拝するが、市民階級の人々は、「この人にはちょっと何かがある」（三二二）といって首を横に振る。多くの婦人たちもゲルダのことを「馬鹿げている」（三二三）と厳しく非難する。トーマスとゲルダが初めて開く夕食会の客は、このようなゲルダに批判的な市民階級の人々である。ゲルダは、繊細で敏感な芸術家的感性と認識する本性に駆られて、接待役を務めながら、客たちの批判的態度やトーマスの商人としての苦労を感じ取り、その理由を認識しようとしてしまう。そのために温かい感情は冷めて死んだようになるのである。

第六章の、ピュールとのヴァイオリンの練習では、ゲルダの目は「演奏でしっとりとした輝きを帯びていた」（五四六）というように、ゲルダはヴァイオリンの演奏をすると気持ちが昂る。しかしそれはゲルダ自身が演奏する場合に限らない。第八部第四章では、音楽会から帰ったゲルダの目に「音楽によっていつも与えられる謎めいた微光」（五二二）が宿っている。ゲルダはヴァイオリンを演奏するときだけでなく、音楽を観賞するだけでも心身の温もりを回復して、目に輝きや謎めいた微光を宿すのである。

ショーペンハウアーによれば、音楽芸術は他の芸術のようなイデアの模写ではなく、「意志」の直接の摸写である。音楽は「人間のいちばん奥深いところにきわめて力強く働きかけてくる[22]」芸術であり、われわれは音楽によって「意志」という世界の本質が直接語りかけてくるのを感じ取るという。ゲルダは、市民や世間の人々からの批判やトーマスの苦悩を感受して、観察と認識によって心が冷却してしまうが、音楽を通して「意志」の力を感受して、温かみを取り戻しているのである。

また、ショーペンハウアーは、自然のあらゆる力を「意志」と名づけ[23]、その内部の本質を自然力とよぶ。人が自然に接することで元気を回復するのもこの自然力を得ているからである。第六部第六章の、一家がトーニの再婚相手になるペルマネーダーを招待して森に遠出をする場面に、ゲルダが自然力を得て元気になる様子が描かれている。ゲルダは休日の昼間は部屋に引きこもっているのだが、トーマスに促されて仕方なく参加する。最初は頭痛がして黙り込んでいるが、森の中を歩くうちに次第に元気になり、帰りに立ち寄ったレストランでは、ゲルダの方から愛想よくペルマネーダーに話しかけて、出立が近いことを残念がるのである。この変化から、ゲルダは音楽と同様に、自然からも「意志」の力を感受して冷たさを解消し、元気を回復しているということができよう。

二．観察すること

『ビルゼと私』は一九〇六年のエッセイであるが、マンは一九〇三年にすでに、観察して認識する人物を小説

『飢えたる人々』に表現している。主人公は自らに「おまえは存在することは許されぬ、観るのだ（schauen）。生きてはならぬ、創造するのだ。愛してはならぬ、知るのだ！」[24]というように、観察を宿命と受け止めている。同年の『トーニオ・クレーガー』でも、認識する芸術家トーニオは、ハムレットのように、「感情の涙にぬれたヴェールを透して、なおかつはっきり見る、認識する、覚え込む、観察する。そして観察したものを微笑みながらわきへ置かねばならない」[25]という。マンは芸術家の観察と認識の問題を、『ビルゼと私』以前に複数の作品に描いており、ゲルダにもそれを表現していることが考えられる。

観察して認識するゲルダの性質は、先行研究でも論じられている。ピーコックは、ゲルダとハノーの目元の青みを帯びた翳を、認識する目と没落を暗示するライトモティーフであるという[26]。ヴィスリングは、ゲルダが黙って窺うだけで愛することのできない女性だという。しかし寄宿学校時代のゲルダは、同室の少女が農場主との結婚の夢を語ると、『彼女の心の目には五百頭の牝牛が見えているのよ』といって鏡の中の友人を観察した」（betrachten）（九七）というように、観察しつつ冗談をいう明るい娘であり、目元に翳はない。最初にゲルダの目元に翳が現れるのは婚約式の場面で、このときは「薄い青みがかった翳」である。しかしその後は「薄い」という形容詞はなくなり、「青みを帯びた翳」という表現になる。つまりゲルダの目元の翳は、トーマスと知り合って生じ、結婚後に定着するのである。そしてゲルダが黙って観察するのも、結婚後のことである。

息子ハノーの洗礼式では、ゲルダは「一種のあざけりを秘めてじっと牧師に謎めいた目を向けていた」（四三六）というように、牧師を観察する。洗礼式で厳かに神を讃える牧師が、皆と話すときは世俗的で軽い調子になるので、ゲルダは牧師の二面性に興味をそそられるのである。

ゲルダの観察する特徴が最も明確になるのが、第九部の領事夫人の死の直後にトーマスと弟のクリスティアンが喧嘩をする場面である。母親の葬儀なのに、クリスティアンのシャツのボタンが白いままであることをきっかけに口論が始まる。そのときゲルダは、「喋っているクリスティアンをじっと眺め」（betrachten）（六三〇）、低い声で笑う。次に遺品の形見分けが始まると、独身のクリスティアンが母親の食器や肌着を欲しがるので、皆は驚く。ゲルダも関心を強くそそられて、「目に謎めいた表情を浮かべてクリスティアンをじろじろ眺め」（六三二以下）る（mustern）。さらにクリスティアンが、皆が反対している身持ちの悪い女性アリーネと結婚するというので、兄のトーマスが激昂して、激しいいい合いが始まる。そのときゲルダは「かなり冷笑的な表情で一人一人を見比べ」（六三五）る（blicken）。そしてクリスティアンの興奮ぶりが普段と違うので、ゲルダは「一層注意深くクリスティアンを観察」（六三五）する（betrachten）。このように兄弟げんかの場面には、黙って観察する冷たいゲルダの姿が描かれている。兄弟喧嘩はそれぞれの本心が露わになるので、認識する芸術家の性質をもつゲルダにとって、兄弟の本質的性質を認識できる興味深い出来事なのである。

三．認識――非市民性

ある日ゲルダはトーマスに、クリスティアンのことを、「あのひとは市民じゃないわ、トーマス、あなたよりもっと市民じゃない！」（四九五）といい、兄弟ともに市民的性質を持たないというゲルダの認識を語る。クルツケによれば、中世の階級秩序に始まる市民の倫理は、勤勉、倹約、秩序愛、時間厳守、誠実、美徳、義務の遂行を理想とする。[27]これらの根本にあるのは有用性と実際性であるから、社会的地位と経済的成功を目指す人々に受け入れられて、社会の発展に寄与した。『トーニオ・クレーガー』で詩人のトーニオが「迷える市民」と自ら称して、市民と芸術家の中間の存在であることを告白するように、とりわけ初期のトーマス・マンにとって、市民と芸術家は常に対立している。初の長編である『ブッデンブローク家の人々』においてもそれは同じである。ゲルダが夫のトーマスや義弟のクリスティアンにないというのも、このような有用性と実際性が根本にある市民階級の倫理性である。

ブッデンブローク商会の創業者の息子である老ヨーハンは、まさに実際性と有用性を兼ね備えた商人で、積極的に馬車を駆って南ドイツまで穀物の買い付けに行くなどして、商会を大きくする。しかしその息子の領事ジャンは、「非日常的で非市民的な繊細な感受性」(二八三) を持つ内省的で信仰心の篤いプロテスタントである。実際性や有用性よりも神のご意志を尊重しており、禁欲的に仕事に励んで利益を得ることが神の御心にかなうことと信じて、歯を食いしばって働き、業績を上げる。

次の世代のトーマスとクリスティアンになると、父親以上に繊細で内向的になり、裕福な環境に育ったために有用な人間として認められたいという意欲に乏しく、実際性や自由な感情表現もない。そのうえ信仰心も持たないために心の拠りどころがない。クリスティアンには兄のトーマスのように社主になる義務もないために、仕事をしない遊び人になる。性質も内向的で気弱なために、自分の身体のわずかな変化にもこだわり、それが昂じて病気になる。ゲルダは家族として義弟に接するうちに、彼も実際性も有用性も持たない非市民的人間であることを認識するのである。

一方トーマスは、独身で商人になりたての頃は風刺的な作家の作品を愛読しており、ゲルダとアムステルダムで再会したときも、家族や仕事などの一般的な話題よりも芸術、とりわけ文学の話題を好み、ゲルダのヴァイオリン演奏に深く感動する。それゆえゲルダはこの時すでに、トーマスの本質的性質が市民的ではなく、文学的芸術家的であることを見抜いているのである。それゆえゲルダは、「あなたよりもっと市民ではないわ」というのである。

トーマスは、商人になるために生来の詩人的性質を抑制して、父や祖父のように実際性と有用性を重んじる商人になる。しかし、「形而上学的なものを必要とし」（七一九）、「この世のすべては比喩にすぎない」（三〇二）と感じており、本心から実際的に活動して業績を上げることに意義を見出すことができない。そのため小さな町のカエサルになるという理想を意識的に作り、その実現を目指して働き、市長の右腕といわれるまでになる。トーマスが必要以上に身なりを美しく整えるのも、意識的に商人の心構えを作らねばならないからである。結婚についてもトーマスは、周囲の市民階級の男性のように市内の名家の娘と結婚するつもりはない。ゲルダが認識した通り、トーマスは本質的に市民的性質を持たないが、穀物商会の社主として、市参事会員として、表面上は模範的市民らしくふるまうのである。

ところで、なぜゲルダはトーマスやクリスティアンが市民的でないことに関心を抱くのだろうか。寄宿学校時代にゲルダはヴァイオリンを弾くことを、「馬鹿げている」（九五）と非難される。というのも十九世紀初頭のヨーロッパではヴァイオリンは男性の楽器で、ピアノが市民階級の娘のものと考えられていたからである。[28]しかしゲルダの父親は娘にヴァイオリンを習わせて、結婚を強いていない。ゲルダは市民的価値観の下で育てられておらず、先行研究で指摘されているように、非市民的性質のために、市民階級の人々と親しむことができない。それゆえゲルダは結婚したいと思わないのである。ゲルダは、市民たちの中にいるときは異質で孤立しがちであっても、自分と同様に本質的に市民的でないトーマスやクリスティアンとなら、異質であると感じない。このことが、ゲルダがトーマスと結婚した理由のひとつであると考えることができる。ゲルダは自分自身が非市民的であるために、周囲の人々が市民的性質の持ち主かどうかに関心があり、その結果トーマスだけでなく、クリスティアンも非市民的であるという認識を得るに至るのである。

四．認識――音楽と音楽教育

ゲルダのヴァイオリンの練習相手を務めるピュールは、教会のオルガン奏者で名の通った音楽家である。彼の作曲したフーガや讃美歌の編曲は演奏会で演奏され、著書は音楽学校の推薦図書になっている。ゲルダはこのピュールに、七歳になる息子にピアノを教えるよう依頼し、その際にゲルダはヴァイオリン習得の経験を踏まえた音楽観を語る。

ゲルダによれば、ヴァイオリンの演奏は、伴奏者次第になりがちであり、しかも高度の技術を身につけて、ようやく旋律やフレーズなどに専念することになるが、普通の才能しかない場合は技術を身につけるだけで終わってしまう。また、音楽を表現するにはヴァイオリンよりもピアノの方が優れている。しかしいずれにせよ、テクニックよりも音楽を理解するほうが大切であり（五五一を参照）、ピュールがハノーに教えるならば良い成果が得られるという。これらのゲルダの考えは、ゲルダが楽器の特性や音楽についてだけでなく、ピュールとハノーの能力に関する確かな認識を得ていることを示している。さらにゲルダは崇拝するヴァーグナーの音楽についても、『トリスタンとイゾルデ』の演奏を嫌悪するピュールに対して、ヴァーグナーの音楽には、快楽主義があると同時にモラルもあるというゲルダ自身の認識を根気よく説明して、ピュールを納得させる。

夫のトーマスは、後継者になるはずのハノーの音楽への関心が強すぎることを日頃から不満に思っているので、ゲルダがトーマスの好む「きれいなメロディ」の音楽に「音楽的価値」がないというと、傲慢だと非難する。それに対してゲルダは、夫の芸術家的性質に関する認識を交えて、音楽について語る。少し長いが、後に述べる夫婦の関係にも関わるのでここで引用する。

トーマス、申しておきますが、あなたは芸術としての音楽を少しでも理解するということなどまずないでしょう。あなたは大変知的ですが、音楽がささやかな食後のなぐさみや耳の保養以上のものであることを悟ることは決してないでしょう。他の場合にはお持ちの陳腐なものに対する感覚を、音楽ではお持ちでない……。これは芸術理解の試金石なのです。どれほどあなたが音楽に縁がないか、あなたはとうにご存知のはずですわ。あなたの音楽の好みは、あなたの他の欲求や考え方に本当にもう全く釣り合っておりませんもの。音楽の中の何があなたを喜ばせるのかしら？　それはある種の退屈な楽天主義の精神ですわ……。もしそれが本の中に含まれていたら、あなたは憤慨するか苦笑するかして、部屋の隅に投げ出してしまわれるような、そういう精神ですわ。どのような希望も生まれたか生まれないうちに即座に充足してしまう……。どのような意志もわずかに刺激を受けるか受けないうちに、速やかに心地よい満足を得てしまう……。世の中は、そのようなきれいなメロディのようにゆくものでしょうか……？　それは愚かな理想主義というものですわ……。

（五六〇）

ゲルダは、ヴァーグナーの音楽にモラルと快楽主義という対立的要素があるとピュールに説明しているが、それに対して「きれいなメロディ」にあるのは表面的な調和の美だけで、それは気楽な楽天主義だという。人間や人間が作り出す社会は、表面上美しく整っていても、常に目に見えない無意識の混沌としたものが作用している。音楽もただ心地よいだけでなく、暗い、混沌とした要素が具わることで、初めて人の心を動かす芸術になる。このような芸術認識にもとづいて、ゲルダは「世の中はそんなきれいなメロディのようにゆくものでしょうか？」というのである。

トーマスは、いつもは物静かなゲルダに自分の音楽理解の浅さを鋭く指摘されて傷つき、ハノーとゲルダが自由に出入りする音楽の「神殿」（五六〇）から締め出されたような気持になる。それゆえこれまで上記引用は、トーマスに対するゲルダの冷たさを示す言葉とみなされてきた。しかしよく読むならば、この言葉にはゲルダがトーマスの性質をよく理解していることが表れている。ゲルダはトーマスに、「とても知的ですが」、「他の場合にはお持ちの陳腐なものに対する感覚」、「退屈な楽天主義の精神［…］もしそれが本の中に含まれていたら、あなたは憤慨するか苦笑するかして、部屋の隅に投げ出してしまわれる」という。ゲルダはトーマスが知的で文学的な芸術感覚に優れていることを認めているのである。ただ音楽的感性だけは、トーマスの他の芸術的感性に比べると、劣っているというのである。

その上音楽に関しては、トーマス自身が結婚前に母親に宛てた手紙に、ブッデンブローク家の者は音楽が分かっていませんから、と書いているのであるから、トーマスは、自分の音楽的感性が劣ることを自覚しているのである。トーマスが傷つくのは、音楽的感性の否定ではなく、ゲルダの言葉の的を射る鋭さのためである。マンは『ビルゼと私』に、「現実に対して詩人が敵意を持っているように見える原因は、観察と認識の呵責なさと表現の批判的簡潔さとにある」[29]、詩人の「的を射る表現は常に悪く作用する。よい言葉は傷つける」[30]と述べている。詩人の言葉は的確に対象の本質を射るので、聞かされる者はその鋭さと厳しさに傷つくのである。ゲルダの言葉は、合間にトーマスへの思いやりのある言葉を挟みながらも、優しく語りかける表現ではなく、「決してない」という強い否定や、「理解の試金石」、「楽天主義」、「速やかな満足」という抽象名詞の多用、そして問いかけて自らが答える有無をいわさぬ論理的で硬い表現になっている。寡黙なゲルダであるが、いざ言葉で語るとなると、鋭く簡潔に本質を射る。それゆえトーマスは敵意があるかのように感じて傷つくのである。ゲルダは音楽的芸術家であるが、その鋭い言葉から認識する芸術家でもあるといえる。さらに『ビルゼと私』には、認識する芸術家は認識と表現の厳しさに耐えることから倫理的になるとも記されている。ゲルダにも倫理性が具わっていることが考えられるのである。次にゲルダとトーマスの倫理的関係について考える。

五．礼儀正しい関係と「永遠の正義」

トーマスが「この人しかいない」といい、ゲルダもそれまで多くの求婚を断り続けていたのに、トーマスの求婚を受け入れた。それゆえふたりの結婚は恋愛結婚のはずである。しかし、ふたりの結婚は普通の恋愛結婚に見えず、世間の人々は不思議に感じて絶えず噂し合う。

しかしまた愛というもの、一般に愛と理解されているものは、ふたりの間には初めからほとんど感じられなかった。むしろ最初からふたりの関係に認められたのは礼儀正しさ以外の何ものでもなかった。夫婦の間では全く異例の、几帳面で敬意に満ちた礼儀正しさであったが、それは不可解なことに、内面的な距離や隔たりからではなく、非常に独特な形で暗黙のうちに深く相互に信頼し、理解し合い、絶えずかばい合い、いたわり合うところから生じているように思われた。（七〇八以下）

礼儀正しい態度は、相手への尊敬の気持ちから生まれる倫理的態度である。トーマスはゲルダを芸術家として尊敬しているのであり、ゲルダはトーマスが芸術への欲求を自制して、「業績の倫理家[31]」で「現代の英雄[32]」と作者が名づけるほど、疲労困憊しても人々のために働き続けていることを尊敬している。そしてトーマスとゲルダの関係は、「内面的な距離や隔たりからではなく」というのであるから、外見上は距離を保っているように見えるが、夫婦の内面に距離はなく、互いを尊敬し合う気持ちから礼儀正しく距離を保っているということができる。[33] しかし世間の人々はこのような夫婦の関係が理解できず、噂をし続ける。他者の噂をすることは、ショーペンハウアーの形而上学に基づくならば、他者の存在の侵害であり不正である。

　個体は、［…］他者の身体のうちに現象している意志の否定を介して、自分自身の身体を超えて自己の意志を肯定する。――他者の意志肯定の境界への侵犯は昔からはっきりと認識されていて、この概念は不正という言葉でいい表されてきた。［…］不正を蒙る者は、他の個体によって自己の身体の肯定の領域を否定する侵犯を、直接的で精神的な苦痛として感じ取っている。[34]

　個体は身体と精神を具える存在であるから、「身体の肯定の領域」とは、個体の身体だけでなく精神も含む肯定の領域、すなわち個体の存在全体を肯定する領域である。噂や批判をすることは、他者の存在領域を侵すことであり、不正である。侵害されて不正を被る者は、身体や精神に苦痛を感じる。

　ゲルダは少女時代に、髪型を注意され、ヴァイオリンを弾くことも「馬鹿げている」と非難される。結婚後も常に市民や世間の人々に噂され続ける。結婚して十八年が過ぎて、夫のトーマスが太って老けて見えるようになっても、ゲルダは美しく均整のとれた上品な容姿も謎めいた目つきも全く変わらないので、人々は「漠然とした疑惑」（七〇九）を感じる。それゆえゲルダが少尉とふたりだけで音楽を演奏して楽しんでいることがわかると、人々はゲルダが夫を裏切っていると判断して噂をする。

　こうした一方的な先入見に基づく批判や噂は、ゲルダの存在を肯定する領域への侵害であり、そのために繊細な感性をもつゲルダは精神的苦痛を感じて、市民や世間の人々と親しく交際することができない。しかしゲルダは批判や噂による苦痛を絶えず経験していても、それに対していい返すことがない。トーニが、「私はいつもあなたを好きだったわ、わかってるわ、あなたは私を嫌っていたのよ」（三二一）と棘のある冗談をいってもゲルダは何もいわない。トーニの娘婿のヴァインシェンクがゲルダに、「ヴァイオリンのご機嫌はいかがですか？」（四八五）と、繰り返し冗談めかして話しかけるが、三度目からは聞き流す。ゲルダは、冗談にもいい返さないのである。ゲルダが批判的な言葉を発するのは、唯一、トーマスがゲルダの「音楽的価値」という言葉を非難したときであるが、この時のゲルダの言葉には、すでに述べたように、トーマスの文学的性質を認める思いやりがある。

ショーペンハウアーは上述の引用に続いて、正義とは不正を侵さないこと、すなわち、他者の存在領域を侵さない消極的なものであるといい[35]、さらに「個体化の原理」を見抜く程度がわずかなときに正義が生じ、その程度が高いときに「苦しめる者と苦しめられる者は同一である」[36]という「永遠の正義」、すなわち本来の善が生じるという[37]。ゲルダは「意志」の直接の摸写[38]といわれる音楽に携わる芸術家として、「永遠の正義」を直観的に感じ取っているので、他者から批判されてもいい返さないのである。しかし「永遠の正義」を知らない世間の人々は、ゲルダを理解することができないために、ゲルダを謎めいていると感じるのである。

夫のトーマスもまた芸術的文学的傾向があり、第十部第五章で「ショーペンハウアー体験」という、イデアを直観する芸術家の体験をするが、翌朝その貴重な体験をすべて忘れて元の商人に戻ってしまう。トーマスは、わずかな間だけ「個体化の原理」を見通して「永遠の正義」を直観するのみであるが、それでも不必要に他人を批判したり、茶化したりしない。父親が勘当されて貧しい生活をしてきた親戚の三姉妹に思い遣りのある態度で接し、貧しい親戚の娘クロティルデには老後も安心して暮らせる施設に入れるよう配慮する。妹のトーニはハーゲンシュトレーム一家をライバル視して悪くいうが、トーマスは公平な態度でハーゲンシュトレームが自分たちよりも優位にあることを認めるという、正義の人である。また市参事会員として、人々のために鉄道敷設や街灯設置などを率先して行うような、他者のために疲労困憊しても働き続ける「業績の倫理家」であり、「現代の英雄」である。[39] 繰り返しになるが、ゲルダはそのような夫を尊敬しているのであり、トーマスの方は芸術家である妻を愛し尊敬している。それゆえ夫婦の間に礼儀正しく距離を保った関係が生まれるのである。

六．正義と共苦

太田匡洋によれば、「ショーペンハウアーの倫理思想は『共苦』Mitleid、すなわち、他者の苦悩を自己自身の苦悩として感受する現象を、その原理とする」[40]。そして「『共苦』は、『直観的な認識』をその基礎とするものであり、その限りにおいて、直接的な仕方で行為へと結びつく」[41]という。つまりある感情が共苦であることは行為によって明らかになるのである。ショーペンハウアーは次のようにいう。

善や愛や高潔な心が他の人々のために為すことは、常にただ他の人々の苦悩の緩和でしかなく、従って、善、愛、高潔な心を動かして善い行為や愛の業を行わせることができるのは、常にただ他人の苦悩の認識のみであり、これは自分の苦悩から直接に理解し、これに同一視することである。しかしこのことから明らかになるのが、純粋な愛、アガペー、カリタスはその本性からいえば共苦であるということである。[42]

共苦は、他者の苦悩を直観的に認識し、自己の苦悩と同一視することによって生まれるが、共苦が為しうるのは他者の苦悩の解消ではなく、緩和のみである。そしてショーペンハウアーは、共苦をアガペーといい、共苦でない愛はすべてエロスという自己愛であるという[43]。

ディットマンとシュタインヴァントが「トーマスとゲルダに共通する性質は芸術家の性質であり、ゲルダの音楽への愛にトーマスは抑圧している文学的性質を再確認している[44]」という。トーマスはゲルダの音楽を聴き、共に読書することで、自分の文学への愛着を再確認しているというのであるが、それだけでなくトーマスの芸術への愛着は慰められ、償われているといえるのではないか。トーマスのゲルダへの愛が、エロスとアガペーのどちらかというならば、芸術を求めるエロスの愛である。

しかしそれだけでない。トーマスはゲルダの「普通の尺度では測れない」芸術家の性質に魅力を感じて愛しているので、ゲルダが朝起きなくとも不満をいわず、初めての夕食会を開いたときはゲルダに感謝し、新築する家に音響の良い広い部屋を作る。一家で森に遠出するときも、トーマスはゲルダの気持ちを理解しながら説得して、参加してくれることに言葉で感謝する。それゆえ語り手は「実際このようなことで、トーマスの同意を得ることが確かでないならば、ゲルダはトーマスと結婚していなかっただろう」（三七七）と述べる。トーマスのゲルダへの愛は、奪う愛、エロスだけではないのである。

ゲルダが少尉とふたりだけで音楽を楽しむことが噂になるときも、トーマスはゲルダと少尉の関係を「不貞」（七一三）とは考えず、家名が傷つくことを恐れる。しかしトーマスは「ゲルダとの結びつきは、理解と思いやりと沈黙を基盤にしているのだ」（七一四）と感じており、ゲルダを理解し、かばい、ゲルダの苦痛の緩和をはかる。トーマスのゲルダへの愛は、与える愛、アガペーの愛でもある。それゆえ語り手がいうように、ゲルダはトーマスが自分を愛し、理解して、自分に同意してくれると感じたので結婚したと考えることができる。

一方、トーマスがゲルダとの結婚によって得られるものについて考えたい。トーマスが背負う一族の名誉を守る義務と重圧は、ゲルダの父親が大商人なので、多額の持参金による増資と、社会的信頼（三三二を参照）がより確かになることで、緩和される。社交生活では、招待された際にトーマスは多忙で支度が遅れるが、ゲルダは静かに待っている。商会の業績の停滞を感じたトーマスが倹約を始めても、ゲルダは不満をいわない。使用人のマルクスの解雇も、トーマスの母の領事夫人が夫の意向に反してマルクスを雇ったのと対照的に、ゲルダは夫に従う。常にゲルダはトーマスに合わせて生活しており、トーマスの苦悩は、ゲルダが従ってくれることで緩和されているのである。

「音楽的価値」を巡るいい合いは、すでに述べたように、ゲルダがトーマスの文学的感性を理解していることを示している。ゲルダがトーマスのためにヴァイオリンを弾き、一緒に読む短編小説を選ぶのも、トーマスの好む音楽や文学を知っているからできることである。これらの行為はゲルダがトーマスの家業を担う苦悩や、芸術への満たされぬ欲求と苦悩を緩和することにつながっている。

ふたりが結婚して五年後に息子のハノーが生まれ、トーマスは家を新築するが、その頃から社主と市参事会員の仕事で非常に多忙になり、疲労の度が強まる。トーニは二度離婚しているので彼女の嫁ぎ先からの支援はなく、遊び人の弟もひ弱な息子も期待できないので、トーマスはひとりで働き続けねばならない。トーマスは過労の状態にあっても、意識的に実際的で活動的な商人であろうとして、外見も完璧を目指す。衣装室にあらゆる場面に相応しい衣服を揃えて、毎朝時間をかけて身なりを美しく整える。ゲルダは、そのような夫の仕事ぶりも努力もすべて、日々共に生活しながら見ており、夫の苦悩を理解している。それゆえトーマスが路上に倒れて、泥水で汚れたままの姿で家に運び込まれると、ゲルダはトーマスの身になって、身体を震わせながら、「これまで糸くずひとつでも付いているところを見せたことがないのに、最後にこうならなくちゃならないなんて、ひどいわ、侮辱だわ……！」（七五一）と嘆き、憤る。

ケラーは、この言葉はゲルダが夫よりも衣服の汚れを気にしているという。[45] クルツケはショーペンハウアーの思想に基づいて、生に対する死の嘲笑であるという。業績を求める市民であるトーマスは、先祖の中に生きて後継者の中に生き続けることで死を超越しようとする。しかし死は、市民的業績と個体化という形式への意志を嘲笑する。ゲルダの言葉がそれを示しているというのである。[46] クルツケの解釈は、ゲルダが芸術家的性質から物事の本質を鋭く見抜いて認識していると考えること自体は間違っていないであろう。しかしこの場面ではゲルダが生と死の本質に関する認識を語っているとするならば、『ビルゼと私』に記されているように、ゲルダはもっと冷静に、冷たい態度でいるのではないだろうか。ところがゲルダは、驚いて駆けつけたトーニの「何があったの？」という問いかけに対して、トーニの肩にしがみついて身体を震わせながらささやくようにようやく言葉を口にするのである。ゲルダはトーマスの状態に衝撃を受けていつもの冷静さを失い、我を忘れてトーマスに与えられた運命に共苦を感じている。そしてゲルダはトーマスの身になってトーマスと共に、嘆き悲しんでいる。このように解釈するほうが、ゲルダの描写にふさわしい。それゆえゲルダの言葉は、共苦の愛、アガペーの愛から生じているといえるのである。

太田が説明していることだが、ショーペンハウアーは次のように書いている。

心情の本当の善、利己的でない徳、純粋な気高さは、［…］直接的で直観的な認識から生まれる。それゆえ伝達不可能であり、ひとそれぞれに生じてくるものでなくてはならない。したがってこの認識が本当に適切に表現されるのは、言葉ではなく、ただひとえに人間の行為、行動、その人の人生行路においてである。[47]

利己的でない本当の善、すなわち共苦は、直観的認識から生まれ、言葉ではなく行為と人生行路、すなわち日々の生活に表れる。ゲルダはアムステルダムでトーマスと久しぶりに出会って話すうちに、トーマスが文学への愛着を抑制して、穀物商会の社主として業績を上げる努力をしていることを直観的に認識し、共苦を感じた。なぜならゲルダ自身も芸術家的性質を具えていながら、市民階級の娘として生きることに息苦しさを感じていたからである。この時ゲルダに共苦が生じていることを示すのが、トーマスの求婚を承諾するという行為である。これまで明確にされてこなかったが、ゲルダの結婚の動機は、トーマスへの共苦の愛ということができるのである。

世間の人々は、ふたりの結婚が恋愛結婚のはずだが、通常の恋愛結婚に見えないと感じている。それは世間の人々が「永遠の正義」を知らず、エロスの愛による恋愛結婚しか知らないからである。トーマスとゲルダの夫婦の間にあるのは、トーマスのゲルダへの愛がエロスとアガペーであり、ゲルダのトーマスへの愛はアガペーである。そして夫婦の礼儀正しい関係も、アガペーという共苦の愛からふたりが互いを尊敬し、尊重し合って距離を保っていることから生まれているのである。

ここまでに三度ゲルダが結婚を承諾した理由に言及してきた。ひとつは、トーマスもゲルダと同様に非市民的性質なので、一緒にいて異質であることを感じなくて済むということ。ふたつ目は、一家で森に遠出するときの語り手の説明「実際このようなことで、トーマスの同意を得ることが確かでないならば、ゲルダはトーマスと結婚していなかっただろう」というように、ゲルダが休日に外出することを好まないことをトーマスが理解しているることである。三つ目に、ゲルダが少尉と音楽を楽しむことが噂のたねになっても、トーマスが「ゲルダとの結びつきは、理解と思いやりと沈黙を基盤にしているのだ」考えて、ゲルダが音楽を楽しむことを理解して噂に関して非難しないことを挙げた。しかしこれらは付随的な理由であり、ゲルダが結婚を承諾した真の理由はトーマスへの共苦の愛からである。ゲルダ・ブッデンブロークは「業績の倫理家」で「現代の英雄」といわれる夫トーマスの苦悩を共に担う良き伴侶、すなわち共苦の人である。

トーマス・マンは『ファウストゥス博士』完成後、友人への書簡に「円環がつながる[48]」と書いて、『ブッデンブローク家の人々』と『ファウストゥス博士』が強く関係し合う作品であることを示唆している。本稿で論じたトーマス・ブッデンブロークの妻で寡黙で物静かなゲルダは、『ファウストゥス博士』の主人公レーヴァーキューンをそばで見守るシュヴァイゲシュティル夫人につながる可能性があることを付け加えておきたい。

---

1 KSA 1, S. 27.

2 Ebd., S. 28.

3 Ebd., S. 40.

4 Ebd., S. 40.

5 Vgl. Dittmann, Britta und Steinwand, Elike: *„Sei Glöcklich, du gutes Kend“. Frauenfiguren in Buddenbrooks*. In: Eickhölter, Manfred und Wißkirchen, Hans (Hg.): *»Buddenbrooks« Neue Blicke in ein altes Buch*. Lübeck 2000, S. 182.（=Dittmann u. Steinwand）ゲルダのモデルはトーマス・マンの母ユーリア・マンだけでなく、トーマス・マンの従弟パウル・アルフレッド・マンの妻アンナ・フィリップセンもモデルのひとりという。

6 Vgl. Heller, Erich: *Thomas Mann. Der ironische Deutsche*. Frankfurt a. M. 1975, S. 16.

7 Vgl. Singer, Herbert: *Helena und der Senator. Versuch einer mythologischen Deutung von Thomas Manns „Buddenbrooks“*. In: *Thomas Mann*. Koopmann, Helmut (Hg.), Darmstadt 1975, S. 251ff.

8 Wysling: TMSBb.13, S. 209.

9 Vgl. Keller, Ernst: *Die Figuren und ihre Stellung im „Verfall“*. In: BdHb 1988, S. 191f. (= Keller); BdHb 2018, S. 96; GKFA. 1. 2, S. 54.

10 Frevert, Ute: *Frauengeschichte zwischen Bürgerlicher Verbesserung und neuer Weiblichkeit*. Norderstedt 1986, S. 106; ウーテ・フレーフェルト『ドイツ女性の社会史―二百年年の歩み―』（若尾祐司他訳）、晃陽書房、一九九〇年、九八ページ。田村雲供『近代ドイツ女性史　市民社会・女性・ナショナリズム』、阿吽社、一九九八年、五〇ページ以下。

11 Vgl. Dittmann u. Steinwand, S. 187ff.

12 Ebd., S. 189.

13 Müller, Sarah: *Die Frauenfiguren in Thomas Manns „Buddenbrooks“*. Hamburg 2013, S. 20.

14 Pütz, Peter: *Thomas Mann und die Tradition*. Peter Pütz (Hg.), Frankfurt a. M. (Athenäum) 1971, S. 238.

15 Vgl. Max, Katrin: *Philosophie*. In: BdHb 2018, S. 190.

16 「共苦」Mitleidは「同情」とも訳されるが、「同情」は上からの憐れみというニュアンスを含むので、ショーペンハウアー哲学研究では「共苦」という訳語が用いられており、本論文でもそれに従う。

17 トーマス・ブッデンブロークの倫理性については以下を参照。別府陽子「トーマス・ブッデンブロークの倫理性―ショーペンハウアーの思想に基づいて」、『Flaschenpost』Nr. 43（ゲルマニスティネンの会）二〇二二年、六―一一ページ。

18 GKFA 14. 1, S. 105.

19 Grimm, Jacob und Grimm, Wilhelm: *Deutsches Wörterbuch* VI, Leipzig 1885, S. 670.

20 Vgl. Thomas Mann: BrHM, S. 36f.

21 GKFA 2. 1, S. 277.

22 Schopenhauer: . I, S. 322.
23 Schopenhauer: I, S. 156.Vgl. Ebd, S. 140. ショーペンハウアーは諸現象の内部の本質は未知のままであるともいう。
24 GKFA 2. 1, S. 376.
25 Ebd., S. 276.
26 Peacock, Ronald: *Das Leitmotiv bei Thomas Mann. Sprache und Dichtung*. Heft 55. Harry Maync und S. Singer (Hg.), Bern 1934, S. 16-21.
27 Kurzke, Hermann: *Thomas Mann Epoche–Werk–Wirkung*. München 1997 (= Kurzke), S. 45f.
28 ホフマン、フライア『楽器と身体』（阪井葉子、玉川裕子訳）、春秋社、二〇〇四年、二一三—二三一頁を参照。Vgl. Hoffmann, Freia : *Instrument und Körper*. Die musizierende Frau in der bürgerlichen Kultur. Frankfurt a. M. 1991, S. 25-38.
29 GKFA 14. 1, S. 105.
30 Ebd., S. 108.
31 GKFA 13. 1, S. 159.
32 Ebd.
33 佐久間禮宗『思いやりの作法』、毎日新聞社、一九九九年、二六ページを参照。佐久間によれば、「礼」とは「離」であり、「貴いものから距離を保つ」ことから生まれた言葉であるという。東洋の礼法思想であるが、インドの思想の影響を受けているショーペンハウアーの思想と根底で共通する考え方があるように思われる。
34 Schopenhauer: II, S. 417.
35 Ebd., S. 422.
36 Ebd., S. 441.

37 Ebd., S. 465.
38 Schopenhauer: I. S. 324.
39 注12を参照。
40 太田匡洋「ショーペンハウアーにおける共苦と想像力」、関西倫理学会編『倫理学研究』四八号、二〇一八年、九一ページ。
41 Ebd., 九一ページ。
42 Schopenhauer: II, S.465f.
43 Ebd., S. 466.
44 Dittmann u. Steinwand, S. 189.
45 Keller, S. 191.
46 Kurzke, S. 76.
47 Schopenhauer: II, S. 459.
48 Mann, Thomas: DüD, Bd. 14/III, S. 116.

第十一章　トーニ・ブッデンブロークとサチュロスの合唱団

『ブッデンブローク家の人々』の登場人物の特徴に、トーニ・ブデンブロークをはじめ、女たちは変ることなく若さと活力を維持し続けて長生きするが、それに対して一族の繁栄を担う男たちは勤勉に働き、老いて死んでゆくということがある。この若さと老いの対照的表現は、主人公トーマス・ブッデンブロークを代表として、勤勉に働く男の運命を強調するための技法と考えられている。[1]

また女たちが変わらないことについては、ディットマンとシュタインヴァントやミュラーらが、十九世紀末のドイツ市民階級の女性観という社会学的、フェミニズム的観点から論じている。その一方でE・ヘラーはすでに一九五九年にショーペンハウアーの形而上学的哲学的の観点から、明るさと活力を発揮し続けるトーニを「生のパロディ」と論じている。これは本書のテーマに深く関わる考察であり、注目に値する。

これらの先行研究に基づいて、まず、トーニを中心に十九世紀の市民階級の女性観という観点から考察し、次いでヘラーが論ずる「生のパロディ」をもとにして『悲劇の誕生』との関係を論ずる。

一．先行研究

トーニ・ブッデンブロークのモデルは、トーマス・マンの父親の妹で、美しいエリーザベト叔母である。エリーザベトの結婚は、二回とも持参金が目当てのもので、結婚後間もなく夫が破産して離婚に終わる。[2] 作者マンはこの叔母の人生をトーニに描いたのである。シェラーによれば、『ブッデンブローク家の人々』の最初期のメモ書きの家系図にトーニの再婚が記載されており、作品構想の初期の段階でトーニが叔母のように波瀾に満ちた人生を歩むことが決まっていたという。[3]

初期の構想通りにトーニは物語の最初から最後まで、つまり七歳から五十歳まで登場しており、兄のトーマス・ブッデンブロークを主役とするならば、トーニはその脇役である。トーニは幼少期に「小さな王女様」のように幸福な日々を過ごすが、結婚後は二度離婚し、娘のエーリカも夫が職務のために有罪になって離婚に至り、心の支えである生家の穀物商会も解散するという辛い体験をする。しかしトーニはそのような人生の苦労にもめげず、最後まで若々しく明るく物語を導く伴走者である。[4] トーニは明るく滑稽で子供っぽく、何ごとも隠さず口に出すので、読者は容易に理解して自己同一化することができる。それゆえトーニはドイツ文学で最も愛される女性のひとりといわれることもある。[5]

ゲアト・ザウターマイスターが二〇〇七年に、それまでのトーニに関する主な論評をまとめている。それによれば、アレクサンダー・パヒェはトーニをモデルネの文学で最も独創的人物といい、エデュアルド・コロディはトーニほど深みのなさがはっきりと描かれている人物はいないという。ハンス・ヴィスリングは、トーニは子供のままで変わらない人物で、一族が経営する穀物商会の犠牲者であるが、内省することがないので、健康で活力があり、それゆえに幸福で強いという。エーバーハルト・レメールトは、トーニは存在感があり、創作されたなかで最も完成している人物、率直で自分に正直であり、没落の運命に耐え、変らないことが物語のなかで不変の恒星のような役割を果たしていると論じている。

また上述したヘラーは形而上学的観点から、トーニはショーペンハウアーの「意志」の無邪気さが表れている人物で、彼女の本質は時代や家族の死によって穢されることがなく、感動的なほど幼く、認識しない滑稽な人物で、「生のパロディ」であるという。エックハルト・ヘフトリッヒは十九世紀の市民階級の女性という観点から、トーニを宿命に閉じ込められた人物であるという。そしてヘルベルト・レーナートは、トーニに女性の権利の自覚をみることができるが、性格が変化し、人格の分裂も見られるような複雑な人物であるとする。

ザウターマイスターは以上のように先行研究を紹介して、とりわけレーナートの解釈に対して心理学的観点から、トーニの特徴は柔軟性と回復力であり、二度の離婚という社会的地位が低下する打撃を受けながらも、トラウマにならず、幻滅しても立ち直る力、レジリエンスを持っている。この力は、幸福な少女時代に育まれた周囲への根本的な信頼から生まれていると結論づけている。[6]

トーニは明るく健康的で面白いという肯定的な評価が多いのに対して、レーナートの立場に近いのが村田貞子である。彼女は「男性たちの没落物語のための、滑稽にも明るい一本調子の伴奏として奏でられるトーニのライトモティーフに痛ましさを覚えることなく読むことは今日不可能ではなかろうか」[7]と述べて、トーニの明るさに心理学的な問題性を感じ取っている。そして近年ではディットマンとシュタインヴァント、そしてミュラーが、トーニに十九世紀の市民階級の女性の特徴を見出して、社会学的、フェミニズムの観点から考察している。

二　十九世紀市民階級の女性像

ディットマンとシュタインヴァントによれば、『ブッデンブローク家の人々』が出版された当初の作品中の女たちに関する批評は世紀末の女性観が基準になっているという。[8] 例えばトーニとゲルダは、それぞれが世紀末に存在した女性のタイプとして対照的に描かれているという。ゲルダは世紀末に流行した、神話や死の天使、ファム・ファタルの典型であり、トーニは家のために結婚する十九世紀ドイツの市民階級の女性の典型である。父親の領事ジャンや兄トーマスのトーニに対する態度に、十九世紀の男女観、つまり、男は理性的で社会的道徳的に優位にあり、女は非理性的で男性に劣るという男女観が表現されているという。[9] トーニは、大切に育てられながらも人生を左右する結婚相手を家の利益のために決めねばならず、そのような人生は十九世紀の市民階級の女性の典型である。

田村雲供によれば、十八世紀後半の女性を価値づける基準は、「妻」「主婦」「母」の義務を果たすことに置かれていた。[10] しかし「十九世紀後半の資本主義経済の発展により、社会の中心的役割を果たすのは教養市民から経済市民になり、女性の三使命も価値基準も変化した」[11]。経済市民層はいわゆる「ブルジョワ」になり、勤勉に働き、節約して富を貯えるという市民の価値観に貴族的な基準が加わる。それによって女性の理想像も「妻」「主婦」「母」から「無為の貴婦人」に変わり、夫の社会的威信を示すために、女中や養育係りを雇うようになる。そうして「労働で手を汚さないことが上層女性の基準」になり、女性労働の蔑視と女中への差別的態度につながったという。[12] この女性像はまさにブッデンブロークー家の妻たちとトーニに重なる。

『ブッデンブローク家の人々』において、市民階級の貴族性は領事夫人エリーザベトとその娘のトーニに特徴的に描かれている。エリーザベトの実家クレーガー家は裕福な商人で、斜陽にありながら貴族的な生活している。クレーガー家の贅沢な暮らしに慣らされているエリーザベトとトーニは、贅沢な衣服や装身具を好み、それを象徴するように、ふたりだけにリボンが頻繁に使用されている。そして家事は使用人に任せて、自分たちはレース編みなどをして過ごし、パーティに出席し、海辺で休暇を過ごす。

ドイツの女性史研究家のフレーフェルトによれば、このような女性観を含む市民階級の結婚は「心の問題というよりもむしろビジネスであった。有利な結婚によって収支決算は黒字となり、忠実な協力者が得られ、取引上のコネができ、政治上の結びつきも強められた」[13]という。結婚はビジネスであり、十九世紀の市民階級の女性は、自由に配偶者を決めることができなかった。トーニの父親の領事ジャンは父親の勧める、裕福な商人のクレーガー家の娘エリーザベトと結婚する。そうすることで、多額の持参金や相続財産が期待でき、商会の資本を増すことができるからである。トーニの両親はそのような自分たちの結婚を肯定的に捉えており、娘のトーニにも同様の結婚を勧める。トーニもそれを当然と考えて、両親が勧めるグリューンリヒと仕方なく結婚する。

トーニは、グリューンリヒとの結婚前に学生のモルテンと出会うが、その恋愛は一時の夢でしかない。グリューンリヒとの離婚後、ミュンヘンに住む友人に会いに行った際に出会う、ホップを商う会社を経営しているペルマネーダーと再婚する。しかし、ペルマネーダーは会社を大きくする野心を持たず、結婚後間もなく引退して年金生活に入るので、失望したトーニは、酔っぱらった夫が女中と戯れる姿を目にして、侮辱されたという怒りと嘆きから実家に帰ってそのまま離婚する。会社経営者の娘であるトーニは、妻は夫の事業がうまくいっていることを証明するために贅沢な生活をして、夫の威信を示すのが当然と考えており、早々と引退したペルマネーダーはトーニが期待した夫ではなかったのである。

実家に帰ったトーニは、創立百周年記念日という一族の威信を見せることのできる行事に力を注ぐ。トーニには、フレーフェルトが論じているように、時間とお金をかけて一家の繁栄を示そうとする市民階級の女性の特徴が表現されている。トーニは種族の化身であるという、ヘラーの形而上学的解釈も、社会学的な見方をするならば、トーニは自分が名誉ある一族の一員であることを自覚しているということであり、それゆえにトーニは、ザウターマイスターのいうように、二度の離婚や一家の没落という不運にも関わらず、活力を持ち続けることができるのである。

トーニの一族の資本に貢献するための結婚は、当時一般的であった市民階級の女性の結婚である。しかしトーニは本当に市民階級の女性として規範を守り、家のために結婚したのだろうか？　それならば家の名誉を傷つけることでしかない二度目の離婚は避けたのではないだろうか？　兄のトーマスが止めるにも関わらず、トーニは離婚を強行して全く気に病む様子がない。その上娘エーリカが結婚するときは、まるで自分の三度目の結婚であるかのように振舞い、娘とお揃いの部屋着まで作る。[14] トーニは家のために自分を犠牲にしているとはいえないであろう。トーニは一家の名誉と伝統を大切にする気持ちを持っているが、それ以上に自分の生命力と活力に忠実な女性である。この作品では、従順に家のために尽すという十九世紀の市民階級の女性観は、男性側、つまりトーニの父の領事と兄のトーマスに限定されている。贅沢で「上品」vornehm なものが好きなトーニは、十九世紀後半の貴族的なブルジョワ的経済市民であり、自己の生命力に忠実で、「生のパロディ」といわれるような明るく滑稽な人物である。

三．「生のパロディ」

本書の序文に引用したように、ヘラーはショーペンハウアー形而上学の観点からトーニを「生のパロディ[15]」という。ショーペンハウアーによれば、イデアは事物の本質であり、時間や空間に影響されない不変の観念である。例えば犬のイデアは、多くの個別の犬の死に影響されることのない不変の「犬」という観念であり、その観念を持っているから、人は犬を見ると犬だと思うのである。ヘラーはトーニをそのような「ある絶対的な原理の、時間や事物の転変を超越した原理のパロディ」であり、ブッデンブローク一族という「種族のイデアの化身」である。それゆえに何があろうとも盲目的に幸福で、感動的なほど愚かであり続け、徹底して、成長も変化もない現在であり続ける人物で、「悲劇を茶化す陽気な道化」すなわち「生のパロディ」であるという。「時間や事物の転変を超越した原理」とは、ショーペンハウアーの「意志」であり、ニーチェのいうディオニュソス的なもの、そして牧神パーンに象徴される「自然の生命力」である。「生のパロディ」とはそのような広い意味での生命力のパロディという意味である。

またヘラーは、トーニを一族のイデアの化身 Inkarnation ともいう。つまりトーニは、ブッデンブロークという名誉ある一族 Gattung のイデアの個体化ともいえる人物で、ショーペンハウアーの「意志」そのものといえるほど、経験的世界の理性や悟性に影響されない素朴な人物である。論理的な認識のできないトーニは、対象を言葉で適切に捉えることができず、滑稽になる。それゆえヘラーはトーニを「意志」のパロディであるというのである。

ところでショーペンハウアーの思想は、生きることは苦しみであり、すべての個体は死ぬと「意志」に還る。それゆえ生きることに意味はないという徹底したペシミズムである。この思想を、生を生きるに値するものとして、生の賛美へと転回させたのがニーチェである。トーニが活力のある陽気で滑稽な「生のパロディ」、「意志の化身」というのであれば、トーニという人物を考える場合、ショーペンハウアーの思想だけでなく、ニーチェの思想も視野に入れて考察しなくてはならない[16]。

四．ニーチェの自然観

女たちが変わらないことが『ブッデンブローク家の人々』の大きな特徴と述べたが、ニーチェは『悲劇の誕生』に次のように記している。

事物の根底にある生はあらゆる現象の変化にもかかわらず破壊されず強力で歓びに満ちているという形而上学的慰め、[…] この慰めは、具体的な明瞭さでサチュロス合唱団として、いわばあらゆる文明の背後に根絶されることなく生き、世代と民族の歴史のあらゆる変遷にもかかわらず、永遠に変わらない自然の生きもの Naturwesen の合唱団として、姿を現す。[17]

「事物の根底にある生」とは、事物の根源的生、すなわちショーペンハウアーのいう「自然力」としての「意志」であり、[18] ニーチェはそれをディオニュソス的なものといい換えている。そしてその生は、「自然的生きもの」であるサチュロスの合唱団として形あるものになっているという。[19]

サチュロスに象徴的に表現されているというニーチェの自然観について、まず、ニーチェの自然主義を研究した齋藤直樹の考察を参考にしたい。齋藤の研究の一部であるが、要約すれば次のようになる。[20]

ニーチェの思想には『悲劇の誕生』から『力への意志』に至るまで、根源的「自然」から離脱した「反自然的秩序」に対する根本的な批判が見られる。「反自然的秩序」とは、ソクラテスのような理論的人間のあらゆる事物を「因果律」の下にみる世界観や、十九世紀ドイツにおける形骸化した歴史主義の「客観的な歴史世界」であり、純粋認識一般の対象としての「真理の世界」、ユダヤ=キリスト教的な「道徳的世界秩序」である。ニーチェがこのような「反自然的秩序」を批判し、本来あるべき領域としていたのは、「初期思想圏においては『ディオニュソス的自然』あるいは『非歴史的=自然的生』であったし、最終的には『自然的情動性』として『身体』に結節している『全体現象としての力』であった。[…] ニーチェの思索の全体を(広義の)『自然主義』と呼びうるというのである。

ニーチェにとって自然とは、因果律、客観的な歴史世界、真理、道徳といった、理性や悟性による知的活動によって作られる基準や先入見のない状態、いわば牧神パーンに象徴されている、善悪の認識の木の実を食す以前の状態であり、人間の身体に直接感覚的に感じ取られる「全体としての力」という「ディオニュソス的な自然」の衝動である。

また、齋藤が「自然的生」と同等と論ずる「非歴史的」ということについては、『反時代的考察』の「生に対する歴史の利と害」において論じられている。ニーチェは、牧場で草を食む動物は、記憶しないゆえに日々健康に生きている。それゆえ忘却する能力は幸福の要因であり、記憶しない人間の生は「非歴史的」な生であるという。それは具体的にいうと次のようなものである。

ある人間の歴史的な知識と感覚が非常に限られており、彼の視界がアルプスの谷間の住人の視界のように狭められていることは、ありうることであり、その人はあらゆる判断に不正をもたらし、あらゆる経験にそれに関して第一人者であるという誤謬を持ち込むかもしれない――だが彼はあらゆる不正と誤謬にもかかわらず無敵の健康と強壮さ Rüstigkeit で、あらゆる人の目を喜ばせる。[21]

「非歴史的」なものの見方は、ヘラーが論ずるトーニのように、視野が狭く、物事を正確に把握する意味での認識をしないために誤謬が多い。しかし自己の視界の外を知らないので、自己を正しいと信じて、強く、健康で幸福に生きることができるのである。サチュロスもまた、ディオニュソスと生殖以外に関心がなく、狭い視界で満足している、強くて健康な自然的生き物である。それゆえ精霊であるが、サチュロスは「非歴史的＝自然的生」ということもできる。『悲劇の誕生』によれば、サチュロスは次のような精霊である。

認識の働いていない自然、文化の門がそこではまだ破られていない自然――そういうものをギリシア人は彼らのサチュロスの中に見たのであって、それゆえ彼らにとってサチュロスは猿と同じものではなかった。それどころか、サチュロスは、神のそばにいることに陶酔し、熱狂する心酔者であり、神の苦悩を繰り返し共に悩む仲間であり、自然の最も深い胸底から叡智を伝える者であり、ギリシア人が畏敬に満ちた驚きとともに眺めるのが常であった自然の最強の生殖力の象徴として、人間のもつ最強で最高の感動が表現された人間の原像だった。[…] ここでは文明の幻想は人間の原像によって拭い去られ、ここに真の人間、自己の神に向かって歓声をあげる髭のはえたサチュロスが、正体を現した。サチュロスの前で文明人は縮んで贋物の戯画になった。[22]

サチュロスは、頭部は人間で手足は山羊という自然を象徴する精霊である。サチュロスに象徴される「認識の働いていない自然」とはどのような状態であろうか。次にニーチェも『悲劇の誕生』に「偉大なるパーンは死んだ[23]」という言葉を引用しているが、牧神パーンと自然に関する戸田仁の考察を基にして考えたい。

五．牧神パーンの死

齋藤はニーチェの自然観を、ソクラテス的な理論や因果律を含まない自然であるという。このニーチェの自然観は戸田仁が論ずる牧神パーンとキリスト教の対立的構図と同じものと思われる。[24]

牧神パーンはアルカディアに住む上半身が人間で下半身が山羊というサチュロスの仲間で、「すべて」を意味する「パーン」という名前によって、全自然の象徴であり、万物の生殖と生命の原理と見なされた。戸田によれば、キリスト教の発生以前、人間は自然に隷属することによって自然と深く交流して、自然との内的一体関係を得ていた。その状態を作家のD・H・ロレンスDavid Herbert Lawrence（一八八五―一九三〇）は、「パーンが最も偉大であった頃、パーンはパーンですらなかった。パーンという名前などなく、心の中に思い浮かべることはできなかった」と述べているという。つまりパーンは言語が発生する以前のすべてのものの象徴である。

アダムとイヴが知恵の木の実を食べるということは、大いなる自然の神への反抗である。それによってそれまで自然と一体化して自然に隷属していた人間は、自然への隷属状態から解放されるが、しかし同時に自然との一体感を失った。「人間の内的な自然的生命、［…］牧神は、自然の深処に追いやられ、人間から姿を消した[25]」のであり、それを表現するのが「偉大なるパーンは死んだ」という言葉である。

キリスト教誕生以降、知恵を身に付けた人間は、自然を生命から分離して科学的に分析しはじめる。パーンの一元的世界は、精神と生命の二元的世界へと分裂し、人間は、「天」「愛」「観念」「言葉」「精神」「理性」「知性」「機械」「文明」の側に立ち、言葉の介入が許されない本源的な世界である「地」「存在」「性」「官能」「本能」「直観」「自然」をないがしろにしてきた。それゆえパーンは人間の理性では捉えられないところに隠れたのである。

戸田によれば、この分裂は女性観にも影響している。キリスト教によって、明るい「性」や「生殖」は暗く、みだらで忌まわしいものとみなされた。「生殖」が抑圧され、その代わりに「精神」が優位に立ち、すべてを支配し始める。種の存続のために子孫を産み育てる機能をもつ女性は、「性」「本能」「官能」「感情」を男性よりも多く体現することから、負の価値づけがなされるようになる。さらに女性に多く見られる豊かな官能性や巫女的霊性は、理性の光の届かない闇の領域のものとみなされ、霊的女性は恐怖と嫌悪の対象になり、十七、十八世紀には魔女狩りなどを引き起こした。戸田によれば、このような女性観がキリスト教誕生以降続いており、十九世紀の市民階級の女性観、すなわち、家父長的な男性に従属する女性像にも影響しているという。[26]

六．サチュロスの合唱団と家畜、「非歴史的」な生の形式

古代ギリシアのアテナイでは、春の大ディオニューシア祭に、毎年三人の悲劇作家が悲劇とサチュロス劇をそれぞれ競い合い、ディオニュソス神に奉納した。その際に、ギリシア悲劇の合唱団は人間の姿のままであるが、合間に上演されたサチュロス劇の合唱舞踊団は、馬の耳や尾を着けたサチュロスたちで構成されていたという。サチュロスとは、『マイヤー百科事典』によれば、ディオニュソスの従者で、ギリシアのペロポネソス半島を故郷とする雄のデーモンたちであり、シレノスと同一視されることもある。そしてケンタウロスのように、馬の耳と尾を持つ、という。[27] そしてニーチェは、『悲劇の誕生』においてギリシア悲劇の合唱団をサチュロスの合唱団であるという。以下は「ニーチェの自然観」の説で引用したが、再引用する。

事物の根底にある生はあらゆる現象の変化にもかかわらず破壊されず強力で歓びに満ちているという形而上学的慰め、［…］この慰めは、具体的な明瞭さでサチュロス合唱団として、いわばあらゆる文明の背後に根絶されることなく生き、世代と民族の歴史のあらゆる変遷にもかかわらず、永遠に変わらない自然の生き物の合唱団として姿を現す。[28]

「事物の根底にある生」とは、ショーペンハウアーの「意志」、ニーチェのいう根源一者でディオニュソスである。従ってサチュロスとは、「意志」、根源一者、ディオニュソスが現象した生き物ということになる。またサチュロスは「同じままであり続ける自然的生き物」であるという。これは、芽生え、成長し、枯死を繰り返して、全体としては変わらない自然のように、サチュロスも変化しない、永遠という時間の流れの外にある生き物であることを意味している。それゆえサチュロスは「神と山羊の一心同体」の生き物といわれるのである。

ショーペンハウアーは次のように論じている。

> 人間が、動物やその他の全自然と関連しており、いやそれどころか、一体であるということ、したがって小宇宙が大宇宙と一体であることは、不思議に謎めいたスフィンクス、ケンタウロス、[…]などからうかがえる。[29]

大宇宙と小宇宙が一体である、すなわち人間が自然や動物と一体であるという考え方は、すでに述べたパーンに象徴される考え方である。人間は生死を含めて、常に変わらない自然の一部である。ニーチェは、それを実感させるのが、サチュロスの合唱団であり、それを体現しているのが、ディオニュソス祭の熱狂者であるという。彼らは祝祭の酒に酔い、歌い踊りながら、己を喪失して自然や世界全体と一体になる。彼らの歌と踊りは根源的自然の声と動きの直接的な身体表現になる。ギリシア人はこのように感じて、ディオニュソス祭の熱狂者を、自然を象徴する精霊サチュロスに重ねた。

『悲劇の誕生』執筆時にニーチェはヴァーグナーとショーペンハウアーの強い影響下にあった。そのショーペンハウアーは、生物すべては悟性を持つが、理性を持つのは人間だけであると考えていた。この考えに従えば、サチュロスの半人半獣で性的放縦という特徴は、サチュロスがディオニュソスの言葉を伝えるために半人として人間の言葉を話すが、その本質は半獣、すなわち自然と同じく、種属（族）の保存を目的とする旺盛な繁殖力をもつ動物であることを示している。つまりサチュロスは、理性のない、永遠に変わらぬ自然的生き物である。

トーマス・マンはこのニーチェのいうサチュロス合唱団の特徴を『ブッデンブローク家の人々』の女たちにパロディ的に用いている。

七．トーニ・ブッデンブロークとニーチェの思想

ニーチェは『悲劇の誕生』でサチュロスを、永遠に変わらぬ自然的生き物というが、トーニも同じように、常に若々しく変わらない。トーニは物語の最初から最後まで、一八三五年から一八七七年までの四十二年間登場して、他の女たちと同様に変わらないことが強調して描かれている。表面的な特徴としては、物語の終わりでトーニは五十歳になるが、五十歳には見えず、「黒いトーク帽の下のつやのある頭髪には白髪一本見られなかった」（八三四）。そしてトーニの「可愛らしく少し突き出た上唇」（一一、六〇、一〇三他）は、容貌のライトモティーフとして繰り返し用いられて、トーニにいつまでも変わらない可愛い女性という印象を与えている。

トーニは外見だけでなく、内面も変化しない。トーニは大人になっても、物語冒頭の八歳の子どもの頃のように、声を上げて泣く。父親が亡くなって五か月が過ぎても、トーニは父親を思い出すと、机に突っ伏して「子どものようにしゃくりあげて泣き」（二八四以下）、兄たちを困惑させる。母の死後、ライバルのハーゲンシュトレームに買い取られたメング通りの邸の前で、娘エーリカの制止にもかかわらず、路上で子どものように涙を流しながら声を上げて泣く。それは、「あらゆる嵐や難破に遭ったトーニの人生に誠実に残り続けた、憂いのない壮

快な、子どものような泣き方」（六七二）である。子どもは理性的に自制することがなく、礼儀も体裁も知らないので、人前で声を上げて泣くことを恥ずかしいと思わない。トーニの内面はそのような子どものままである。[30] トーニが変わらないのは、「性格はブッデンブローク家の伝統であり、それを引き継ぐのが務め」と考えて、自分の性格を変えるつもりがないことが理由のひとつといえる。トーニは一族に誇りを持つあまり、一族は繁栄するが、没落もするという現実を正確に認識することができないのである。

ハーゲンシュトレームを批判するトーニに対し、兄のトーマスはいう。「君は自分がハーゲンシュトレームに抱いている感情を彼も君やわれわれに抱いていることを前提にしている。[…] 彼は君のことを憎んでなどいない。どうして彼が君を憎まなくてはならないんだ？ […] 彼は成功して幸福であり、明るさと好意に満ち溢れている、このことを信じてくれないか」（六六〇）。トーニは勝手な思い込みからハーゲンシュトレーム家をライバル視しているのである。

このような認識の誤りは他にもある。例えば離婚した際に聞き覚えた「利得」、「収益」、「婚資物件」という弁護士の専門用語を、トーニは「頭をそらし、肩を少しそびえさせて、威厳をもって流ちょうに口にする」（四三一）。しかし、トーニは専門用語の意味も背景も知らないために言葉が空疎で滑稽になる。モルテンから習った「自由、平等」（七三九）という言葉も、貴族的なものを好むトーニが言うと表面的な模倣にしか聞こえない。それゆえヘラーはトーニを、認識しない滑稽な「生のパロディ」というのである。[31] それにかまわずトーニは幸福に生き続ける。

この幸せな被造物は、この世に生きている限り、何一つ、どんなに些細なことも、ぐっとこらえて腹に収めたり、黙って諦めたりする必要がなかった。[…] 彼女の胃は完全に健康とはいえなかった、しかし彼女の心は軽やかで自由だった［…］トーニは自分が波瀾にとんだ不愉快な運命をなめてきたことを知っていた。しかしこうしたことすべては、トーニにいかなる苦しみも疲れも残さなかった。結局のところトーニはそんなものを全然信じていなかったのだ。（七三九）

トーニの胃の不調は、反省も反芻もしないことの象徴にすぎず、思ったことをすべて口に出すので心は軽やかで健康である。トーニは「小さな王女さま」（七二）のまま、自分に起きた不愉快な運命を信じないで、狭い視界のなかで生きる「非歴史的」な生である。トーニが自分の不運を信じないで逞しく生きていることを、ザウターマイスターは愛されて育ったことで身についたレジリエンスの持主と評している。[32] しかしニーチェの思想の観点から見れば、トーニの逞しさは、「非歴史的」な狭い視野の持ち主であることと、「人間のもつ最強で最高の感動が表現された人間の原像」であるサチュロスの特徴が与えられていることで可能になったといえよう。

トーニは、我慢することなく、自分を不快にした人々を、「ティーブルティウス！　ヴァインシェンク！　ハーゲンシュトレーム！［…］なんて詐欺師たちでしょう」（七三九）と罵る。そして自分の愛する家族であるトーマスやハノー、トーマスの妻で美しいゲルダを愛し崇拝する。トーニにとって自分が不快に感じることは価値が低く、快適に感じることは価値が高いのである。それゆえ不快な離婚も価値がなく、苦しむ必要もないので、わが身に生じた事実とは思わない。トーニは自己の感覚に忠実に生きて、価値を決定する人間である。つまり、ニーチェが『善悪の彼岸』第九章「高貴とは何か」でいう高貴な人間そのものである。高貴な種類の人間は、自分が価値を決定すると感じており、自己を善いという必要がない、その人は「自分に害のあるものはそれ自体が害である」と判断し、自己を事物に名誉を授与する者であると知っているのであり、その人は価値を創造する。[33]

さらにニーチェは、「貴族階級は、始めは常に野蛮人階級であった。彼らの優越性は第一に肉体的な力にあるのではなく、心情の力にあった」[34]、彼らはより完全な人間であったと同時に、より完全な野獣であったという。このような価値を決定する野蛮な貴族階級の者は、肉体の強さによって優位にあるというよりも、心情の力であるという。トーニは、自分の一族の優位性を信じ切っているが、自分の不運は信じていない、というように物事を信じこむ心情の人間である点で、ニーチェのいう貴族階級である。貴族的なものが好きなトーニは、「上品ね！」vornehm! が口癖であり、ニーチェが論ずる貴族のように、自己の快と不快によって人や物事を価値づけする。子どもの頃は通りで病人をからかい、成人してからは、家に寄宿する伝道師にわざと不味い食事を出し、トーニに出した付け文を皆の前で読むという残酷な面をもつ。第二節で十九世紀後半の市民階級はブルジョワ的経済市民に変化して貴族的になると論じたが、トーニの貴族性は十九世紀市民階級の女性の特徴というよりも、非理性的で残酷な面をもつという点で、ニーチェが論じている、価値を決定する貴族階級のものという方が適切である。

ヴィスキルヒェンは、トーニの生き方、高貴性、素朴さの概念は全てニーチェの考え方に沿って用いられているという[35]。しかしヘラーが論ずるように、トーニは、滑稽な「生のパロディ」であり、貴族階級が価値を決定するというニーチェの思想のパロディでもある。

八．トーニ・ブッデンブロークとサチュロス

サチュロスはディオニュソスの従者である。『悲劇の誕生』によれば、サチュロスは「神のそばにいることに陶酔し、熱狂する心酔者であり、神の苦悩を繰り返して共に悩む仲間」であるが、トーニも家長である兄のトーマスを尊敬し、トーマスが市参事会員に選出されると狂喜して歓ぶ（四五四以下）。そしてトーマスが新築した

家の庭で「衰退、下降、終わりの始まりだ……」（四七三）と嘆くと、トーニは「そんなこと全部頭から追い払ってしまいなさいよ、気持ちがもっと軽くなるわよ」（四七四）といって慰める。すでに論じたように、トーマス・ブッデンブロークは苦悩の多いディオニュソス的人物であり、トーニはトーマスと最も多く会話する人物として、サチュロスのようなディオニュソスの従者の役割を果たしている。

サチュロスは「自然の最強の生殖力の象徴」といわれているが、それに対してトーニは、物語のなかで唯一の複数の男性に関わる女性である。少女時代にギムナジウムの生徒と交際し、グリューンリヒと結婚する前に大学生のモルテンを愛し、二度結婚して離婚する。ミュンヘンに旅行すると、司祭に流し目を送る。さらに残された資料からはトーニが構想段階で七人の男性と関わることになっていたことが明らかになっている[36]。すでに述べたようにトーニの構想は早期に決まっていたのであり、作者マンはトーニにサチュロスのような性的放埒さを表現しようとしたが、七人は多すぎると考えて、少女時代の淡い恋、モルテン、二度の結婚というように、四人に留めたのではないだろうか。最終章でトーニは、「彼女の肌はうっすらとうぶ毛が生え、くすみを帯びていた、そして上唇の上には短い毛が以前よりもふさふさと生えて……」（八三四）、「髭のはえたサチュロス[37]」のようになる。トーニの可愛い上唇を舐める癖も、動物的で品がなく、上流階級の婦人に相応しくないともいわれている[38]。これらのことから、トーニは「高貴な種類の人間」、「非歴史的」な生の特徴がパロディ的に付与されている人物と解釈することができるのである。

本書の序文で述べたが、サチュロスは卑猥な性的狼藉を行う生き物の象徴として広く知られている。それゆえマンの全作品のなかで最も愛されているトーニに卑猥なサチュロスが表現されていると論ずることは、普通では考えられないことである。しかし子ども時代のマンは、母親が女学校で使用していた神話の教科書を熟読しており、そこでのサチュロスは健康で陽気な生き物である。それゆえトーマス・マンにとってサチュロスは性的に卑猥な生き物というイメージが少なかったのではないか。マンは『トーニオ・クレーガー』の金髪のハンスとインゲに、野獣性のない「金髪の野獣」を描いたように、トーニにも卑猥でない、健康的で陽気な活力あるサチュロスを表現したのである。そしてそうすることによってトーニは、何があってもへこたれないが、少々滑稽な「生のパロディ」といわれるような明るく強い、生命力あふれる人物になったといえよう。

---

1 Vgl. Dittmann, Britta u. Steinwand, Elke: *»Sei Glücklich, du gutes Kend« Frauenfigur in Buddenbrooks*. In: *»Buddenbrooks« Neue Blicke in ein altes Buch*. Eickhölter, Manfred u. Wißkirchen, Hans (Hg.) Lübeck 2000, (= Dittman u. Steinwand) S. 190. Vgl. Wysling 1996, S. 375.

2 Moulden, Ken: *Die Figuren und ihre Vorbilder*. In: BHb 1988, S. 19ff.

3 Scherer, Paul: *Vorarbeiten zu den Buddenbrooks*. In: TMS 1, S. 8.

4 Vgl. Vogt, Jochen: *Thomas Mann: Buddenbrooks*. Stuttgart 1983,

5 Dittmann u. Steinwand, S. 187.

6 Sautermeister, Gert: *Tony Buddenbrook Lebensstufen, Bruchlinien, Gestaltwandel*. In: TMJb 20, S. 103 - 132.

7 村田貞子「家、家族、男、女―『ブッデンブローク家の人々』について―」、『論集トーマス・マン』クヴェレ会、一九九〇年、一八ページ以下。

8 Vgl. Dittmann u. Steinwand, S. 177; Vgl. Frevert, Ute: *Frauengeschichte zwischen Bürgerlicher Verbesserung und neuer Weiblichkeit*. Norderstedt 1986, (= Frevert), S. 106. ウーテ・フレーフェルト：『ドイツ女性の社会史―二〇〇年の歩み―』（若尾祐司他訳）、晃陽書房、一九九〇年（＝フレーフェルト）を参照。

9 Dittmann u. Steinwand, S.188.
10 田村雲供、八ページ。
11 右に同じ。
12 右に同じ。
13 Frevert, S. 106.; フレーフェルト、九八ページ。
14 Vgl. Braun, Michael: *Figuren*, In: BHb 2018, S. 93.
15 ヘラーからの引用は以下のページからである。Heller, Erich: *Thomas Mann Der ironische Deutsche*. Frankfurt a. M. 1959, S. 32-34.
16 Lehnert, Herbert: *Thomas Mann–Fiktion, Mythos, Religion*. Stuttgart 1965.
レーナートによれば、トーマス・マンは『われわれの経験に照らしたニーチェ哲学』（一九四七）（＝『ニーチェ哲学』）の中心部分で『悲劇の誕生』を扱っている。それゆえこの著作がマンにとって重要な著作であると思われるという。

トーマス・マンは『ニーチェ哲学』の中で、ニーチェは善悪を含む全体としての生を肯定し、「生は無条件に賛美するに値する」というが、その理由は生が滅ぶと認識も理性も滅ぶからということのみであると述べている。

Vgl.バーナード・レジンスター『生の肯定 ニーチェによるニヒリズムの克服』（岡村隆史、竹内綱文、新名隆志訳）、法政大学出版局、二〇二〇年、六ページで、「どの解釈も、なぜニーチェが生の肯定を自らの決定的な哲学的業績だと考えていたのかということに関して、いまだに十分な説明を与えることができていない」と述べており、トーマス・マンと同様に、ニーチェの生の肯定の根拠を問題にしている。
17 KSA 1, S. 56.

18 Schopenhauer I, S. 156.

19 ショーペンハウアーのいう「意志」は時間、空間外のものであるが、ニーチェの「事物の根底にある生」という表現には空間性がある点で問題とすべきであるが、ここでは触れない。

20 齋藤直樹「ニーチェの『自然主義』―その成立過程と理論的射程をめぐって（一）―」、盛岡大学比較文化研究センター編、『比較文化研究年報』第二四号、二〇一四年、五一ページ以下を参照。

21 KSA 1, S. 252.

22 KSA 1, S. 58.

23 KSA I, S. 75.

24 戸田仁『牧神パーンの物語』、旺史社、一九八八年。

25 右に同じ。戸田は、ニコライ・ベルジャーエフの『歴史の意味』から引用している。

26 十九世紀に生きたニーチェも男性優位の女性観をもっていた。『悲劇の誕生』においてアダムとイヴの堕罪神話に、好奇心や誘惑されやすさという「女性的な性状が禍の根源」であり、逆に、人間のために神から火を盗むプロメテウスの罪は能動的で、徳と崇高さに結びつく男性的な罪と述べて、男尊女卑の考えを示している。十九世紀は男性優位の考え方が一般的であり、ニーチェもその考え方から逃れることはできなかったのである。

27 *Meyer Enzyklopädische Lexikon. 20.* Reutlingen 1981, S. 748. ペロポネソス半島は牧神パーンの住むアルカディアの地でもある。

28 KSA 1, S. 56.

29 Schopenhauer X, S. 452.

30 このようなトーニは、『ツァラツストラはこう語った』の「三つの変化について」でいわれている「子どもは無邪気、忘却、新しい始まり、遊戯、それ自身転がる車輪、最初の動き、聖なる肯定である」（KSA 4, S. 31.）のアダプテーションということもできるだろう。

31 Ebd., S. 32.

32 Sautermeister, Gert: *Tony Buddenbrook. Lebensstufen, Bruchlinien, Gestaltwandel.* In: TMJ 20, S.132.

33 KSA 5, S. 209.

34 KSA 5, S. 206.

35 Vgl. Wißkirchen, Hans: „*Er wird wachen mit der Zeit*“ *Zur Aktualität des Buddenbrooks-Romans*. In: TMJb 21, S. 106. トーニの生き方、高貴性、素朴さの概念は全てニーチェの考え方に沿って用いられているという。

36 Vgl. GKFA 1. 2, S. 427, 467.

37 KSA 1, S. 58.

38 Vgl. GKFA 1, 1, S. 324; 327; 449.; Tillmann, Claus: *Das Frauenbild bei Thomas Mann.* Wuppertal 1991, S. 49.

第十二章　女たちとサチュロスの合唱団

ブッデンブローク家に嫁いだ三人の妻たちは裕福な市民階級に属して、男たちのように食べるために働く必要がなく、仕事のために日々の行いを反省する必要もない。夫の経済的、社会的地位を証明するかのように、日々美しく着飾り、社交生活や音楽を楽しみ、健康で強い生命力を保ち続けて男たちよりも長生きする。彼女たちは牧場で草を食む飼い馴らされた動物のように、記憶せず、健康で強い生命力を維持して、変わることなく楽しく暮らしている。妻たちもトーニと同様に「非歴史的」な生であり、同時にニーチェのいうサチュロスの特徴を具えている。

一．三人の妻たちとサチュロスの合唱団

物語の第一部第一章は、家族がメング通りの邸の「風景の間」に揃い、この邸の披露パーティが始まるのを待つ場面が描かれている。この部屋に置かれている金色のライオンの頭部の装飾が施されている直線的な形のソファに、老ヨーハンの妻のアントアネットと、その息子の領事ジャンの妻エリーザベトが美しく着飾って楽しげに座っている。金色のライオンは、ニーチェの場合「金髪の野獣」die blonde Bestie という強い生の象徴であり[1]、同時期の短編『トーニオ・クレーガー』では「金髪の野獣」は、精神に対立する生として用いられていることか

ら、このソファに座る二人の妻は生の側に属することが示唆されているといえる。

老ヨーハンの妻アントアネットは若い頃、夫が病気で寝込んでいる時に、侵攻してきたフランス軍の将校に銀食器を奪われそうになり、トラーヴェ川に身を投げようとする。生きていれば食器はまた購入することができるのだが、アントアネットは冷静に論理的に考えることができないのである。そして開化的で実際的な商人だった夫の老ヨーハンが、晩年になって「妙だな」（七七以下）と現実への懐疑をしばしば口にし始めて、変化を見せるのに対し、アントアネットは長く社交界にとどまり続けて、「最後まで矍鑠 rüstig として」（七五）、元気で、少し寝込んだのちに息を引き取る。アントアネットは、知的な精神性は付与されていないが、晩年まで変わらず健康に生活を楽しむ女性で、狭い視野に生きる「非歴史的」生であり、変わることなく強く健康なサチュロスの特徴を具えている。

アントアネットの息子の領事ジャンは、キリスト教信仰の下に歯を食いしばって懸命に働き、四十代半ばで目に見えて老けてくる。しかし妻の領事夫人エリーザベトは、いつも美しく着飾り、「輝くばかりの外見を最善の状態に保ち、そばかすの散ったミルク色の肌は張りを失っていなかった」（八三）と表現されており、赤味がかった髪を染めて、鬘をつけるなどして死ぬまで同じ外見を保つ。領事夫人は、市門のそばに大きな邸を構えて貴族的な生活をしている大商人のクレーガー家に育ち、嫁いでからも贅沢な暮らしを続けて、不快なことから目をそらして生きている。ふたりの息子のトーマスとクリスティアンの不仲を知りながら、そのようなことは知る必要がない、取り繕っていればよいと自分にいいきかせて（二九九以下を参照）、心を悩ませたりしない。末娘のクラーラが結婚後若くして病死した際には、領事夫人は社主である息子のトーマスに相談しないまま、クラーラの夫にクラーラの遺産の取り分を与えることを約束してしまう。ふたりに子どもはいないので、トーマスは詐欺的な多額の遺産請求だと怒り、「非理性的な行為だ」と母親を非難する。すると領事夫人は、「理性がこの世で最高のものではありません！」（四三二）と反論する。領事夫人は娘クラーラへの愛情を重視して、理性という論理的に考える能力を否定している。領事夫人はこうして一族の資産を減らして没落の悲劇を生む「母胎」であることを露呈する。このような領事夫人の晩年の姿を語り手は次のように説明する。

多くの辛い体験にもかかわらず、彼女の身体は全く曲がっておらず、目は澄んだままであった。彼女は美味しい食事を摂ることを守り、上品で裕福な服装をして、これまで彼女の周囲に生じ、起こった不愉快なことを黙って見過ごし、取り繕い、彼女の長男が作り出してくれる広範な名声に満足しつつ関心を抱くことを好んだ。（六一七）

領事夫人の辛い体験とは、親族の死、娘の離婚、息子たちの不和などであるが、それらは彼女の贅沢な生活に直接影響していない。それゆえ領事夫人は反省する必要がなく、黙過し、心地よいことにのみ専念する。夫を見倣って熱心なキリスト教徒になるが、夫のように内省することはなく、神に教えを請うこともない。領事夫人は面倒な問題を知らないことにして、自分の視界から排除している視野の狭い「非歴史的」[2]な生である。
夫の死後領事夫人は、「日曜学校」や「エルサレムの夕べ」を催して、熱心に慈善活動を行う。しかしそれらは神に対する敬虔な信仰からのものではない。第九部第一章で領事夫人は死を迎えるが、夫人は、「死への心の準備ができていなかった」（六一八）。領事夫人はこの世に強く執着して、死を恐れるのである。それゆえ語り手は、領事夫人の宗教活動についてこう述べる。

自分の強烈な活力を天と和解させ、天を動かして、人生に対して根強い執着を見せている自分ではあるが

いつかは安らかな死を恵んでもらおうという無意識的な衝動からのものでもあったのではないだろうか？（六一七）

領事夫人は、「強烈な活力」を持ち続けて、認識せず、健康に楽しく生きるサチュロスと「非歴史的」生の特徴を具えた人物という解釈をすることができるのである。

そして領事夫人の息子トーマスの妻ゲルダは、ヴァイオリンを弾く美しい女性である。第十章でゲルダがショーペンハウアーの共苦の倫理思想が表現されている人物であることを論じたが、ここでは別の面から、作者マンがゲルダをサチュロス合唱団員として表現していることを示したい。

ゲルダは健康そうな「幅のある白く輝く歯」（三二〇）を持ち、息子のハノーを産んだときも、医師の所見は、目元に青味がかった翳があるが「健康である」（四三六）。ふたりが結婚して十八年が過ぎると、夫のトーマスは四十八歳の「かなり老けてすでに少々肥満した夫」（七〇九）になっている。しかし妻のゲルダは、「ほとんど変わっておらず、いわば彼女が放出し、そこで生きている神経質な冷気のなかに保存されているかのようであった」（七〇九）というように、まるで冷凍保存されているかのように、変わらないことが強調されている。そしてディットマンとシュタインヴァントによれば、「ヘーラー、アフロディーテ、メルジーネ」という神話的道具立てが比喩的に用いられていることから、古代ギリシア世界に近い人物と考えることも可能である。

ゲルダは音楽を愛し、必要としているが、その音楽は唯一の後継者であるハノーの心を奪い、一族の没落の悲劇を招くきっかけになる。従ってゲルダもまた悲劇の「母胎」、すなわち悲劇合唱団のひとりと解釈することができる。第九章で述べたように、ゲルダは知性的であるが、それ以上に感性的人物であるから、アポロン的な美を具えた「自然的生」、すなわち、ディオニュソス的なものにより近い人物として描かれている。ヴァイオリンの名手であるゲルダも、変わることのない強く健康な生であり、ディオニュソスの言葉を伝えるサチュロスの合唱団員と見なしうる。ブッデンブローク家の三人の妻たちとトーニには、サチュロスのような自然的生が表現されているのである。

二．三姉妹とゼゼミ―ギリシア悲劇の形式とサチュロスの合唱団

ギリシア悲劇は厳格な形式に則って上演される演劇である。悲劇はパロドスという合唱団の入場歌で始まり、次にエペイソディオンで合唱団が上演内容を説明する。そして舞台で俳優が演ずるスタシモンと合唱団のエペイソディオンが交互に続き、最後に合唱団のエクソドスで終わる。合唱団のメンバーは劇によって異なり、ダナオスの娘たちやエリーニュース（復習の女神）たち、アルゴスの長老たちなど様々で、立場も同情的、批判的、敵対的というように劇によって異なる。[3] また、悲劇の合唱団はコリュパイオスと呼ばれる長がおり、悲劇の最も原初の形はひとりの俳優と合唱団の長との対話であったと考えられている。アイスキュロスの悲劇では特に合唱団と長の役割が重要で、筋の展開に直接関与することもあったという。[4]

『悲劇の誕生』第八節によれば、「サチュロスとともに悲劇が始まるということ、サチュロスの口を通じて悲劇のディオニュソス的知恵が語られたということ……[5]」というように、ギリシア悲劇はサチュロスの悲劇合唱団によるパロドスで始まると記されている。これに対応すると考えられるのが、冒頭のトーニの「これは何ですか」（九）で始まり、最後は寄宿学校経営者で、「予言者」（八三七）といわれるゼゼミの「そうです！」というキリスト教の教理問答の問いと答えで終わることである。教理問答は同じいい回しを繰り返しながらキリスト教の教えを学ぶ問答集であるから、最後のゼゼミの言葉は冒頭のトーニの言葉につながるという解釈が成り立つ。そう

解釈するならば、トーニとゼゼミの言葉は、「ある一族の没落」の悲劇は、永遠に繰り返される出来事であることを示すものであり、ゼゼミはそれを告げる「予言者」である。そしてキリスト教の教理問答をサチュロスの合唱団員としてのトーニとゼゼミが唱えることになり、そこにはキリスト教への風刺が意図されていると解釈することもできる。

トーニはこの物語の中で、最初から最後まで登場する唯一の人物であり、悲劇の合唱団のリーダーのように、主人公の兄トーマスと最も多く言葉を交わす。トーマスが家を新築するときに最初に相談する相手はトーニであり、トーマスの人生における災厄となるペペンラーデの麦の先物取引を薦めるのもトーニである。悲劇の合唱団は劇の展開に関わることを歌い語るが、トーニは「最も忠実で最も献身的に家族簿に携わっており」（五二三）、結婚式やクリスマスなどの記念日に皆の前で家族簿を読み、一家の歴史を語る。これらのことから、トーニは悲劇合唱団のリーダーの役割を担うサチュロスとして描かれていると解釈することができる。

一方ゼゼミは外見を気にせず、四十一歳のときも六十歳か七十歳の女性のような服装をしており、その点でトーニや三人の妻たち同様に、外見が最後まで変わらない。ギリシア悲劇には、『オイディプス』で重要な役割を果たす盲目のテイレシアス、トロイの王女カッサンドラ、デルポイのアポロン神殿の巫女のように、予言者がしばしば登場する。テイレシアスが盲目という障害をもつように、ゼゼミも背中にこぶを負う。ゼゼミは障害があるけれど「あの世で報われる」（九三）と子供の頃から信じてキリスト教を信仰している。しかし学識ゆえに、ソクラテスのように合理的に考えて、死がどのようなものかわからないのだから死を恐れることはないと思い、自殺の誘惑に駆られる。ところが、キリスト教が自殺を禁じているために、ゼゼミは自殺の誘惑と闘い続けねばならなくなる。そうして生涯葛藤しながら生き続けて、結婚式やクリスマスに音を立てて接吻して、母音のずれにも構わず「おしわわせに！」Sei glöcklich, du gutes Kend!（三二四など）と力強くいう。ゼゼミは不幸に打ちひしがれることなく、困難を克服して生を肯定するに至るのであり、それゆえ最終的に「善き戦いの勝利者」（八三七）として、トーニの「もう会えないのでは」という悲観的な言葉に対して、「会えるのです！（そうです！）」ときっぱりと肯定することができるのである。

この言葉は、キリスト教的に解釈するならばあの世でまた会えるという意味になる。しかしゼゼミは誘惑に打ち勝って生き続けることによって、キリスト教徒であろうと合理主義者であろうと、この世は生きるに値するというすべての生の肯定を体現する。その意味で、ゼゼミは「非歴史的」ではなく「超歴史的」[6]という、さまざまなものの見方が存在することを熟知している人物である。ゼゼミはキリスト教と合理主義という異なる考え方の間で迷い、深く苦悩することで、「事物の根底にある生」、「ディオニュソス的自然」を、身をもって体験する。そうしてディオニュソスを賛美するマイナスのように、サチュロス合唱団の「陶酔した予言者」（八三七）として物語の最後を締めくくるのである。

三．ギリシア悲劇の形式——三姉妹とゼゼミ

『ブッデンブローク家の人々』には、冠婚葬祭、創立記念日、クリスマスなどの儀式や行事が多数描かれている。それらの場面は、まず一家の描写があり、次に招待客あるいは弔問客が順に語られてゆくのだが、その場面は必ず親戚の三姉妹が先に登場して、次にゼゼミが最後を締めくくる形になっている。

三姉妹は、小売商人の娘と結婚したために老ヨーハンに勘当された長男ゴットホルトの娘たちで、老ヨーハンが亡くなってからブッデンブローク本家と親戚付き合いを始める。三姉妹は、長女と次女が痩せて背が高く、末娘のプフィッフィだけが太って背が低いが、この体型が三人とも最後まで変わらない。彼女たちは、財産がなく

美しくもないので未婚である。しかし本来なら父がブッデンブローク商会の社主で、自分たちは豊かで幸福な生活を送っているはずだという思いがあるために、「領事夫人、トーニ、トーマスを、毒のある小さな炎を目に宿らせて、じっと見つめないではいられなかった」（三〇〇）というように、復讐の女神エリーニュースのような女たちで、本家にやってくるといつも嫌みをいう。

ゲルダとトーマスの内輪の婚約式の後の、恒例の木曜日の集まりでは、クレーガー夫妻に次いで三姉妹は次のように語られている。「三姉妹はしかし真実を包み隠すことができず、トーニの娘のエーリカはまた太っていないとか、詐欺師の父親にますます似てきたとか、領事の花嫁はかなり変わった髪型をしているといわずにおれなかった」（三二四）。そして次にゼゼミが爪先立ちして額に音を立てて接吻し、「おしわわせに！」（三二四）と力強くいって、この段落が終わる。

このように三姉妹が否定的な発言をして、その後にゼゼミが力強く祝いの言葉を述べて明るい雰囲気で段落や章が終わる形式が全部で九か所ある。この形式の繰り返しをライトモティーフとみなすことも可能である。しかし、例えばアイスキュロス の『慈しみの女神たち』の合唱団は、復讐の女神エリーニュースたちであり、劇はアポロンの予言を伝える巫女の言葉で始まる。このような悲劇が存在し、ゼゼミが「予言者」と記されていることからも、三姉妹は復讐の女神たちとして描かれていると考えてよいであろう。ギリシア悲劇の合唱団がスタシモンによって舞台のエペイソディオンを区切るように、三姉妹とゼゼミの組み合わせは、物語の出来事を区切る場面転換に用いられていると考えられるだろう。

また三姉妹とゼゼミの言葉の特徴として、トーニの離婚の場面を除いて、ほとんどの場合いいっぱなしで他の人からの返答がなされない。そのために彼女たちの言葉は、場面内の人々に向けられているのか、読者に向けられているのかが曖昧になる。丹下和彦によれば、劇を構築してゆく登場人物と合唱団との間には距離ができるが、

「さりとて両者間の絆は断絶したわけではない。一方、合唱隊は以前別れた見物人との関係［…］を修復する」[7]。そして「合唱隊は観客の意向を劇中で反映する機関とも成り得る」[8]。つまり悲劇の合唱団は舞台と観客の中間の存在であるが、三姉妹とゼゼミも同じ意味で、物語と読者の中間の存在と解釈することができる。

四．聴覚的表現[9]

ギリシア悲劇の合唱団は舞台前の円形の広場で歌い踊る集団である。『ブッデンブローク家の人々』の女たちの言葉や仕草にも、聴覚的で音楽的な表現が見られることをここで示したい。

三姉妹がトーニの娘エーリカの新居を訪問したときの様子は、次のように記されている。「ブッデンブロークの女たちがやってきて、声を揃えていった。何もかも素敵すぎて、私たちとしては、こんなに慎ましい娘たちなので、ここで暮らしたいとは思わないわ……」（四九二）。このように女たちが「声を揃えて」einstimmig（二六二、四九二、七七二）語る場面は全体で三度あり、それぞれ三重唱と解釈することができる。また、「彼女たちはZの音で『ツォー』といったので、いっそう皮肉で懐疑的に聞こえた」（二六二）というように、Zの音、『ツォー』、聞こえた、という聴覚的表現が用いられることもある。そして文末の「……」は余韻を感じさせる効果がある。

ゼゼミが音を立てて接吻して「おしわわせに！」という一連の動作には、接吻の音と、母音のズレ、きっぱりしたいい方からリズムとアクセントが生まれる。三姉妹やゼゼミ以外にも、クロティルデの間延びした話し方や、クラーラの語尾を上げない一本調子の問いの言葉も一種のメロディとして音楽的に感じ取ることができる。

トーニの場合は、腹を立てると、「トーニに独特のある種の咽頭音を伴ってトランペットを吹くように嫌悪を鳴り響かせた、『泣き虫トリーシュケ――!』『グリューンリヒ――!』『ペルマネーダ――!』……」（五七六）というように、咽頭音、トランペット、鳴り響かせるという聴覚的な言葉が用いられている。そして領事夫人もクリスマスの祝いの席で、「彼女の金のブレスレットがかすかにチャリンチャリンと音を立てた」（五八二）と聴覚的に表現されている。

次のこともまた、女たちが合唱団として表現されていることを示している。物語は、最後の子であるハノーが十五歳でチフスに罹って死ぬことで終わるが、チフスの病床の場面は、モンタージュ技法によって客観的な表現になっている。

しかし彼は、聞こえてきた生の声に恐怖と嫌悪からビクッと身をすくませる。この声の思い出、楽しげで挑発的なこの声は、彼が頭を横に振り、拒否して両手を向こうに伸ばし、逃げ出せるように開かれていた道を前方へと逃げて行くという結果を引き起こす……駄目だ、そのあと彼が死ぬのは明らかだ。（八三二）

ここで病床にあるのはハノーという「精神そのもの」[10]であり、「生の声」は実際にはハノーを看病する母親ゲルダや叔母のトーニなど身近な女たちである。「生の声」が「楽しげで挑発的」であることは、『悲劇の誕生』におけるサチュロスが「破壊されえない強く歓びに満ちている」ことに対応し、「生の声」である女たちにサチュロスの合唱団が表現されている。それに対して「精神」であり、芸術の申し子ハノーは「生の声」を拒否して死んでゆくのである。

五．合唱団は「理想的な観客」

物語の冒頭でアントアネットと領事夫人のエリーザベトが並んで座るソファは、「直線的な」geradlinig（九）形であり、物語の最後の場面では、八人の女たちが「丸テーブルを囲んで円を描いて坐っている」（八三一）。

一方『悲劇の誕生』においては、サチュロス合唱団の居場所は「吊り桟敷」die Schwebegerüste[11]という長方形の足場であり、観客たちは「中心に向かって弧を描きながら、段々をつくって高くなっている観客席[12]」、すなわち円形劇場の観客席に座っている。つまり『ブッデンブローク家の人々』の女たちとサチュロスの合唱団の居場所は、初めは直線的で後に円形というように、形の上で一致しているのである。

『悲劇の誕生』によれば、シュレーゲル August Wilhelm von Schlegel（一七六七—一八四五）は「合唱団は舞台の幻の世界の見物人であり、唯一の見物人という限りでは、『理想的な観客』である[13]」と論じているという。これは、観客と合唱団が悲劇のディオニュソス的効果によって一体になるゆえに、円形劇場の観客はサチュロスの合唱団でもあるという意味である。この考え方に従うならば、物語の初めに直線的ソファに座るふたりの妻たちと、冒頭で祖父の膝の上、最後は丸テーブルの回りに座るトーニ、そしてエーリカ、ゲルダ、ゼゼミ、クロティルデ、三姉妹の合計十名は、サチュロスの合唱団であると同時に「理想的な観客」として、悲劇の当事者である一族の男たちを見守っているということになる。さらに、トーマスの恋人だったアンナも、「いつものように妊娠していた」（七六〇）と記されるような変わらない女性であり、まさに「母胎」でもあるから、彼女もまた、トーマスの家の向いの花屋からトーマス一家を日々見守っている観客であると同時にサチュロスの合唱団員といえる。以上のことから女たちは、サチュロス合唱団のパロディといえるのである。

1 Reed, Terence J.: *Thomas Mann und die literarische Tradition.* In: TMHb, S. 99.

2 KSA 1, S. 330.

3 久保田忠利「ギリシア悲劇用語解説」、『ギリシア悲劇全集別巻』松平千秋他編、岩波書店、一九九二年、四三ページを参照。

4 右に同じ、四二ページを参照。

5 KSA 1, S. 55.

6 KSA 1, S. 254.

7 丹下和彦『ギリシア悲劇ノート』、白水社、二〇〇九年、三一―四七ページ。

8 右に同じ。

9 この節は、坂本咲希絵「市民的言語と〈ざわめき〉―Th.マン『ブッデンブローク家の人びと』におけるリアリズム的言語形式の限界」、九州大学独文学会編『九州ドイツ文学』二〇〇七年、六五―九七ページからヒントを得ている。

10 GKFA 13. 1, S. 28.

11 KSA 1, S. 55.

12 Ebd., 1, S. 59.

13 Ebd.,

第十三章　ハノー・ブッデンブローク――音楽と『悲劇の誕生』を巡る考察

トーマスとゲルダのただ一人の息子であるハノーは、創業者を加えると五代目の社主になることが期待されている。しかしハノーは音楽にしか関心がなく、心身ともにひ弱で、商人に向いていない。幼い頃は週に一度の母親のヴァイオリンの練習を、毎回椅子に座って静かに聴いている。七歳でピアノを習い始めるとすぐに作曲の才能を示して、八歳の誕生日に自作の小曲を披露する。そして十五歳でチフスに罹って死ぬ少し前に、自由な形式の楽曲である即興曲を演奏する。[1] 言葉で表現されたこの即興曲は、実際には存在しないマンの創作であるが、優れた音楽表現が評価されて、ハノーの「白鳥の歌」と呼ばれることもある。[2]

先行研究では、このふたつの楽曲にヴァーグナーの芸術やニーチェの思想のマンによる受容が表れていることが指摘されている。マンはワーグナーとニーチェから受容したものについて、『非政治的人間の考察』の「内省」で、「ヴァーグナーの芸術作品と、その中のほとんど芸術そのものを、ニーチェの批判という媒体を通して情熱的に体験した」[3] と述べて、マンのヴァーグナー受容がニーチェを介した批判的受容であることを明らかにしている。ここでマンは「批判という媒体」が何であるかを明らかにしていないために、マンが問題にしているのは『ヴァーグナーの場合』とみなされてきた。この著作は、ニーチェが同時代のデカダンスの問題を、ヴァーグナーを例にして批判的に論じた「小パンフレット」[4] であり、確かにニーチェのヴァーグナー批判の書である。しかしマンのいう「芸術そのもの」を論じているのは、『悲劇の誕生』の方ではないだろうか。

この著作は、ヴァーグナーのバイロイト祝祭劇場建設を援助する目的で書かれたものであり、ヴァーグナーと交わした様々な文化的な議論が元になっている。ここでニーチェは、優れた芸術はアポロン的なものとディオニュソス的なものという対立的な自然の芸術衝動の結合によって生まれるという芸術論を語り、ヴァーグナーの芸術をそのような優れた芸術であると賛美している。しかし十四年後に書き加えた「自己批評の試み」では、『悲劇の誕生』本文のヴァーグナー賛美を撤回し、批判している。つまり『悲劇の誕生』には、ニーチェによるヴァーグナーの芸術作品の賛美と批判、そしてニーチェの芸術論が揃って含まれているのである。

また、最後の即興曲はハノーの十五年間の生の表出のひとつである。それを解釈する場合、ハノーの生活面も考察しなくてはならない。従ってハノーが周囲の人々からどのような影響を受けて、それらを即興曲に表現しているのか、『悲劇の誕生』の観点からも併せて考察し、マンがハノーの即興曲に表現していることを明確にする。

一．先行研究

ベレントゾーンは、最後の即興曲を高く評価し、若いマンの音楽表現がすでに名人の域に達していると論じている。基本動機に結びついた「いぶし銀のような音色で」（八二五）は絵画的で、「前へと押し進む」（八二五）は音による動きの再現である。さらに心理学的なものが音楽に常に伴っており、「足元の大地のズレのような、欲望への沈潜のような」（八二六）にはハノーの思春期の感情の戸惑いが表現されている。基本動機の変奏を示す「ひとつの音から他の音へ沈み込む」（八二五）が表現を変えて五回用いられており、そのふたつの頂点にある絵画的表現はヴァーグナーの『ワルキューレ』と『ジークフリート』からのもので、「突然」（八二五）、「すぐに」（八二六）、「最後まで」（八二七）などの時間的経過を表す言葉は、緊張を伴いつつ解決に向かうヴァーグナーの音楽の特徴であるという。[5]

コペンは、十九世紀末のヨーロッパのデカダンス文学におけるヴァーグナー受容を考察し、ハノーの八歳の自作曲には「芝居がかった終わり方」（五五五）や「効果」（五五六）という言葉によってヴァーグナーの影響が明示されているが、最後の即興曲には明示する言葉が見られない。しかし、個々の表現は『トリスタンとイゾルデ』、『タンホイザー』、『ニーベルングの指環』の受容であるという。[6]

ヨハネス・オデンダールは、即興曲を『ブッデンブローク家の人々』全体の一種の要約であり、「音楽的な没落の構築物」[7]と考えて、作品全体と比較しながら分析している。そして他の先行研究と同様に、ヴァーグナーの『トリスタンとイゾルデ』や『ニーベルングの指環』からの受容があるとする。

ニーチェの影響についてはハンス・ヴィスリングと片山良展が、即興曲におけるヴァーグナー受容からニーチェ受容への変容を論じている。ヴィスリングは、ニーチェが『道徳の系譜』で論ずる「放埒な感情」[8]を、ハノーは即興曲で体験しているという。[9]片山は「奔放なオルギエ」（八二七）以降にニーチェの影響が現れるといい、「自己批評の試み」から「徹頭徹尾ロマン主義」[10]、「酔わせると同時に朦朧とさせる麻酔薬」[11]という言葉を引用し、即興曲の最後の十四行に、過去のヴァーグナーとの親密な関係を破壊する『ヴァーグナーの場合』のような、自暴自棄の批判的態度が表現されていることを論じている。[12]

以上のように、先行研究の多くがヴァーグナーの『トリスタンとイゾルデ』と『ニーベルングの指環』のハノーの音楽への影響を認めているが、これらはニーチェが『悲劇の誕生』で言及している作品であり、「オルギエ」（八二七）というディオニュソスの祝宴を意味する言葉も、『悲劇の誕生』第一節に記されているディオニュソスの狂宴との関連を想起させる。それゆえこの章のはじめに述べたことと併せると、『悲劇の誕生』とハノーの即興曲との間に何らかの関わりがあるという推測が生まれるのである。

二、母親ゲルダとヴァーグナーの音楽

ハノーの母親ゲルダは、ヴァイオリンを弾く芸術家的性質の女性で、情熱的にヴァーグナーの芸術を愛好している。ゲルダは週に一度教会のオルガン奏者のピュールとヴァイオリンの練習を行うが、幼いハノーはいつも、ふたりの会話と音楽を椅子に座って静かに聴いている。ピュールは教会音楽に関す著書もある名の通った音楽家で、作曲したフーガや讃美歌はしばしば演奏会で用いられている。ピュールは、外見は穏やかだが、性格は厳格で高潔である。ある日の練習で、ゲルダがピュールの弾くピアノの譜面台に『トリスタンとイゾルデ』の楽譜を置くと、ピュールは二十五小節弾いて怒りだす。

これは混沌です！　煽動、神の冒瀆、狂気の沙汰です！　稲光を発する香煙です！　芸術におけるモラルの終末です！［…］こんなものは弾きません！（五四七―五四八）

これらの批判の言葉は、主にニーチェの『ヴァーグナーの場合』からの転用といわれているが[13]、ピュールは二十五小節弾いてすぐに怒り出すのであるから、冒頭の「トリスタン和音」とそれに続く部分に反応しているのである。この和音は、調性があいまいで下降する音程のために聴き手は暗い不安な気持ちにさせられる。ピュールは、キリスト教のモラルを信奉する教会音楽の専門家であり、人の心を敬虔で清らかにする音楽や、対位法による秩序ある音楽を好むので、不安をかき立てて、理性を惑わすような音楽を受け入れることができない。しかしゲルダは次のようにいう。

芸術の中のモラルをあなたはどのように理解なさっているのでしょうか？　私が間違っていなければ、それはあらゆる快楽主義に対立するものでしょうか。いいでしょう、ここにそれはありますわ。（五四八）

ゲルダは、快楽主義と見なされているヴァーグナーの音楽にもモラルはあるという。このゲルダの考えは、『悲劇の誕生』でニーチェがいうアポロン的なものとディオニュソス的なものという対立的な芸術衝動の比喩を用いて考えるとわかりやすい。アポロン的なものは秩序を形成し維持しようとする衝動であるから、社会秩序を維持するための規範であるモラルの側にある。[14]『悲劇の誕生』にアポロンは「倫理的な神」[15]と記されてもいる。そしてディオニュソス的なものは陶酔、興奮、歓喜であり、人と人とが結ばれる。その意味で生殖行為や性愛を含む快楽主義の側にある。ニーチェは、ギリシア悲劇をこのふたつの対立的な芸術衝動を備えた優れた芸術と考え、ヴァーグナーの芸術をギリシア悲劇の再来という。同様に、ゲルダもヴァーグナーの芸術にモラルと快楽主義の両方が備わると考えているのである。

芸術の発展という面から見ると、ヴァーグナーの無限旋律やライトモティーフは新しい技法であり、トリスタン和音は無調音楽の先取りといわれている。[16]ヴァーグナーの芸術には時代の先端を行く試みがあり、それに気づいたピュールは、ヴァーグナーの音楽を受け入れて、ピュールの好む対位法が用いられている『マイスタージンガー』を「ある種の恥じらうような幸福」（五四七）な気持ちで演奏するようになる。そして教会調についての自著に『リヒャルト・ヴァーグナーの教会音楽及び民衆音楽における古い調性の使用について』（五四九）という補遺を付け加える。ハノーは幼い頃からこのような音楽と議論を聞いて育つのである。

三．ハノーのデカダンスと無

ニーチェの「病者の光学」[17]という言葉は、「自ら病気を体験することで、生に対するいままでとは異なったまなざし、いわば〈異化〉された視点が獲得される」[18]ことを意味する。ハノーも幼い頃から病気がちで、学校に通い始めると、周りの子供たちと異なる感じ方や考え方をして「優越の感情」（五六五―五六六）を抱きはじめる。そしてハノーは周囲になじめず孤独になり、没落した貴族の息子で、同様に異質なカイひとりが友だちになる。

ハノーは家でも父親トーマスと良い関係を築くことができない。商会の後継者としてハノーに期待する父親は、ハノーが女の子のようにおとなしいことや、音楽に熱中しすぎることに不満を抱いている。それゆえハノーが商会の創立百周年記念日に詩の暗誦に失敗すると、皆の見ている前で怒り出す。職業教育のつもりで、父親はハノーを取引先への挨拶回りに同伴させるが、ハノーは、人前で有能な商人の顔をしている父親が、馬車に戻ると仮面が取れたかのように疲れた顔になるのを見て、商人になりたくないと思う。ハノーは自分が父親の期待に応えられないことを自覚しており、自己を否定的に感じている。

上級クラスになっても、ハノーは大人しく反抗しないので、見習い教師にいじめられる。そして「そういうものなんだ、いつでもどこでもこうなるんだ」（八一四）と考えて、吐き気を催す。敏感で感受性の強いハノーは、生徒の手本であるべき教師が卑怯で醜い行為をすることに耐え難い思いをするのである。別の授業では、ハノーを含めて多くの生徒がカンニングをするが、ひとりの生徒だけが先生に見つかって落第が決まる。この不公平な出来事を、ハノーは、他の生徒のように平然と受け止めることができない。

ぼくにはできない。ぼくはあんなことがあると疲れてしまう。ぼくは眠りたいし、何も知りたくない。ぼくは死にたい、カイ!……。だめだ、ぼくは何の役にも立たない。ぼくは何かをしたいとも思えないんだ。ぼくは決して有名になんかなりたくない。不安なんだ、つまり、そこには不正があるみたいで! ぼくは何にもなれないよ、きっと。(八一九以下)

有名になるには不正を平然と受け止めることが出来なくてはならない。しかし繊細で、不正や歪みに敏感なハノーは、認識した不正を許容することができない。それゆえニーチェが「認識は行為を殺す[19]」というように、行為すること、すなわち不正を許容して商人や音楽家として生きることへの意欲を喪失する。

ハノーは、病弱、学校への不適応、父親の期待に応えられないことなどから、生きる自信も意欲もなく、繰り返し「無」nichtsという語を用いて自己の現在も将来もすべて否定する。しかしハノーの「無」は、ニーチェのような、物事の価値の相対化によって生じるニヒリズムではなく、生きる意欲のないデカダンとしての「無」である。そしてこの「無」が、即興曲の基本モティーフになって繰り返し現れることになるのである。

四．カイと「強さのペシミズム」

零落した貴族の息子のカイは、市門の外の小さな村に、変わり者の父親と手伝いの女と住んでいる。母親はカイが生まれたときに亡くなり、カイはウサギ、犬、鶏などの動物とともに自然の中で育つ。裕福な家で大切に育てられたハノーが、自分に自信がなく、内気で大人しいのに対し、カイは、ボタンが取れた上着につぎの当たったズボンという貧しい身なりにもかかわらず、自分を卑下することなく、堂々としている。ハノーはこのようなカイに異質な者同士の共感と憧れを覚え、カイの方は、「燃えるように激しく、積極的な男らしさ」（五六九）で懸命にハノーの歓心を買おうとしたので、ふたりは友だちになる。このようなカイには、「自己批評の試み」にある「強さのペシミズム」[20]の思想が表現されていると考えることができる。

ニーチェは、十九世紀のヨーロッパの人々が神という絶対的な価値を喪失しているにもかかわらず、聖職者は権力への意志から神の死を隠蔽し、キリスト教道徳によって生を否定して、人々の生命力を弱めていると批判した。そして、神なき時代に「事実などない、あるのはただ解釈のみ」[21]といい、絶対的な価値の否定と価値の相対化を主張してニヒリズムの到来を予言した。ニーチェによれば、ニヒリズムはペシミズムの発展形態である。[22]

紀元前五世紀のギリシア悲劇全盛期の古代ギリシア人たちは、ペルシャ戦争やペロポネソス戦争などの相次ぐ戦争によってペシミズムにあった。しかし彼らは世をはかなんで死を選ぶのではなく、ギリシア悲劇という優れた芸術の力によって孤独を免れて、共同体の一員として生き続けることができた。ニーチェは、そのようなギリシア人の生き方を「強さのペシミズム」という。「強さのペシミズム」とは、世を厭い、ニヒリズムに陥って生きる意欲を喪失するのではなく、健康で充実した生命力をもつ者が、「存在の苛酷なもの、戦慄的なもの、邪悪なもの、問題的なものに知的な愛着」[23]を抱き、それらを通して自分を試す勇気を持って強く積極的に生きることである。

カイは、十九世紀半ばのプロイセンの男らしさを尊ぶ好戦的な時代を背景に、自由奔放に権威を怖れず、野性的な態度で、上級クラスでも生徒たちの尊敬を得る。カンニングによる不公平な出来事は、カイも不快ではあるが平然としている。ハノーはそのようなカイを、勇気があり堂々としているから、将来は有名になるよといって（八一九を参照）、カイの優れた性質を認める。

また、牧師がハノーの一家を「朽ち果てた一族」（八二〇）と呼び、ハノーのことは諦めなければならないと人に話していたとハノーがカイにいうと、カイはひどく「関心」（八二〇）をそそられて問い返す。ここでの「関心」は、マンの芸術家の美学に関わる言葉であり、愛のような温かさはないが、愛よりも情熱的に対象に強く執着することである。カイは、ポーの怪奇的で幻想的な没落の物語『アッシャー家の崩壊』*Der Untergang des Hauses Usher*（一八三九）を愛読しているように、不気味で恐ろしいことに強く惹きつけられるのである。ハノーの一家が「朽ち果てた一族」といわれたことに対しても、カイは不安を感じてハノーから離れるのではなく、逆にハノーに強い「関心」を抱く。カイのこの態度は、まさにニーチェがいう「存在の苛酷なもの、戦慄的なもの、邪悪なもの、問題的なものへの知的な愛着」[24]といえるだろう。

カイは、貧しい育ちで母親もいない。ハノーよりも「無」といえる状況にあるが、ハノーのように生きる意欲を喪失することはない。ハノーが水泳教室でハーゲンシュトレームの息子にいじめられていると、カイは、水に潜って足に噛みついてハノーを助ける。ハノーがチフスで死の床にあるときも、カイは強引に病室に入り込み、ハノーの手に口づけする。カイは、逞しいハーゲンシュトレームも伝染病も恐れない。カイは自分の身を守るために何かを恐れるということのない、健康で生命力に満ち溢れる少年である。

カイはまた、物事を相対化して考える。落第が決まったハノーの気持ちを変えようとしてカイはいう。校庭の扉は、扉という開くことのできるものだけど、開けてはいけない。今十一時半だけど、十一時半というのは間違いで、次は地理の時間だといわなくてはならない。「物事はそういう関係にあるんだ」（八一八以下）という。ニーチェの遠近法主義のように、物事は視点を変えると異なる価値を持つものになるのである。絶対的なものはなく、絶対的な価値を信じることができない者は、依拠する基準のないニヒリズムに陥る。

カイは、不気味で恐ろしいことに「関心」を抱く少年で、心身ともに強く、健康で充実している。さらに物事を遠近法的に複数の視点から見ること、すなわちニヒリズムに至る思考方法を身につけている。このようなカイは物語を創作するという希望を持ち、生きる意欲を失うことがない。それゆえカイは、矮小化されているとはいえ、ニーチェのいう、芸術によって生き続けることができた古代ギリシア人の「強さのペシミズム」を体現する少年ということができるのである。

五．カイが創る物語

カイはハノーと一緒にイーダの読み聞かせを聞いて、物語を創作し始めるが、そのうちの三作が語り手によって断片的に説明されている。幼い頃のカイの創作は、読み聞かせてもらったアンデルセンの童話にある『白鳥の王子』のように、悪い魔法使いに魔法をかけられて苦しめられるヨーゼフス王子の物語である。王子は遠くから来た勇者と、犬、鶏、モルモットからなる無敵の軍隊に救出されて王様になり、ハノーとカイを高位に取り立てる（五七二を参照）。ヨーゼフスはハノーが通う歯科医院のオウムの名であるから、この物語にすでにハノーの影響が現れているといえる。

上級クラスになるとカイの創作は進化して、次のような不思議な力を持つ指輪の物語になる。

ある蒸し暑い夜に、カイが見知らぬ土地で深い谷の底に滑り降りると、青白くちらちら光る鬼火のなかに真っ黒い沼が見えた。その沼からは、銀色に光る泡がゴボゴボと音を立てて絶えず湧き上がっており、その泡のひとつが、はじけては湧き上がって輪の形になっていた。カイがその輪をつかみ取ると、丈夫で美しい指輪になったので、指にはめてみた。すると指輪は特別な力を発揮したので、カイは斜面をよじ登ることができた。そして赤い霧のなかに浮かぶ、静まり返った真っ黒い城に入り、指輪の力で城にかけられた魔法を解いて、カイは城の人々に感謝されるのである（六八七を参照）。

魔法の指輪が描かれている物語は数多く存在するが[25]、指輪には、台座を回すと魔力を発揮するものと、はめているだけで魔力を発揮するものがある。前者に当たるのがギュゲースの指輪の物語でプラトン、ヘロドトス、ツキジデスが著書に取り入れており、ドイツの劇作家ヘッベル Christian Friedrich Hebbel（一八一三―一八六三）も『ギュゲースとその指輪』*Gyges und sein Ring*（一八五六）として戯曲化している。後者は、古いドイツの叙事詩『ニーベルンゲンの歌』や、ゲルマン神話、北欧神話を元にしたヴァーグナーの『ニーベルングの指環』の指輪が該当する。

カイがギュゲースの指輪の物語を読んだという記述がなく、カイの物語の指輪が指にはめているだけで力を発揮すること、更に、ハノーが学校でカイに劇場へ行ったことを話していることなどから（七八三を参照）、カイはハノーを介してヴァーグナーの影響を受けていることが考えられる。それゆえカイの物語の魔法の指輪はヴァーグナーのオペラからのものとみなすのが最も適切といえる。

カイの三つ目の幻想的な冒険物語は次のように描かれている。

その物語では、すべてが暗い輝きのなかで燃え上がる、金属と神秘的な熾火の下、大地の最も深く最も神聖な仕事場であり、同時に人間の魂の仕事場でもある場所で、幻想的な冒険が行われる。そこでは、自然と魂の根源的な諸力が特別なやり方で混ぜ合わされ、転換され、変容させられ、浄化されていた。（七九四以下を参照）

リピンスキは、カイのメルヒェンにある鉱山、金属、地底の自然と魂などに、内省と感情が結びつく初期ロマン派の考え方を見出すことができるという[26]。しかしカイは制度に対して反抗的で、学校では朝礼に出席せずひとり教室に残り、体操教室も規則に従うことが嫌だから行かず、校長に「神さま」（七九五）と揶揄するあだ名をつける。このような態度は、内向的で中世に憧れる初期ロマン派というよりも、矮小化されているとはいえ、社会批判を行ったハイネやベルネなど「若きドイツ」の詩人たちや革命に身を投じたヴァーグナーのような後期ロマン派に見られる特徴である。

三つ目の物語にある、暗い輝き、金属、燐火、大地の最も深い場所、自然などのモティーフは、確かにリピンスキやヘフトリヒのいう初期ロマン派の詩人ノヴァーリス Novalis（一七七二―一八九一）の作品『青い花』*Heinrich von Ofterdingen*（一八〇一）に見られる。[27] しかし、後期ロマン派に分類されるE・T・A・ホフマン Ernst Theodor Amadeus Hoffmann（一七七六―一八二二）の『ファールンの鉱山』*Die Bergwerke zu Falun*（一八一九）や、ヴァーグナーのオペラにも認められる。『ニーベルングの指環』の「ラインの黄金」では、ニーベルング族という小人族が地底のニーベルハイムで金属を加工しているという設定であり、カイの物語と同じである。このことから二つ目の創作と同様に、カイはハノーを介してゲルダの好むヴァーグナーの芸術の影響を受けており、カイは未体験のヴァーグナーのオペラを想像しながら、そのモティーフを使って物語を創作していると考えることができる。そしてハノーも、カイの物語に曲を付けて人形劇の舞台で共に遊ぶうちに、オペラのような楽曲を作曲することができるようになるのである。

六．八歳の誕生日の小曲

ハノーは、母親ゲルダとピュールの演奏や音楽に関する会話を聞いて育つので、七歳でピュールからピアノを習い始めるとすぐに上達し、一年後の八歳の誕生日には早くも自作の小即興曲を披露するまでになる。ピュールはこの小曲の始まりの小さなメロディは良くできていると認めるが、それに続く不安定な和音と調性やロ長調で終わることを、「芝居がかっている」（五五五）と非難する。しかしハノーとゲルダはこの終止を気に入っており、そのまま残すことにする。

ヴァーグナーは意識的に「感覚的なものの相互作用」を生み出す技法を用いたが、同様にハノーも感覚的な効果を狙って、演奏する際にペダルを使ったり音をずらしたりする。終わりの部分は、ゲルダがヴァイオリンでホ短調の和音をピアニッシモでトレモロ演奏するなかで、ハノーは嬰ハ音の不協和音をフォルテッシモに高めながら、解決を拒んでぎりぎりまで引き延ばす。

比類なき幸福とあふれんばかりの甘美な充足。幸福！　至福！　天国！　……まだまだ！　……まだまだ！　もう少し引き延ばして、ためらい、緊張を続けるのだ、それは耐えられなくなるまで続けなければならない、そうすることで満足はそれだけ素晴らしいものになるのだから……（五五七）

こうして「ロ長調に転調して慌ただしくフォルテッシモに高まり、それから短く、残響なしに沸き立ち、不意に終わる」（五五七）。ピュールが「芝居がかっている」と非難するロ長調の終止は『トリスタンとイゾルデ』の第三幕第三場の「愛の死」の受容といわれている。[28]それならば、その前にハノーが不協和音の緊張を「まだまだ！」と引き延ばすのは、第三幕第二場でトリスタンがイゾルデの到着を待ち焦がれて情熱的に歌う、憧れのアリアの模倣といえよう。このアリアは、ニーチェが『悲劇の誕生』第二十一節で『トリスタンとイゾルデ』を激賞して、「あこがれるのだ！　あこがれるのだ！　死にながらもあこがれるのだ！　あこがれのために死ぬのではない！」と引用している箇所でもある。[29]それゆえハノーが効果を得ようとして引き延ばすところは、マンの言葉にある通り、マンのニーチェを介してのヴァーグナー受容の表現であり、それはとりわけ『悲劇の誕生』を介しての受容といえるのである。

七―一．最後の即興曲の形式

　フェーンリヒは、ハノーの最後の即興曲をソナタ形式とみなし、提示部、展開部、再現部に分けている。[30] しかし即興曲は自由な形式の楽曲である。この節でフェーンリヒの主張をハノーの即興曲と照らし合わせて考えてみたい。

　フェーンリヒが提示部という「聖歌の終止で終わり静寂が訪れる」までの即興曲の最初の三分の一は、メロディとハノーの演奏方法の説明のみで、具体的な出来事を示す言葉はない。ところが残りの三分の二には、「ファンファーレ」、「狩りの歌」、「竜どもを殺し、岩山をよじ登り」というように、具体的な事柄を示す表現がいくつも現れる。さらに三分の一までとそれ以降の楽曲の表現は、どちらも「最初のモティーフ」に始まり、次第に激しく盛り上がって、切迫、動揺、放縦が生じるが、最後は静かに終わるというように、流れが同じである。

　ハノーは九歳のクリスマスプレゼントに人形劇の舞台を希望し、贈られる前から「ハノーはすでに頭の中で自分の人形たちに歌わせていた、というのも、ハノーにとって音楽は舞台と密接に結びついていたからだ」（五八七）。そして『フィデリオ』の一場面が作られている人形舞台を見た叔父のクリスティアンに、「それで君は『フィデリオ』を真似てみるつもりなの？　どんな風に真似るんだい？　自分でオペラを上演してみるのかい？」（五九二）と尋ねられる。上級クラスになるとハノーは、授業中に頭の中で序曲をオーケストラで演奏し（八二三を参照）、カイの創る物語に曲を付けて、ふたりで人形劇の舞台で上演して遊ぶようになる。

　ハノーがいつもオペラのことを考えていることや、最後の即興曲の構成を考えるならば、この楽曲は、自由に創作された竜退治の冒険の小さなオペラの音楽であり、フェーンリヒがソナタ形式の提示部という曲の初めの部分は、そのオペラの序曲にあたると解釈するほうが適切である。

七―二．最後の即興曲と「自己批評の試み」の言葉と文体の対応関係

最後の即興曲と「自己批評の試み」の第七節は、ともに竜を退治した英雄のモティーフを含むが、さらに、言葉と文体の対応関係も見出される。

即興曲は、「ハノーが弾いたのは、全く単純なモティーフだった。ひとつの無 ein Nichts であり、存在しないメロディの断片であった」というように、「無」Nichts で始まる。それに対して「自己批評の試み」第七節はまず、「君の芸術家形而上学は、『今』よりもむしろ無 das Nichts を、むしろ悪魔を信じているのではないか[31]」とあり、次に、「『君たちの真実が正しいとするより、むしろ何も真実でないほうが良い！ lieber mag Nichts wahr sein』といっているように思える」と続き、大文字で始まる「無」Nichts がハノーの即興曲と同様に二回用いられている。ニーチェの「無」は、ヨーロッパ社会全体を考察した神の死と価値の相対化によるニヒリズムの「無」である。それに対してハノーの「無」は、生きる意欲を喪失した自己否定の「無」と、ハノーに影響を与えている唯一の友人カイの「強さのペシミズム」の「無」である。

また、ふたつのテキストには「無」以外にも様々な語彙の対応関係がある。即興曲の「決然とした態度」Entschiedenheit, Entschlossenheit、「大胆な即興演奏」eine kecke Improvisation、「竜どもが退治された」Drachen getötet、「かん高い笑い」ein gellendes Lachen、「憧れ」Sehnsucht に対して、ニーチェの「自己批評の試み」の「決然とした態度」、「決然とした」Entschlossenheit, resolut、「誇り高き大胆さ」die stolze Verwegenheit、「竜を退治する者」Drachentöter、「お前たちは笑うことを学ぶべきだ」ihr solltet lachen lernen、「憧れのリタルダンド」

sehnsüchtige[s] Ritardando や「憧れに満ちた力」sehnsüchtigste[r] Gewalt が対応し、しかも同じ順序で用いられている。

さらに、文体の共通点もある。ランガーによるニーチェの文体の九つの分類に照らすならば[32]、即興曲の描写と「自己批評の試み」第七節は、次の三点が共通している。

①異なる概念の接続詞ぬきの列挙が表現の度を次第に強めてゆくというニーチェの文体特徴が、即興曲における「求めながら、迷いながら、絶叫にひきちぎられ」、あるいは、「尋ねながら、訴えながら、死にそうになりながら、欲望しながら」に該当する。この表現は、激しく盛り上がるイメージを喚起し、読者に竜退治に向かう英雄の決意と感情の高まりを追体験させる。

②疑問文の列挙というニーチェの特徴が、即興曲では「何が起こっているのか？　何が準備されているのか？」、「何が起こっているのか？　何が体験されているのか？」に該当する。このような疑問文の列挙は、読者の気持ちを代弁し、①と同様に、読者に即興曲の物語を追体験させる。

③文や文節の終わりにダッシュや三連ピリオドを頻用するニーチェの特徴に、即興曲でのダッシュや三連ピリオドの多用が該当する。これらの文字記号は、即興曲に音楽的な休止と余韻を生み出し、読者を即興曲の音楽的世界に誘い込む。

マンは、ニーチェが「ドイツの散文に、繊細さ、軽妙な技巧、美しさ、鋭さ、音楽性、強いアクセント、そして情熱を付与した[33]」と語り、マン自身もニーチェの文体の影響を受けたと述べている[34]。マンはハノーの音楽を描く際に、「自己批評の試み」第七節を参照しつつ、音楽的なニーチェの文体を念頭において執筆したのであり、そうすることで名人芸といわれるようなすぐれた音楽表現を得ることができたのである。

七―三．即興曲と「自己批評の試み」におけるロマン主義の否定

ニーチェは『悲劇の誕生』において、ヴァーグナーの音楽を古代ギリシア悲劇の再来であると称賛した。しかし十四年後に書いた「自己批評の試み」では、ヴァーグナーの音楽を「現代のドイツ音楽」と呼び、徹底してロマン主義であり、麻酔剤であると批判する。ロマン主義は、理性よりも感覚的なものを重視し、中世に憧れてメルヒェンや死の世界を肯定するが、ニーチェにとってこれらの特徴は、現実逃避であり生の衰えを意味するデカダンスにほかならない。それゆえニーチェは、死やキリスト教的救済に終わるヴァーグナーのオペラも、生の力の衰えの徴候であり、感性を刺激する音楽的効果によって観客をデカダンスに誘惑していると批判する。そして「自己批評の試み」第七節でも、次のように本文第十八節から自己引用して批判する。

恐れを知らぬまなざしと、怪物に立ち向かう英雄的性質をもって育ちつつある世代を思うならば、これら竜退治の者たちの大胆な歩みと、彼らが、完全で充実したもののなかで「決然と生きる」ために楽天主義のあらゆる弱気な教えに背を向ける誇り高き大胆さとを思うならば、このような文化の悲劇的人間が、厳粛さと恐怖に向かって自己を鍛えるに際し、ひとつの新しい芸術を、形而上学的慰めの芸術を、悲劇を、己にふさわしいヘレナとして渇望し、ファウストとともに叫ばねばならぬということは、必要なことではないのか？

そうして俺が、このうえなく強い憧れの力で、比類なきお姿を生へと引きいれてはならぬというのか[35]？

ニーチェは、本文で英雄に形而上学的慰めの芸術や世界一の美女を許すが、「自己批評の試み」では引用に続いて、「ならぬ、絶対にならぬ！〔…〕それが必要であってはならぬ！」[36]と強く否定する。世界一の美女ヘレナであろうとも、古代ギリシアという過去のすでに冥界にいる女性に憧れるのは、死に慰めを求めるロマン主義であり、彼岸を此岸よりも良いとするキリスト教の現実逃避と同じである。それゆえニーチェは、「ペシミストであり続けるなら、笑うことを学ぶべきだ」[37]といい、「強さのペシミズム」に生きることを主張する。

それに対してハノーの即興曲は、序曲といえる最初の三分の一を過ぎると再び最初のモティーフが現れ、ファンファーレ風のアクセントが続き、この楽曲が狩りの歌であることがわかる。しかし楽しさは感じられず、絶望と不安に満ちている。こうしてハノーは演奏しながら、竜退治をする英雄の冒険の体験を始めるのである。竜を退治して岩山をよじ登り、川を渡り、炎を通り抜ける。すると再び最初のモティーフが現れ、次に狂ったように突進し、叫び、激しい高揚が生じ、不意に中断する。

それが不意にぎくりとさせて心をそそるようなピアニシモによって中断させられた。それは足下の大地の地すべりのようであり、欲望への沈潜のようであった……一度、遠くでかすかに警告しつつ、懇願し、罪を悔いる祈りの最初の和音が聞こえてくるかのようだった、しかしすぐに、沸き立つような不協和音の洪水がそこに襲いかかり、ひとかたまりになって、前へと転がり、後ろへ引いたかとおもうと、上へと這い登り、沈みこみ、そして再び言葉で表現できない目標、現れるに違いない目標に、格闘しつつ向かった（八二六）。

不意に現れるピアニッシモとそれに続く「足下の大地の地すべり」や「欲望への沈潜」は、ベレントゾーンのいうように思春期の性の表現である。その理由のひとつは、ほぼ同じ表現が、後に書かれた短編『トリスタン』

の中で、ガブリエレがピアノでヴァーグナーの『トリスタンとイゾルデ』第三幕の「愛の死」を演奏する場面に用いられていることである。「愛の死」はショーペンハウアーの思想に基づくイゾルデの最後のアリアで、死によって「意志」へ還り、愛するトリスタンと合一することが歌われている。

もうひとつの理由は、ハノーとカイが校庭で交わす会話である。ハノーが、ピアノを弾くのは練習曲やソナタの練習で止めるべきなのに止められないというと、カイが「君が何を弾いているか知っているよ」（八二〇）といい、ふたりは沈黙する。続いて語り手の「彼らは妙な年頃であった」（八二一）という説明があり、カイは顔を赤らめて下を向き、ハノーは青ざめる。何を弾いているのか曲目は記されていないが、ふたりの様子やゲルダが好んだ楽曲であることから、これもマンが「性愛神秘劇」[38]という『トリスタンとイゾルデ』であることを想像することが可能である。思春期にあるハノーは、ピアノを弾くことで心身の性的な高揚を得ているのである。これらのことから、「足下の大地の地すべり」は、ヴァーグナーの「愛の死」のエロティシズムとハノーの思春期の性の表現といえるのである。

ハノーの即興曲では、「足下の大地の地すべり」のように欲望に沈潜しようとすると、警告と後悔の祈りが生じて、すぐに「沸き立つような不協和音の洪水」との格闘が続く。つまり英雄は欲望に沈潜することなく、さらに困難と闘い続けねばならないのであり、これは『悲劇の誕生』の「自己批評の試み」と同じであるから、即興曲もロマン主義を否定する一面を備えているといえる。

即興曲の竜退治をする英雄は、安らぎなしに世界の不協和音、すなわち「醜や不調和」[39]と闘い続ける。そして勝利を得るための苦しみが耐え難くなる瞬間に、突然「幕が引き裂かれ」、「棘の垣は開き」、「燃え上がる城壁は崩れ落ちて」、甘美な憧れのリタルダンドの解決に至る。すると再び最初のモティーフが現れて、次いで勝利の祝宴、ディオニュソスの狂宴であるオルギエが始まる。即興曲は「無」のモティーフに貫かれているのであるから、この狂宴は、「無」を心に抱きつつ心身の限界に至るまで耐えて、竜に象徴される世界の不合理と戦う英雄、すなわち「強さのペシミズム」に生きる者の勝利の祝宴である。ところが即興曲は、次のように終わる。

この無、この一片のメロディ、この一小節半の短い、子どもっぽい、和声的な創作の狂信的な礼拝には、なにか残忍なもの、鈍感なものと同時に、なにか禁欲的で宗教的なもの、信仰と自己放棄のようなものがあった……［…］この創作から最後の甘美さを吸いつくそうとする渇望には、冷笑的な絶望のようなもの、恍惚と破滅への意志のようなものがあり、ついに疲労して嫌悪と倦怠に至り、最後にはあらゆる放埒に疲れ果てて、長いかすかなアルペッジョが短調で流れてゆくと一音高まって長調に解決して、悲しみを帯びたためらいで終わった（八二七）。

即興曲の最初の三分の一は「コラール」「聖歌の終止」に終わり、最後の部分は「狂信的な礼拝」、「禁欲的で宗教的なもの、信仰と自己放棄」、「悪徳」という宗教的な言葉が用いられる。それに対して「自己批評の試み」も、旧約聖書をパロディ化した『ツァラツストラはこう語った』の表題人物で、拝火教の開祖でもあるツァラツストラが登場して、「私から学べ——笑うことを！」と呼びかけて終わる。つまりふたつのテキストは、ともに「無」で始まり、宗教性を帯びて終わるのである。

しかしその内容は大きく異なる。「自己批評の試み」は、強く生きることを鼓舞するように、足を上げて舞踊して終わる。しかし即興曲の終止は、「悲しみを帯びたためらいで終わった erstarb 不定形：ersterben）」というように、ハノーのチフスによる死を示す次章の「彼は死ぬだろう」wird er sterben（八三二）の類語を用いたハノーの死の暗示になっている。

ハノーはカイと遊ぶうちに、カイやカイの物語に登場する英雄のように男らしく強く生きることに憧れを抱くようになる。しかしハノーにとって「強さのペシミズム」のような強い生は憧れでしかなく、「無」のモティーフが繰り返し現れるように、ハノーにあるのは生に対するイロニーに満ちた死のみである。トーマス・マンは、ハノーの即興曲にヴァーグナーの作品のモティーフを用いてヴァーグナーへの愛着を示すが、ニーチェと同様にヴァーグナー芸術のロマン主義を否定して、「強さのペシミズム」という英雄的な強い生への憧れを表現した。ところが、それにもかかわらずマンは、即興曲の最後をハノーの死を暗示するロマン主義的な終止にして、ニーチェの強い生の思想からもイローニッシュに距離を取る[40]。

この章で述べたように、『悲劇の誕生』は、ニーチェの芸術論であり、また、ヴァーグナーとその芸術への賛美とそれを撤回した批判の書である。ハノーの即興曲に表現されているのは、このような複雑な著作である『悲劇の誕生』におけるニーチェの思想のトーマス・マンによる体験的な受容である。

八．ハノーの死

ハノーの死は即興曲を演奏したあとに、突然やって来る。序文に書いたように、ニーチェは『悲劇の誕生』において、古代ギリシア悲劇は、エウリピデスという悲劇詩人が、ディオニュソス的なものが具わっていない悲劇を描いて悲劇を駄目にした。それゆえに悲劇は滅びたと述べている。ハノーがこの悲劇芸術に対応することをここで述べたい。

ハノーはチフスに罹り、生きようとする意志を見せることなく死んでゆく。ただし作者トーマス・マンは、モンタージュという引用の技法を用いて、百科事典のチフスの項目をそのまま引用して、チフス患者を一般化して、ハノーの名を出さない[41]。そうすることで少年であるハノーが死ぬという悲劇性を和らげている。この描写は第十一部第三章で「チフスは次のような病状を呈する」（八二八）という言葉で始まり、一週目、二週目、三週目と症状の説明が続く。そして、「ある種の人たちの場合、特定の情況によって診断が困難になる。たとえば患者が家族の期待を担って完全に健康に活動している時からすでに、この病気の初期の兆候、不快感、疲労、食欲不振、浅い眠り、頭痛などに悩まされていると仮定したらどうであろうか？」（八三〇）というふうに、身体が弱く病気がちのハノーのことを暗示するかのように、チフス患者の説明が始まる。

そうして、ブッデンブローク家の家庭医であるラングハルス医師の名が挙げられる。ラングハルス博士はチフスと病名を告げるが、ひとつのことがわかっていない。それは、患者をこの病気から科学的な方法で救うことができるのか、それともこの患者の場合、この病気が「解体の一形式であり死そのものの衣装」（八三一）なのかがわかっていない。語り手は患者の情況を次のように説明する。

熱に浮かされたはるかな夢、病人の燃え上がる破滅の歩みになかへ、生がまごうことない鼓舞の声で叫びかけるだろう。この声は見知らぬ炎熱の道の上で、厳しくさわやかに精神の耳に達するであろう。精神は、木陰と涼気と平安に通じているこの道を先へ先へと進んでいるところなのだ。人間は、自分がすでに遠くあとに残して、早くも忘れてしまったところから、自分のところへ迫ってくるこの明るい、元気のいい、少々嘲弄気味の警告、くるりと向きを変えて戻って来いという警告に耳を傾けるだろう。その時、その心のうちに、自分は臆病にも義務を怠ったのだ、恥ずかしい、しかし改めて力が湧いて来た、勇気と喜びと愛が蘇った、自分はもともとあとに残してきた皮肉で、多彩で、残酷な営みの中にこそふさわしい存在だ、という感情が湧きたってくるならば、この見知らぬ炎熱の小道を、たとえどれほど遠くまでさまよい進んでいたとしても、この人間は引き返してきて生きるだろう。しかし生の声を耳にしてこの人間が恐怖と嫌悪にぴくりと震え、生を想起し、その陽気で挑戦的な声を聞いて頭を振り、防ぐように後ろへ手を伸ばし、逃げられるように開かれている道をそのまま先へと逃げ出してゆくならば、……いや、はっきりしていることだが、その場合は死が訪れるだろう。(八三二以下)

このように最後までハノーの名が語られないまま、ハノーは死んでゆく。生と精神の対立は、若い頃のトーマス・マンのひとつのテーマであった。『トーニオ・クレーガー』では「生」と「精神と芸術」が対立しているが、戯曲『フィオレンツァ』では「生と芸術」と「精神」の対立がある。[42]

ハノーに表現されているのは「精神と芸術」であり、それに対する「生」はトーニ、ゲルダをはじめとする女たちというように、『トーニオ・クレーガー』と同じ構図で語られている。ゲルダも芸術の部類に属するはずであるが、ハノーに対する場合は、妻として、母として、いつまでも若々しく変化しない女たち、すなわち「生」に属するのである。「精神」と表現されるハノーは、「生の声」を聞いて逃げ出す。つまりハノーは「生の声」の世界に戻ろうとせず、死んでゆく。それゆえハノーの死は、チフスの力を借りた消極的な自殺である。

ここにニーチェが『悲劇の誕生』で論じた悲劇の自殺が対応している。エウリピデスは、「恋愛や夫婦間の愛情の問題」という日常の出来事を主なテーマにした悲劇詩人である。ニーチェは、エウリピデスの悲劇をアポロン的な可視的なもの、すなわち分かりやすい芸術であり、ディオニュソス的なものが具わっていないと考えて、優れた芸術ではないとした。そしてエウリピデスがギリシア悲劇を滅ぼした、詩人自らが滅ぼしたから、ギリシア悲劇は自殺したという。ニーチェは、人間に火を与えようとしてコーカサスの山に縛り付けられて、毎日鷲に肝臓をつつかれるという罰を受ける『プロメテウス』や、父を殺し、母を妻にするという宿命を負う『オイディプス』のような、不条理をテーマにするアイスキュロスやソポクレスの悲劇を優れた芸術と考えた。そしてトーマス・マンはこの思想を、「業績の倫理家」としてさまざまな問題に苦悩するトーマスというディオニュソス的人物と、ゲルダいう美しいアポロン的な女性を両親にもつ、芸術の申し子をハノーに表現した。古代ギリシア悲劇はアポロン的なものの時代とディオニュソス的なものの時代の交互の変遷の後に五段階目に奇跡的に結ばれてギリシア悲劇が誕生した。一方ハノーはトーマス・ブッデンブロークとゲルダの結婚後五年目に生まれた。音楽にしか関心を持たないハノーは、優れた芸術家になる素質を持ちながらも、活き活きとした実際的な社会で演奏家として活躍する自信がなく、自分は何者にもなれないと思っている子どもである。ハノーは、エウリピデスが生の世界に生きる人々を描いて早期に消滅していった悲劇のように、生の世界に生き続けることのできない「精神」であり、『悲劇の誕生』で論じられる優れた芸術のパロディである。

『文芸学研究』第二二号（文芸学研究会編）二〇一九年掲載。

---

1 即興曲 Phantasie（幻想曲とも訳される）は、その場で即興的に演奏される音楽ではなく、十九世紀のヨーロッパに多くみられた楽曲の形式で、ソナタ形式のような形式に依らず、ショパンの『幻想即興曲』（Fantasie–Impromptu）のように自由に曲想を展開する楽曲のことである。ハノーの即興曲も、「即興曲のひとつを演奏する」（八二四）と記されているので、その場で即興的に演奏される楽曲ではない。

2 Frizen, Werner: *Thomas Mann und das Christentum.* In: TMHb 2005, S. 310.

3 GKFA 13. 1, S. 81.

4 Nietzsche, Friedrich: *Briefwechsel*. In: *Kritische Gesamtausgabe* (Hg.) Colli, Giorgio u. Montinari, Mazzino, III 5 Unter Mitarbeit v. Anania–Hess Helga. Berlin–New York 1984. S. 298.

5 Vgl. Berendsohn, Walter A.: *Thomas Mann. Künstler und Kämpfer in Bewegter Zeit*. Lübeck 1965, S. 37.

6 Vgl. Koppen, Erwin: *Dekadenter Wagnerismus. Studien zur europäischen Literatur des Fin de siècle. (Komparatistische Studien. 2)* Rüdiger, Horst (Hg.) Berlin ; New York 1973, S. 273ff.

7 Odendahl, Johannes: *Literarisches Musizieren. Wege des Transfers von Musik in die Literatur bei Thomas Mann*. Bielefeld 2008, S. 72.

8 KSA 5, S. 385.

9 Vgl. Wysling, Hans: *Buddenbrooks*. In: TMS XIII, S. 207.

10 KSA 1, S. 20.

11 Ebd.

12 片山良展「初期トーマス・マン文学試論」、大阪大学大学院文学研究科『大阪大学文学部紀要』第十三巻（一九六六年）、二三一―二三三ページを参照。

13 GKFA 1. 2, S. 358f. タッペルト Tappert, Wilhelm（1830-1907）のヴァーグナーを誹謗中傷した言葉を集めた事典からの転用ともいわれている。Tappert, Wilhelm: *Richard Wagner im Spiegel der Kritik. Wörterbuch der Unhöflichkeit, enthaltend grobe, höhnende, gehässige und verläumderische Ausdrücke welche gegen den Meister Richard Wagner, seine Werke und seine Anhänger von den Feinden und Spöttern gebraucht wurden*. Leipzig 1877.

14 Vgl. GKFA 15.1, S. 1161; KSA 13, S. 225.

15 KSA 1, S. 40.

16 Vgl. Dahlhaus, Carl: *Richard Wagners Musikdramen*. Stuttgart 2011, S. 95.
17 KSA 13, S. 630.「病者の光学」Kranken – Optik。
18 大石紀一郎「病気と快癒」、大石紀一郎他編『ニーチェ事典』、弘文堂、一九九五年、五二九ページ。
19 KSA 1, S. 57.
20 KSA 1, S. 12.
21 KSA 12, S. 315.
22 Vgl. Ebd., S. 396.
23 KSA 1, S. 12.
24 Vgl. GKFA 1. 2, S. 409.
25 浜本隆志『指輪の文化史』、白水社、二〇〇四年、一六九ページを参照。
26 Vgl. Lipinski, Birte: *Romantische Beziehungen. Kai Graf Mölln, Hanno Buddenbrook und die Erlösung in der Universalpoesie*. In: TMJ 24, S. 185.
27 GKFA 1. 2, S. 403f.
28 GKFA 1. 2, S. 360.
29 KSA 1, S. 136.
30 Vgl. Fähnrich, Hermann: *Thomas Manns episches Musizieren im Sinne Richard Wagners. Parodie und Konkurrenz*. Frankfurt a. M. 1986, S. 85f.
31 この節の「自己批評の試み」からの引用は KSA 1, S. 21f. からのものである。
32 Langer, Daniela: *Imitation von Nietzsches Stil und imitatio Nietzsches–von der frühen Essayistik Thomas Manns bis zu den*

Betrachtungen eines Unpolitischen. In: *Nietzsche und Schopenhauer Rezeptionsphänomene der Wendezeiten*. Kopij, Marta u. Kunicki, Wojciech (Hg.) Berlin 2006, S. 86f.

33 GKFA 13. 1, S. 96.

34 Vgl. GW. XIII, S. 142.

35 KSA 1, S. 21.

36 Ebd., S. 22.

37 Ebd.

38 GW IX, S. 561.

39 KSA 1, S. 152.

40 Vgl. GKFA 13. 1, S. 588. 「本来私にとって重要であり、私の本性に最も深く教育的に影響を与えずにはいなかったニーチェは、ヴァーグナーとショーペンハウアーにまだきわめて近い、あるいは近くにあり続けた人だった」というトーマス・マンの言葉と合致する。

41 Mann, Thomas: TMBr II. S. 470. アドルノ宛ての一九四五年十二月三十日付の手紙に、マンは、次のように記している。「わたしはすでに早くから一種のかなり高度な書き写しを行ってきました、例えば、小ハノー・ブッデンブロークのチフスを描写する際には百科事典の当該箇所をそのまま書き写し、それをいわば『詩に作りかえた』のです。それは有名な章になりました。しかしその利益は入手したものをただ機械的に精神化したことに（そしてハノーの死を間接的に知らせる仕掛けに）あるだけなのです。」

42 菊盛英夫『評伝トーマス・マン』、筑摩書房、一九七七年、一九〇ページ。

第十四章　トーマス・マンのパロディ

本書の序文であらかじめパロディの定義、トーマス・マンのパロディの動機、そして『悲劇の誕生』と『ブッデンブローク家の人々』がどのような点でパロディ的に対応しているのかを述べておいた。ここではトーマス・マン文学のパロディが多くの場合イロニーに関係づけて論じられていることから、トーマス・マンのイロニーとパロディの関係を、現時点での考えではあるが締めくくりとして述べておきたい。

一．パロディとイロニー

トーマス・マンのパロディの研究は一九七〇年代を中心に行われており、多くの場合パロディはイロニーに関係づけられている。洲崎恵三によれば、イロニーは「言葉として外に言われたことと言葉の内に意識されていること」の差異に構造の本質がある表現法である。[1]つまり表現と内実の差異ということである。[2]

マンが亡くなる二年前に行ったラジオ講演をまとめた『フモールとイロニー』によれば、「イロニーは芸術がその対象に対して保つ距離」、「事物の上に漂い、それを見下ろしつつ微笑している」客観性であり、叙事的芸術精神であるとマンは述べて、表現と内実の差異よりも距離感を強調している。そしてイロニーが読者や聴衆に知的微笑を誘い出すのに対して、フモールは心から湧き上がる笑いをもたらすものであり、イロニーよりもフモールを好むと語っている。[3]

マンのイロニー研究で定評のあるバウムガルト[4]は、すべてのイロニーの形式はパロディ的な意図を示しており、パロディの定義はあらゆるイロニーの形式に無理なく転用できるという。そして、パロディには「純粋に滑稽な」パロディと「批判的」パロディがあり、マンのパロディはこの中間にあたるという。パロディであるかどうかは別にして、『ブッデンブローク家の人々』には滑稽な茶化しと批判的風刺の両方があるからである。さらにバウムガルトは、パロディ的模倣は、純粋にイローニッシュな両義性のなかで、手本を保ちつつ止揚するという。[5]パロディは手本を維持しつつイローニッシュな対立を統合する作用があるというのである。

ニュンデルもまた、イロニーには破壊する機能があり、フモールには和解させる機能があると考えている。対立的なもの、矛盾するものの根底にフモールを生み出す滑稽なものがあり、それが暴露されたときに笑いを呼び起こす。フモールはパロディによって生まれる場合もあるが、パロディもまた批判を笑いに変えて、フモールによって和解をもたらすのである。

さらにニュンデルは、マンネリ化した芸術的な文学作品だけがパロディ化されるのではない。無数にある『若きウェルテルの悩み』*Die Leiden des jungen Werthers*（一七七四）のパロディのように、大抵は、最も広く流布して最も好まれた作品がパロディになる。優れたパロディは手本を受容して、より高度な芸術的統一を作ると論じている。[6]ニュンデルのいう、手本が広く流布して愛されているという考え方は、手本を「愛する高い神聖な模範」として、『ワイマールのロッテ』でゲーテに定義させているマンの考え方に近い。そして本書で手本と見なしているニーチェの『悲劇の誕生』は、幅広い読者を得て、今なお読まれ、論じられ続けている高い模範である。マンの『ブッデンブローク家の人々』は広く読まれてノーベル賞受賞の対象作品にもなったが、それは『悲劇の誕生』をパロディ化することで、「より高度な芸術的統一」を得て生れた結果と考えることができる。すなわち、アポロン的なものとディオニュソス的なものの対立と抗争による交互の時代の変遷と奇跡的な結合という自然の普遍的な活動を受容して、人物や時代に見えない形で底流させて表現することで、まさにニーチェがいう優れた芸術を創作することができたのである。

ところで洲崎は、マルティン・ヴァルザー Martin Walser（一九二七―）の『自己意識とイロニー』*Selbstbewußtsein und Ironie*（一九九一）に基づいて、カフカやムージルのイロニーを「自己否定のイロニー」であり、マンのイロニーを「自己肯定のイロニー」であるという。[7]「自己否定のイロニー」とは、否定されることを肯定的に受け入れることであり、徹底した自己否認がイローニッシュな文体や様式を生み出す。それに対して「自己肯定のイロニー」は、あらかじめ肯定されている自己が自己を否定的に見ていることであり、市民的特権的生活を正当化するためにイロニーを利用するイロニカー（反語家）を生む。[8]

このヴァルザーの考察に基づき、洲崎は「自己肯定のイロニー」を、「対立両極間の上に浮遊し、［…］つねに自己を弁明、正当化、是認すべく、イロニーを召使のように使う。一方も他方も取り込み、和解調停し、かくて全体を代表し象徴し包括する神のような立場のイロニーとなる」[9]と論じて、マンのイロニーの支配者性を指摘している。イロニーとパロディは対象との間に距離がある点は共通しているが、イロニーは知的微笑を生み、パロディは朗らかな笑いを生むという違いがある。イロニーは対象から距離を取って対象を眺めている消極的な性質のものである。それに対してパロディは対象に積極的に働きかけて、対象を改変し、朗らかな笑いを生むのであり、そのためには力強さが必要である。その強さは作者が自己を肯定する立場にあって、「事物の上から見下ろす」ことのできる精神的な強さを持つことで可能になる。

リルケは『ブッデンブローク家の人々』の書評に、「作者は、『ブッデンブローク家の人々』の物語を語るためには年代記作者にならねばならないことをよく知っている」と記している。[10]年代記作者のように、マンはすべてを客観的に「事物の上から見下ろす」態度で全体を観察して『ブッデンブローク家の人々』を執筆した。マンは、市民に対しても、ニーチェの思想に対しても、客観的に距離を取る立場に立っていたからこそ、『ブッデンブローク家の人々』を『悲劇の誕生』のパロディとして創作することができたのではないだろうか。

二．パロディによるイローニッシュな対立の和解

バウムガルトもニュンデルも、パロディには和解をもたらす機能があるというが、『ブッデンブローク家の人々』執筆後のマンに和解は生まれたのだろうか。

リューベック七百年記念祭に招かれてマンは、『精神的生の形式としてのリューベック』（一九二六）と題する講演を行った。ここでマンは『ブッデンブローク家の人々』について語り、「リンゴは決してリンゴの木から遠くには落ちないということ。私は芸術家として、自分で思っていたよりもはるかに真に、はるかに多くリューベックという木の林檎であった」[11]と語っている。トーマス・マンは高校を二年遅れて卒業し、先にミュンヘンに移住していた母と兄弟たちに合流した。その時のマンには父親の死後不愉快な目にあうことの多かった故郷の町への愛着はなかった。しかし『ブッデンブローク家の人々』を書くことで、自分がリューベックに生まれ育ち、心身ともにこの土地からさまざまに刻印されていることを自覚したのである。

マンは『非政治的人間の考察』において、『ブッデンブローク家の人々』に言及しながら、「純粋に否定的な性格把握や、誹謗の書や共感のない風刺を文学的に手がけてみようと思ったことはない。共感のないところに造型は不可能である——単なる否定が生むものは軽薄な戯画である」[12]と語っている。つまりマンは、故郷を舞台にした作品を執筆するうちに、自分も故郷の人々と同じ同胞であることを自覚し、彼らの人間らしさに共感して、そ

の結果反感や批判は消えたのである。

第一章で述べたが『ブッデンブローク家の人々』執筆前のマンは、遺産の処理にあたったテスドルフに、作中で復讐するつもりであった。そしてキステンマーカーという名の人物を描いたが、この人物は欲も悪意もない素朴な人物になった。嫌みばかりいう親戚の三姉妹もどこか憎めない人たちである。しかし、リューベック市民たちは『ブッデンブローク家の人々』が出版されると、自分たちの街がモデルになって笑いものにされているような気がした。菊盛英夫によれば、「反響は冷たく、むしろ、敵意さえ露骨に示された。小説の舞台に選ばれたこの市の人々は、作者が一段と高い所から自分たちを嘲笑しているように受け取った」[13]という。一九一三年には、クリスティアンのモデルとされた叔父のフリードリヒが、『リューベック報知』でマンを「巣を汚した鳥」と批判して、不快感を訴えた。[14] これらのことからわかるのは、『ブッデンブローク家の人々』執筆によって生まれた故郷の市民階級の人々との和解は、マンの内面における出来事でしかないということである。

第二章で述べた、ニーチェ熱が流行した時代にニーチェの思想を唯美主義的に解釈して賛美する人々に対するトーマス・マンの立場は『トーニオ・クレーガー』に描かれている。この短編には生と精神のふたつの世界をそれぞれ代表する人物たちがいる。一方は創作のために人間的なものを拒否してカフェに入る小説家アーダルベルトを代表とする唯美主義的な芸術家で精神の世界。そして他方は、金髪碧眼の美しいハンスやインゲの生の世界である。物語は、トーニオがどちらの世界にも属することができない「迷える市民」[15]であることを自覚して、中間的存在として芸術創作に励むことを誓って終わる。

トーマス・マンもトーニオのように、金髪碧眼の市民的な生の世界に生きることができず、アーダルベルトのようにカフェに向かう芸術家でもなかった。[16] しかしどちらの世界の人々も、マンの立場や内面など知ろうともしない。トーニオの「迷える市民」の自覚がトーニオの内面的な出来事であるように、マンの『ブッデンブローク家の人々』執筆による変化も内面的な出来事である。それゆえ生と精神の世界の和解は、マンの内面における和解である。ベレントゾーンの言葉「本来は悲劇的な家族の物語の上に、フモールに満ちた光が広がっている。作家は描かれた生を共感のこもった愛とともに見つめている」[17]は、このようなマンの内面の変化を言い当てているといってよいだろう。

トーマス・マンのパロディを論ずるのは、主人公が悪魔とパロディについて対話する『ファウストゥス博士』の研究で行いたいと考えているので、短いがここまでにしておきたい。

---

1 洲崎恵三『トーマス・マン―神話とイロニー―』、溪水社、二〇〇二年、八ページ。

2 右に同じ、一七七ページ。GW XI, S. 803. 洲崎はさらに「内面的真理や無限な根源のカオスは、そもそも言葉で表現、伝達できるのか」と問い、「ドイツロマン派は、イロニーが、自我、自己意識、反省、想像力と深く関わり、作者と作品との関係など文芸創造の根本原理であると捉えた。無限と有限の間に浮遊する自我あるいは自己意識の運動そのものである。トーマス・マンに至れば、イロニーは芸術の原理であるのみならず、生のあり方ないし生そのものの象徴となる」という。本稿では紹介するにとどめて、これ以上の考察は行わない。

3 GW XI, S. 803.

4 Ewen, Jens: *Erzählter Pluralismus. Thomas Manns Ironie als Sprache der Moderne*. In: TMS 54, S. 28.

5 Baumgart, Reinhard: *Das Ironische und die Ironie in den Thomas Manns*. München 1964. S. 65ff.

6 Nündel, Ernst: *Die Kunsttheorie Thomas Manns*. Bonn 1972, S. 121f.

7 ヴァルザーはマンの「自己肯定のイロニー」は本来のイロニーではない、従ってトーマス・マンのイロニーも本来のイロニーではないと論じている。

8　マルティン・ヴァルザー『自己意識とイロニー　マン、カフカ、正負のアイデンティティー』（洲崎恵三訳）、法政大学出版局、一七四ページを参照。

9　洲崎恵三、一九五―一九六ページ。

10　GKFA 1. 2, S. 149.

11　GW XI, S. 423.

12　GKFA 13. 1, S. 158.

13　菊盛英夫、一七二ページ。Vgl. GKFA 1. 2, S. 23.

14　GKFA 21, S. 537.

15　GKFA 2. 1, S. 281.

16　山本定祐『世紀末ミュンヘン　ユートピアの系譜』、朝日新聞社、一九九三年、一八三―一八五ページを参照。
Hollweck, Ludwig: *Unser München. Ein Lesebuch zur Geschichte der Stadt im 20. Jahrhundert*. München 1980, S.35.

17　Berendsohn, Walter A.: *Thomas Mann. Künstler und Kämpfer in Bewegter Zeit*. Lübeck 1965, S. 38.

参考文献および省略記号

- 下記の文献を論文中で用いる際には、省略記号を用いて、巻数、ページ数を各章の最後に記す。
- 『ブッデンブローク家の人々』についての引用は、GKFA 1.1 からのものとし、文中の括弧内にページ数のみを記す。
- 二次文献は各章ごとに、初出のみ脚注にすべて記し、二回目以降は著者名とページ数を記す。
- 二次文献において、同一著者が複数の文献を著している場合、初出のみ脚注にすべて記し、二回目以降は、著者名、文献の年代、ページ数を記す。
- 一次文献、二次文献ともに邦訳がある場合は、適宜訳文を使用した。

GKFA: Mann, Thomas: *Große kommentierte Frankfurter Ausgabe. Werke–Briefe–Tagebücher.*（Hg.）Heinrich Detering u. a. Frankfurt a. M. 2002-.

GW: Mann, Thomas: *Gesammelte Werke in dreizehn Bänden*. Frankfurt a. M. 1974.

TMNb1t6: Mann, Thomas: *Thomas Mann Notizbücher* 1-6. Hrg. v. Wysling, Hans und Schmidlin, Yvonne. Frankfurt a. M. 1991.

TMNb7-14: Mann, Thomas: *Thomas Mann Notizbücher* 7-14. Hrg. v. Wysling, Hans und Schmidlin, Yvonne. Frankfurt a. M.

1992.

Br, 1961: Mann, Thomas: *Briefe 1889-1936*. Mann, Erika（Hg.), Franfkurt a. M. 1961.

Br, 1965: Mann, Thomas: *Briefe 1948-1955 und Nachlese.* Mann, Erika（Hg.）Frankfurt a. M. 1965.

BrHM: Mann, Thomas, Mann, Heinrich: *Briefwechsel 1900-1949*. Frankfurt a. M.

BrOG: Mann, Thomas: *Briefen an Otto Grautoff 1894-1901 und Ida Boy–Ed 1903-1928.* Mendelssohn, Peter de（Hg.）Frankfurt a. M. 1975.

Tb: Mann, Thomas: *Tagebücher*. Mendelssohn, Peter de（Hg.）Frankfurt a. M. 1979.

DüD: Mann, Thomas: *Thomas Mann. Dichter über ihre Dichtungen.* Bd. 14. Teil I-III. Wysling, Hans（Hg.）München 1975.

TMS: *Thomas Mann Studien*. Thomas–Mann–Archiv der Eidgenössischen Technischen Hochschule in Zürich（Hg.）Bern.

TMJ: *Thomas Mann Jahrbuch*. Thomas Mann Gesellschaft Zürich（Hg.）Frankfurt a. M.

TMHb 2005: *Thomas Mann Handbuch*. Koopmann, Helmut（Hg.）Frankfurt a. M. 2005.

TMHb 2015: *Thomas Mann Handbuch. Leben–Werk–Wirkung*. Blödorn, Andreas u. Marx, Friedhelm（Hg.）Stuttgart 2015.

BHb 1988: *Buddenbrooks–Handbuch*. Moulden, Ken u. von Wilpert, Gero（Hg.）Stuttgart 1988.

BHb 2018: *Buddenbrooks Handbuch*. Mattern, Nicole / Neuhaus, Stefan（Hg.）Stuttgart 2018.

KSA: Nietzsche, Friedich: *Sämtliche Werke Kritische Studienausgabe in 15 Bänden*. Colli, Giorgio und Montinari, Mazzino（Hg.）München 1999.

Schopenhauer: Schopenhauer, Arthur : *Zürcher Ausgabe Werke in zehn Bänden*. Zürich 1977.

〔1次文献〕

Mann, Thomas: *Buddenbrooks*. hg. u. textkritisch durchgesehen v. Heftrich, Eckhard u. a. In: *Große kommentierte Frankfurter Ausgabe Werke–Briefe –Tagebücher*. Detering, Heinrich u. a. (Hg.) Frankfurt a. M. 2002.

Mann, Thomas: *Gesammelte Werke in dreizehn Bänden*. Frankfurt a. M. 1974.

Mann, Thomas: *Thomas Mann Notizbücher* 1-6. Wysling, Hans und Schmidlin, Yvonne (Hg.) Frankfurt a. M. 1991.

Mann, Thomas: *Thomas Mann Notizbücher* 7-14. Wysling, Hans und Schmidlin, Yvonne (Hg.) Frankfurt a. M. 1992.

Mann, Thomas, Mann, Heinrich: *Briefwechsel 1900-1949*. Wysling, Hans (Hg.) Frankfurt a. M. 1984.

Mann, Thomas: *Briefe 1948-1955 und Nachlese*. Mann, Erika (Hg.) Frankfurt a. M. 1965.

Mann, Thomas: *Thomas Mann Briefen an Otto Grautoff 1894-1901 und Ida Boy-Ed 1903-1928*. Mendelssohn, Peter de (Hg.) Frankfurt a. M. 1975.

Mann, Thomas : *Tagebücher*. Mendelssohn, Peter de (Hg.) Frankfurt a. M. 1975.

Mann, Thomas: *Thomas Mann. Dichter über ihre Dichtungen*. Bd. 14. Teil I-III. Wysling, Hans (Hg.) München 1975.

Thomas Mann Studien. Thomas–Mann–Archiv der Eidgenössischen Technischen Hochschule in Zürich (Hg.) Bern.

Thomas Mann Jahrbuch. Thomas Mann Gesellschaft Zürich (Hg.) Frankfurt a. M.

Mann, Heinrich: *Briefe an Ludwig Ewers 1889-1913*. Dietzel, Ulrich u. Eggert, Rosemarie (Hg.) Leipzig 1980.

Mann, Viktor: *Wir waren fünf. Bildnis der Familie Mann*. Frankfurt a. M. 1994.

Goethe, Johann Wolfgang von: *Wahrverwandtschaften*. Frankfurt a. M. 1972.

Schopenhauer, Arthur : *Zürcher Ausgabe Werke in zehn Bänden*. Zürich 1977.

Nietzsche, Friedich: *Die Geburt der Tragödie*. In: *Sämtliche Werke Kritische Studienausgabe in 15 Bänden* I. Colli, Giorgio und Montinari, Mazzino (Hg.) München 1999.

Nietzsche, Friedrich: *Autobiographisches aus den Jahren 1856-1869*. In: *Friedrich Nietzsche Werke in drei Bänden*. III. Carl Hanser–Verlag München 1956.

Nietzsche, Friedrich: *Briefwechsel*. In: *Kritische Gesamtausgabe* (Hg.) Colli, Giorgio u. Montinari, Mazzino, III 5 Unter Mitarbeit v. Anania–Hess Helga. Berlin–New York 1984.

Wagner, Richard: *Werke, Schriften und Briefe*. Bd. 3. Friedrich, Sven (Hg.) Berlin 2004.

Wagner, Richard: *Die Kunst und die Revolution*. In: *Gesammelte Schriften und Dichtungen* 3. Leipzig 1887-1888.

Wagner, Richard: *Das Kunstwerk der Zukunft*. In: *Gesammelte Schriften und Dichtungen* 3. Leipzig 1887-1888.

Wagner, Richard: *Eine Mitteilung an meine Freunde*. In: *Gesammelte Schriften und Dichtungen* 4. Leipzig 1887-1888.

Johann Wolfgang von Goethe: *Wahrverwandtschaften*. Frankfurt a. M. 1972.

Rilke, Rainer Maria: *Sämtliche Werke* 5. Rilke–Archiv in Verbindung mit Ruth Sieber–Rilke; besorgt durch Zinn, Ernst (Hg.) Frankfurt a. M. 1965.

Bourget, Paul: *Essais de psychologie contemporaine*. Paris 1926.

Bourget, Paul: *Psychologische Abhandlungen über zeitgenössische Schriftsteller*. Übersetzt von Röhler, A. Minden 1903.

Weber, Max: *Die „Objektivität“ sozialwissenschaftlicher und sozialpolitischer Erkenntnis*. Tübingen 1904.

Kerényi, Karl: *Dioysos. Urbild des unzerstörbaren Lebens*. München–Wien 1976, S. 115.

Bertram, Ernst: *Nietzsche*. Berlin 1921.

〔二次文献〕

〔事典〕

Reallexikon der deutschen Literaturgeschichte. Bd. 3. P–Sk. begründet v. Merker, Paul u. Stammler, Wolfgang Berlin 1977.

Meyers enzyklopädisches Lexikon: in 25 Bänden, mit 100 signierten Sonderbeiträgen. Bd. 18. Mannheim, Wien, Zürich 1981.

Meyers Neues Lexikon 8. Leipzig 1974.

Der Neue Pauly. Enzyklopädie der Antike. Altertum. Band I, A–Ari. Cancik, Hubert u. Schneider, Helmut（Hg.）Stuttgart u. Weimar 1996.

Grimm, Jacob und Grimm, Wilhelm: *Deutsches Wörterbuch* VI, Leipzig 1885.

Die Bibel. Einheitsübersetzung Altes und Neues Testament. Stuttgart 2013.

『広辞苑』新村出(編) 岩波書店、二〇二一年。

『世界大百科事典九』平凡社、二〇二一年。

『ギリシア・ローマ神話辞典』高津春繁編、岩波書店、一九八七年。

『ワーグナー事典』三光長治、高辻知義、三宅幸夫監修、東京書籍　二〇〇二年。

『ニーチェを知る事典』渡邊二郎、西尾幹二編、筑摩書房、二〇一三年。

『ニーチェ事典』大石紀一郎他編、弘文堂、一九九五年。

〔ハンドブック〕

Buddenbrooks–Handbuch. Moulden, Ken u. von Wilpert, Gero（Hg.）Stuttgart 1988.

Buddenbrooks Handbuch. Mattern, Nicole / Neuhaus, Stefan（Hg.）Stuttgart 2018.

Thomas Mann Handbuch. Koopmann, Helmut（Hg.）Frankfurt a. M. 1990.

Thomas Mann Handbuch. Leben– Werk– Wirkung. Blödorn, Andreas u. Marx, Friedhelm（Hg.）Stuttgart 2015.

〔論文〕

Abott, Scott: *The Artist as figurative Jesus in Thomas Manns Buddenbrooks*. In: *Perspective. A Journal of Critical Inquiry.* Brigham Young University. 1976.

Bauer, Arnold: *Thomas Mann*. Berlin 1960.

Baumgart, Reinhard: *Das Ironische und die Ironie in den Thomas Manns*. München 1964.

Berendsohn, A. Walter: *Thomas Mann. Künstler und Kämpfer in bewegter Zeit*. Lübeck 1965.

Bertheau, Jochen: *Eine komplizierte Bewandtnis. Der junge Thomas Mann und die französische Literatur*. In: *Heidelberger Beiträge zur deutschen Literatur* 11. Borchmeyer, Dieter（Hg.）Frankfurt a. M. 2002.

Bertram, Ernst: *Nietzsche*. Berlin 1921.

Braun, Michael: *Figuren*, In: BHb, 2018.

Bulfinch, Thomas: *The age of fable*. London 1948.

Dahlhaus, Carl: *Richard Wagners Musikdramen*. Stuttgart 2011.

Dierks, Manfred: *Studien zu Mythos und Psychologie bei Thomas Mann. An seinem Nachlaß orientierte Untersuchungen zum «Tod in Venedig», zum «Zauberberg» und zur «Joseph»–Tetralogie*. In: TMS 2. Thomas–Mann–Archiv. Der eidgenössischen Technischen Hochschule un Zürich（Hg.）München 1972.

Dierks, Manfred: *Thomas Mann und Mythologie*. In: TMHb 2005.

Dierks, Manfred: *Thomas Mann und die Tiefenpsychologie*. In: TMHb 2005.

Dierks, Manfred: *Typologisches Denken bei Thomas Mann–mit einem Blick auf C. G. Jung und Max Weber*. In: TMJb 9.

Dittmann, Britta u. Steinwand, Elke: *„Sei Glöcklich, du gutes Kend“ Frauenfiguren in Buddenbrooks*. In: Eickhölter, Manfred und Wißkirchen, Hans (Hg.): *»Buddenbrooks« Neue Blicke in ein altes Buch*. Lübeck 2000.

Ewen, Jens: *Erzählter Pluralismus. Thomas Manns Ironie als Sprache der Moderne*. In: TMS 54. 2017.

Forstner, Dorothea: *Die Welt der Christlichen Symbole*. Innsbruck, Wien und München 1977.

Freytag, Gustav: *Die Technik des Dramas*. Leipzig 1922.

Fähnrich, Hermann: *Thomas Manns episches Musizieren im Sinne Richard Wagners. Parodie und Konkurrenz*. Frankfurt a. M. 1986.

Frevert, Ute: *Frauen–Geschichte. Zwischen Bürgerlicher Verbesserung und Neuer Weiblichkeit*. Frankfurt a. M. 1986.

Nösselt, Friedrich: *Lehrbuch der griechischen und römischen Mythologie für höhere Töchterschule und die Gebildeten des weiblichen Geschlechts*. Leipzig 1853.

Frizen, Werner: *Die Geburt künstlerischen Genies aus dem Geist des Theater und der Musik. Hanno und sein Freund Kai*.

Frizen, Werner: *Thomas Mann und das Christentum*. In: TMHb 1990.

Frizen, Werner: *Zaubertrank der Metaphysik. Quellenkritische Überlegungen im Umkreis der Schopenhauer–Rezeption Thomas Manns*. Frankfurt a. M. 1980.

Frizen, Werner: „*Venus Anadyomene*“. In: *Thomas Mann und seine Quellen Festschrift für Hans Wysling*. Hrsg. v. Heftrich, Eckhart u. Koopmann, Helmut, Frankfurt a. M. 1991.

Heller, Erich: *Thomas Mann Der ironische Deutsche*. Frankfurt a. M. 1959.

Hillebrand, Bruno u. Wunberg, Gotthart (Hg.) *Nietzsche und die deutsche Literatur* 1 : Texte zur Nietzsche–Rezeption 1873-1963. Tübingen 1978.

Hoffmann, Freia: *Instrument und Körper. Die musizierende Frau in der bürgerlichen Kultur*. Frankfurt a. M. 1991.

Hollweck, Ludwig: *Unser München. Ein Lesebuch zur Geschichte der Stadt im 20. Jahrhundert*. München 1980.

Hutcheon, Linda: *A theory of parody. The teachings of twentieth–century art forms*. 1985.

Jähnig, Dieter: *Welt–Geschichte: Kunst–Geschichte. Zum Verhältnis von Vergangenheits–erkenntnis und Veränderung*. Köln 1975.

Kashiwagi Kikuko: *Festmahl und Frugales Mahl. Nahrungsrituale als Dispositive des Erzählens im Werk Thomas Manns*. Freiburg im Breisgau 2003.

Kassner, Hans Rudolf: *Sämtliche Werke*. Zinn, Ernst (Hg.) Pfullingen 1969.

Keller, Ernst: *Die Figuren und ihre Stellung im ‚Verfall'*. In: BHb, 1988.

Kerényi, Karl: *Dioysos. Urbild des unzerstörbaren Lebens*. München–Wien 1976.

Koopmann, Helmut: *Die Entwicklung des Intellektualen Romans bei Thomas Mann*. Bonn 1962.

Koopmann, Helmut: *Thomas Manns Bürgerlichkeit*. In: *Thomas Mann 1875-1975. Vorträge in Müünchen–Züirich–Lüibeck*. Frankfurt a. M. 1977.

Koopmann, Helmut: *Hanno Buddenbrook, Tonio Kröger und Tadzio: Anfang und Begründung des Mythos im Werk Thomas Manns (1975)*. In: *Thomas Mann Erzählungen und Novellen*. Wolff, Rudolf (Hg.) Bonn 1984.

Koppen, Erwin: *Dekadenter Wagnerismus. Studien zur europäischen Literatur des Fin de siècle*. (*Komparatistische Studien*.

2) Rüdiger, Horst (Hg.) Berlin; New York 1973.

Koßler, Matthias: *Empirische und metaphysische Mitleidsethik bei Schopenhauer*. In: *Schopenhauer–Jahrbuch*. Würzburg 2020.

Kristiansen, Børge. *Thomas Mann und die Philosophie*. In: TMHb 2005.

Kristiansen, Børge: *Thomas Manns Schopenhauer–Rezeption*. In: *Thomas Mann Handbuch*. (Hg.) Koopmann, Helmut. Frankfurt a. M. 2005.

Kristiansen, Børge: *Thomas Mann–Der ironische Metaphysiker. Nihilismus–Ironie–Anthropologie in Thomas Manns Erzählungen und im Zauberberg*. Würzburg 2013.

Kurzke, Hermann: *Thomas Mann Epoch–Werk. Wirkung*. München 1997.

Langer, Daniela: *Imitation von Nietzsches Stil und imitatio Nietzsches–von der frühen Essayistik Thomas Manns bis zu den Betrachtungen eines Unpolitischen*. In: *Nietzsche und Schopenhauer Rezeptionsphänomene der Wendezeiten*. (Hg.) Kopij, Marta, Kunicki, Wojciech. Berlin 2006.

Lehnert, Herbert: *Thomas Mann–Fiktion, Mythos, Religion*. Stuttgart 1965.

Liede, Alfred: *„Parodie"* In: *Reallexikon der deutschen Literaturgeschichte* 3. P–Sk. begründet v. Merker, Paul u. Stammler, Wolfgang. Berlin 1977.

Lipinski, Birte: *Romantische Beziehungen. Kai Graf Mölln, Hanno Buddenbrook und die Erlösung in der Universalpoesie*. In: TMJb 24. Sprecher, Thomas und Wimmer, Ruprecht (Hg.) Frankfurt a. M. 2012.

Max, Katrin: *Niedergangsdiagnostik: zur Funktion von Krankheitsmotiven in „Buddenbrooks"*. In: TMS 40. Frankfurt a. M. 2008.

Max, Katrin: *Philosophie*. In: BHb 2018.

Maar, Michael: *Geister und Kunst Neuigkeiten aus dem Zauberberg*. München 1994.

Moulden, Ken: *Die Figuren und ihre Vorbilder*. In: BHb 1988.

Mendelssohn, Peter de: *Der Zauberer Thomas Mann. Das Leben des deutschen Schriftstellers*. Fankfurt a. M. 1975.

Müller, Sarah: *Die Frauenfiguren in Thomas Manns Buddenbrooks*. Hamburg 2013.

Norticote–Bade, James: *Die Wagner–Mythien im Frühwerk Thomas Manns*. Bonn 1975.

Nösselt, Friedrich: *Lehrbuch der griechischen und römischen Mythologie für höhere Töchterschulen und die Gebildeten des weiblichen Geschlechts*. Leipzig 1865.

Nündel, Ernst: *Die Kunsttheorie Thomas Manns*. Bonn 1972.

Odendahl, Johannes: *Literarisches Musizieren.Wege des Transfers von Musik in die Literatur bei Thomas Mann*. Birlefeld 2008.

Panizzo, Paolo: *Ästhetizismus und Demagogie. Der Dilettant in Thomas Manns Frühwerk*. Würzburg 2007.

Peacock, Donald: *Das Leitmotiv bei Thomas Mann*. Bern 1934.

Pütz, Peter: *Thomas Mann und Nietzsche*. In: *Thomas Mann und die Tradition*. Pütz, Peter（Hg.）Niederhausen 1971.

Reed, Terence J.: *Thomas Mann und die literarische Tradition*. In: TMHb 2005.

Ruttkowski, Wolfgang: *Typen und Schichten. Zur Einteilung des Menschen und seiner Produkte*. Bern/München 2012.

Sautermeister, Gert: *Tony Buddenbrook. Lebensstufen, Bruchlinien, Gestaltwandel*. In: TMJb 20.

Scherrer, Paul: *Bruchstücke der Buddenbrooks–Urhandschrift und Zeugnisse zu ihrer Entstheung 1897-1901*. In: Neue Rundschau Heft 2. Frankfurt a. M. 1958.

Scherer, Paul: *Vorarbeiten zu den Buddenbrooks.* In: TMS 1.

Schmidt, Jochen und Schmidt–Berger, Ute: *Mythos, Kult, künstlerische Gestaltung und philosophische Speklation von der Antike bis zur Moderne*. In: *Mythos Dionysos*. Schmidt, Jochen und Schmidt–Berger, Ute (Hg.) Stuttgart 2008.

Singer, Herbert: *Helena und der Senator. Versuch einer mythologischen Deutung von Thomas Manns „Buddenbrooks"*. In: *Thomas Mann*. Hrg. v. Koopmann, Helmut Darmstadt 1975.

Sommer, Andreas Urs: *Philosophie und Theologie des 19. Jahrhunderts*. In: *Nietzche Handbuch. Leben–Werk–Wirkung*. Ottomann, Henning (Hg.) Stuttgart 2011.

Stoupy, Joelle: *Thomas Mann und Paul Bourget*. In: TMJb 9.

Tappert, Wilhelm: *Ein Wagner–Lexicon. Wörterbuch der Unhöflichkeit, enthaltend grobe, höhnende, gehässige und verläumderische Ausdrücke welche gegen den Meister Richard Wagner, seine Werke und seine Anhänger von den Feinden und Spöttern gebraucht worden sind*. Leipzig 1877.

Tillmann, Claus: *Das Frauenbild bei Thomas Mann*. Wuppertal 1991.

Vaget, Hans Rudolf: *Auf dem Weg zur Repräsentanz. Thomas Mann in Briefen an Otto Grautoff (1894-1901)*. In: *Die Neue Rundschau* 91. Frankfurt a. M. 1980.

Vaget, H. Rudolf: *Der Dilettant. Eine Skizze der Wort– und Bedeutungsgeschichte*. In: *Jahrbuch der deutschen Schillergesellschaft*. 14 Jg. Seidel, Martini Franz, Müller, Walter u. Zeller, Bernhard (Hg.) Stuttgart 1970.

Vaget, H. Rudolf: *Dilettantismus und Meisterschaft. Zum Problem des Dilettantismus bei Goethe: Praxis, Theorie, Zeitkritik*. München 1971.

Vaget, Hans Rudolf: *Ein reicher Baron. Zum sozialgeschichtlichen Gehalt der „Wahrverwandtschaften"*. In: *Jahrbuch der deutschen Schillergesellschaft*. 24 Jg. Martini, Franz, Seidel, Walter Müller, Zeller, Bernhard（Hg.） Stuttgart 1980.

Vaget, Hans Rudolf: *Dilettantismus*. In: TMHb 2015.

Vaget, Hans Rudolf: Johann Wolfgang Goethe: *Wilhelm Meistes Wanderjahre (1829)*. In: *Romane und Erzählungen zwischen Romantik und Realismus*. Lützler, Paul Michael（Hg.） Stuttgart 1983.

Vaget, Hans Rudorf: *Der Asket und der Komödiant: die Brüder Buddenbrook*. In: *Modern Language Notes*. 97. 1982 Heft 3.

Viëtor, Karl: *Goethe, Dichtung–Wissenschaft–Weltbild*. Bern 1949.

Wißkirchen, Hans: *„Er wird wachen mit der Zeit" Zur Aktualität des Buddenbrooks–Romans*. In: TMJb 21.

Vogt, Jochen: *Thomas Mann: Buddenbrooks*. München 1983.

Verrecchia, Anacleto: *Zarathustras Ende. Die Katastrophe Nietzsches in Turin*.（Aus. Ital. übertr. von Pawlowsky, Peter） Wien; Köln; Graz: Hermann Böhlaus 1986.

Wolff, Hans M.: *Thomas Mann. Werk und Bekenntniss*. Bern 1957.

Wysling, Hans: *Die Brüder Mann. Einführung in den Briefwechsel*. In: TMS XIII.

Wysling, Hans: *Buddenbrooks*. In: TMS XIII.

〔**翻訳**〕

マン、トーマス『トーマス・マン全集』新潮社、一九七二年。

マン、トーマス『トーマス・マン日記　一九四〇―一九四三』（森川俊夫、横塚洋隆訳）紀伊國屋書店、一九九五年。

ニーチェ、フリードリヒ『悲劇の誕生』（秋山英夫訳）岩波書店、二〇〇〇年。

マン、ヴィクトル『マン家の肖像　われら五人』（三浦淳訳）同学社、一九九二年。

アリストテレース『詩学』・ホラーティウス『詩論』（松本仁助、岡道男訳）岩波書店、二〇〇七年。

プラトン『饗宴』（久保勉訳）岩波書店、一九七五年。

『ギリシア悲劇全集I』田中美知太郎編、人文書院、一九六〇年。

ホメーロス『オデュッセイア』（松平千秋訳）岩波書店、二〇〇〇年。

プルタルコス『愛をめぐる対話　他三篇』（柳沼重剛訳）岩波書店、一九八六年。

ケレーニイ・カール『ディオニューソス―破壊されざる生の根源像―』（岡田素之訳）白水社、一九九三年。

ブルクハルト、ヤーコプ『ギリシア文化史3』（新井靖一訳）筑摩書房、一九九八年。

ブルフィンチ、トマス『ギリシア・ローマ神話 上』（野上弥生子訳）岩波書店、一九七四年。

ワーグナー『友人たちへの伝言』（杉谷恭一、藤野一夫、高辻知義訳）法政大学出版局、二〇一二年。

フルトヴェングラー、ヴィルヘルム『音と言葉』（芳賀檀訳）、新潮社、一九八一年。

フライア、ホフマン『楽器と身体』（阪井葉子、玉川裕子訳）春秋社、二〇〇四年。

マール・ミハエル『精霊と芸術』（津山卓也訳）法政大学出版局、二〇〇〇年。

クードレット著『妖精メリュジーヌ物語』西洋中世奇譚集成（松村剛訳）講談社、二〇一〇年。

エルマン、リチャード『リフィー河畔のユリシーズ』（和田亘・加藤弘和訳）国文社、一九八五年。

ハッチオン、リンダ『パロディの理論』（辻麻子訳）未來社、一九九三年。

フレーフェルト、ウーテ『ドイツ女性の社会史―二〇〇年の歩み―』（若尾祐司、原田一美、姫岡とし子、山本秀行、坪郷實訳）晃洋書房、一九九〇年。

レジンスター、バーナード『生の肯定　ニーチェによるニヒリズムの克服』（岡村隆史、竹内綱文、新名隆志訳）法政大学出版局、二〇二〇年。

ランガー、ダニエラ「ニーチェの文体の模倣とニーチェのまねび――トーマス・マンの初期エッセイ作法から『非政治的人間の考察』まで――」（高辻知義訳）『ショーペンハウアー研究　ニーチェ特集』別巻第1号　日本ショーペンハウアー協会、二〇〇五年。

〔事典〕

『ニーチェを知る事典』（渡邊二郎、西尾幹二編）筑摩書房、二〇一三年。薗田宗人「ディオニュソス―根源的一者との合体」渡邊二郎「中期の思想」。

『ニーチェ事典』（大石紀一郎、大貫敦子、木前利秋、高橋純一、三島憲一編）弘文堂、一九九五年。大石紀一郎「病気と快癒」、大貫敦子「ルネサンス」、「世紀末とニーチェ」、「世紀末とニーチェ」、木前利秋「アポロ／ディオニュソス」、薗田宗人「ショーペンハウアー」、三島憲一「ボルジア」、山本尤「ゲオルゲ」。

『ワーグナー事典』（三光長治、三宅幸夫、高辻知義編）東京書籍、二〇〇二年。松原良輔「トリープシェン」、谷本慎介「ショーペンハウアー、アルトゥール」。

〔単著〕

阿部謹也『ハーメルンの笛吹き男』筑摩書房、一九九三年。

上山安敏『神話と科学　ヨーロッパ知識社会　世紀末～二〇世紀』岩波書店、二〇〇一年。

内田次信『ヘラクレスは繰り返し現れる　夢と不安のギリシア神話』大阪大学出版会、二〇一四年。

岡光一浩『トーマス・マンの青春　全初期短編小説を読む』鳥影社、二〇〇九年。

菊盛英夫『評伝トーマス・マン　その芸術的・市民的生涯』筑摩書房、一九九七年。

三光長治『ワーグナー』新潮社、一九九〇年。

洲崎恵三『トーマス・マン―神話とイロニー―』渓水社、二〇〇二年。

須藤訓任『ニーチェの歴史思想―物語・発生史・系譜学―』大阪大学出版会、二〇一一年。

高辻知義『ワーグナー』岩波書店、一九八六年。

丹下和彦『ギリシア悲劇ノート』白水社、二〇〇九年。

浜本隆志『指輪の文化史』白水社、二〇〇四年。

フルトヴェングラー、ヴィルヘルム『音と言葉』（芳賀檀訳）新潮社、一九八一年。

三島憲一『ニーチェ』岩波書店、二〇〇〇年。

三島憲一『ニーチェかく語りき』岩波書店、二〇一六年。

三島憲一『ニーチェとその影』講談社、一九九七年。

三浦淳『マン兄弟の確執』知泉書館、二〇〇六年。

山本定祐『世紀末ミュンヘン　ユートピアの系譜』朝日新聞社、一九九三年。

吉田憲司『仮面の世界を探る　アフリカとミュージアムの往還』臨川書店、二〇一六年。

和辻哲郎『面とペルソナ』岩波書店、一九八四年。

大塚野百合『賛美歌・聖歌ものがたり　疲れしこころをなぐさむる愛よ』創元社、一九九五年。

磯山雅『マタイ受難曲』筑摩書房、二〇一九年。

荒井章三『ユダヤ教の誕生「一神教」成立の謎』講談社、二〇一八年。

山本惇二『カール・フィリップ・モーリッツ――美意識の諸相と展開――』鳥影社、二〇〇九年。

堂目卓生『アダム・スミス「道徳感情論」と「国富論」の世界』中央公論新社、二〇一八年。

高橋裕子『世紀末の赤毛連盟　象徴としての髪』岩波書店、一九九六年。

佐久間禮宗『思いやりの作法』毎日新聞社、一九九九年。

戸田仁『牧神パーンの物語』旺史社、一九八八年。

浜本隆志『指輪の文化史』白水社、二〇〇四年。

〔共著〕

片山良展「トーマス・マン文学とパロディー―序論」、（片山良展、義則孝夫編）『トーマス・マンとパロディー』クヴェレ会、一九七六年。

藤野一夫「フォイエルバッハ時代のワーグナーの思想」、（三光長治監訳）『ワーグナー友人たちへの伝言』法政大学出版局、二〇一二年。

丹下和彦「パロディー」、（世界文学大事典編集委員会編）『集英社世界文学大事典5』集英社、一九九七年。

久保田忠利「ギリシア悲劇用語解説」、（松平千秋他編）『ギリシア悲劇全集別巻』岩波書店、一九九二年。

池田紘一「神話とパロディー」、（片山良展、義則孝夫編）『トーマス・マン文学とパロディー』クヴェレ会、一九七六年。

〔雑誌論文〕
伊藤貴雄「共苦における意志と表象」、（日本ショーペンハウアー協会編）『ショーペンハウアー研究』第五号、二〇〇〇年。
小黒康正「孤独化するディレッタント　ブールジェ、マン、カスナーの場合」、（九州大学独文学会編）『九州ドイツ文学』第二六号、二〇一二年。

中村玄二郎「ニーチェとフロイト」、神奈川歯科大学『基礎科学論集：教養課程紀要』第四号、一九八六年。

谷本慎介「ニーチェとディオニュソス―ニーチェのバッハオーフェン受容―」、神戸大学『国際文化学部紀要』第三一号、二〇〇八年。

太田匡洋「ショーペンハウアーにおける共苦と想像力」、関西倫理学会編『倫理学研究』四八号、二〇一八年。

飯田明日美「『根源一者』再考―芸術的遊戯としての『根源＝一』へ―」、日本ショーペンハウアー協会『ショーペンハウアー研究』別巻第三号ニーチェ特集三、二〇一六年。

齋藤直樹「ニーチェの『自然主義』―その成立過程と理論的射程をめぐって(二)―」、盛岡大学比較文化研究センター編『比較文化研究年報』第二四号、二〇一四年。

中村実生「ディレッタントの系譜―トーマス・マンの『ブッデンブローク家の人々』について―」、日本独文学会東海支部『ドイツ文学研究』二五号、一九九三年。

片山良展「初期トーマス・マン文学試論」、大阪大学大学院文学研究科『大阪大学文学部紀要』第一三巻、一九六六年。

菅野孝彦「ニーチェの形而上学批判」、『倫理学』二号、一九八四年。

轡田収「パウル・ゲールハルト」、Paul Gerhardt (1607-76) 平凡社『世界大百科事典九』二〇一一年。

秋山英夫「ニーチェの『偉大な様式』という理念」、日本独文学会『ドイツ文学』第四七巻、一九七一年。

谷口幸男「ワルキューレ」、『世界大百科事典』三〇、平凡社、一九七二年。

松原秀一「メリュジーヌ」、『世界大百科事典』二八、平凡社、一九七二年。

村田貞子「家、家族、男、女―『ブッデンブローク家の人々』について―」、(片山良展、下程息、山戸照靖、金子元臣編）『論集トーマス・マン』クヴェレ会、一九九〇年。

久保田忠利「ギリシア悲劇用語解説」、（松平千秋他編）『ギリシア悲劇全集別巻』岩波書店、一九九二年。

藤野一夫「フォイエルバッハ時代のワーグナーの思想」、（三光長治監訳）『ワーグナー　友人たちへの伝言』法政大学出版局、二〇一二年。

〔データベース〕

Nietzsche, Friedrich: Digitale Kritische Gesamtausgabe. Nietzsche Briefwechsel Kritische Gesamtausgabe, Paolo D'Iorio (Hg.) Berlin/New York, Walter de Gruyter, 1975.
http://www.nietzschesource.org 2009–. (Nietzsche Source)
Zeit. punkt NRW. Kölnische Zeitung 1897.7.21, Nr. 667. Literarisches Zeit.
https://zeitpunkt.nrw/ulbbn/periodical/zoom/12013119?query=Nietzsche
Lehrbuch der griechischen und römischen Mythologie für höhere Töchterschulen und die Gebildeten des weiblichen Geschlechts
https://archive.org/details/lehrbuchdergrie01nsgoog

結　語

『ブッデンブローク家の人々』が出版された翌年、一九〇二年に評論家のザミュエル・ルブリンスキーは、「この小説は時代と共に成長し、多くの世代に読み継がれるだろう。この作品はまさに時代を超越する芸術作品のひとつである」、と論評した。そして一九四四年、トーマス・マンの友人の作家フランツ・ヴェルフェルは亡命先のアメリカ合衆国で亡くなる前に、『ブッデンブローク家の人々』を読み、「『ブッデンブローク家の人々』は本当に不滅だ。この作品には時代と共に成長する有機的な実体という素晴らしい特徴がある」、とマンに手紙で伝えた。ふたりの人物が予言したとおり、『ブッデンブローク家の人々』は今日もなおトーマス・マンの代表作のひとつとして読まれている。その理由を『悲劇の誕生』の芸術論の観点から考えるならば、ニーチェが優れた芸術作品に具わると論じたアポロン的なものとディオニュソス的なものが『ブッデンブローク家の人々』にも具わっているということであろう。また、トーマス・マンは『ブッデンブローク家の人々』を様々な曲を奏でるヴァイオリンと語っている。この作品が『悲劇の誕生』のパロディであることが認められるならば、トーマス・マン文学の研究は新たな地平に踏み出すことができるのではないだろうか。

本書のテーマである、『ブッデンブローク家の人々』の全体を『悲劇の誕生』のパロディとみなす解釈は、先行研究に存在しないために、本書にまとめるまでに時間がかかった。しかしこのテーマを研究して論文の形で残すことが私に与えられた課題と感じていたので、常に優先的に研究を続けた。未だに完璧とはいえないにせよ、書籍の形にまとめることができたことを、大変嬉しく思っている。本書をどこまで理解していただけるかわからないが、しかし私自身が五十年前のハンス・M・ヴォルフの著書を読み、このテーマで研究を続けることができたように、五十年後にこの本を読み、さらに発展させてくれる研究者が現れるかもしれない。そういったかすかな期待を抱いて研究を書籍化することにした。

トーマス・マンは晩年の代表作『ファウストゥス博士』の完成後、一九四七年十二月十二日に、友人のエミール・プレトーリウスに宛てた手紙に「円環が閉じます。これは五十年という時空をさまよった後に、ドイツ的中世都市的なもの、ドイツ的音楽的なものへの帰郷です。〈偶然〉にも私はちょうど再刊されたアメリカのアンソロジー、青春小説の『世界名作集』に取り上げられた『ブッデンブローク家の人々』の一章を、目にすることになりました」と書いている。マンはこのように、『ブッデンブローク家の人々』と『ファウストゥス博士』の間に密接なつながりがあることを示唆している。

両作品の関係は、トーマス・マン自身が「ドイツ的中世都市的なもの」と書いていることから、『ファウストゥス博士』の舞台カイザースアッシェルンは『ブッデンブローク家の人々』の舞台であるリューベックがモデルとみなされている。筆者も博士前期課程で『ファウストゥス博士』を研究対象にした経験から、両作品には確かに深いつながりがあると感じている。例えば、本書で「共苦の人」として論じたゲルダ・ブッデンブロークと『ファウストゥス博士』で主人公をそばで見守るシュヴァイゲシュティル夫人の関係、サチュロスの合唱団と論じた女たちと、『ファウストゥス博士』の家畜小屋係りのハンネとの関係がある。ハンネは太って大きく揺れる胸と年中汚れた足をして、牛の唸り声のような声で歌う。まるで家畜の牛や山羊のようで、半人半獣のサチュロスのイメージが当てはまる。牛や山羊の鳴き声を合唱のように受け取ることは不可能とはいえないし、ハンネは歌が上手で、主人公の作曲家レーヴァーキューンは子どもの頃にハンネから輪唱（対位法）を教わって友だちと一緒に歌う。両作品はともに芸術家の小説であり、ドイツ性が問題になっている点でも結びつきは強い。これらの両作品の関係については今後の課題にしたいと考えている。

本書の出版に至るまでに、多くの先生方からご教示とご支援を頂きました。四十代半ばで大阪大学のドイツ文学研究室を訪ねて、大学院に受け入れてくださった林正則先生、三谷研爾先生、阪井葉子先生、吉田耕太郎先生、Frau Specht, Herr Telge, Herr Waßmer には、研究室の一員として本当にお世話になりました。トーマス・マンは文学、哲学、音楽、心理学など多方面に関心をもって作品に活かした作家であり、二度の世界大戦と亡命の体験からさまざまな政治的発言も行なっている。そのため必然的に多方面に関心を持って学ぶことになり、さまざまな研究会等で先生方、多くの学生、一般の皆さまから教えていただく機会がありました。皆さまの助けがなければ、研究を続けることも、本書を出版することもありえなかったと思っております。本研究と出版に関わったすべての先生方、皆さまに心より深く感謝しております。鳥影社さまも、快く出版を引き受けていただきながら、気持ちが定まらず、四年も過ぎてしまいましたが、誠実に対応してくださいまして、本当に感謝しております。ありがとうございました。

二〇二二年十一月末日

〈著者紹介〉

別府 陽子（べっぷ ようこ）

1980年 関西学院大学文学部ドイツ文学科卒業。
2012年 大阪大学大学院文学研究科博士後期課程ドイツ文学専攻単位取得退学。
大阪大谷大学、京都産業大学非常勤講師。

『ブッデンブローク家の人々』
──『悲劇の誕生』のパロディとして

2023年3月19日初版第1刷発行
著 者 別府 陽子
発行者 百瀬 精一
発行所 鳥影社 (www.choeisha.com)
〒160-0023 東京都新宿区西新宿3-5-12トーカン新宿7F
電話 03-5948-6470, FAX 0120-586-771
〒392-0012 長野県諏訪市四賀229-1(本社・編集室)
電話 0266-53-2903, FAX 0266-58-6771
印刷・製本 モリモト印刷

ISBN978-4-86782-014-8 C0098